U0108311

John Hart

約翰・哈特——著
尤傳莉——譯
春天出版

贖罪之路

This is a town on the brink.
This is Redemption Road. A Novel

Storytella Series 72 Spring Publishing

書評讚譽

壯闊、無畏，令人欲罷不能。《贖罪之路》從第一頁就擄獲我的心。約翰．哈特是說故事大師。

——哈蘭．科本（Harlan Coben），《紐約時報》暢銷榜第一名作者

約翰．哈特寫起來像個詩人，我讀得欲罷不能，這本小說刻劃犯罪及其對人類心理產生的廣大影響，完全令人上癮。我本來就是約翰．哈特的長期粉絲，但《贖罪之路》更是他的巔峰之作。

——麗莎．史考特萊恩（Lisa Scottoline），《紐約時報》暢銷榜作者

這本書真是不簡單：《贖罪之路》寫得太了不起了。

——布拉德．梅爾策（Brad Meltzer），《紐約時報》暢銷榜第一名作者

約翰．哈特每一部新作，都為他的寫作成就再添新的一筆。他以交出的五本作品，提高了商業小說的高度。其中巧妙融合了古典驚悚小說的緊張、節奏、懸疑，加上刻劃豐富的角色和優美的文筆，達到了純文學的高度。在《最後的守護人》和《鐵山之家》之後，我就等不急要看哈特的下一部作品。我沒有失望，《贖罪之路》是一部成功之作。

——科賓．艾狄生（Corban Addison），全球暢銷書 *A Walk Across the Sun* 作者

獻給Norde、Matthew，和Mickey。
好人離去了……

愛是一句冷酷而破碎的哈利路亞。

——李歐納・科恩❶（Leonard Cohen）

❶ 加拿大創作歌手、詩人，作品充滿對宗教、孤寂的探討。

昨天

那個女人很美，難得之處在於她根本不知道自己有多麼完美。他已經觀察她夠久，猜到了這一點；但直到認識她，才證實了他的直覺沒有錯。她謙卑又害羞，而且很容易受影響。或許她是缺乏信心，或者不太聰明。也或許她是寂寞，或對自己在這個艱難世界的處境感到困惑。

但其實都不重要。

她的長相恰到好處，完全就是因為那對眼睛。

她雙眼晶亮地沿著人行道走過來，休閒洋裝寬鬆地圍繞著膝蓋，但是並沒有不得體。他喜歡那洋裝擺動的樣子，還有她靈巧移動的雙腿和雙臂。她的皮膚蒼白，整個人很安靜。他希望她的髮型稍稍改變一下，不過現在這樣也可以了。

真正的關鍵還是眼睛。

眼睛必須清澈、深邃、沒有戒心。於是他仔細觀察，確認跟幾天前他們約好碰面時相同，至今都沒有改變。她四下張望，一副歉意的模樣，隔著好一段距離，他可以感覺到她以往幾個爛男朋友和眼前那份庸碌工作所帶來的不快樂。她希望人生能有更多。他很明白這一點，那是大部分男人都不懂的。

「哈囉，蕊夢娜。」

他們現在離得很近了，她毫不避諱地退縮了一下。她臉頰弧形上的雙睫濃黑，頭稍微轉開，於是他看不見她完美無瑕的下巴。

「我很高興我們要做這件事，」他說。「我想這個下午會過得非常充實。」

「謝謝你撥出時間，」她臉紅了，還是垂著雙眼。「我知道你很忙。」

「未來對我們所有人都很重要，無論是未來的生活與生活方式、事業與家庭，以及個人滿足感。每個人都應該好好計畫，徹底想清楚。而且在這樣的小城裡，你沒有必要獨自去規劃一切。等你住得更久一點，就會明白了。這裡的人都很好，不光是我而已。」

她點點頭，但他明白更深層的事情。他們的認識似乎是意外，她也不明白為什麼要對這麼一個陌生人立刻敞開心胸。但這就是他的天賦——他的臉加上和善的態度，可以獲得人們的信任。有些女人會需要他的可靠和他的耐心。一旦她們明白他的興趣不是談情說愛之類的，那就容易了。他穩重又仁慈，女人們認為他很懂人情世故。

「那麼，你準備好了嗎？」他打開車門，一時之間她滿臉不安，目光逗留在破舊的塑膠皮椅墊和香菸燒灼過的痕跡上。「這是借來的車，」他說。「我很抱歉，但我平常開的那輛車送去保養了。」

她咬住下唇，一隻小腿後方光滑的肌肉緊繃。儀表板上有髒兮兮的污漬。地毯都磨穿了。

他得逼她一下。

「我們本來是約明天，你還記得吧？明天傍晚？喝咖啡聊一下？」他露出微笑。「要是計畫沒變，我就會開自己的車了。可是你改期了，又是臨時才通知我，我真的是為了配合你……」

他沒把句子講完，好讓她回想起當初碰面是她要求的，而不是他。她又點了個頭，因為整個狀況很合理，而且她不想表現得像個計較車子新舊的人，尤其她自己根本窮得買不起車。「我母親早上忽然從田納西過來。」她回頭看了一眼那棟公寓，撇著嘴角。「我根本沒想到。」

「是的。」

「可是她是我媽。」

「你跟我說過了，我知道。」他聲音裡面有一絲懊惱，一絲不耐。他微笑著以化解掉自己帶刺的口氣，他最不希望的事情，就是去提起她窮鄉僻壤的出身。「這是我侄子的車，」他說。「他是大學生。」

「那就難怪了。」

她指的是車上的臭味和塵土；但她現在笑著，所以他也笑了。「這些小鬼啊，」他說。

「是啊，沒錯。」

他扮出彎腰鞠躬的姿態，說了些有關四輪馬車的話。她又笑，但他再也沒留意了。她上車了。

「我喜歡星期天，」她坐直身子，同時他坐上了駕駛座。「平靜又安寧，沒有期待。」她撫平裙子，轉過臉來望著他。「誰不喜歡星期天呢？」

「是啊，」他說，但是一點也不在乎。「你跟你母親說了我們要碰面嗎？」

「才不要呢，」那女孩說。「她會問東問西的。她會說我太依賴又沒責任感，說我應該打電話找她才對。」

「或許你低估她了。」

「才不呢，我媽那個人啊。」

他點點頭，似乎很了解她的孤立無援。母親很專橫，父親疏遠或早死。他轉動車鑰匙，很喜歡她坐著的模樣——背部挺直，雙手靈巧地交疊在膝上。「愛我們的人，往往會看到他們想看到的，而不是我們真正的樣子。你母親應該看得更仔細一點，那麼她就會很驚喜的。」

這句話讓她很開心。

他駛離路邊，繼續聊天讓她放鬆。「那你的朋友呢？」他問。「你的那些同事？他們知道嗎？」

「只知道我今天要跟某個人碰面，是私事。」她微笑，雙眼溫暖而充滿表情，就是當初吸引他的那樣。「他們很好奇。」

「我相信，」她說，然後她又笑了。

過了十來分鐘，她才問了第一個有意義的問題。「慢著。我以為我們要去喝咖啡。」

「我要先帶你去另一個地方。」

「什麼意思？」

「這是個驚喜。」

她伸長脖子望著後方逐漸遠去的市區。田野和樹林在路兩旁掠過。空蕩的馬路似乎有了新的意義，她手指碰觸著喉嚨，還有臉頰。「我的朋友還在等著我回去呢。」

「你剛剛說，你沒告訴他們的。」

「我真的這麼說了？」

他看了她一眼，但是沒回答。外頭的天空轉紫，橘紅的太陽落到樹林後頭。他們早已出了市界，一座廢棄的教堂靜立在遠處的山丘上，殘破的尖塔彷彿是被逐漸轉暗的天空壓壞的。「我好喜歡毀壞的教堂。」他說。

「什麼？」

「你沒看到嗎？」

他指了一下，她望著那古老的石頭和扭曲的十字架。「我不明白。」

她很擔心，正在設法說服自己一切都很正常。他望著幾隻黑鳥停留在廢墟上。幾分鐘後，她要求他載她回家。

「我不太舒服。」

「我們快到了。」

她現在很害怕，他看得出來，她被他的話、那座教堂、他雙唇間所發出那單調而奇怪的口哨聲嚇壞了。

「你有一對表情豐富的眼睛，」他說。「有人跟你說過嗎？」

「我想我要吐了。」

「你沒事的。」

他把車子開上一條碎石子路，整個世界似乎只剩下樹和暮色，以及她皮膚上的熱氣。他們駛過一道生鏽籬笆上敞開的柵門時，那女孩開始哭。一開始很小聲，然後慢慢不那麼小聲了。

「不要害怕，」他說。

「你為什麼要這麼做？」

「怎麼做？」

她哭得更兇了，但是沒動。車子駛出樹林，來到一片空地上，裡頭長滿了雜草，堆著棄置的舊設備和一些零碎的生鏽金屬。一座空的筒倉巍然聳起，圓筒狀且有條紋，尖頂被落日染成粉紅色。筒倉底部的一扇小門開著，裡頭只見一片靜止不動的黑。她抬頭看著那筒倉，眼光又落下時，看到他手裡拿著一副手銬。

「自己銬上吧。」

他把手銬扔在她膝上，然後一片溫暖的溼痕在他們下方擴大。他觀察她絕望地看著窗外，尋找人或陽光或心懷希望的理由。

「假裝這不是真的吧，」他說。

她銬上手銬，金屬喀噠聲像是鈴鐺響。「你為什麼要這樣做？」

又是同樣的問題，但他不怪她。他熄了火，聽著引擎在一片靜默中發出零星的滴答聲。這片空地上很熱。車子裡一股尿味，但他不在乎。「這件事我們應該是明天才做的。」他拿著一把電擊槍抵著她的肋骨，扣下扳機，看著她的身體抽搐。「在明天之前，我還不需要你。」

1

紀登．司傳吉睜開眼睛，發現屋裡又暗又熱，還有他父親的啜泣聲。他躺著不動，心想那啜泣聲不是第一次，也不意外。他常發現父親夜裡蜷縮在那個角落，彷彿兒子的臥室是全世界最後一個好地方，紀登想過要問父親，為什麼過了這麼多年，他還是如此憂傷又軟弱又心碎。這是個簡單的問題，而如果他父親有點男人的樣子，大概就會回答。但紀登知道他父親會說什麼，於是他繼續躺在床上，望著那黑暗的角落，直到他父親起身走過來。他沉默站在那裡好久，往下看；然後他摸摸紀登的頭髮，低聲說拜託，上帝，拜託，想鼓勵自己堅強起來；然後他祈禱自己過世多年的亡妻能給他力量，於是拜託，上帝變成了幫幫我，茱麗亞。

紀登覺得這樣好可憐，那種無助和淚水，還有顫抖的骯髒手指。最困難的部分就是要保持不動，不是因為他母親死了不會回答，而是因為紀登知道如果自己動了，他父親可能就會問他是不是醒著、是不是也很難過，或是不是也同樣迷惘。然後紀登就得說出實話，重點不在於他也難過或迷惘，而是他內心的孤單之感遠遠不是這個年齡的男孩該有的。可是他父親沒再說話。他的手指撫過兒子的頭髮，然後站著完全不動，彷彿神奇地得到了他所祈求的力量。但紀登知道這種事情絕對不會發生的。他看過父親以前的照片，還模糊記得以前那個愛笑的、不會成天都在喝酒的男人。有好些年，他都以為那個男人可能會回來，奇蹟可能會發生。但現在紀登的父親只剩一副空殼，茫然度日，只有想到亡妻時，才能給他帶來一點熱情。這種時候，他似乎還有一點活力，但這麼一點火花或跡象，能有什麼用？

他又摸摸兒子的頭髮才走出房間，把門關上。紀登等了一分鐘，然後下床，衣服老早就穿好了。他全身充滿咖啡因和腎上腺素，好多天都沒怎麼睡，滿心只想著該怎麼去殺掉一個男人。

他艱難地吞嚥著，悄悄把房門拉開一條縫，努力忽略自己又瘦又蒼白的手臂，以及快得像隻兔子的心跳。他告訴自己，十四歲已經夠格當個男人，有本事扣下扳機了。畢竟，上帝希望男孩成為男人，而紀登只是替他父親做這件男子漢該做的事情罷了。這表示殺人與死去，也都是上帝的計畫。紀登在心裡這麼說著，設法想說服心底那個顫抖、流汗、想嘔吐的自己。

他母親被謀殺至今已經過了十三年；三個星期前，紀登發現了他父親那把黑色的小手槍；然後十天前，他得知一列凌晨兩點的火車可以帶他到郡裡另一頭那座灰色的、四方形的監獄。紀登認識幾個以前跳上過那列火車的小孩。他們說，關鍵在於要跟著火車快跑，別去想那些發亮的大輪子有多迅速又沉重。但紀登好擔心自己一跳沒能跳上火車，而是摔進輪子下。他天天做著那樣的惡夢，亮光一閃與黑暗，接下來的疼痛好真實，因而他醒來時，雙腿的骨頭都還在痛。那一幕太可怕了，即使醒來都覺得很恐怖，於是他努力甩掉那個畫面，把門又拉開一點，看到他父親垮坐在一張老舊的褐色椅子上，胸前抱著枕頭，瞪著眼前那架壞掉的電視機。兩天前的夜裡，他從父親的五斗櫥裡偷了那把槍，藏在電視機裡。這會兒他才發現，當初該把槍藏在自己的房間裡的，但當時他覺得，這架電視機打從他五歲起就壞掉，裡頭空蕩蕩的，實在是絕佳的藏槍處。

而現在他父親就坐在電視機前，他要怎麼把槍拿出來呢？

紀登當初不該把槍藏在那邊的，但他腦子有時候會轉錯方向。他不是刻意要給別人製造問題，但反正表現出來的就是如此，所以就連幾個好心的老師都暗示他專注在木工或金工方面的事情，而不是老在想那些厚重大書裡面的華麗詞藻。他站在黑暗中，心想或許那些老師說得沒錯，因為沒了槍，他就沒法射擊或保護自己，也沒法向上帝證明他有決心去做必要的事情。

一分鐘之後，他把門關上，心想，兩點的火車……

但時鐘顯示已經是一點二十一分了。

然後一點三十分。

他再度察看門外，看到一個瓶子舉起又放低，最後他父親身體垮下，瓶子從他指尖滑落。紀登又等了五分鐘，這才躡手躡腳走進客廳，跨過引擎零件和其他酒瓶，走到一半，有輛汽車轟然駛過屋外，燈光照過窗簾間的縫隙，害他腳底絆了一下。等到四周又是一片黑暗時，他在電視機旁跪下身，鑽到後方，拿出一把黑而光滑的槍，覺得比自己記憶中更沉重。他拉開彈筒，檢查裡面的子彈。

「兒子？」

那是小小的聲音，發自那個小小的男人。紀登站在那裡，看到他父親醒了——只不過是髒椅墊上一塊人形的空蕩軀殼。他好像沒把握又害怕，於是一時之間，紀登好想回房躲進被子裡。他可以取消一切，假裝這件事不曾發生過。那就太美好了，他心想，不要去殺人。他可以放下槍，回到床上。可是他看到了父親手裡的那個新娘花環。現在那些花都乾枯而發脆了，但他母親結婚那天，曾把這個花環戴在頭上。他再度看著那些花——滿天星和白玫瑰，全都蒼白而脆弱——然後想像著如果有個陌生人從上方看下來，這個房間會是什麼樣的景象：男人手上拿著枯死的花，男孩手上拿著槍。紀登想解釋這個畫面的力量，好讓他父親明白兒子必須去做父親不會做的事情。但他沒解釋，只是轉身跑了。他又聽到父親喊他的名字，但他已經衝出門，半跌半跳地下了門廊，往前奔跑。那把槍現在已經被他的手握得溫熱，硬水泥地的衝擊力往上傳到他的小腿，他跑過半個街區，鑽過一個庭院，進入往東沿著小溪伸展的茂密樹林，然後爬上一座大山丘，來到一個廢棄廠區外的鬆垮鐵絲網圍籬前。

他撲在圍籬上，此時他落後好遠的父親一遍又一遍喊著他的名字，聲音大得破音且沙啞，最後終於沒了。紀登猶豫了一秒鐘，但西邊傳來火車的汽笛聲，他把槍從圍籬下推過去，接著爬到圍籬頂，中途磨破了皮，然後掉在另一頭雜草叢生的停車場，雙膝狠狠撞在地上。

那火車的汽笛聲更響了。

他不必去做這件事。

沒有人非死不可。

但那是他的恐懼在說話。他母親死了，兇手必須償命。於是他衝進一條小巷，一邊是燒毀的家具工廠，另一邊是有面側牆完全坍掉的紡線工廠。這裡更暗了，但雖然腳下有零星的磚塊，紀登還是順利通過，沒有跌倒，來到廠區另一頭角落那棵大大的白樺樹前，附近的圍籬上有個洞。一盞路燈和少許星星的亮光照下來，但隨著他趴下身鑽過圍籬、跌進另一頭的土溝裡，光線消失了。鬆垮的泥土往下掉，他也跟著往下滑——手裡胡亂抓著，設法不讓那把槍掉進黑暗裡——然後踩過淺淺的水，爬上另一邊的土堤，最後總算喘著氣站在一條灌木夾道的小徑前，小徑的盡頭就是鐵道，金屬鐵軌在黑夜中亮得發白。

他彎腰，肚子絞痛，但火車轉了個彎，亮光往上照著山丘。

火車上坡一定會減緩速度，他心想。

結果並沒有。

火車開上山丘，好像毫無坡度似的。三具引擎和一道金屬之牆呼嘯著經過他面前，彷彿要把他肺裡的空氣搾乾。但隨著每一秒過去，愈來愈多車廂駛上坡，紀登在黑暗中感覺到五十節車廂，然後是一百節，那些重量拖著引擎，直到他發現火車的速度減緩好多，他幾乎可以趕上了。於是他迅速追著那些發出黃色火星的輪子奔跑著，慢慢地，那些輪子好像吸著他的腿前行。然後他亂扒著想抓一節車廂上的梯子，接著是另一節，但那些梯子上的橫槓好高又好滑。

他冒險回頭看了一眼，發現後頭的車廂不多了，正在迅速往前消失，或許還剩二十節，然後愈來愈少。要是他錯過了這班火車，就沒法到監獄了。他伸長手指，但是又摔下來，弄髒了臉，然後他繼續跑，伸手抓住了一道梯子的橫槓，覺得肩膀一陣灼痛，同時雙腳刮過車廂前的枕木，最後，他終於進入空蕩的車廂。

他辦到了。他搭上了要載他去殺人的那班火車，這個真實性在黑暗中沉甸甸地。一切都不再是空談，也不再是等待或計畫。

再過四個小時，太陽就會升起。

子彈會是真正的子彈。

但是又怎樣？

他坐在黑暗中，火車一路不斷上坡又下坡，沿路經過的房子看起來像天上的小星星。他想到那些無眠的夜晚和飢餓：等到駛過那條發亮的河流時，他開始尋找監獄，看到長長一道光帶橫過谷地。愈來愈接近了，於是等到地面似乎最平整、最沒有起伏的地帶，他探出身子準備往下跳，但始終鼓不起勇氣，然後泥土路面閃過，黑暗的監獄像一條陷入黑夜的船。他就要錯過了，所以他努力回想母親的臉，腳跨出去，整個身子像一袋石頭似地撞上地面。

他醒來時，四周依然一片黑，而儘管星星看起來比較昏暗，但是還足以讓他沿著鐵軌跛行，最後他終於找到一條路，通向一批褐色建築物，是他以前在一輛移動的汽車後座裡見過一次的。他走到一塊有著「歡迎囚犯」黑色字樣的招牌下方，打量著招牌旁那家有著兩扇窗戶的煤渣磚酒吧。他映在玻璃上的臉一片模糊。四下沒有人，也沒有車輛，等到他轉身望向南邊，看到遠處聳立的監獄。他看了好久，才溜到酒吧旁的那條巷子，背靠著一個散發出雞翅和香菸及尿味的大型垃圾箱坐下。他想為自己設法來到這麼遠的地方感到高興，但膝上那把槍看起來很不對勁。他設法觀察巷子外的馬路，但沒有什麼好觀察的，於是他閉上眼睛，想著自己很小的時候，全家人的一場野餐。那天拍的照片就裱框放在他家裡的床頭桌上。當時他穿著黃色長褲，上頭有大大的鈕釦，而且覺得自己可能記得父親把他舉高轉圈。他想著童年的這幕景象，然後想像著殺掉奪走他童年的那個男人會有什麼感覺。

擊錘往後扳。

手臂打直、保持穩定。

他在腦袋裡練習，好讓自己實際做的時候能做得正確。但即使在他心裡，那把槍還是搖晃無聲。紀登曾在一千個夜裡想像過同樣的事情一千次了。

他父親不夠男子漢。

他也不會成為男子漢。

他把槍管貼著前額，祈禱上帝賜給他力量，然後又在心裡演練一次。

擊錘往後扳。

手臂打直。

他努力讓自己硬起心腸，練了一個多小時，然後在黑暗中嘔吐，環抱著自己的身軀，彷彿整個世界的熱度都被偷走了。

2

伊麗莎白知道自己該去睡覺，但她的疲勞不光是身體的。那種倦意源自兩個死掉的男人和接踵而來的問題，源自十三年警察生涯就要很難堪地告終。她在心裡播放著電影：失蹤的女孩和地下室，染血的鐵絲，還有前兩聲砰、砰槍響。她可以解釋兩發子彈，或許甚至六發；但兩具屍體上有十八發子彈，實在太難以交代了，即使那個女孩活著救出來。開槍事件過去四天了，這幾天感覺上還是好不適應。昨天，有一家四口在人行道上攔下她，謝謝她讓這個世界更美好。一個小時後，就有人朝她吐口水，弄髒了她最喜歡的那件外套的袖子。

伊麗莎白點了根香菸，想著其實一切都是要看你所處的立場。對於那些有小孩的人來說，她是個英雄。她救了一個女孩，而且壞人死掉了。很多人覺得這樣似乎沒問題。但對於那些向來不信任警察的人來說，伊麗莎白就是當權者一切錯誤的證據。兩名男子死於暴力、殘酷的方式。且不管他們是毒販和綁架犯及強暴犯。他們死掉時身上有十八顆子彈，而這一點，對某些人來說是不可原諒的。他們用了些諸如酷刑和處決及警方殘暴行為的字眼。伊麗莎白對這件事有種種強烈的感覺，但最主要的，她只是覺得累了。到現在，她有多久沒有好好睡一覺了？當她真的睡著時，又做了多少惡夢？即使整個城市沒有改變，自己生活中接觸的也還是同樣的那些人，但隨著每個小時過去，她似乎都愈來愈不像原來的自己。今天就是個絕佳的例子。她坐在車上七小時了，漫無目的地開出城到郡裡頭，經過警察局和她自己的房子，一路開到監獄又回來。但是，不然她還能做什麼？

家裡是一片空虛。

她也不能去上班。

來到市區治安差的那一帶，她開進一座黑暗的停車場，停下車，關掉引擎，傾聽著外頭城市的聲音。兩個街區外傳來音樂的強烈節奏聲。街角一輛汽車發出風扇皮帶的尖響。當了四年制服警員和九年警探之後，她知道每個韻律的種種細微之處。這個城市就是她的人生，有好長一段時間，她都熱愛這個地方。但現在整個城市卻讓她覺得……什麼？

*錯誤*是準確的字眼嗎？好像太刺耳了。

或許是*格格不入*？

不熟悉？

她下了車，站在黑暗中，遠處一盞街燈閃了兩下，然後完全暗掉了。她緩緩轉身，想像著十個街區內每條後巷和每條彎曲的街道。她知道每一個毒窟和廉價旅社，知道哪裡有妓女或毒販，也知道如果你在哪個街角說錯話或做錯事，就可能會挨一槍。在這個不平靜的地帶，光是過去三年，就有七個人被殺害。

她去過各種陰暗角落上千次了，但現在沒有警徽，感覺上就不同了。道德權威很重要，對某種大於個人的東西有歸屬感也很重要。但她現在的感覺並不是害怕，或許應該說是赤裸裸的。伊麗莎白沒有男朋友或閨中密友或嗜好。她是警察。她喜歡打鬥和追逐，喜歡自己幫了善良百姓的少數甜美時刻。如果失去了這份工作，那她還剩下什麼？

倩寧，她告訴自己。

還會有倩寧。

真奇怪，一個她幾乎不了解的女孩居然這麼重要。但確實就是如此。這陣子每當伊麗莎白覺得黯淡或迷失時，就會想到那個女孩。每當伊麗莎白覺得整個世界逐步進逼，或是猜想自己可能因為在那個溼冷地下室所發生的事情而坐牢時，她也會想到那個女孩。倩寧活著，儘管身心嚴重受創，但她還有機會擁有完整而正常的人生。這是太多被害人不可能擁有的。要命，伊麗莎白認識的一些警察都不可能擁有。

伊麗莎白踩熄香菸，在一家空蕩餐館旁的販賣機裡買了一份報紙。回到車上，她把報紙放在方向盤上攤開，看到上頭自己的臉。那張黑白照片看起來冷漠而疏遠，但也可能是標題的關係，才會讓她看起來那麼冷漠。

「英雄警察或死亡天使？」

在報導的前兩段，記者的想法就表達得很清楚了。即使據稱這個字眼出現了不止一回，但也出現了諸如無法解釋的殘酷，使用武力無正當理由，死於極度痛苦中。當地報紙多年來一向對警方的報導頗為正面，但現在似乎終於轉向來對付她。但她也不能怪他們，因為有許多反對聲音和民眾抗議，州警局也介入調查。報紙挑的照片就透露了對她的看法。照片中她站在法院前的台階往下望，看起來冷漠而不友善。都是因為高高的顴骨和深邃的眼睛，而且白皮膚在報紙上變成灰色的。

「死亡天使。老天。」她說。

她把報紙扔到後座，發動車子駛離那一帶，經過了大理石建造的法院和廣場上的噴泉，開向大學，遊魂似地掠過咖啡店和酒館及喧鬧大笑的學生們。然後她來到都市更新過的地帶，經過高級公寓大樓和藝廊及舊倉庫整修變身的啤酒坊和水療館及黑箱劇場。遊客在人行道上行走，還有一些時髦文青，少數幾個遊民。來到那條有幾家連鎖餐廳和老購物中心的四線道之後，她開得比較快了。這裡的車子比較少，人們的動作也比較小、比較輕。她打開收音機，但談話節目都很無聊，音樂她也都不喜歡，於是又關上。她轉向東，循著一條狹窄的道路前行，經過零星散佈的樹林和有著石柱入口的新建住宅區。二十分鐘後，她就開出了市界。再過五分鐘，她開始爬坡。來到山頂後，她又點了根香菸，往外眺望著城市，想著從上頭看下去好乾淨。一時之間，她忘了那個女孩和地下室。沒有尖叫或流血或煙霧，沒有受傷的小孩或無法挽回的錯誤。那個世界只有光明和黑暗。沒有灰色或陰影。沒有中間地帶。

她走到山頂邊緣往下看，想找出一個懷抱希望的理由。她沒被起訴，不會去坐牢。

時候還沒到而已……

她把菸蒂丟向黑暗中，幾天來第三度打電話給那個女孩。「倩寧，嘿，是我。」

「布雷克警探？」

「叫我伊麗莎白，還記得嗎？」

「記得，對不起。我剛剛在睡覺。」

「我吵醒你了嗎？真抱歉。這陣子我的腦袋不管用。」伊麗莎白把手機緊貼著耳朵，閉上眼睛。「都忘了時間。」

「沒關係。我現在天天吃安眠藥。我媽，你知道的。」

電話另一頭傳來窸窣聲，伊麗莎白想像著那個女孩在床上坐起身。她十八歲，長得像個玩偶娃娃，有著憂慮的雙眼和任何小孩都不該有的回憶。「我只是擔心你，」伊麗莎白用力抓著手機，直到她的手發痛，整個世界停止旋轉。「現在的狀況不太妙，如果知道你沒事，我會好過一點。」

「我大部分時間都在睡覺。醒著不會有好事的。」

「真抱歉，倩寧……」

「我沒告訴任何人。」

伊麗莎白忽然僵住不動。山上的空氣很溫暖，但她覺得好冷。「我打電話不是要問這個，甜心。你不必——」

「但是我希望你問，伊麗莎白。發生的事情我沒告訴任何人。我不會說的，絕對不會。」

「我知道，可是……」

「有時候，你會覺得整個世界變暗了嗎？」

「你在哭嗎，倩寧？」

「我覺得世界變得有點太灰暗了。」

她的聲音沙啞，伊麗莎白可以想像那女孩的臥室，位於城市另一頭的大宅裡。六天前，倩寧在市區的一條街道上消失了。沒有目擊證人。查不出背後的任何動機。兩天後，伊麗莎白帶著她走出一棟廢棄房屋的地下室。擄走她的兩名男子死了——身上中了十八槍。而現在，四天後的半夜十二點，她們在講電話，那女孩的房間依然是粉紅色且一片柔和，裡頭充滿了各種小孩的物品。伊麗莎白聽不出她有什麼言外之意。「我不該打這通電話的，」她說。「我太自私了。你回去睡覺吧。」

電話裡頭傳來嘶嘶聲。

「倩寧？」

「他們問我事情的經過，你知道。我爸媽。還有那些律師。他們一直在問，但是我只說你怎麼殺掉那兩個人，救了我，又說他們死掉的時候我很高興。」

「沒事了，倩寧。你沒事了。」

「我這樣說很壞嗎，伊麗莎白？說我很高興？說我覺得十八顆子彈還不夠？」

「當然不是。他們活該。」

但倩寧還在哭。「我閉上眼睛就看到他們，還不時聽到他們在開玩笑，計畫要怎麼殺掉我。」她嗓音又變調了，而且更沙啞。「我還能感覺到他的牙齒咬著我的皮膚。」

「倩寧……」

「同樣的話我聽他說了好多遍，都開始相信了。說一切都是我自找的，說我會求死不得，說我會哀求他們快點殺了我。」

伊麗莎白緊抓著手機的手更白了。醫生說倩寧身上有十九個咬痕，大部分都穿透皮膚；但從幾次長談中，伊麗莎白知道傷害她最深的，就是那兩個男人跟她說的話，他們刻意讓她知道他們會怎麼對付她，讓她恐懼，以此逼她崩潰。

「我本來會求他殺了我的，」倩寧說。「要是你沒來，我就會求他了。」

「現在結束了。」

「我不認為。」

「真的結束了。你比你自己以為的更堅強。」

倩寧再度陷入沉默，伊麗莎白只聽到她急促的呼吸聲。

「你明天會來看我嗎？」

「我盡量，」伊麗莎白說。

「拜託。」

「州警局的人約我明天面談。如果我來得及，就去看你。要是來不及，那就後天。」

「你保證？」

「對。」伊麗莎白說，儘管她完全不懂得如何修補破碎的東西。

回到車上，伊麗莎白還是覺得茫然無措，而且無處可去、無事可做，於是就照著以往這種時候的慣例，來到她父親的教堂。那是一棟簡樸的建築物，在夜空下渺小而蒼白。她把車子停在高高的尖塔之下，審視著周圍的那些小房子有如小盒子般整齊排列，第一千次想著自己可以住在這樣的地方。儘管貧窮，但大家都努力工作，養活家人，彼此協助。這種鄰里互助精神現在似乎很少見了，她覺得讓這裡如此特別的很大原因，是緣於她的父母。儘管她和父親對人生和生活的想法不同，但他的確是個好牧師。如果人們想親近上帝，他會提供很好的管道。他讓這個街坊地帶友好而團結，但一切都得按照他的方式做才行。

十七歲那一年，伊麗莎白失去了對他的那種信任。

她循著一條狹窄的車道，走在濃密的大樹下，最後來到父母居住的牧師宅前。就像教堂一樣，這棟住宅小而簡樸，漆成了白色。她以為父母都睡了，卻發現母親坐在餐桌旁。她是個美麗的女人，和伊麗莎白同樣有著高高的顴骨和深邃的眼睛，頭髮雜著灰絲，多年辛勞後的皮膚依然光滑。伊麗莎白觀察她整整一分鐘，聽著附近的幾隻狗吠，一輛汽車隔著老遠的模糊引擎聲，還有遠處某棟房子傳來的嬰兒哭嚎。自從開槍事件之後，她就一直避開這個地方。

那為什麼我現在又跑來這裡？

不是為了父親，她心想。絕對不會是。

那是為什麼？

但她心底其實知道。

伊麗莎白輕輕敲門，紗門後傳來窸窣聲，然後她母親出現了。「哈囉，媽。」

「寶貝女兒。」紗門打開，她母親進入門廊，雙眼在燈光下發亮，一臉欣喜地朝女兒張開雙臂。「你都沒打電話，也沒過來。」

她輕輕擁住女兒，但伊麗莎白加重了力道。「這幾天狀況很不好。對不起。」

她退開身子，審視著伊麗莎白的臉。「我們給你留了話，你知道。就連你父親都打了電話。」

「我沒辦法跟老爸談。」

「真有那麼糟？」

「姑且說，不必上帝開口，就已經有夠多人批判我了。」

這不是開玩笑，但她母親善意地笑了起來。「進來喝杯酒吧。」她帶著伊麗莎白進屋，讓她坐在餐桌旁，忙著拿冰塊和田納西威士忌。「你想談談嗎？」

伊麗莎白搖頭。她想對母親保持誠實，但也老早就發現，只要一個小小的謊言，就足以污染最深的井。最好什麼都不說。最好都藏在心底。

「伊麗莎白？」

「對不起。」伊麗莎白又搖搖頭。「我不是故意疏遠你們的。只不過一切都似乎好……混亂。」

「混亂？」

「對。」

「啊，瞎說。」伊麗莎白張嘴，但她母親搖搖手阻止她。「你是我所認識的人裡頭腦袋最清楚的。從小就這樣，長大了也是。你向來比大部分人都看得清楚。這方面你就像你父親，即使你們相信的事情很不一樣。」

伊麗莎白望向黑暗的走廊。「他在家嗎？」

「你父親？不在。特納家又出事了。你父親過去幫忙。」

伊麗莎白認識特納家。特納太太愛喝酒，有時會變得很暴力，有回還打傷她丈夫。伊麗莎白當制服警員的最後一個月，還曾獲報過去處理。她閉上眼睛就能想像那棟小小的屋子，那女人穿著粉紅色的家居服，體重頂多四十五公斤。

我要找牧師。

她手裡拿著一根擀麵棍，對著陰影揮舞。她的丈夫倒地流血。

除了牧師，我不要跟任何人談。

當時伊麗莎白已經準備要來硬的了，但她父親安撫了那個女人，而她丈夫再度拒絕提出告訴。那是好多年前的事情了，至今牧師還在輔導他們。「他從來不退縮，對吧？」

「你父親？對。」

伊麗莎白望著窗外。「他談過那個開槍事件嗎？」

「沒有，甜心。他能說什麼？」

這是個好問題，伊麗莎白知道答案。他會責怪她害死兩個人，責怪她根本就不該去當警察。他會說她破壞了信任，說那個地下室、那對死去的兄弟、她的警察生涯，全都源自於一個錯誤的決定。「他還是不能接受我選擇的人生。」

「他當然能接受。他是你父親啊，只不過他很難過就是了。」

「為了我？」

「或許是為了以往那些比較單純的時光。當父親的人，總是不希望女兒恨自己的。」

「我不恨他。」

「但是你也不原諒他。」

伊麗莎白默認了。她一直和父親保持距離，就算兩人在同一個房間，她的態度也始終很冷淡。「你們兩個人怎麼會差這麼多？」

「其實沒有。」

「一個愛笑，一個愛皺眉頭。一個寬容，一個愛批判。你們兩個實在是完全相反，我真不懂你們怎麼能在一起這麼久。我真的很驚訝。」

「你這麼說，對你父親太不公平了。」

「是嗎？」

「我能說什麼呢，甜心？」她母親啜了口威士忌微笑。「愛情是沒有道理的。」

「即使你們在一起這麼多年？」

「唔，或許愛情的成分已經沒有那麼多了。他有時很難相處，沒錯，但只是因為他對這個世界看得太清楚了。善與惡，在他心中清楚分明。我年紀愈大，就愈能欣賞這種明確性。」

「老天在上，你以前是學哲學的啊。」

「那是好久以前的事情了……」

「你以前在巴黎住過，還寫詩。」

她母親搖搖手，不讓她往下說。「我以前年紀輕，巴黎只是個地方。你問我們為什麼會在一起，而在我心中，我還記得那種感覺——那種願景和目標，每天都要讓世界更美好的決心。跟你父親一起生活，就像站在一堆火面前，只有生猛的力量和熱度及目標。他每天起床都充滿活力，每天結束時也一樣。有很多年，他讓我覺得自己很幸福。」

「那現在呢？」

她傷感地微笑。「姑且說，儘管他愈來愈頑固，但他始終給我家的感覺。」

伊麗莎白很欣賞母親對婚姻的犧牲奉獻，簡單而明確。丈夫是牧師，她就扮演好牧師娘的角色。她思索了一下，想著他們夫妻之間多年來的關係：熱情和理想，早年生活和那座石砌的大教堂。「這裡不像以前那裡，對吧？」她轉頭望著窗外石頭圍繞的花園和褐色的草坪，看著那座狹小的簡陋教堂外頭罩著曬得褪色的護牆板。「我有時候會想到那裡：涼爽又安靜，教堂前的台階上視野很好。」

「我還以為你恨那座老教堂。」

「早些年不是那樣，而且也沒那麼恨。」

「你為什麼來這裡，甜心？」她母親的鏡影出現在同一塊窗玻璃上。「真正的原因？」

伊麗莎白嘆氣，心知這就是她來的原因。「我是好人嗎？」她母親露出微笑，但伊麗莎白阻止了她。「我是認真的，媽。就像現在，夜深人靜時，我覺得人生中的種種混亂又不確定，於是我來到這裡。」

「別傻了。」

「我是個只知收取、不懂付出的人嗎？」

「伊麗莎白．布雷克，你這輩子從來不曾收取什麼。從你還小的時候，我就看著你付出，先是對你父親和會眾，現在是對整個城市。你得到過多少獎章？救過多少人的性命？你到底想問什麼？」

伊麗莎白又坐下來，瞪著酒杯，雙肩聳起。「你知道我的槍法有多好。」

「啊。現在我懂了。」她握著女兒的手，瞇起眼睛捏了一下，坐在桌子對面。「如果你朝那兩個男人開了十八槍，那麼你一定是有很好的理由。不管誰說什麼，都不會改變我的想法。」

「你看過報紙了嗎？」

「大概看了一下。」她輕蔑地冷哼了一聲。「一堆歪曲的報導。」

「兩個人死了。他們還能說什麼？」

「女兒啊，」她又朝伊麗莎白和自己的杯子裡倒了些酒。「那就像是用白色描述一輪升起的滿月，或是用潮溼表達壯麗的海洋。你救了一個無辜的女孩。其他的就都不重要了。」

「你知道州警局正在調查？」

「我只知道你做的都是你認為正確的事，如果你朝那兩個男人開了十八槍，那你一定有充分的理由。」

「那如果州警局不這麼認為呢？」

「老天，」她母親又笑了。「你可別這麼懷疑你自己。他們會調查一下，還你清白。這一點你一定知道的。」

「現在好像沒有什麼是清楚分明的了。發生了什麼事？為什麼發生？我一直睡不好。」

她母親啜了口酒，然後朝她伸出一根手指。「你對靈感（inspiration）這個字彙熟悉嗎？它的含意？它的字源？」

伊麗莎白搖搖頭。

「在歐洲的黑暗時代，沒有人明白讓某些人特別的那些東西，比方想像力和創造力及遠見。人們一輩子都住在同一個村子。他們不曉得為什麼太陽升起或落下，也不曉得為什麼冬天會來。他們耕田而食，年紀輕輕就生病死掉。在那段黑暗、艱難的年代裡，每個人都面對著同樣的限制，只有極其珍貴的少數人，他們看待事物的眼光不同，比方詩人和發明家，藝術家和石匠。一般人不了解這樣的人：他們不明白一個人怎麼可能某天醒來，就以不同的眼光看這個世界。他們以為那是上天賜予的禮物。所以就出現了靈感這個字彙。意思是『吹氣』。」

「我不是藝術家，也沒有什麼遠見。」

「可是你有少見的洞察力，就像任何詩人的天賦一樣稀有。你看得透徹，而且善於理解。除非必要，否則你不會殺了那兩個人的。」

「聽我說，媽——」

「靈感。」她母親喝著酒，雙眼水盈盈的。「上帝吹出的氣息。」

三十分鐘後，伊麗莎白開車回市中心。以北卡羅萊納州來說，這個城市算是相當大，市界內的人口有十萬人，市外的整個郡還有二十萬人。有些地方還是很富裕，但是歷經了十年的經濟衰退，已經開始露出裂痕。一些以往從來不會閒置的店面，現在都租不出去了。破掉的窗子沒換新，老舊的建築物沒油漆。伊麗莎白以前最喜歡的那家餐廳倒閉了，她經過時看到一群青少年在街角吵架。現在大家的怒氣和不滿也愈來愈多。失業率是全國平均值的兩倍，而且經濟狀況一年不如一年。但這個城市還是有些地方很美：老房子和白柵籬笆，訴說著肯定和戰爭及犧牲的青銅雕像。雖然很多人自尊心還是很強，但就連最有尊嚴的人似乎都不輕易表現出來，彷彿一表現出來的話，就可能會招來危險。不知怎地，大家好像都覺得，最好的方法就是低著頭，等待更清朗的天空。

伊麗莎白把車停在警察局前面，隔著車窗往外看。這棟建築物是三層樓高，建造的石材和大理石跟法院一樣。她右邊那條小街上有家中華餐館，一個街區外是南方邦聯的墓園，再過去則是火車站，鐵軌往南北延伸。她小時候碰到星期六，會跟朋友們沿著那些鐵軌走進城，一起去看電影，或去公園看男生。現在她已經無法想像那樣的事情了。小孩走在鐵軌上，在市區裡到處閒晃。伊麗莎白搖下車窗，聞到柏油路面和熱橡膠的氣味。她點了根香菸，望著警察局。

十三年……

她試著想像這一切都會沒了：工作、人際關係、使命感。打從十七歲開始，她唯一想當的就是警察，因為警察不怕一般人害怕的事情。警察很堅強。他們有權威和使命。他們是好人。

她還相信這些嗎？

伊麗莎白閉上眼睛，思索著。睜開眼睛時，她看到法蘭西斯．戴爾走下警察局正面寬闊的樓梯。他直接穿越馬路，那張熟悉的臉懊惱又憂慮。開槍事件之後，他們吵了好多次，但兩人之間沒有怨恨。他比較年長，比較柔和，而且真的很擔心她。

「哈囉，隊長。沒想到這麼晚你還在。」

戴爾停在打開的車窗前，打量著她的臉和車子裡頭。他的目光從幾個菸盒轉到紅牛能量飲料空罐，然後轉到後座那半打揉成團的報紙。最後，他的雙眼焦點落在她旁邊的手機上。「我留了六次話給你。」

「對不起，我把手機關機了。」

「為什麼？」

「大部分打來的都是記者。你難道希望我跟他們講話？」

她的態度讓他生氣了。其中一部分是焦慮，一部分是警方內部控管的問題。她是警探，但是停職了；她是朋友，卻又沒熟到應該讓他這麼懊惱。種種情緒表現在他的臉上，在他皺起的眼睛和柔軟的嘴唇上，在他突然漲紅的臉上。「三更半夜的，你跑來這裡做什麼，麗茲？」❷

她聳聳肩。

「我已經告訴過你，在你的案子查清楚之前——」

「我又沒打算進去。」

他僵立了幾秒鐘，那張臉還是同樣的表情，眼睛還是同樣的憂慮。「州警局的人明天要跟你進一步約談，你沒忘記吧？」

「當然沒忘記。」

「你跟你的律師碰面了嗎？」

「是的，」她撒謊。「全都安排好了。」

「那麼，你現在應該跟愛你的人在一起，比方家人或朋友。」

「我有啊。跟朋友一起吃過晚餐了。」

「真的？那你們吃了什麼？」她張開嘴巴，然後他說：「算了。我不希望你跟我撒謊。」他隔著窄框眼鏡上端望著街道前後。「去我辦公室。五分鐘。」

他離開了，伊麗莎白花了一分鐘整理一下自己。等到她覺得準備妥當，就過街大步上了台階，來到映著街燈和星光的玻璃門前。她對著門內的櫃檯擠出微笑，朝著防彈玻璃後頭的那位警佐舉起雙手。

「好啦，好啦，」那警佐說，「戴爾跟我說過要讓你進去。你看起來不太一樣。」

「不一樣，怎麼說？」

他搖搖頭。「我太老了，沒法攪和那些狗屎。」

「什麼狗屎？」

「女人啊，意見啊。」

他按了開門鍵，伊麗莎白進門上了二樓，來到刑警隊那個狹長的大辦公室。裡面幾乎全空了，大部分的辦公桌都籠罩在陰影中。有那麼苦樂參半的幾秒鐘，沒人注意到她；然後門喀啦關上，一個穿著皺西裝的大塊頭警察在他的座位抬頭看。「唷，唷。我什麼都沒看到喔。」

「唷，唷？」伊麗莎白走進去。

「怎麼？」他往後靠在椅子上。「我不能講街頭黑話？」

「我的印象還是停留在你原來的樣子。」

❷麗茲（Liz）為伊麗莎白（Elizabeth）的暱稱。

「什麼樣子？」

她停在他的辦公桌前。「有房貸要繳，有小孩要養。超重十幾公斤，跟老婆結婚……九年了？」

「十年。」

「唔，就是十年。有個可愛的家庭，動脈很硬，離退休還有二十年。」

「很好笑，謝了。」

伊麗莎白從一個玻璃罐裡拿了一顆水果糖，歪著身子，往下看著查理．貝基特的圓臉。他身高一九〇公分，胖呼呼的，但她看過他把九十公斤的嫌犯凌空丟到汽車另一邊，中間完全沒碰觸到車身。「新髮型很漂亮，」他說。

她摸摸頭，感覺到真的好短，而且刺刺的。「真的？」

「虧你的啦。你幹嘛亂剪成那樣？」

「或許我想換個樣子。」

「或許你該找個專業的幫你。你什麼時候剪的？我兩天前才見過你。」

她模糊記得自己剪頭髮：凌晨四點，喝醉了酒；浴室裡沒開燈。她一直在為了某件事大笑，但其實比較像在哭。「你在這裡做什麼，查理？都十二點多了。」

「大學那邊有個槍擊事件。」貝基特說。

「耶穌啊，可別又來一個。」

「不一樣的。幾個當地人認為一個大一學生是同性戀，想揍他一頓。不管是不是同性戀，但結果他是深藏不露。他們追著他進了校園邊緣那家理髮廳旁的巷子。四打一，結果他掏出了一把點三八手槍。」

「他殺人了？」

「射傷了一個人的手臂。其他人都鳥獸散了。不過我們問到了名字，現在正在追查。」

「會起訴那個學生嗎？」

「四打一。那個大學生又沒有前科。」貝基特搖搖頭。「就我看來，目前就只是一些文書工作而已。」

「那應該就是這樣吧。」

「我想也是。」

「嗯，我該走了。」

「是啊，隊長說你要過來。他看起來不太高興。」

「我在外頭被他逮到。」

「你被停職了，還記得吧？」

「記得。」

「而且你也沒幫忙證明自己的清白。」

她明白他的意思。那個地下室的事情有很多疑問，而她卻一直不願意回答。壓力愈來愈大。州警局，州檢察長。「談談別的吧。凱若還好嗎？」

貝基特往後靠坐，聳聳肩。「工作得很晚。」

「有什麼美容院緊急事件？」

「信不信由你，真有這種事情的。好像是婚禮吧，或是離婚派對。今天晚上要做深層護髮，明天早上要剪頭髮、做造型。」

「哇。」

「我知道。順便說一聲，她還是想幫你作媒。」

「跟誰？那個牙齒矯正師？」

「是牙醫啦。」

「有差嗎？」

「其中一個賺比較多錢吧。我猜想。」

伊麗莎白豎起一根手指往後指。「我想他在等我。」

「聽我說，麗茲，」貝基特湊近了，壓低聲音。「有關那個槍擊事件，我一直盡量不去煩你。對吧？我一直設法盡一個朋友和搭檔的責任，努力體諒你。但州警局的人明天——」

「他們已經有我的證詞了。同樣的問題再拿來問一遍，我也不會有別的答案。」

「他們有四天找目擊證人、跟倩寧談、調查犯罪現場。他們不會問同樣的問題，你知道的。」

她聳聳肩。「事情經過反正就是那樣，我不會改變說法。」

「這是政治，麗茲。你懂吧？白人警察，黑人被害者……」

「他們不是被害者。」

「聽我說。」貝基特審視著她的臉，非常擔心。「他們想抓一個他們認為是種族歧視、心理狀態不穩定，或者兩者皆是的警察。而據他們的看法，那就是你。選舉快到了，州檢察長想討好黑人選民。他認為眼前就是個好機會。」❸

「這些我都不在乎。」

「你朝他們開了十八槍。」

「他們把那個小孩關在地下室超過一天，還反覆強暴她。」

「我知道，但是你聽我說。」

「還用鐵絲綁住她的手腕，緊得都見骨了。」

「麗茲——」

「少跟我說這些，該死！他們跟她說，等他們玩夠了，就要悶死她，然後把屍體丟到採礦場。他們都準備好塑膠袋和防水膠布了。其中一個還說要在強暴的時候殺死她，說這是馴服白人女孩的牛仔競技。」

「這些我都知道，」貝基特說。

「那麼這段對話就不該發生。」

「但是發生了，不是嗎？倩寧的父親是富有的白人。你射殺的那兩個人是貧窮的黑人。這是政治還有媒體。你也看過報紙，他們已經開始要追殺你了。」他豎起大拇指和食指。「就差這麼

❸美國大部分州的州檢察長是民選的，包括北卡羅萊納州。

一點，這件事就會鬧成全國性事件。很多人希望你被起訴。」

她知道他指的是誰。政客，煽動者。某些認為整個制度已經徹底腐敗的人。「我沒辦法談這件事。」

「那你可以跟律師談嗎？」

「我已經談了。」

「不，你沒有。」貝基特往後靠，看著她。「他打電話來這裡找你。他說你不肯跟他碰面，也不回他的電話。州警察局的人想用蓄意殺害兩個人的罪名起訴你，結果你還一副沒事的樣子，好像你沒朝兩個男人射光了彈匣裡的子彈。」

「我有好理由。」

「我相信，但是問題不在這裡。警察也會坐牢的，你比大部分人都明白這一點。」

他的目光和他的話一樣尖銳。伊麗莎白不在乎。即使事隔十三年了。「我不要談他，查理。今天晚上不行，跟你不行。」

「他明天就出獄了。我想你應該明白其中的諷刺性。」貝基特雙手在腦後交握，像是要等著她跟他辯論最基本的事實。

警察也會坐牢的。

有的還會出獄。

「我最好去找隊長了。」

「麗茲，等一下。」

她沒等，而是拋下貝基特，來到隊長辦公室敲了兩下門，開了進去。戴爾正坐在辦公桌後頭。即使這麼晚了，他還是西裝筆挺、領帶繫緊。「你還好吧？」

她揮了一下手，但是無法掩飾自己的憤怒和失望。「我的搭檔。意見很多。」

「貝基特只是希望你做出最好的選擇。我們所有人也都這樣希望。」

「那麼，就讓我回來工作啊。」

「你真認為這樣對你是最好的？」

她別開眼睛，因為他的問題幾乎命中靶心。「工作是我最擅長的。」

「在調查結束之前，我不會讓你復職的。」

她在一張椅子坐下來。「還要拖多久？」

「你該問的不是這個。」

伊麗莎白看著自己映在玻璃上的鏡影。她瘦了，頭髮亂糟糟的。「那該問什麼？」

「你真的不知道？」戴爾舉起雙手。「你還記得上回吃東西是什麼時候嗎？」

「那個不重要。」

「那你上回睡覺是什麼時候？」

「好吧。我承認過去幾天很……複雜。」

「複雜？老天在上，麗茲，你的黑眼圈好嚴重。你根本不回家，也不接電話。光是開著那輛破車到處跑。」

「那是一九六七年款的野馬（Mustang）。」

「根本就不該開上路的。」戴爾身體前傾，十指交扣。「那些州警察局的人一直問起你，我也愈來愈難跟他們說你很可靠。一星期前，我會用審慎和明智及克制這些字眼去形容你。但是現在，我都不曉得能說什麼了。你變得急躁、陰沉，難以預測。你喝太多酒，而且十年來頭一次抽菸。你不肯跟律師或同事談。」他比劃了一下她亂糟糟的頭髮和蒼白的臉。「你看起來就像那種迷上哥德風的小鬼，像個鬼影子——」

「我們能不能談別的話題？」

「有關那個地下室裡發生的事情，我認為你在撒謊。要不要談這個？」

伊麗莎白別開眼睛。

「你的時間線兜不攏，麗茲。州警局不相信，我也不相信。那個女孩不肯講什麼細節，所以我認為她也在撒謊。你失蹤了一小時，接下來就把手槍裡的子彈射光了。」

「如果我們談完了——」

「沒有談完。」戴爾往後靠坐，很不高興。「我打電話給你父親了。」

「啊。」這聲輕嘆包含了千言萬語。「布雷克牧師還好嗎？」

「他說你內心的裂痕太深了，連上帝的光都照不到底。」

「是啊，唔，」她避開目光。「我父親用字遣詞向來很有一套。」

「他是好人，麗茲。讓他幫你吧。」

「你一年去我爸的教會參加兩次儀式，可不表示你有資格跟他討論我的人生。我不要他扯進來，也不需要幫忙。」

「但是，你需要。」戴爾前臂放在桌上。「讓人難過的就是這點。你是我所見過最優秀的警察之一，但你同時也像是一個即將發生的大災難。我們都沒辦法袖手旁觀。我們想幫忙。讓我們幫你吧。」

「我可以復職嗎？」

「老實說出那個地下室的事發經過，麗茲。老實說出來，不然這些州警局的人會把你生吞活剝的。」

伊麗莎白站起來。「我知道我在做什麼。」

戴爾也站了起來，在她伸手要去開門時說了。「你今天下午開車經過監獄。」

她一手放在門鈕上，整個人僵住了。當她回頭時，聲音冷冰冰地。他想談明天和監獄。當然了。就像貝基特，就像其他所有警察一樣。「你跟蹤我嗎？」

「沒有。」

「誰看到我了？」

「那不重要。你懂我的意思。」

「那就姑且假裝我不懂吧。」

「我不希望你靠近艾爵恩・沃爾。」

「他誰啊？」

「也不要跟我裝傻。他的假釋通過了，明天早上就會出獄。」

「我不懂你的意思，」她說。

但其實她懂，而且這一點兩人都心裡有數。

3

獄中生活是一種矛盾狀態，任何一天都可能以血腥告終，但每天早上卻都有同樣的開始。醒來時，有那麼片刻，你不知道自己的過去與未來。那幾秒鐘好神奇，像是一抹溫暖的光芒，然後現實掠過他的胸膛，記憶的黑狗拖著腳步。這個早上跟其他早上沒有什麼不同：一開始一片靜止，然後坐牢十三年的一切記憶湧上來。這類時刻對大部分人來說都很糟糕。

對一個警察來說，就更糟糕了。

而對一個像艾爵恩這樣的警察來說，更是糟到無法忍受。

黑暗中，他坐在床上，摸著那張感覺上再也不像自己的臉。他一根手指滑入左眼角一個五分錢硬幣大小的凹陷處，循著疤痕到鼻子，然後來到顴骨下方幾道長疤痕交會的地方。癒合的疤痕是白色的，只不過監獄裡的縫合技術並不高明。然而入獄多年，他所學到最重要的一點，就是人生中真正重要的事情。

他失去了什麼。

他還剩下了什麼。

他掀開粗糙的被單，開始做伏地挺身，做到雙臂顫抖為止。然後他在黑暗中站起來，試圖忘掉黑暗和寂靜的感覺，也忘掉過往掙扎到天亮的記憶。他是三十歲又兩個月時入獄的。現在，他已經四十三歲了，處處傷疤，滿身破碎，整個人完全變了。大家還認得他嗎？他的妻子還認得他嗎？

十三年，他心想。

「一輩子。」

那聲音輕得幾乎聽不到。艾爵恩眼角看到一點動靜，發現伊萊・羅倫斯在囚室最黑暗的角落裡，在床鋪那一頭的昏暗中看起來好小，雙眼暗黃，那張臉太黑又太多疤痕，簡直與周圍的黑暗融為一體。

「他講話了，」艾爵恩說。

老人眨眨眼，彷彿是在說，這類事情難免會發生的。

艾爵恩也閉上眼睛，然後轉身，手指抓著溫暖得簡直像在冒汗的金屬柵條。他從來不曉得伊萊什麼時候會說話，不曉得那對黃色的眼睛會睜開或眨眼，或是閉上良久而整個人都隱入昏暗中。即使現在，整個囚室裡唯一的聲音就只有艾爵恩的呼吸聲，還有他手指溼滑地在金屬上摩擦的聲音。這是他在監獄的最後一天，外頭的天色逐漸亮起來。鐵柵外的長廊空蕩灰暗；艾爵恩很好奇監獄外的世界是否也同樣感覺空茫。他再也不是以前的那個人，也沒有什麼虛幻的錯覺。入獄至今，他瘦了十四公斤，一身瘦而結實的肌肉像舊繩索一般。他在監獄裡吃了很多苦，儘管很討厭一般囚犯的訴苦——說那不是我幹的，那不是我的錯——但艾爵恩可以指著其他人說，這道疤痕是這個人造成的，那塊斷骨是那個人造成的。但當然，這一切都不重要。即使他站在高塔上大叫著典獄長或哪個警衛如何傷害他，都不會有人相信，也不會有人在乎。

太多傷害了。

在黑暗中太多年了。

「你辦得到的，」那老人說。

「我不該出去的，現在還太早了。」

「你知道為什麼的。」

艾爵恩的手指握緊鐵柵。十三年是二級謀殺罪的最低刑期，但必須獄中表現良好，而且經由典獄長同意。「出獄後他們會監視我，你知道的。」

「他們當然會監視你。這個我們談過了。」

「我不知道自己是不是做得到。」

「我覺得你可以。」

老人的聲音從黑暗中飄過來，好輕。艾爵恩背部緊貼著同樣那片潮溼的鐵柵，想著跟他共同生活多年的這位老人。伊萊．羅倫斯教了他種種監獄的規則，教他何時該搏鬥、何時該屈服，教他即使最糟糕的事情都終會結束。更重要的是，這位老人讓他一直保持心智正常。在一個個永遠黑暗的日子裡，無論他多麼孤單或流多少血，伊萊的聲音始終是他維持理智的重要依靠。而且，伊萊似乎是逐漸演變得適合這個角色。入獄六十年後，這位老人的世界已經縮小到只剩眼前的囚室。他不跟其他人打招呼，不跟其他人講話。他們兩人的關係如此緊密，因而艾爵恩很害怕自己離開囚室的那一刻，伊萊就會消失。「我真希望能帶你走。」

「我們心裡都明白，我永遠不可能活著離開這裡的。」伊萊微笑，好像那是個笑話，但其實他說的是實話。伊萊．羅倫斯因為一九四六年在北卡羅萊納州東部鄉間犯下一樁搶劫殺人案，被判終身監禁。要是死掉的那些人是白人，他就會被處以死刑了。但結果，他被判三個終身監禁，艾爵恩知道伊萊再也不可能呼吸到自由的空氣了。凝視著黑暗的囚室，艾爵恩有好多話想跟老人說。他想謝謝他，想道歉，想描述這些年來伊萊對他有多麼重要，想解釋儘管自己熬過了刑期，但出獄之後，沒有伊萊的指引，他還是不曉得自己能不能活得下去。他開口想說話，但又停住，因為在沉重的鋼製門外，燈光閃爍著亮了，同時囚區外響起蜂鳴聲。

「他們來了。」伊萊說。

「我還沒準備好。」

「你當然準備好了。」

「沒有你不行，伊萊。我一個人沒辦法。」

「你冷靜聽我說，我要告訴你幾件事，那是很多人一出去就會忘記的。」

「我不在乎那些。」

「小子，我在這邊待了一輩子。你知道有多少人這麼跟我說過？『我可以處理。我知道自己在做什麼。』」

「我沒有不敬的意思。」

「那當然了。現在，你先靜下來，再好好聽我這個老人說點話。」

艾爵恩點點頭，聽著金屬碰撞金屬的聲音。他聽到遠處的人聲，還有硬鞋子敲著水泥地板。

「錢沒有意義，」伊萊說。「你懂我的意思吧？我看過很多人在這裡蹲了二十年，然後只為了一點錢，出去才六個月又回來了，好像他們坐牢二十年什麼都沒學到。金銀財寶都是身外之物。比不上你的人生或你的快樂或一天的自由，只要有陽光，有新鮮的空氣，那就夠了。」伊萊失落地點點頭。「儘管這麼說，但你記得我告訴過你的吧？」

「是的。」

「那個瀑布和溪流分岔的地方？」

「我記得。」

「我知道你認為這個地方把你磨得沒法適應外頭的世界了，但是身上的傷疤和被打斷的骨頭不算什麼，恐懼和黑暗、記憶和仇恨、報復的夢想也都沒有意義。拋開這一切吧，不要管了。你走出這個地方，就繼續往前走。離開這個城市，找個新的地方從頭開始。」

「那典獄長呢？我也該拋開他嗎？」

「如果他去找你？」

「不管他會不會來找我。我如果碰到他，該怎麼辦？」

這個問題很危險，一時之間，伊萊呆滯的雙眼似乎發紅了。「關於報復，我剛剛說了什麼來著？」

艾爵恩咬著牙，不必說什麼，就已經表明態度了。

典獄長是例外。

「你得拋開仇恨，小子。聽到沒？你提早出獄了。或許這是有原因的，也或許沒有。要是你消失了，計較半天又有什麼意義呢？」警衛走近了，再過幾秒鐘就會來到囚室外。老人點點頭。「至於你在這個地方受過的罪，唯一重要的就是活下去。你懂嗎？活下去沒有什麼錯。說出來。」

「沒有錯。」

「另外不必擔心我。」

「伊萊……」

「現在給我這個老人一個擁抱，然後滾出去吧。」

伊萊點著頭，艾爵恩覺得喉嚨發緊。伊萊．羅倫斯不光是朋友，更像是父親，艾爵恩擁住他時，發現他好輕好熱，像是他骨頭裡有煤炭在燃燒。「謝謝，伊萊。」

「你要驕傲地走出去，小子。讓他們看到你抬頭挺胸。」

艾爵恩後退，想再看一次那老人疲倦而洞悉一切的雙眼。但伊萊退入陰影中，背過身子，幾乎消失了。

「去吧。」

「伊萊？」

「一切都很好，」老人說，但艾爵恩已經滿臉是淚了。

警衛讓艾爵恩進入走廊，但始終跟他保持距離。他不是大塊頭，但就連警衛也聽說過傳言，知道他受過什麼罪、如何熬過來。數字是無法否認的：住院幾個月、縫了多少針、開刀多少次、斷了幾根骨頭。就連典獄長也特別注意艾爵恩．沃爾，因而讓警衛們更加心生畏懼。監獄裡也流傳著一些關於典獄長的故事，但沒有人追究真實與否。這是典獄長的監獄，而他並不寬容。這表示你得低下頭、閉上嘴巴。何況，那些故事不可能是真的——正派的警衛們這樣安慰自己。

但不是每個警衛都很正派。

艾爵恩往前走時，看到最壞的三個警衛站在角落裡，板著臉，眼神冰冷，即使現在，仍會讓艾爵恩遲疑不前。他們的制服乾淨而平整，皮鞋擦得亮晶晶。三人沿著牆壁一字排開，傲慢的態度傳達了訊息：我們還是支配你。不管你在裡頭還是外頭，都不會改變。

「你在看什麼，囚犯？」

艾爵恩沒理會，走向一個有鐵絲網籬和金屬柵條圍起的櫃檯。

「你得脫衣服。」櫃檯上放著一個紙箱，職員把艾爵恩十三年沒見過的衣服拿了出來。「快點。」那個職員看了三名警衛一眼，然後目光又回到艾爵恩身上。「沒事的。」

艾爵恩脫掉監獄的鞋子，又把橘色連身服脫下。

「耶穌啊……」那職員看到他身上的疤痕，不禁臉色發白。

艾爵恩表現得好像沒事，但其實並不。那些把他從囚室帶出來的警衛都沉默不動，但其他三個則是拿他歪掉的手指和滿是疤痕的皮膚開玩笑。艾爵恩知道這三個人的名字，也認得他們的聲音，知道誰的聲音最大。他知道哪個人最殘酷、哪個人正在微笑。儘管如此，他始終挺直背脊。等到那些竊竊私語停止，他才穿上西裝，把注意力轉到其他事物上：櫃檯上的一個暗點，鐵絲網籬內的一個時鐘。他把襯衫的釦子全都扣好，繫好領帶，好像星期天要去做禮拜似的。

「他們走了。」

「什麼？」

「那三個。」那職員指了一下。「他們走了。」那職員有一張窄長的臉，眼神出奇地柔和。

「我剛剛恍神了嗎？」

「只有幾秒鐘。」那職員尷尬地別開眼睛。「你好像心不在焉。」

艾爵恩清了清嗓子，但猜想那個職員說的是實話。他有時會覺得整個世界變暗，然後他會失神。「對不起。」

那個小個子職員聳聳肩，艾爵恩從他臉上的表情知道，那三個警衛曾把很多囚犯折磨得很慘。

「把出獄手續辦一下吧。」那職員把一張紙推向他。「這個要簽名。」艾爵恩沒閱讀上頭的文字就直接簽了，接著那職員拿出三張鈔票放在櫃檯。「這個是給你的。」

「五十元？」

「這是州政府送的禮物。」

艾爵恩看著那些鈔票，心想，十三年，五十元。那職員把鈔票推過來，艾爵恩拿起來摺起，塞進口袋。

「有什麼問題要問的嗎？」

艾爵恩想了一分鐘，除了伊萊．羅倫斯之外，他已經好久沒跟任何人講過話了。「有人來嗎？你知道……來接我？」

「對不起，這個我不知道。」

「你知道哪裡有車可以搭嗎？」

「計程車是不准停在監獄門口的。你沿著馬路往下走到奈森酒館，那邊有公用電話。我還以為你們那些人都曉得呢。」

「你們那些人？」

「更生人。」

艾爵恩思索著。剛剛把他帶出囚室的一名警衛指著空蕩的門廳。「沃爾先生，」

沃爾轉身，不確定他對這些陌生的話有什麼感覺。

沃爾先生……

更生人……

那警衛舉起一手，指著左邊的門廳。「這邊走。」

艾爵恩跟著他走向一扇門，門打開來一片明亮。外頭還有圍籬和一道柵門，但吹在他臉頰上的微風溫暖，他仰臉對著太陽，然後又低下頭，試圖判斷那種感覺和監獄庭院中曬到的太陽有什麼不同。

「有囚犯要出來了。」那警衛按了一個對講機說，然後指著滾輪上滑開的柵門說：「直走出去。第一道門關上後，第二道門才會打開。」

「我太太……」

「我不曉得你太太什麼的。」

那警衛推了一把，於是艾爵恩就這樣出了監獄。他回頭尋找典獄長辦公室的位置，找到東牆三樓右邊的幾扇窗子。有那麼一會兒，陽光照亮了玻璃，然後雲飄過來遮住太陽，艾爵恩便看到他站在那裡。一如慣常的姿勢，典獄長雙手插在口袋裡，肩膀鬆垮。一時之間，兩人互相對望著，艾爵恩的目光充滿恨意，覺得再過十三年也不會消。他以為那些警衛也會出現，但結果沒有。只有他和典獄長，過了十幾秒，陽光破雲而出，又照亮了那片玻璃。

驕傲地走出去，小子。

他聽到伊萊的聲音，彷彿他就在身邊。

讓他們看到你抬頭挺胸。

艾爵恩穿過停車場，站在馬路邊，想著他太太或許會來。他又看了一眼典獄長的辦公室，然後看到一輛車飛馳經過，接著又一輛。他站在那兒等，太陽在天空慢慢移動，一個小時過去了，然後是三個小時。等到他開始走，喉嚨已經發乾，汗水溼透了襯衫。他沿著馬路邊緣走，一面注意經過的汽車，同時一面望著半哩外那批積木似的房屋。等他走到那些屋子時，氣溫已經超過攝氏三十七度了。路面被陽光曬得閃閃發光，揚起好多蒼白的灰塵。他看到一具公用電話旁有一家自助倉庫、一間貨運公司，還有一家奈森酒館。所有的店看起來都沒開，只有那家酒吧除外，窗子裡有個招牌，一輛破舊生鏽的小貨車停在前門旁。艾爵恩握住口袋裡那三張鈔票，然後伸手開門，走進酒館裡。

「啊，有人重獲自由了。」

那聲音粗啞而充滿自信，口氣愉悅但沒有惡意。艾爵恩走向吧檯，看到一個六十來歲的老頭站在成排的酒瓶和一面長鏡子前。他身材高大，花白的長髮往後梳，身上穿著一件皮背心。艾爵恩又走近些，朝那半微笑的男人報以微笑。「你怎麼知道？」

「監獄皮膚。皺西裝。而且我每年都會看到十來個這樣的人。你要叫計程車？」

「能不能跟你換零錢？」

艾爵恩遞出一張鈔票，那酒保搖搖手拒絕。「不必打公用電話了。我的速撥鍵上就有設定。你坐一下。」艾爵恩坐在一張塑膠皮的凳子上，看著那人撥號。「喂，我要叫計程車，在奈森酒館……對，從監獄出來的。」他聽了一會兒，然後蓋住電話對艾爵恩說：「要去哪裡？」

艾爵恩聳聳肩，因為他不知道。

「派車過來就是了。」那酒保掛了電話，回到吧檯前。他厚重眼皮底下的眼珠是灰色的，絡腮鬍是黃白夾雜。「你在裡頭蹲了多久？」

「十三年。」

「哎呀，」那酒保伸出一隻手。「我是奈森．康若伊，這家店是我開的。」

「我是艾爵恩．沃爾。」

「唔，艾爵恩．沃爾，」奈森倒了一杯生啤酒，放在吧檯上推過去。「歡迎回到重生的第一天。」

艾爵恩瞪著那杯啤酒，這麼單純的東西。杯子裡面的液體，摸起來感覺冰涼。一時之間，整個世界似乎傾斜了。事情怎麼可能這麼快就改變了這麼多？握手和微笑及冰啤酒。他看到自己的臉映在吧檯後的鏡子裡，無法別開目光。

「真的很爛，對吧？」奈森手肘架在吧檯上，身上一股曬多了太陽的皮革味。「看到自己的樣子，想起自己以前的樣子。」

「你坐過牢？」

「越南戰俘營。四年。」

艾爵恩摸摸臉上的疤，身子往前湊。監獄裡的鏡子是磨光的金屬材質，沒法看得很清楚。他頭轉向一邊，然後是另一邊。那些皺紋比他原以為的要深，眼睛比較大也比較暗。「每個人剛出獄都會這樣嗎？」

「想很多？才不呢。」那酒保搖頭，在一個烈酒杯裡倒了褐色的液體。「大部分人都只想喝醉，找個人上床，或者找人打一架。我幾乎什麼都看過了。」他把酒一口喝掉，酒杯啪一聲放在吧檯上，此時門推開來，光線照得鏡子發亮。「不過那個倒是很少見。」

艾爵恩循著他的目光回頭，看到白晝的天光罩著一個瘦巴巴的小孩。他應該十三歲或十四歲，握著槍的那隻手顫抖著。奈森一手滑到吧檯下，那小孩說：「拜託不要。」

奈森手又回到吧檯上，整個人忽然變得嚴肅又安靜。「我想你找錯地方了，小子。」

「反正……統統不准動。」

那男孩個子不高，大概一五二公分，細瘦的骨架，指甲很長。眼珠是靛藍色的，那張臉感覺上好熟悉，艾爵恩忽然覺得胸口發緊。

不可能吧……

但就是可能。

是他的嘴和頭髮，瘦瘦的手腕和他的下頷。「啊，老天。」

「你認識這個小鬼？」奈森問。

「我想我認識。」

那男孩頗有吸引力，但是很憔悴。身上的衣服大概兩年前還很合身，但現在都嫌太小，露出髒襪子和一大截手腕。他睜大眼睛很害怕，那把槍在他手裡顯得好大。「不要不把我當一回事。」

他走進門，門在他背後關上。艾爵恩下了凳子，攤開雙手。「耶穌啊，你看起來跟她好像。」

「我叫你們不准動。」

「別緊張，紀登。」

「你怎麼知道我的名字？」

艾爵恩艱難地吞嚥著。他只看過這男孩的嬰兒時期，但那五官走到哪裡他都能認出來。「你看起來跟你母親好像。老天，就連你的聲音……」

「別裝得一副你認識我媽的樣子。」那把槍顫抖著。

艾爵恩張開手指。「她是個好女人，紀登。我絕對不會傷害她的。」

「我叫你不准談她。」

「我沒殺她。」

「你撒謊。」

槍搖晃著。擊錘喀嗟響了兩下。

「我認識你母親，紀登。比你以為的還要熟悉。她溫柔又善良。她不會希望你這樣的。」

「你怎麼知道她希望怎樣？」

「我就是知道。」

「我沒有選擇。」

「你當然有選擇啊。」

「我承諾過的。這是男人該做的。每個人都知道。」

「紀登，拜託……」

那男孩的臉皺起來，扣著扳機的手指更緊了，槍在他手裡搖晃著。他的眼睛發亮，而那一刻，艾爵恩不曉得自己該害怕還是該難過。

「我求你，紀登。她不會希望你這樣對我的。」

那槍抬高一吋，艾爵恩從那男孩的眼睛看得一清二楚，恨意、恐懼和失落。除此之外，他只來得及想到一件事，就是那男孩母親的名字——茱麗亞——然後吧檯後方轟然一響，在男孩胸口打出一個紅色的洞。衝擊力大得讓紀登後退一步，拿著槍的手垂下，濃稠如油的鮮血冒出來，染紅了他的襯衫。

「啊。」他看起來比較像是驚訝，而非疼痛。他張開嘴巴，看著艾爵恩的雙眼，然後膝蓋一軟。

「紀登！」艾爵恩三大步就衝到男孩面前。他踢開那把槍，跪在男孩旁邊。

鮮血從傷口湧出來。那男孩茫然瞪著眼睛，滿臉驚愕。「好痛。」

「噓，躺著別動。」艾爵恩脫掉西裝外套，揉成一團壓住傷口。「打九一一。」

「我救了你的命，老弟。」

「拜託！」

奈森放下一把小小的銀色手槍，拿起電話。「等警察來了，你可別忘記這件事。」他把話筒湊在耳邊，撥了九一一。「我朝那個男孩開槍，是為了救你的命。」

4

伊麗莎白的房子向來是她的庇護所。這棟維多利亞式房屋小巧而整齊，位於舊市區一小片狹長的土地上，廣闊的樹蔭籠罩著屋子和綠色的草坪。她獨居，但從不覺得孤單，因為這個地方完全代表了她所喜愛的生活。無論是手上的案子或是局裡的政治或是連帶的破壞，只要踏進家門，總是能讓她把工作拋在腦後。她可以仔細欣賞牆上的油畫，手指撫摸著一排排書籍和她從小收集的木刻版畫。這棟房子一直是她的避風港。這是定律，而且在她成年生活的每一天都是如此，但現在卻失效了。

現在，這棟房子感覺上就只是一堆木頭、玻璃和石頭。

現在，這裡只是一個地方而已。

這樣的想法害她大半夜睡不著，想著房子和她的生活，想著那兩名死掉的男子和地下室。到了四點，她所有的思緒都圍繞著倩寧打轉，而且主要集中在自己做錯的事情。

她犯了好多錯。

這是難以面對的真相，而這個真相一直糾纏著她，直到最後，到了黎明時分，她終於睡著了。但接下來，她還是夢到，然後大叫著醒來。那叫聲簡直像動物，把她自己都嚇壞了。

五天……

她摸索著來到浴室的洗手台，掬水潑在臉上。

天亮了。

夢魘退去後，她坐在廚房的餐桌前，瞪著一個牛皮紙檔案夾，裡頭的紙頁又舊又皺，而且要是被人發現她家裡有這東西，可能會害她被開除。她昨天花了三個小時看這些檔案，再之前的那個星期花了十二個小時。自從艾爵恩·沃爾被定罪之後，她就收集了這個檔案。除了一些剪報和她自己拍的照片之外，其他的資料跟地檢署裡所存的那份茱麗亞·司傳吉謀殺檔案一模一樣。

她翻著一疊照片，抽出其中一張。上頭是穿著警察制服的艾爵恩，當時的他比她現在還年輕。英俊，她心想，有堅定的清澈眼神，那是大部分警察工作沒幾年後就會失去的。下一張照片是艾爵恩穿著便服，然後是他在法院前的台階上。這張是她在他出庭受審之前拍到的，她很喜歡陽光照在他臉上的樣子。照片中的他頗像她現在的感覺，有點疲乏，有點厭煩。但還是英俊而挺拔，她心想，依然是她向來佩服的那個警察。

伊麗莎白翻閱剪報，找到了茱麗亞·司傳吉的解剖照片。這位年輕女子的謀殺案引起了郡史上罕見的轟動。她活著時年輕而優雅，但解剖台上的她全身蒼白、頸部有擠壓傷，加上停屍間明亮的燈光，把她的美剝奪殆盡。但她曾經美麗動人，而且頑強地對抗兇手。打鬥的痕跡遍佈整個廚房：一張摔壞的椅子和翻倒的餐桌，砸碎的盤子滿地都是。伊麗莎白翻著那些廚房的照片，但看到的都是她早已看過的：櫥櫃和瓷磚地板，角落有個兒童遊戲安全圍欄，冰箱上貼著家人的照片。

檔案裡還有一些常見的報告，她早已看熟了。鑑識工作，指紋，DNA。她瀏覽著這個家庭的歷史：妻子早年當模特兒的生活，紀登出生，丈夫的工作。從各個方面看來，這都是個完美的家庭：年輕而有魅力，不富裕，但還過得去。家庭朋友在訪談中說茱麗亞是個很棒的母親，而她先生很愛家人。檔案裡只有一個目擊證人的證詞。是一位鄰居老太太，在那天下午三點左右聽到了爭吵，但她長期臥病在床，身體很衰弱，所以除了協助建立起基本的時間線之外，其他幫助並不大。

謀殺發生時，伊麗莎白才剛當上警察四個月，還只是個菜鳥，但她在城外十公里一家教堂的祭壇上發現了茱麗亞的屍體。那是伊麗莎白童年的教堂，不過這個事實無關緊要，只是讓她有點不舒服罷了。這個犯罪現場就跟其他被棄屍的建築物沒有兩樣。當時伊麗莎白不曉得，發現這具屍體將會對她的人生產生後續影響。那天她要去探望母親，結果就發現了茱麗亞．司傳吉的屍體。她是被勒死的，身上沒穿衣服，放在祭壇上，一塊白色亞麻布蓋到她的下巴。沒有性侵犯的痕跡，不過她指甲底下所發現的皮膚物質有艾爵恩．沃爾的ＤＮＡ。進一步調查後，發現茱麗亞家廚房裡的一塊碎玻璃上，以及教堂附近路邊水溝裡所發現的一個啤酒空罐上，都有艾爵恩的指紋。然後法院下令艾爵恩接受身體檢查，發現他的頸背有抓痕。一旦檢方確定艾爵恩認識被害人，他很快就被定罪。他沒有不在場證明，也沒有解釋。就連他警局搭檔的證詞都對他不利。

只有伊麗莎白不相信他有罪，但她當時才剛滿二十一歲，沒有人把她當回事。她設法私下調查，但是被嚴厲警告不准碰這個案子。*你有偏見，*大家都這麼告訴她。*你沒搞清楚狀況。*但伊麗莎白對艾爵恩的信任程度遠遠不是那麼單純。她第二度想找目擊證人談話時被逮到，就被暫時停職過。第三次，她被檢方威脅說她妨礙司法。於是伊麗莎白只好放棄。審判期間，她天天都坐在法院裡，雙眼往前看著艾爵恩，直到陪審團做出艾爵恩有罪的判決。沒有人明白她為什麼關心艾爵恩．沃爾，只有她自己曉得。沒有人懂，也不可能懂。

就連艾爵恩都不懂。

她又花了三十分鐘看那份檔案，然後聽到有人敲門，正想去開門時，走到一半才發現自己身上只穿了內褲。「等一下，馬上來。」她說，趕緊進入狹窄的走廊，從衣櫃門後抓了一件浴袍穿上，這才回到客廳，此時外頭的人已經敲了第三次了。她湊在門上的窺視孔，看到貝基特的太太站在門廊上。她是個活潑而豐滿的女子，正拿著一面小鏡子檢查自己的臉。伊麗莎白打開門。

「凱若，嘿。你怎麼跑來了？」

凱若露出微笑，舉起一個藍色的小旅行包。「我來幫忙的。」

「對不起，什麼？」

「我老公說你要找我幫忙弄頭髮？」凱若的聲音揚起，似乎是疑問。

「頭髮？」

凱若擠進門，用一邊臀部把門關上。她看了屋內一圈，表情很滿意，然後把注意力轉到伊麗莎白的黑眼圈、蒼白的皮膚，還有那種無精打采的沮喪表情。「他講起你頭髮，還真不是開玩笑的。」

伊麗莎白一手不自覺地摸著參差不齊的瀏海。「聽我說——」

「你沒有要我來，對吧？」

「他說我要你來？」

「哎，真抱歉。我看得出來你很意外。」

伊麗莎白嘆氣。凱若是個有耐性的人，每天都過得開開心心的。「沒關係，」伊麗莎白微笑著點頭。「我想我們都知道你老公是什麼樣的人。」

「有點控制狂，上帝保佑他。」

「你還沒跟他一起工作呢。」

「是啊，」凱若放下旅行包，換上認真工作的表情。「那麼，他沒問過你，也沒跟你說我要過來。」她雙手扠腰，緩緩打量了客廳和廚房一圈。「好吧。」她似乎並不很滿意，但還是點了點頭。「你去沖個澡，我在這裡喝咖啡等你，然後等你穿好衣服，我再幫你整理頭髮。」

「聽我說，沒有必要——」

「或許穿得保守一點。」

「你說什麼？」伊麗莎白問。

「怎麼？」

「你說我應該穿保守一點的衣服。」

「是嗎？」凱若一臉驚恐。「老天，不。真對不起，我真不曉得自己怎麼回事。」她一手猛揮。「都是因為那件短浴袍，露出一大截腿。等一下，不。我這樣講還是不對。」她深吸一口氣，然後又說：「你這麼漂亮，穿什麼都好看。只不過我們家的人比較樸素。請原諒我，我真不敢相信自己說了那些話。我這樣不請自來……」

伊麗莎白舉起一隻手。「沒關係。」

「你確定？你可別覺得我是老古板。這真的不關我的事。」

「等我幾分鐘，我去沖個澡，再喝杯咖啡吧。」

凱若怯怯地微笑。「如果你願意的話。」

「五分鐘就好。」

進了浴室，伊麗莎白斂起笑容，站在鏡前深呼吸。她聽到外頭有櫥櫃門打開，杯盤叮噹響，然後她雙手放進洗手台裡，望著鏡子。戴爾說她瘦了，的確。她身高一七三，向來都夠瘦，工作起來才能有效率。她的雙肩結實，手臂強壯，但現在鏡中的她面黃肌瘦，顴骨更明顯了，雙眼更大也更深，虹膜是淺綠色的。她脫掉浴袍，設法想像一個像凱若・貝基特這樣的人會怎麼看她。一頭剪短的褐髮，小小的鼻子，尖尖的下巴。皮膚蒼白但乾淨，整張臉的比例很完美。伊麗莎白知道自己長得漂亮，但她腹部有一道白疤，是有回一個拿刀的吸毒犯割的，從肋骨到臀骨；一邊肩膀上有一塊粗糙的白色皮膚，是因為摔在水泥地上造成的。男人似乎喜歡她，但她不會自欺欺人。她一邊手臂和四根肋骨曾骨折過，翻牆時磨破過皮，還有兩回被丟出窗子。當了十三年警察，她心想。現在我成了什麼樣？這個問題並不輕鬆。她認真談過五次戀愛，全都不了了之。她是牧師的女兒，大學中輟生，喝酒、抽菸，現在是個被停職的警察。她正因為兩個男人的死被調查，但她一點都不後悔。如果重來一遍，她會改變做法嗎？

或許，她心想。

大概不會吧。

每件事情都有原因。為什麼她恨她的父親，為什麼她會成為警察，為什麼她難以維繫伴侶關係。有關那個地下室和槍擊事件及艾爵恩・沃爾，她可以用同樣的原因去解釋。結果很重要，但原因也很重要。

有時原因更重要。

走出浴室時，她一身乾淨而潮溼，而且盡可能穿得保守些，牛仔褲、靴子，上身是亞麻襯衫。或許那件牛仔褲太低腰了，也或許那件襯衫有點太合身了。伊麗莎白盡量把口氣放輕鬆。「這樣好一點了嗎？」

「好多了。」

伊麗莎白看到茱麗亞．司傳吉的謀殺檔案還放在茶几上，趕緊一把抓起來。「你沒有婚禮或什麼的要忙嗎？」

「啊，你太體貼了。我還有一個小時的空檔，幫你弄頭髮根本要不了那麼久。」

「你確定？」

她充滿希望地說，但凱若已經拖了一把椅子到廚房，然後拍拍椅面要她坐下。於是伊麗莎白坐下來，讓凱若幫她剪頭髮、噴上髮膠，開始吹整。她們聊著一些輕鬆話題，大部分是有關凱若的老公。「他很喜歡跟你搭檔。」凱若後退一步，拿著梳子輕輕比了一下。「他說看你工作是一件美好的事情。」

「嗯，這個嘛……」

「他平常會談我嗎？我的意思是，你們在車上的時候，或是一起辦案的時候。他會提到我或小孩嗎？」

「天天都在講，」伊麗莎白說。「他講的時候就像平常那樣——板著臉，沒有表情——但他的感覺一點都瞞不了人。他以子女為榮，很愛他的妻子。你們兩個人給了我希望。」

凱若笑得好開心，手上的梳子揮舞得更起勁了。

「弄好了嗎？」

凱若遞給伊麗莎白一面小鏡子。「你看一下。」

她的頭髮剪成鮑伯頭，吹得很平整。雖然她不太喜歡髮膠那麼多，也不太喜歡那麼有型。她把鏡子遞回去，站起身來。「謝謝，凱若。」

「我就是做這一行的啊。」凱若拍拍她藍色的袋子，出門走下台階時，她的手機響了。

「啊，可以幫我拿一下這個嗎？」她把袋子塞給伊麗莎白，然後從她的前口袋掏出手機。她還站在台階上，說：「喂。」暫停一下。「喔，嗨，親愛的……什麼？……是啊，沒錯。」她看著伊麗莎白。「當然可以。我們就在她家裡。」她把電話搗在豐滿的胸部，跟伊麗莎白說：「是查理。他想跟你說話。」

凱若把電話遞過去，伊麗莎白看著凱若那張濃妝大臉後方的街道。「什麼事，貝基特？」

「你家電話打不通。」

「我知道。」

「你的手機也關掉了。」

「我不想跟任何人講話。有什麼事嗎？」

「有個小孩在監獄旁邊被人開槍打中了。」

「我很遺憾。不過關我什麼事？」

「因為有百分之五十的機率，開槍的人是艾爵恩．沃爾。」

伊麗莎白忽然覺得腳底下的土地軟綿綿的，她想坐下，但凱若盯著她的臉看。

「還不光是這樣，」貝基特說。

「什麼？」

「中彈的小孩是紀登．司傳吉。聽我說，我很遺憾自己要——」

「慢著，停下來。」

伊麗莎白按著眼睛，直到眼前一片紅霧和白色光點。她腦中閃過茱麗亞．司傳吉謀殺檔案中的每一張解剖照片，然後想起紀登在他母親失蹤那天的模樣。她還清楚記得他家客廳的每個細節，家具和油漆，警探和鑑識人員從廚房悄悄走出來。她還記得艾爵恩．沃爾當時臉色蒼白得像床單，記得那男孩在她懷裡哭鬧時扭動的溫熱身子，也記得其他警察設法想讓那個眼神瘋狂、哭嚎的父親冷靜下來。

「他還活著嗎？」

「在動手術，」貝基特說。「我只知道這些。對不起。」

伊麗莎白覺得暈眩，陽光太強了。「他中槍是在哪裡？」

「胸口右上方。」

「不，貝基特。我問的是事發地點。」

「奈森酒館，機車族的地方。」

「我十分鐘之內趕到。」

「不，你不能靠近這裡。戴爾特別指示過。他不希望你接近艾爵恩．沃爾，也不許你碰這個案子。當然，我也贊成。」

「那你幹嘛打電話給我？」

「因為我知道你很疼那個孩子。我想你會想去醫院陪他。」

「我去醫院也做不了什麼。」

「你來這裡也同樣做不了什麼。」

「貝基特……」

「他不是你兒子，麗茲。」她一聽僵住了，電話痛苦地按在她耳朵上。「你只不過是發現他母親死掉的警察。」

這是冷酷的事實，但是還有誰跟那男孩更親呢？他的父親？社工人員？紀登的母親失蹤時，伊麗莎白是第一個趕過去的。本來一切可能到此為止，但後來伊麗莎白又在父親的教堂祭壇上發現了茱麗亞・司傳吉，看著被糟蹋的屍體那麼脆弱，她差點當場哭出來。她之前並不認識紀登，但即使到現在，伊麗莎白還是覺得彼此有如親人，牽繫兩人的線彎曲著穿過十三年，呈現在那個小男孩的身上。像貝基特這樣的男人永遠不可能了解的。

「去醫院吧，」他說。「我晚一點過去那邊找你。」

貝基特掛斷電話，伊麗莎白把手機還給凱若，凱若說了再見，但伊麗莎白幾乎沒聽到。她只看到那張臉模糊閃了一下，然後車子發動了，在馬路上一道鮮豔的色彩掠過。車子離開後，伊麗莎白走到浴室，低著頭不去看鏡中的那張臉，用洗手台的水洗掉頭髮上的髮膠。她整個人麻木無感，心裡頭掠過一個個紀登學步時的畫面，然後是小男孩的時期。她想到自己知道他的一切，知道他想要什麼、需要什麼，也知道他那些祕密的傷痕。

他為什麼會跑去監獄那邊？

伊麗莎白避免去想答案，因為在心底深處，她知道為什麼。

她坐在沙發上，打開自己的謀殺檔案，拿出一張照片，那是一個鑑識人員在茱麗亞・司傳吉被發現失蹤後不到一個小時所拍的。照片中的伊麗莎白身穿制服站著，手裡抱了一個紅臉嬰兒。她身後是司傳吉家亂糟糟的廚房。紀登一隻小手緊抓著她的襯衫。伊麗莎白是菜鳥，又是在場唯一的女人，大家等著社工人員來的空檔，就把小孩交給她照顧。當時她不知道該如何應付這樣的需求和無助。她自己也只是個孩子，根本不懂得如何撫養小孩。

伊麗莎白往後靠坐，回想起紀登喪母後的這些年，她和這男孩曾一起共度的許多時光。她認識他的老師、他的父親、他在學校交的朋友。他肚子餓或害怕的時候，會打電話給她。偶爾他還會走路到她家，只是來做功課或跟她聊天或坐在門廊上。對他來說，這棟老房子也是庇護所。

「紀登。」

她伸出一根手指觸摸照片上他的臉，淚水湧上雙眼，沿著臉頰滑下。

「你為什麼都不告訴我？」

但她想起來，他試過，一天打了三次電話來，次日又打，然後再也不打了。她知道艾爵恩快要出獄了，也知道紀登也曉得。她早該預料到他的痛苦，早該知道他可能會做出傻事來。他是這麼個敏感、細心的孩子啊。

「我早該料到的。」

但她一直跟倩寧在醫院裡，然後被州警局的人約談，整個人漫遊在自己的地獄狀態中。她沒看到任何跡象。甚至完全沒有想到他。

「可憐的孩子啊……」

她給自己一分鐘，柔軟下來，感受一個母親的愛所帶來的罪惡感，雖然她其實並不是母親。

然後她收起那份檔案，拿了手槍塞在腰帶裡，開車前往監獄旁那座煤渣磚酒吧。

5

伊麗莎白行駛在主街上，車速是法定限制的兩倍。她看到人行道和窄街在車子兩旁飛逝過，看到鑄鐵圍欄和褪色得像是橘色黏土的紅磚建築物。她經過圖書館、鐘樓，以及早在一七一二年所建的舊監獄，裡頭的庭院裡還有懲罰犯人的足枷。六分鐘後，她迅速開上匝道，上了往北的州級公路，經過這個城市最後的零星部分。幾棟偏遠的建築物在她左邊升起，然後又迅速下沉遠去，彷彿是被吸入泥土裡。接下來，就是樹木和丘陵及彎曲的道路。

*要是紀登死了……*她心想。

要是艾爵恩果真朝他開了槍……

往下太不堪設想了，因為這兩個人都很重要。無論是艾爵恩或紀登。

「不，」她告訴自己。「只有紀登，只有他才重要。」

但簡單的事實不見得都很簡單。這十三年來，她一直設法忘掉艾爵恩以往對她的意義。他們從來沒在一起過，她告訴自己。他們從來不是一對。這一切都是事實。

那麼，為什麼她開車時，眼前一直浮現出他的臉？

為什麼她沒去醫院？

這些問題沒有簡單的答案，於是她專心開車，下坡來到一個狹窄的山谷，然後穿過河流，就看到了監獄，像遠方的一個拳頭。伊麗莎白雙眼盯著兩哩外那批低矮的建築物漂浮在熱氣中。幾輛汽車停在一棟沙褐色建築物前方。她看到旋轉閃示的藍色警燈，還有一輛救護車所發出的紅色閃燈。她停下車時，貝基特迎上來，一臉不高興。

「你應該去醫院的。」

「為什麼？因為我應該要聽你吩咐？」伊麗莎白下車，拍拍他的手臂，擠過他身邊。「你明知道自己不該來的。」他跟在她旁邊，前方三十碼處就是那家酒館，門邊圍著幾個警察。伊麗莎白看了一眼外頭的警車。「我沒看到戴爾。他是怕得不敢露臉嗎？」

「你想呢？」

伊麗莎白不必想。她曾坐在艾爵恩審判的旁聽席前排，清楚記得法蘭西斯·戴爾的所有證詞。

是的，我的搭檔認識被害人。她的丈夫是我們的祕密線民。

是的，他們以前單獨相處過。

是的，艾爵恩有回說他發現她很有吸引力。

檢察官才花十分鐘，就確立了這些簡單的事實，接下來幾秒鐘，就直攻要害。

告訴我，沃爾先生提到被害人的外貌時，說了些什麼。

他認為那個男人根本配不上她。

你指的是羅柏·司傳吉，被害人的丈夫？

是的。

被告對於被害人的外貌，有更精確的描述嗎？

我不確定你的意思。

被告，也就是你的搭檔，對於被害人的外貌，有更精確的描述嗎？他是否確切提到過他覺得她很有吸引力？

他說她的那張臉，能逼一個好男人做出壞事來。

對不起，警探。能不能麻煩你重複一次？

他說她的那張臉，能逼一個好男人做出壞事來。但是我不認為——

謝謝你，警探。沒有別的問題了。

於是就這樣。檢察官利用戴爾的證詞，描繪出一個迷戀、被拒絕、報仇的圖像。艾爵恩．沃爾認識被害人。他熟悉她的房子、她的生活習慣、她丈夫的日常時間表。他因為職務上的關係，逐漸迷上了這個線民的美麗妻子。後來她拒絕他的追求，他就擄走她，予以殺害。她的房子和謀殺現場都有他的指紋。她的指甲底下有他的皮膚。他的脖子上還有抓痕。

動機，檢察官說。

最古老的、最可悲的那種。

本來可能會是一級謀殺罪成立，要判二十五年到監禁終身的。陪審團討論了三天，做出了比較輕的、二級謀殺罪判決。定罪之後，伊麗莎白又違反規定，偷偷去找陪審員私下詢問。那些陪審員相信，這是情緒激動而導致的犯罪，並非出自預謀。他們認為他是在她家殺了她，把屍體帶去教堂則表現出一種變態的懊悔。否則那塊白色亞麻布和梳理過的頭髮，屍體又放在金色十字架下方，還能有什麼解釋？十二號陪審員覺得這個舉動怪異卻貼心，於是他們做出了一致判決。二級謀殺罪，服刑至少十三年。

「他人在哪裡？」

「第三輛車。」貝基特指了一下。

伊麗莎白看到一輛巡邏警車的後座有個男人。一時沒辦法看清楚，但那個形影似乎沒錯，頭斜向一側。她看得出來，他正在看她。

「繼續往前走，不要停。」貝基特說。

「我沒停。」她說，但這其實不是實話，她說著腳步就放慢了。她設法假裝車子裡不是艾爵恩，假裝他沒有改變她的人生，假裝自己或許從來沒有愛過他。

「來吧，麗茲。」貝基特抓住她一邊手臂，拉著她往前走。「另一輛車上的是奈森．康若伊。」他指著。「軍人退伍，以前是機車騎士。這家酒館是他的。他說他朝那男孩開槍是自衛，可能是實話。制服警員趕到的時候，在吧檯裡發現他的槍，一把點三二瓦爾特（Walther），開過一槍。槍的序號銼掉了，所以我們現在暫時以非法持槍罪名扣押他。至於他宣稱的自衛，紀登旁邊的地板上有一把柯特眼鏡蛇（Colt Cobra）點三八手槍。裡頭裝了子彈，但是沒有擊發。今天是艾爵恩的出獄日，所以我想紀登很可能是帶槍要來報仇的。」

「他才十四歲。」

「可是他母親死了，父親又腦袋壞了。」

「耶穌啊，查理……」

「我只是實話實說罷了。」

「那把槍登記了嗎？」

「聽我說，你根本就不該來的。」

「是啦是啦。我應該坐在醫院裡，不要多管閒事。這個我可辦不到。」

她走近酒館，門開著，她雙眼盯著一名她認識的警探，還有靠近門邊的一灘血。貝基特拽她的袖子，但她掙脫手臂，喊了那個警探一聲。那是個聲音輕柔、個性沉穩的女警探，名叫希潔・賽蒙茲。「嘿，希潔。你好嗎？」

「哈囉，麗茲。很遺憾。聽說你認識那個男孩。」

希潔指向店裡的昏暗處，裡頭每個警察都停下來瞪著她。伊麗莎白點點頭，但是沒開口，只是走進去，刻意繞過進門處那一灘血。她發現這個酒吧很窄小，散發著消毒水和走味啤酒的氣味。幾個制服警察假裝在忙，但一直偷眼看著她在酒吧裡打轉，避開地板上的血，碰觸了一把椅子和吧檯。她是警察，沒錯，但報上充滿了對她不利的報導，這表示半個城市的人也會很快跟進。州警局想以殺害兩個人的罪名起訴她，而且這個屋子裡的每個人都知道她出現在這裡很危險。她認識那個男孩和艾爵恩・沃爾。而且她現在被停職了，沒有資格跑來這裡。儘管沒有人開口說一個字，但如果那個男孩死了，或是忽然有新聞攝影小組趕來，那可是會激怒很多人的。伊麗莎白設法不理會他人的注意，但覺得那些注視的目光不公平又有壓迫感，於是兇巴巴說：「幹嘛？」沒有人說話，也沒有人別開眼睛。「你們看什麼看？」

貝基特輕聲道：「放輕鬆點，麗茲。」

但那種目光，就像之前媒體和鄰居及街上那些人看她一樣。不論她是不是新聞人物，其他警察對待她應該要有所不同的。他們了解這份工作的種種危險性，了解身處黑暗地帶的感覺；但眼前這些警察，卻絲毫沒有同僚的親切態度。

其中一個巡警看她看得特別認真，目光焦點從她的胸部到臉上，然後又回到胸部。彷彿她不是警察，彷彿她無足輕重。

「你有什麼理由待在這裡嗎？」她說，見那巡警目光轉向貝基特，她又開了口，「別看他，看我。」

那巡警身高比她高二十公分，體重比她多四十公斤。「我只是在盡我的職責。」

「唔，那就去外頭盡責吧。」他又看向貝基特，於是伊麗莎白說：「他會跟你說沒關係的。」

「沒關係的。」貝基特指了一下打開的門。「除了希潔之外，每個人都出去。」

其他人魚貫走出去。那名大塊頭巡警等到最後一個，經過時一邊肩膀輕輕擦過伊麗莎白。雖然只是碰一下，但她清楚感覺到這個大塊頭男子在利用他的體型優勢。她看著他走出去。

貝基特抓住她的手肘。「沒有人在批判你，麗茲。」

「別碰我。」她雙眼發亮且忽然冒出一身汗。那個巡警是深色頭髮，兩頰鬍子刮得很乾淨，手背上濃密的毛髮像黑色鐵絲。

「是我，」貝基特說。

「我叫你別碰我。我不要任何人碰我。」

「沒有人碰你，麗茲。」

在外頭，那個巡警朝她看，然後湊向他的朋友咬耳朵。他的脖子很粗，暗色的深邃雙眼充滿輕蔑。

「麗茲。」

她瞪著他的雙手，還有他粗糙的皮膚和方方的指甲。

貝基特說，「你在流血。」她沒理他，覺得整個房間模糊起來。「麗茲。」

「幹嘛？」她瑟縮了一下。

他指著。「你的嘴巴在流血。」

她伸手摸了下嘴角，一看，發現手指上面是紅的。她又看那個巡警，他似乎憂慮而困惑。她眨眨眼，這才意識到他好年輕，或許只有二十歲。

「對不起，」她說。「我還以為我看到了什麼。」

貝基特伸手要碰他，然後停住。希潔也在看她，但伊麗莎白不想看別人憂慮或同情的眼神。她又看了那個巡警最後一眼，把沾了血的手指在長褲上擦了一下。「艾爵恩怎麼說？」

「他不肯跟我們談。」

「或許他會跟我談。」

「他為什麼會跟你談？」

「所有認識艾爵恩・沃爾的警察裡頭，有哪個從來沒指控過他殺了一個無辜的女人？」

她迅速走出酒館，往那輛車子走。貝基特半途追上她。「聽我說，我知道你以前對這傢伙有感情……」

「我對他沒有什麼感情。」

「我沒說你現在有，我說的是以前。」

「好吧。」她想矇混過關。「我以前對他也沒有感情。」

貝基特皺起眉頭，心知她在撒謊。無論伊麗莎白現在說什麼，她以前對艾爵恩的感情太明顯了，任何仔細觀察的人都看得出來。她當時年輕又熱心，而艾爵恩是明星警察，不光是聰明，還很上鏡頭。他總是辦大案子，逮捕到重要嫌犯。因為如此，城裡每一個記者都搶著把他捧成英雄。菜鳥警察都很崇拜他，很多老警察則因此而怨恨。不過以伊麗莎白來說，那種感情更深，而且貝基特親眼目睹過。

「聽我說。」他抓住她的手臂，不讓她繼續往前走。「就算那是友誼好了，行吧？我不批判，也沒有成見。但是艾爵恩曾經是你很親近的少數人之一。他對你很重要，這個沒問題。他得過很多獎章，長得又帥，諸如此類的。但是他在全州最難捱的監獄裡待了十三年。而且他當過警察，你懂吧？無論他是不是殺了茱麗亞．司傳吉——老實說，我很確定他殺了她——他都不再是你記得的那個人了。問問任何一個在牢裡待過的警察，他們都會這麼告訴你的。無論艾爵恩以前是不是好人，都不重要。監獄會把一個人擊垮，讓他變成另外一個人。看看那個混蛋的臉就知道。」

「他的臉？」

「我的重點是，他是個坐過牢的前科犯，而這種前科犯都很會利用別人。他會設法利用你們之間的關係，利用你可能還殘存的感情。」

「那都已經是十三年前的事情了，查理。即使是當時，他也只是一個朋友而已。」

她要轉身，但他再度阻止了她。她看著抓住自己手臂的那隻手，然後看著他沉重眼皮下那對昏暗而哀傷的雙眼。他努力想找出適當的措詞，開口時聲音似乎就跟他的眼睛一樣哀傷。

「對於友誼要小心，」他說。「因為友誼不見得都是免費的。」

她刻意瞪著他抓住自己的那隻手，等著他放開。「第三輛車？」她問。

「沒錯。」貝基特點點頭，讓到一邊。「第三輛車。」

她腳步輕鬆地往前走，貝基特望著她離開。那雙長腿。那種熱切。她的姿態非常從容，但他可不會上當。她曾經非常崇拜艾爵恩．沃爾。貝基特還記得她在審判期間天天都跑去旁聽，挺直背脊、滿臉蒼白坐在那兒，完全相信艾爵恩是無辜的。這讓她不同於警隊裡其他人——戴爾、貝基特，甚至是其他菜鳥。她是唯一相信艾爵恩無辜的，而艾爵恩也知道。他在法庭上會尋找她的位置，首先是早晨，然後是中午休息之後，還有當天結束休庭時。他會在座位上轉過身子，找她的眼睛；接著貝基特好多次都看到，那混蛋就會露出微笑。最後陪審團做出判決時，沒有人慶祝，但很難否認的是，幾乎所有人心中都暗自覺得滿足。因為對於每個在乎是非對錯的警察而言，艾爵恩謀殺了茱麗亞．司傳吉這件事，就像是朝他們臉上狠狠揍了一拳。此外，這個命案也對警方的形象造成重創。

警界英雄謀殺年輕母親……

然後還有她的兒子紀登．司傳吉。不曉得出於什麼原因，伊麗莎白也和他很親。伊麗莎白在葬禮上抱著他時，他父親只是在旁邊哭；而且伊麗莎白從根本上介入了這個男孩的生活。她照顧他，甚至愛他。貝基特永遠不了解原因何在，但知道她對這男孩的感情有多深，也很不解她要怎麼自圓其說。

「長官，」是希潔．賽蒙茲，她似乎猶豫不決。

「什麼事？」

她伸手指著，貝基特順著她指的方向往前看，過了酒館往前的路邊停著一輛深色汽車，幾名男子站在車旁邊。「是典獄長——」

「是的。」貝基特打斷她。「我看到了。」典獄長一身西裝，其他幾名獄警穿著筆挺的制服。貝基特指著巡邏警車。「盯著麗茲。別讓她出事。」

「長官？」

「反正……盯著她就是了。」

貝基特穿過停車場，感覺到腳下的熱氣和胸中一團鬱悶的情緒。他認識典獄長很久了，但兩人之間的關係很複雜。他停在那輛車旁邊，感覺到典獄長注視的目光。

「警探。」典獄長在熱氣中滿頭大汗，臉上的笑容太燦爛了。

貝基特沒理會那些獄警，只是低聲說：「你他媽的跑來這裡做什麼？」

那輛警方巡邏車在停車場後方的陰影中。伊麗莎白低著頭，雙眼左看右看，從車子前方繞過去，來到後乘客座旁的車門。她先看到艾爵恩垂著的頭，一動也不動，搞得她有個瘋狂的想法，懷疑他其實已經死了，獨自在一輛車的後座裡，就這樣悄悄離開人世。然後他抬頭，露出一張疤痕臉，以及完全沒變的雙眼。那一刻，她成年這些年完全抹去，整個世界縮小成一個黑洞。他救了她一命卻始終渾然不覺的那一幕浮現眼前，他在那個冷天停下腳步，和氣地問她還好吧。那一刻，伊麗莎白又回到十七歲，獨自站在一個高達兩百呎的崖邊，想鼓起勇氣往前再走一步。

小姐，你還好吧？

他的肩膀方方的，腰帶上的警徽金黃燦亮。她之前沒聽到或看到他走近。

我只是……她穿著繫帶到腳踝上方的厚底鞋，身上的二手洋裝迎風翻拍著。她雙眼望著填滿下頭採礦場的那三十英畝黑色水面。我只是在算。

說這句話很愚蠢，但他的反應卻很認真。算什麼？

算掉下去要花幾秒鐘，她心想，但是什麼都沒說。

你確定你沒事？

她瞪著他腰帶上的警徽，無法別開眼睛。他警徽旁的手指穩定不動。

你爸媽在這裡嗎？

就在前面步道那邊，她撒謊。

你叫什麼名字？

她聲音沙啞地說了，他審視著樹林邊緣的步道起點。當時天色幾乎全黑了，而且很冷。他們下方的水看起來像金屬般堅硬。

一般父母都不放心讓小孩跑來上頭這裡，尤其天又快黑了。

他比劃著山頂，還有下方的採石場。她看著那片彷彿有吸力的黑色水面，然後看看腳邊的那片岩石。當她終於看向他的臉時，發現他很俊美。

你確定他們在等你？

是的，先生。

那就趕快去吧。

他又微笑了最後一次，然後她拖著冰冷虛弱又顫抖的雙腿離開了。他沒跟上來，但她回頭時，發現他還站在那邊觀察，在逐漸黯淡的天色中，她看不清他的雙眼。直到她走進樹林中，才拚了命往前跑。她跑到全身灼痛、喘不過氣來，然後她倒在一片乾枯葉子上蜷縮起身子，很好奇上帝是否派了那個警察來，阻止她去做那件事情。她父親會說是的，說上帝無所不在；但她再也無法信任上帝了，也不能信任她父親和那些說信任我的男孩子們。她躺在那片枯葉上顫抖時，心中就想著：這個世界很壞，但或許不是樣樣都壞。或許她會試著再多活一天。或許她有辦法。

伊麗莎白再也不相信上帝了，但此刻，隔著巡邏車的玻璃窗看著艾爵恩，她想著世上可能真的有命中註定這回事。他們相遇那天，她差點死掉，而如今他又在眼前了。她現在沒有自殺傾向，但是……

「哈囉，艾爵恩。」

「麗茲。」

她臀部靠著車門，一時忘了要打開。整個世界似乎只剩他的聲音、他的雙眼，還有她意料之外的怦怦心跳。他臉上的疤痕蒼白而細，一邊臉頰是半個菱形，另一邊是左眼旁一條六吋的垂直線。即使貝基特之前警告過她，但那些鮮明的疤痕還是讓她嚇了一跳，而且他瘦了好多，整張臉比她記憶中更稜角分明。他老了些，也更結實了，帶著一種動物的沉靜，令她心慌起來。她本來預期會是別的，或許是鬼鬼祟祟的舉止，或許是羞愧。

「我可以進去嗎？」

她指著車裡，他往旁邊挪動，空出位子給她。她上車坐下，感覺到他的暖意殘留在皮革面座位上。她審視著他的臉，看到他舉手掩住最糟糕的那幾條疤痕時，她也沒有別開目光。

「只是皮膚而已。」她說。

「外表是這樣，或許吧。」

「那你其他的部分呢？」

「告訴我紀登的狀況。」

她很驚訝他居然曉得紀登的名字。「你認得他？」

「有幾個十四歲的男孩會希望我死掉的？」

「那麼，他的確是想殺你。」

「告訴我他是不是沒事就好了。」

伊麗莎白靠向車門，好一會兒沒說話。「你為什麼關心？」

「你怎麼可以問我這樣的問題？」

「我可以問你，是因為他要來殺你，而一般人不會這麼關心一個企圖殺自己的人。我可以問你，是因為你上回見到他時，他才十五個月大，因為他不是你的家人或朋友。我可以問你，是因為他是個純真的孩子，這輩子從來沒有傷害過一隻蒼蠅，而且因為他體重才五十二公斤，現在身上還有顆子彈。我可以問你，是因為他差不多算是我一手帶大的，而且因為他長得就像你被定罪殺害的那個女人。所以，除非我確定你不是朝他開槍的那個人，否則就得照我的規矩來。」

她說著嗓門愈來愈大，等到講完時，兩個人都很驚訝這一場情緒的爆發。一碰到這個男孩的事情，伊麗莎白就無法隱藏自己的感情。她太過保護了，而艾爵恩也看得出來。

「我只是想知道他是不是沒事。如此而已。他失去了母親，以為都是我的錯。我只是想知道他是不是還活著，知道他沒有失去一切。」

回答得很好，伊麗莎白心想。誠實，合理。「我只知道，他還在動手術。」她暫停一下。「貝基特說，開槍的人是康若伊？」

「是的。」

「那是自衛嗎？」

「那個男孩要來殺我的。康若伊做了他必須做的事情。」

「紀登真的會做嗎？」

「扣下扳機？會的。」

「你好像很確定。」

「他說那是一個男人會做的。他好像很相信這一點。」

她打量他的手指，看起來好像骨折過，復原得很差。「好吧。我相信你。」

「你會告訴貝基特嗎？」

「不光是貝基特，戴爾。我會確定讓所有人明白的。」

「謝了。」

「艾爵恩，聽我說——」

「不要。」

「什麼？」

「好吧，看到你很高興。好久不見了，你以前也曾經對我很好。但是不要假裝你是我的朋友。」

那些話很令人難堪，但是她懂。自從他被定罪之後，她開車經過監獄多少次？但其中她有多少次停下來、走進監獄？一次都沒有，從來沒有。

「我能不能幫你什麼？你需要錢嗎？還是搭個便車？」

「你可以下車。」他正注視著貝基特和一群男子站在路邊的一輛深色轎車旁，忽然臉色發白，滿頭冒汗，看起來好像就要吐了。

「艾爵恩？」

「你下車就是了。拜託。」

她想著要跟他爭辯，但能吵出什麼結果？「好吧，艾爵恩。」她開了車門。「如果你改變心意，就隨時通知我吧。」

伊麗莎白離開艾爵恩，穿過停車場的半途中遇到貝基特。在他身後，那幾個男人紛紛上了轎車，然後轉向對面馬路，加速駛往監獄。她認出車窗裡的一張臉，只是側影一閃而過，很快就消失了。「那是典獄長。」

「沒錯。」

「他想做什麼？」

貝基特看著那輛車好幾秒鐘，瞇著眼睛。「他聽說了槍擊事件，知道他的一個囚犯也牽涉在內。」

「你們剛剛在吵架嗎？」

「對。」

「吵什麼？」

「我告訴他，這是我的犯罪現場，操他媽跟他無關。」

「輕鬆點，查理。我只是問一聲而已。」

「是啊，當然。對不起。你跟艾爵恩問到什麼了嗎？」

「他證實了酒館老闆的說法。紀登想來報仇。康若伊朝他開槍，是為了救艾爵恩的命。」

「該死。真慘。我很遺憾。」

「你打算怎麼處理他？」

「艾爵恩嗎？取得他的證詞。然後放了他。」

「紀登的父親知道嗎？」

「我們還沒找到他。」

「我去找。」

「他是酒鬼，郡裡又有一堆亂七八糟的小酒館。誰曉得他會醉死在哪裡？」

「我可以找到他。」

「告訴我你認為他會在哪裡，我派制服警員去找。」

伊麗莎白搖頭。「出事情的可是紀登。他父親應該要去醫院等著他醒來的。」

「他父親是個混蛋，這輩子沒對他做過什麼好事。」

「儘管如此，我還是希望自己找到他。這牽涉到我的私人感情，查理。你懂的。」

「州警局跟你的約談，就在三個小時後了。」

「我說過，我會去的。」

「好吧。沒問題。隨你。」他生氣了，但好像每個人都在生氣。「三個小時。」

「好。」

「別遲到了。」

遲到？或許。伊麗莎白甚至不確定自己會不會去。但她還沒發動車子前，貝基特就身子探入打開的車窗，身上太緊的西裝讓他看起來有點發腫。她看著他婚戒上的刮痕，聞到了大概是他太太的洗髮精。他整個人都認真而沉重，包括眼神或聲音。「你現在的處境很奇怪，」他說。「我都明白。倩寧和那個地下室，州警局和艾爵恩。老天，那男孩的鮮血都還沒乾呢。」

「這些事情我都曉得，查理。」

「我知道你曉得。」

「那你到底想說什麼？」

「我想說的是，人碰到壓力大的時候，想法就會不理性。這很正常，連警察也不例外。我只是不希望你做出任何蠢事來。」

「比方呢？」

「壞人。黑暗的房子。」

他想幫忙，但那是伊麗莎白的世界裡最難以碰觸之處：壞人和發生在黑暗房子裡的事情。

伊麗莎白不慌不忙地朝市區開去，把監獄拋在後方。她想清靜一下，但想到開刀中的紀登，又完全靜不下心來。點三二的子彈很小，但他是個瘦小的男孩。她怪奈森・康若伊朝他開槍嗎？不，其實並不。她怪艾爵恩嗎？或者怪她自己嗎？

伊麗莎白腦中浮現出紀登的母親，高䠷優雅，雙眼清澈；然後想像著她兒子躺在黑暗中等待，口袋放著一把裝了子彈的武器。他是怎麼弄到那把輪轉手槍的？又是怎麼跑到奈森酒館的？走路去的嗎？還是搭便車？那是他父親的槍嗎？耶穌啊，他真的計畫要殺掉一個人嗎？想到這裡，她覺得好想吐，但或許那是之前看到那男孩的血所引發遲來的反應，或許是因為她兩天都沒吃東西又灌了三杯咖啡，也或許是因為她過去六十個小時只睡了六小時。快過河時，她慢下速度，停在路邊，打電話到醫院詢問紀登的狀況。

「你是他的家人嗎？」接電話的那位女士問。

「警察。」

「你稍等一下，我幫你接到手術室。」

等待時，伊麗莎白望著河水。她從小就在這條河附近長大，很了解這條河的季節性起伏：八月時水流柔和，冬季的暴風雨期間就變得湍急。她偶爾會帶紀登去河邊釣魚，那是兩人之間共享的特有地點和活動。但今天，這條河感覺不一樣了。她沒看到梧桐或柳樹或水面的微波，只看到被侵蝕的紅土河堤宛如大地的傷口。

「你要問的是紀登．司傳吉？」

伊麗莎白又說了自己是警察，然後得到了目前所有資訊。還在開刀。現在還沒辦法判斷。

「謝謝。」她說，然後開車過河，沒再往下看一眼。

她花了二十分鐘，才來到那片長達七哩的荒廢地帶，起點是一連串空蕩的店面，終點是幾家營運百年後關閉的工廠和麵粉工廠。在景氣轉壞之前，紡織業就已經離開了這個城市，跟進的還有家具工廠、瓶裝水工廠、大型菸草工廠。如今，這個城市的東區遍佈著空蕩的工廠和破碎的夢想。剛當上警察時，伊麗莎白就初次深入東區，但現在這裡的狀況更糟了。黑幫紛紛從亞特蘭大北上，或從華府南下，匯聚到這裡。毒品沿著兩地間的州際高速公路南來北往，隨著毒品交易盛行，壞事也成倍增加。許多暴力犯罪出現在這七哩路，而很多貧困但正派的人，就不幸困在這裡了。

其中包括紀登。

她轉入一條窄街，沿著路旁廢棄的家具和舊汽車，往前緩緩行駛，過了一棟灰黃色的房子後，這條下坡路開始變陡。前面的陰影更深，路邊的舊汽車鏽蝕得更嚴重，而且草地消失了。等到她來到丘陵的底部，整條馬路已經完全籠罩在陰影中，一條窄窄的柏油路沿著小溪往前延伸，溪裡除了白色的水花和灰色的岩石之外，還有破碎的水泥塊。紀登的家原本不是這麼荒蕪的，但自從他母親過世後，羅柏．司傳吉開始喝酒，狀況便惡化了。他本來的好工作丟了，變成偶爾打零工。他酗酒愈來愈嚴重，還吸毒。唯一的不解之謎，就是他竟然還能保得住紀登。但其實，原因一點也不神祕。社工單位忙不過來，伊麗莎白又太愛這個孩子，不忍心讓他最後的一點希望都破滅。每回一有社工單位介入，紀登就求她讓他待在父親身邊。

「那是我爸啊，」他會說。「我就只剩他一個親人了。」

除了去寄宿家庭住過幾個月，他都一直如願跟父親同住。而為了交換，伊麗莎白就一直照顧他。她確保他的衣服乾淨、餐桌上有食物。本來這個情況一直沒問題，沒想到竟變成今天這樣。現在紀登在開刀房裡為生存奮戰，而她必須面對最艱難的那個問題。

這裡頭有多少是我的錯？

她沿著谷地底部迂迴前進，在小溪旁的一片碎石空地上找到了紀登的家。這棟房子比大多數房子要小，牆壁褪色，金屬屋頂有一道道污痕。門廊被堆積的柴火壓得一側下陷，煤渣磚煙囪歪了十度；旁邊的河流對照得這一切格外顯得荒涼，冰冷、清澈的河水匆匆奔流，要去往更好的地方。

伊麗莎白下了車，審視著藍天、溪流，以及對街那棟灰白和粉紅構成的屋子。在陰影下，那房子顯得安靜，而且很熱。一輛輪胎扁掉的舊車在那裡鏽爛掉。庭院是一片紅土。

登上門廊，伊麗莎白敲了兩下門，但已經知道沒人在家。那棟房子有一種空蕩的感覺。進屋之後，她跨過散置的酒瓶和引擎零件及舊信件，先去檢查紀登的房間。床已經鋪好了，鞋子沿牆排列著。房裡唯一的書架上，放著成排的書和裱框的照片。伊麗莎白拿起一張紀登的父母結婚當天的照片。紀登的母親穿著式樣簡單的婚紗，頭上戴著一圈花環，站在那棟老教堂前，旁邊的新婚夫婿年輕整潔而英俊。接下來兩張照片是伊麗莎白和紀登：一張是在公園裡面野餐，另一張在河邊。他父親的照片沒有別張，這一點感覺上也很合理。最後一張是紀登和伊麗莎白的父母。這個男孩很喜歡教堂，還參加了唱詩班。伊麗莎白星期天會來接他上教堂。她因為以前的一個承諾而從不進去，但她父母很愛這個孩子，程度幾乎不下於她。他們會每個月邀他過去吃一次晚餐，詢問他的成績，去學校看他的比賽。牧師決心要照顧紀登長大，不斷提醒他，說他父親一度也曾經是很不錯的人。

在紀登的房間裡走動，伊麗莎白碰觸了幾本課本、一個龜殼、一罐一分硬幣。什麼都沒有改變，她心想，然後她又思索著萬一紀登死掉會怎麼樣。

絕對不會的。

她關上紀登房間的門，檢查過屋裡的其餘地方，然後去找他父親。貝基特說羅柏．司傳吉的那些話沒錯。他愛喝酒又不可靠，但除此之外，他只是個崩潰的男人，盡力疼愛自己的兒子。他在郡裡一家位處偏遠的自助修車廠打零工。修車廠老闆是個酒鬼，這表示羅柏也可以喝酒。他的工作沒有正式紀錄，大部分是修美國車，大多是付現金。他現在應該就在那兒，伊麗莎白心想，在那個修車廠，無所事事，喝得爛醉。

她開了快三十公里的鄉間小路，才開到那裡。一路迂迴經過採礦場、靶場，還有一家舊戲院的遺跡。她開過幾家酪農場和犁過的農田，左轉，然後在微風中搖曳的濃密樹蔭下穿過。又開了三公里的最後一段碎石子路後，轉入泥土路，來到河彎處一片高起河岸上的浪瓦棚屋前。她關掉引擎，看著車窗外好一會兒。在這麼偏遠的地方，非法的東西不光是曬熱的車子和偷來的輪胎而已，還有甲基安非他命製造工廠和拖車屋妓院，經營的那些大塊頭男人留著長髮、身上有納粹黨徽刺青。有些人會在這個偏僻的地帶失蹤，多年後才被獵人發現殘骸。所以伊麗莎白認真看了周圍好一會兒，確定槍插在腰後，這才下了車。

即使如此，她還是不喜歡眼前的狀況。幾隻狗懶洋洋趴在陰影裡，棚屋後方的河流沿著河岸奔騰而過，然後坡度變平、河道變寬，緩緩流過郡界。伊麗莎白邊走邊注意那幾隻狗，其中兩隻不動，但另一隻站了起來，垂著頭吐出粉紅色的舌頭，在暑熱中喘著氣。伊麗莎白一邊留意那狗，一邊注意著棚屋的動靜。離鐵捲門十呎時，她聞到了潤滑脂和汽油及香菸氣味。

「有什麼事嗎？」

一名男子從架在油壓堆高機的卡車下方走出來。他看起來年近六十，頭髮剪得很短，雙肩沾了油污。她估計他身高一九三公分，體重一〇四公斤。他兩隻厚厚的手在一條髒手帕上抹了抹，露出警戒的表情。

「我是伊麗莎白・布雷克。」

「我知道你是誰，警探。我們這裡也有報紙的。」

沒有挑釁，伊麗莎白心想，但是也並沒有協助的意味。「我想找羅柏・司傳吉談談。」

「沒聽過這個人。」

「他每星期在這裡工作四天。你付他現金，不必繳稅。那棵山胡桃樹下的電動腳踏車就是他的。」

她指著一輛黃色電動腳踏車，又有另一隻狗站了起來，喉嚨嗚咽著，好像感覺到緊張的氣氛。

那大塊頭男子往外走上碎石子地，亮烈的陽光照著他的臉。「你不是被停職了嗎？」

伊麗莎白看到，這會兒周邊出現了五名男子，大部分都還留在昏暗的棚屋內。其中兩三個應該是通緝犯：該出庭時沒出現，或是被以重罪起訴。「你們打算刁難我？」

「我還不確定。」

「我只是想找他談談。」

「是有關他兒子的事情嗎？」

「你知道了？」

「葛連的老婆在九一一的調度處上班。」他指著後頭一名男子。「她告訴我們出了什麼事。那個男孩有時候會過來。他是個好孩子。我們都很喜歡他。」

伊麗莎白打量著那個棚屋和裡面的人。她可以想像紀登跑來這裡。他喜歡汽車和森林，旁邊又有流下山丘的河流。「我們不想惹任何麻煩。」那男子說。

「我們不想惹任何麻煩。我想跟他父親談。我有重要的事情。」

「不會有任何麻煩的。」

「好吧，他在後頭的房間。」他伸出大拇指往肩後比了一下。「過了那輛雪佛蘭 Corvette 跑車。」

那輛雪佛蘭被千斤頂抬高了，前輪已經拆下來，軸承也拔掉了。過了那輛車子後，是一扇漆成黑色的金屬門。看著那門，伊麗莎白覺得指尖微微刺痛起來。那幾個人還在看著她，沒人在工作。她得穿過他們幾個人面前，四周又都是車子和千斤頂及起重機。棚屋裡很暗，他們都瞪著她，等待著。她很好奇後頭那個房間裡有什麼，不曉得會不會有窗戶，或是一片黑暗，或是會有一張床墊。

「警探？」

伊麗莎白往前走，在兩排男人之間走向棚屋。讓她驚訝的是，他們紛紛後退讓開。其中三個禮貌地朝她點了頭，還有一個咕噥著「女士」，然後低下頭好像很不好意思。到了門前，她回頭看，但其他人都沒動，於是她抓住門把轉開來。裡頭是個小小的正方形空間，放了幾台販賣機，一張塑膠皮沙發，還有一張桌子和四把椅子。羅柏・司傳吉坐在那裡，兩手放在桌上，面前有一瓶酒和一個玻璃杯。他臉上的皺紋似乎比平常更深了，看起來不太健康。

「哈囉，羅柏。」

「我就猜會是你來找我。」

「為什麼？」

「因為向來都是你，不是嗎？」他舉起玻璃杯，一口喝掉裡面的褐色烈酒。「他死了嗎？」

「我一個小時前打電話去醫院過。他在開刀，我還抱著希望。」

「希望。」

這個字眼透露了他的情緒。伊麗莎白看到他的懷疑和悔恨，但也看到了更黑暗的東西。她想估計他有多醉，但他向來就是個安靜、嚴肅的酒鬼。「你知道你兒子為什麼會中槍嗎？」

「你該離開了，警探。」

「他是因為想殺掉艾爵恩．沃爾才中槍的。你不會醉得聽不懂吧？他跑去監獄旁邊。十四歲的小孩，身上有一把裝了子彈的槍。」

「別說那個混蛋的名字。」

「這件事發生時，你人在哪裡？」他舉起杯子，但她從他手上搶走。「他是怎麼弄到那把槍的？」

「杯子還我。」

「回答我的問題。」

「你他媽的能不能少管閒事？」

「不能。」

「他是我兒子，你懂嗎？你為什麼要攪和進來？為什麼你老是要攪和進來？」

這是他們兩人之間爭執的老問題。伊麗莎白是紀登生活的一部分，這點羅柏很不滿。這會兒伊麗莎白審視著他發亮的眼睛、腫脹的血管。他雙手扭著酒瓶，好像那是她的脖子。「那把槍是你給紀登的嗎？」

「老天在上……」

「你也希望艾爵恩死掉嗎？」

他垂下頭，一手撫過油膩的頭髮。伊麗莎白望著他強壯的下顎，還有佈滿血管的鼻子。他很疲倦，而且才三十九歲就幾乎完蛋了。他滿腹悲痛和懊悔，讓人很容易忘記他也曾經是個年輕人，因為一個美麗妻子的死去而心碎。「你知道你兒子做了什麼嗎？」她問，聲音柔和了些。

「你知道他有一把槍嗎？」

「我以為……」

「你以為什麼？」

「當時我喝醉了。」他手指按著眼睛。「我以為那是個夢。」

「什麼意思？」

「紀登手裡拿著一把槍。」羅柏搖搖頭，深色的頭髮亮晶晶。「從電視機裡面拿出來的。那一定是個夢，對吧？電視機裡頭變出槍來。那不可能是真的。」

「是你的槍嗎？」伊麗莎白問，但羅柏沒吭聲，於是她更進逼。「你原先就知道艾爵恩・沃爾今天要出獄嗎？」羅柏抬起頭，忽然雙眼發紅，一臉崩潰的表情。於是伊麗莎白知道答案了。「老天，你早就知道了。」

「那是個夢。對吧？那怎麼可能是真的？」他臉埋進雙手裡，伊麗莎白諒解地站直身子。

他真的以為那是個夢嗎？

或者有一部分的他其實知道呢？

讓他哭起來的就是那一部分。那部分的他認為那是真的，決定不要報警，那部分的他希望艾爵恩・沃爾死掉，且樂意讓他兒子去幹這件骯髒活兒。

「我兒子還活著嗎？」他放下手，露出同樣通紅的眼睛。「拜託告訴我他還活著。」

「是的，」她說，「二十分鐘前他還活著。」他聽了哭出聲來，啜泣著。

「我要你跟我一起走，羅柏。」

「為什麼？」

「因為雖然我現在很不情願，但紀登愛你。他醒來時，你應該陪在他身邊。」

「你會帶我去？」

「對。」她說；於是他站起來，眨眨眼很害怕，彷彿認了命，要去接受某種可怕的命運。

6

伊麗莎白開車載羅柏・司傳吉到醫院，讓他待在手術室長廊外的一間等候室裡。她自己去跟一個護士問了一下，又回去找他。「紀登還在開刀。不過狀況看起來不錯。」

「你確定？」

「盡可能確定了。」伊麗莎白從口袋裡掏出二十元扔在桌上。「這是讓你買吃的，不是買酒的。」

諷刺的是，伊麗莎白自己很想喝酒。她累得筋疲力盡，而且成年後頭一次覺得不想當警察了。可是她還能做什麼？

找別的工作？

去坐牢？

她開車時，覺得自己真的很可能去坐牢。州警局。關進牢裡。或許這就是為什麼她開了好久才到警察局，或許這就是為什麼她遲到了三十分鐘。

貝基特在警察局外頭等著她，他的領帶拉鬆了，臉比平常還要紅。伊麗莎白鎖好車，邊走邊打量著二樓的窗子。「艾爵恩怎麼樣了？」

「他離開了。」貝基特來到她旁邊，被她的冷靜弄得洩氣了。

「去哪裡？」

「我最後看到他時，他正沿著馬路往前走。紀登怎麼樣了？」

「還在開刀。」

「你找到他父親了嗎？」

「送去醫院了。」

「喝醉了？」

「對。」

他們都在避免提最明顯的那件事，最後還是貝基特先提出來。「他們正在等你。」

「還是上回那些人？」

「換了。」

「在哪裡？」

「會議室。」

「耶穌啊。」

「是啊，我懂。」

會議室就在警隊大辦公廳的一側，而且是玻璃牆。這表示州警局的人希望其他警察看到她。

「我想，他們是打算給你難看。」

他們走樓梯上到二樓，進入大辦公室。大家紛紛停止談話，瞪著他們看。伊麗莎白感覺到那種不信任和譴責，但是沒理會。警隊的人正在承受各界責難，沒錯。報紙一直在攻擊他們，很多人都一肚子火。這一切伊麗莎白都明白，但不是每個人都能走進黑暗，做出艱難的選擇。

她知道自己是哪種人。

然而會議室裡的州警是陌生人。她隔著玻璃牆觀察他們，兩個都比較老、比較嚴肅。身上帶著手槍和州警的警徽，正專注看著她走過來。

「隊長。」她停下腳步，向站在會議室門口的戴爾打招呼。「這回的調查人員換人了。」

「漢默頓和馬許，」戴爾說。「你聽說過他們嗎？」

「我應該聽說過嗎？」

「他們的直屬上司是州檢察長。貪贓枉法的政客，腐敗的警察，他們專門對付其中最糟糕的。辦的都是最受矚目的大案子。」

「我應該覺得很榮幸嗎？」

「他們是行刑隊，麗茲，有政治目的，而且很有效率。不要不當回事。」

「我沒有不當回事。」

「可是你的律師沒來。」

「是啊。」

「他說你們根本沒見過面，你根本不回他電話。」

「沒事的，法蘭西斯。」

「我們重新約時間，你再帶律師來。由我出面安排吧。」

「我都說我沒事了。」她一手拍拍戴爾，然後開門進去。兩個州警局的調查員都站在一張光亮長桌的另一頭。其中一個手指輕按在桌面上；另一個雙臂交抱在胸前。

「布雷克警探，」比較高的那個開了口。「我是馬許探員，這位是漢默頓探員。」

「不必客套介紹了。」伊麗莎白拖出一把椅子坐下。

「很好。」那個叫馬許的坐下。另一個頓了一下，也坐了。他們兩人的目光並不友善，沒有一絲柔和的跡象。「你知道你有找律師的權利吧？」

「我們就趕快開始吧。」

「很好。」馬許把一份放棄權利的聲明書推過來。伊麗莎白一聲不吭就簽了，馬許把聲明書收進一個檔案夾。他看著戴爾，指著一把空椅子。「隊長，你要坐嗎？」

「不必了。」戴爾站在一個角落，雙臂交抱。在玻璃牆外，每個警察都在看。貝基特一副快要吐出來的模樣。

「好吧。」馬許按下一個錄音機的鍵，報上日期、時間、在場每個人的名字。「這個訪談是針對布蘭登．蒙若和泰圖斯．蒙若兄弟被槍擊致死的命案。這兩兄弟死亡時是三十四和三十一歲。布雷克警探放棄找律師的權利。戴爾隊長在場旁聽，但是不參與訪談。現在，布雷克警探……」馬許暫停一下，面無表情。「我想跟你從頭複習一下八月五日的事情經過。」

伊麗莎白十指交叉放在桌上。「這些事情我已經陳述過了，現在沒有要補充或修改的地方。」

「那麼，我們就把這次訪談當成一次更細節的討論吧。我們只是想更深入了解事情發生的經過。相信你可以了解。」

「我了解。」

「我想知道，你是怎麼會進入蒙若兄弟後來陳屍的那棟房子。當時倩寧．蕭爾失蹤一天半了，對嗎？」

「四十小時。」

「什麼？」

「不是一天半，是四十小時。」

「當時警方正在尋找她。」

「有人推測她可能是逃家了，但是，沒錯。我們拿到了她的外型描述，正在尋找她。她的父母來過分局。他們非常擔心。」

「他們提出了懸賞？」

「還接受了一家本地電視台訪問。他們非常有說服力。」

「你當時認為她是逃家嗎？」

「我相信她是被綁架的。」

「根據什麼資訊？」馬許問。

「我跟她父母談過，去過她家，看過她的房間。我跟她的朋友、老師、教練談過。她沒有吸毒或喝酒的跡象。她的父母並不完美，但是也沒有虐待她。她沒有男朋友，電腦裡沒有什麼不尋常的事物。她馬上就要上大學了，是個很不錯的孩子。」

「你的判斷就是根據這些？」

「她的床單是粉紅色的。」

「粉紅色床單？」

「她有粉紅色床單，絨毛玩具。」伊麗莎白在椅子上往後靠。「逃家小孩的生活很少會是粉紅色或毛茸茸的。」

漢默頓瞪著伊麗莎白，好像她是什麼骯髒的東西。馬許在他的椅子上挪動了一下。「你最後找到倩寧，是在潘妮洛琵街一棟廢棄住宅的地下室。」

「沒錯。」

「你會怎麼描述那一帶？」

「破敗。」

「暴力嗎？」

「那裡不時會發生槍擊事件，沒錯。」

「謀殺呢？」

「發生過幾次。」

馬許身子前傾。「你為什麼會單獨進入那棟房子？你的搭檔在哪裡？」

「這個問題我解釋過了。」

「那就再解釋一次。」

「當時很晚了。我們從清晨五點開始就在忙倩寧．蕭爾的失蹤案，忙到那個時候已經累壞了。貝基特回家去沖澡、睡幾個小時。我去喝了咖啡，開車到處繞。我們本來約好次日清晨五點碰面的。」

「然後呢？」

「我接到調度處的無線電通報，有人報案說潘妮洛琵街的一棟廢棄房子裡有可疑的活動，調度處要我去看看。報案的人說可疑活動是在地下室，好像有人在尖叫。我通常不會接下這種任務，但那天晚上很忙。隊裡的人力很吃緊。」

「人力很吃緊，怎麼說？」

「電池工廠那天關閉——三百個工人失業，而城裡的經濟狀況，連三個人失業都是很嚴重的事情。於是發生暴動。有幾輛汽車被燒毀了。大家都很憤怒。隊上忙不過來，人力很吃緊。」

「那貝基特警探人在哪裡？」

「他有老婆小孩。他需要時間。」

「所以，你就獨自去一個危險的地帶，然後進入一棟據報有尖叫聲的廢棄房屋裡？」

「沒錯。」

「你沒通報要求支援？」

「是的。」

「這樣是正常程序嗎？」

「那天本來就很不正常。」

馬許手指在桌上輕敲。「你當時喝酒了嗎？」

「這個問題太過分了。」

馬許把一張紙推到她面前。「這是你的指揮官所寫的事件報告。」他看了戴爾一眼。「上頭說你在槍擊之後很茫然。有時候跟你講話，你都沒反應。」

伊麗莎白回想起那一刻。她坐在那棟廢棄房屋外的人行道邊緣；倩寧在救護車裡，蓋著毯子，有恐慌症的狀況。戴爾的雙手放在伊麗莎白肩膀上。跟我談，他說。麗茲。他的雙眼時而清楚、時而模糊。耶穌基督啊，他說。裡頭到底發生了什麼事？

「我當時沒喝酒。我沒醉。」

馬許往後靠坐，審視著她。「你對年紀輕的人很心軟。」

「這是問題嗎？」

「尤其是那些無助或被虐待的。從你的檔案裡看得出來。你們隊上的人都曉得。你對受苦的小孩非常熱心。你會以警察的身分介入，這樣的狀況不止一次。」馬許身體前傾。「對於這些年幼而無法照顧自己的人，你特別覺得親近。」

「警察不就是應該扶助弱小嗎？」

「要是跟工作有衝突，那就不行。」馬許打開另一個檔案夾，拿出兩名死者的照片攤在桌上。那是亮面的彩色照片。犯罪現場照，驗屍解剖照，攤在桌上像一堆撲克牌：鮮血和呆滯的眼睛和碎掉的骨頭。「你單獨進入一棟廢棄的房屋。」他邊說邊碰觸那些照片。「裡頭沒電。有人報案說聽到尖叫聲。你獨自進入地下室。」他調整著照片的邊緣，直到所有照片都對齊，排成一直線。「當時你聽到了什麼嗎？」

伊麗莎白吞嚥著。

「布雷克警探？當時你聽到了什麼嗎？」

「水滴聲，牆邊有老鼠。」

「老鼠？」

「是的。」

「還有什麼？」

「倩寧在哭。」

「你看到她了？」

伊麗莎白眨眨眼，那段記憶變暗了。「她在第二個房間。」

「描述一下那個房間。」

「水泥牆壁。天花板很低。角落放著床墊。」

「裡頭很暗嗎？」

「一個條板箱上頭有根蠟燭，是紅色的。」

伊麗莎白閉上眼睛，看到了那個畫面：融化的蠟燭和搖曳的燭光，走廊和房門及陰影中的一切。整個就像在她夢裡那樣真實，但最鮮明的，是她聽到那女孩的聲音，破碎的字句和禱告，哀求上帝幫助她。

「當時蒙若兄弟在哪裡？」

「我不知道。」伊麗莎白清了清嗓子。「那裡還有其他房間。」

「那個女孩呢？」馬許把一張照片往前推。上頭的畫面是床墊，還有鐵絲。伊麗莎白又眨眨眼，但周圍還是一片模糊。只有那張照片很清楚。那張床墊。那段記憶。「倩寧當時怎麼樣了？」

「你們可能想像得到。」

「很害怕，那是當然了。」他一根指頭放在照片裡的床墊上。「用鐵絲綁在床墊上。沒有遮掩。孤單一個人。」他把那張照片拿走，又碰碰兩張死者的屍體照，他們的身體破碎彎曲。「這幾張照片是最讓我感興趣的。」他把照片推向她。「尤其是子彈的位置。」他指著其中一名死者，然後是另外一名。「兩個人的膝蓋都被射爛了。」他又把一張膝蓋被轟碎的特寫照片往前推。「重複射中鼠蹊。而且兩個人都是。」又一張照片推過桌面，這回是解剖照片，赤裸而明亮。「你是故意折磨這兩個人嗎，布雷克警探？」

「當時很暗……」

另一張照片滑過桌面。「泰圖斯．蒙若。兩邊膝蓋、兩邊手肘中彈。」

「不是故意的。」

「但是很痛。不致命。」

伊麗莎白吞嚥著，覺得想吐。

馬許注意到了。「我要你看看每一張照片。」

「這些照片我看過了。」

「這可不是隨機亂打的槍傷，警探。」

「我以為他們有槍。」

「膝蓋。鼠蹊。手肘。」

「當時很暗。」

「十八槍。」

「那個女孩一直在哭。」

「十八槍，都射中會引起最大痛苦的部位。」

伊麗莎白別開眼睛。馬許往後靠，藍色的眼珠一片冰冷。「兩個人死了，警探。」

伊麗莎白緩緩轉回頭來，她的眼睛毫無情緒，看起來就像是死人的。「兩個禽獸。」她說。

「你說什麼？」

心跳兩下後，她才小心地說：「兩個禽獸死了。」

「麗茲！耶穌啊！」

戴爾似乎要衝上來，馬許舉起一手阻止了他。「沒事的，隊長。麻煩你待在原來的地方。」

他把注意力轉回麗茲身上，雙手攤在桌上。「你折磨過這兩個人嗎，警探？」他舉起一張血淋淋的照片，輕輕放在她面前。伊麗莎白別開眼睛，於是他又放了兩張。都是解剖照片，特寫。傷口很清楚，而且是彩色的。「布雷克警探？」

伊麗莎白站起來。「我們談完了。」

「你還不能走。」

她把椅子往後推。

「我還沒談完，警探。」

「我談完了。」

她轉身。漢默頓站起來，但馬許說：「讓她走吧。」

伊麗莎白拉開門，戴爾還沒來得及阻止，她就走出去了。她擠過那群旁觀的警察，裡頭有她的朋友，也有她的敵人，還有些臉孔似乎很陌生。整個大辦公室褪成一片灰色，人們喃喃說著她不在乎或不明白的話。一切都是那個地下室。裡頭充滿石頭和布料，尖叫和鮮血。她聽到自己的名字，但那不是真的。整個世界只有開槍後的煙和鐵絲及倩寧交纏的手指⋯⋯

「麗茲！」

溼滑的皮膚和疼痛⋯⋯

「麗茲，該死！」

那是貝基特，感覺上好遙遠。她沒理會他擦過她身上的手指，直到來到警察局外頭，呼吸到新鮮空氣，她才發現他一路跟著自己下樓來。眼前有汽車和黑色的柏油地面，然後貝基特抓住她的手腕。

「我不想談。」

「麗茲，看著我。」

但她沒辦法。地面上有一灘汽車漏出來的油。陽光把那一小灘油照得發亮，像熔化的鐵，而這正是她的感覺：彷彿她骨頭中的所有堅硬都被抽掉了，彷彿她也融化了。「別再打電話給我，查理。好嗎？別打電話給我。別跟著我。」

「你要去哪裡？」

「不知道，」她說，但這是謊話。

「或許你該跟威金斯談一談。」

「我不會去找他的。」威金斯是局裡的特約心理醫師，每隔一天就會打電話來，而她每次都謝絕他的服務。「我很好。」

「你一直說你很好，但你看起來好像一陣強風就能把你刮跑。」

「我很好。」

「麗茲……」

「我得離開了。」

她上了車，開到倩寧曾被囚禁四十個小時的那棟廢棄房屋。她不確定自己為什麼會跑來，但猜想一定是跟那些照片和夢境及自己老是避開這裡有關。在漸暗的天色下，整棟屋子像個空殼，離馬路很遠，一部分已經被一棵倒下來的樹壓垮，剩下的被幾株幼樹、叢生的馬利筋、高高的雜草遮掩得模糊不清。隔著打開的窗戶，她還能聞到屋裡，那是一種腐爛和發霉及野貓的氣味。房子的隔壁是空的，整條巷子裡還有三棟黑暗的空屋。

整個城市正在崩壞，她心想。

她也在崩壞中。

走到門廊，她猶豫了。門上有一條警方的黃膠帶。窗子用木板釘死了。伊麗莎白摸了一下剝落的油漆，想著門內死去的那一切。五天，她告訴自己。我承受得了。但她要抓門鈕時，手卻抖個不停。

她不敢置信地瞪著自己的手，接著將手指緊握成拳。她站在那裡好久，然後慌忙撤退，是她當上警察以來的頭一次。那只是一個地方，她告訴自己。只是一棟房子。

那為什麼我沒辦法走進去？

伊麗莎白回到車上開走，一棟棟房屋在外頭閃過，太陽落到最高那幾棵樹的後方。直到她轉過一個弧形的彎道，才發現前面不是她家。這附近的房子跟她家附近不同，屋頂的形狀和景觀都不一樣。但是她繼續開。為什麼？因為她需要一個檢驗標準，好提醒自己當初為什麼想成為警察。

她在市外十六公里處找到了艾爵恩，他在一棟焚毀的建築物裡，那裡曾經是他的家，位於一段八百公尺車道的盡頭，房子周圍是高大的樹。這棟一度很體面的農場大宅，現在只剩下灰燼堆積的牆壁和一根煙囪。她下了車，覺得天空彷彿在旋轉，屋外的風還帶著一絲淡淡的煙味。

「你跑來這裡做什麼，麗茲？」他走出那片昏暗。

「哈囉，艾爵恩。很抱歉忽然就這樣跑來。」

「這裡其實不是我的房子了，不是嗎？」

「我不是那個意思。」

「那是什麼意思？」

「監獄。十三年。」她覺得詞窮了，因為艾爵恩是當初讓她立志成為警察的人。這使得他像是某種神，而神令她害怕。「很抱歉我都沒去探監。」

「你當年只是個菜鳥。我們幾乎不算認識。」

她點點頭，再度覺得找不到適當的字詞。他入獄第一年，她寫過三次信給他，每一封都寫了同樣的事情。我很遺憾，真希望自己能做更多。然後，她就不曉得還能說什麼了。

「你之前知道……？」她攤手結束這個句子。意思是：你知道你的房子被燒掉，你太太離開了嗎？

「凱瑟琳從來沒跟我聯絡過。」他的臉色灰暗。「審判之後，就沒有任何人跟我聯絡過。」

伊麗莎白轉動肩膀，抵抗最後一股愧疚感。多年前她就該跟他說他太太離開了，他的房子燒掉了。她該去監獄探望，當面告訴他的。但光是想到他被關起來，從這個社會上逐漸消失，她就受不了。「凱瑟琳在你定罪後三個月離開了。這棟房子空了一陣子，然後有一天就發生火災燒掉了。據說是有人縱火的。」

他點點頭，她知道他很難過。「你為什麼來這裡，麗茲？」

「我只是想來看看你的狀況。」她沒說出口的是：她自己現在也可能被以謀殺罪起訴，她希望有人能理解，而且她以前可能一度愛過他。

「你要進來嗎？」

她原以為他是在開玩笑，但他回頭穿過灌木叢間的碎石小徑，直到橘色的火光照在他身上。她跟在後頭，看到那是以前的客廳。地板沒了，但壁爐裡生了火，發出嗶剝聲響。艾爵恩加了點木頭進去，火燒得更旺了。她看到灰燼被掃到角落，露出一塊乾淨的空地，還有一根木頭被拖進來權充座位。艾爵恩雙手髒兮兮的，襯衫上還有紀登的血，現在變成了一片黑。「甜蜜的家。」他平淡地說，但仍去不掉那種傷感。這棟房子是他高祖父蓋的，艾爵恩從小在裡頭長大，然後過戶給他太太，好在必要時支付他的律師費用。這房子熬過了南北戰爭、他的破產，還有他的審判。現在，只剩這副空殼，坍塌且潮溼地窩在那幾棵見證過這一切起落的大樹下。

「很抱歉你太太的事情，」伊麗莎白說。「可惜我不知道她在哪裡。」

「審判開始的時候，她懷孕了。」艾爵恩坐在那根木頭上，瞪著火。「但是定罪前兩天，她小產了。你知道這件事嗎？」伊麗莎白搖搖頭，但他沒在看她。「你在外頭那裡有看到任何人嗎？」

「外頭那裡？」她指著外頭的田野，還有車道。

「之前有一輛車。」

他似乎恍惚而茫然。她在他旁邊蹲下。「你為什麼跑來這裡，艾爵恩？」

他眼睛有個什麼一閃，看起來很危險。憤怒，急切，鮮明而殘酷，剎那間又消失了。「不然我還能去哪裡？」

他挺直肩膀，然後那種茫然又回來了。伊麗莎白更認真看著他的眼睛，但無論之前看到了什麼，都已經不見了。「旅館吧，或是別的地方。」

「沒有別的地方。」

「艾爵恩，聽我說——」

「你在外頭那裡有看到任何人嗎？」

又是同樣的問題，同樣的口氣，但似乎並不擔心。他的注意力集中在火上，即使伊麗莎白站起來，他也沒抬眼。「裡頭很可怕嗎？」她問，指的是監獄。他什麼都沒說，但雙手抽搐，映著火光的疤痕有如象牙。伊麗莎白想著自己年輕時，曾多少次觀察著他在這世界裡的活動：他站在辦公桌或靶場裡的姿態，還有他對付證人，或犯罪現場，或官僚政治的方式。當時他自信又輕鬆，現在看著他這麼靜止而沉默，雙眼深陷得看不清，感覺好奇怪。「我可以陪你一會兒嗎？」

他的眼睛緩緩閉上，她知道答案是不要。這是一場靈魂交流，而她，在他心目中，只不過是他以前認識的一個孩子。「你願意來真是太好心了。」他說，但那其實只是場面話。

離開吧，這才是他真正的意思。

讓我靜靜地受苦吧。

7

在筒倉裡的黑暗中，蕊夢娜不曉得到底過了多久。她的世界只剩下潮溼的泥土和酷熱及水泥牆。金屬的方形門外頭上了鎖，只能拉開幾分之一吋。

「救命……」

她的聲音只剩氣音，幾乎不成聲。

「誰來幫幫我。」

筒倉上方有個什麼在拍動，或許是一隻鳥，也被困住了。蕊夢娜抬起臉，然後又去抓門，她的指甲被金屬門上生鏽的螺絲和裂縫磨破了。又過了一個小時，也或許是一天。她茫然地睡去又醒來，看到一道黃光。那光照過她身上，她看到自己雙手和胳臂上的污痕，胸中燃起希望。但當他開口時，那希望就破滅了。

「該走了，蕊夢娜。」

「水……」

「當然了，會給你水的。」

他把她拉出門，她的雙腳拖地。現在還是夜間，但天快亮了，月亮只剩一抹灰白，汽車的大燈照得筒倉裡處處陰影。她眨眨眼，但他的臉一片模糊。

「來吧。」他給了她一個水瓶，她一口氣喝太多，嗆住了。「我來幫你。」他把瓶口湊向她的嘴唇，傾斜著。她想尖叫或逃跑，但全身幾乎動不了。他用一條溼毛巾擦去她臉上和手臂上的黑土。她沉默而驚駭地看著他掀起她的洋裝邊緣，用那條毛巾擦淨她的雙腿，那觸感親密而純潔。「好一點了嗎？」

「為什麼……」

「你說什麼？」他湊近了些，一手放在她膝蓋後方的柔軟之處。

她舔舔乾裂的嘴唇。「為什麼？」

他拂開她臉上的頭髮，凝視著她的雙眼。「我們不必問為什麼。」

「拜託……」

「時候到了，該走了。」

他把她拉起來，帶著她來到那輛座椅破爛、塑膠皮面上有香菸燙痕的汽車。她手腕上的手銬吭噹響，他一手抓著手銬，同時幫她繫好安全帶。

「安全了，」他說，然後走過車前明亮的光線，影子升起又落下，接下來就不見了。她拉扯著安全帶，但因為飢餓和熱氣而全身虛弱。他上了車，關上他那邊的車門。

「我想回家。」

儀表板上的時間是五點四十七分。在車窗外，樹林間開始出現灰白的光。

「你愈合作，事情就會愈容易。你明白嗎？」

她點點頭，哭了起來。「你要帶我去哪裡？」

他什麼都沒說，只是發動車子上路，在起伏不平的泥土路上轉彎，開出樹林。到了柏油馬路上，他右轉，太陽逐漸現身，染得四周的田野一片橘紅。

「拜託別傷害我。」

他一言不發，開得更快了。

四分鐘後，她看到了那座教堂。

8

伊麗莎白做了夢，夢中是回憶。那是炎熱的夜晚，她在潘妮洛琵街那棟廢棄房屋的院子裡。前面的馬路上有幾盞燈，但太遠又太暗了。她從最後一棵樹走到屋子側面，穿過茂盛的灌木叢，雙腳在溼草地上滑溜溜的，背靠著暴風雨後破裂潮溼的老舊護牆板。她憋著氣，傾聽屋內的動靜。打電話報案的人說聽到了一聲尖叫。但此刻伊麗莎白只聽到自己的呼吸和心跳，以及堵塞的水溝所發出的涓滴水流聲。她沿著牆緩緩前進，溼淋淋的樹葉不時拂過她的臉和手，遠方逐漸離去的暴風雨不時降下一道道閃電。到了第一扇窗子，她暫停下來。那是地下室的窗子，漆成黑色的。經過之後才走了兩步，一個聲音傳來又消失，快得伊麗莎白以為可能是自己想像的。

人聲？

哭聲？

到了門廊，她最後一次考慮要打電話給貝基特或戴爾，或是隊上其他人。但是貝基特回家了，市區又有暴動。此外，如果屋裡有人，應該就是有小鬼跑進去抽大麻或上床。她當巡邏警員時，接到過多少這樣的通報？十來次？上百次？

她拔出手槍，伸手轉動門鈕。進屋後，裡面一片漆黑，發霉和貓及腐爛地毯的臭味好重。她關上門，打開手電筒，掃視著這個房間。

地板上有成灘的雨水。

天花板溼重而骯髒。

她檢查過客廳和廚房、後頭幾個房間和走廊，確定都沒人。上樓的樓梯都爛光了，所以她就不管二樓，找到了通往地下室的樓梯。她壓低手電筒，背靠著牆。下了八級階梯，碰到一個狹窄的中段平台，樓梯在此轉彎，然後是一扇門，門開時發出刮擦聲。

伊麗莎白舉著槍往前走。第一個房間是空的：地板上又有積水，還有成堆爛掉的紙箱。她沿著一條走道來到一個正方形空間，感覺上是這棟房子的正中央。倩寧在右邊，面朝下趴在一個床墊上。再過去是另外一條走道，還有通往其他房間的門。一個條板箱上頭有一根點燃的蠟燭。

她應該後退，打電話請求支援。但倩寧看著她，黑色的眼睛好絕望。

「沒事的。」

伊麗莎白來到房間另一頭，舉著手槍檢查各個房門，還有再過去的那條走道。這個地方充滿了走道、櫥櫃，以及隱蔽的角落。

「我會帶你離開這裡的。」

伊麗莎白跪在那女孩旁邊。她解開嵌入她皮膚的鐵絲，先是一邊手腕，然後是另一邊。血液恢復循環時，那女孩叫出聲來。

「別動。」她把塞住倩寧嘴巴的破布拉出來，看著各扇門和那些角落。「幾個人？倩寧？有幾個人？」

「兩個。」她啜泣著，同時伊麗莎白把綁住她腳踝的鐵絲解開。「他們有兩個人。」

「好孩子。」伊麗莎白拖著她站起來。「哪裡？」倩寧指著那個迷宮的更深處。「兩個都是？」

倩寧點點頭，但她錯了。

錯得離譜，錯得可怕。

伊麗莎白喊著倩寧的名字醒來，指甲摳進椅子的扶手。每次一睡著，她就做同樣的夢。有時候她會在情勢極度惡化之前醒來，有時候卻一路發展下去。這就是為什麼她喝咖啡又走來走去，一直不肯睡覺，直到不支倒下。

「真好玩啊。」

伊麗莎白雙掌撫著臉。她滿身大汗，心臟跳得好快。四下看看，她看到了醫院的綠色和閃爍的燈。此時她在紀登的病房裡，但不記得自己脫掉鞋子或閉上眼睛。她之前在喝酒嗎？這種事有時候也會發生。清晨兩三點的時候，對咖啡厭倦了，對回憶厭倦了，她就會喝酒。

病房裡一片昏暗，但時鐘上顯示著六點十二分。這表示她至少睡了幾小時。剛剛做了多少夢？感覺上好像是三個。下了三回樓梯，在黑暗中待了三回。

伊麗莎白站起來，走到床邊，往下看著男孩。她昨天夜裡很晚來，發現病房裡只有紀登一個人，他父親不見人影，太晚了也沒有醫生。夜班護士把紀登的狀況告訴她，還說她可以待在病房裡。這樣觸犯了幾條規則，但她們兩個都不希望紀登醒來時房裡沒人。當時伊麗莎白握著他的手好久，然後坐下來瞪著時鐘，看著分秒過去。

這會兒她低頭望著病床，把被單拉到紀登的下巴，然後微微撥開窗簾朝外看。青草上結著露珠，晨光是粉紅色的。她今天會去看倩寧，說不定還會去看艾爵恩。或許，州警局的人終於會來抓她了。也或許，她會鑽上車離開。她可以開著那輛車一路往西行駛。開上兩千哩，她心想，直到空氣乾燥，紅紅的太陽掛在岩石和沙漠上方，視野一望無際。

但這麼一來，紀登醒來時身邊就沒有人了。

倩寧也將沒有她。

伊麗莎白去門外一旁的護士站找到另一個護士。「你昨天在這裡值班，對吧？」

「沒錯。」

「紀登的父親人呢？」

「警衛請他離開了。」

「他喝醉了？」

「喝醉了，擾亂別人。你父親送他回家了。」

「我父親？」

「昨天布雷克牧師在這裡待了大半個白天，還有半個晚上，始終守在那孩子床邊。沒想到你沒碰到他。」

「我很高興他能幫上忙。」

「他是個慷慨的人。」

伊麗莎白遞給那個護士一張名片。「如果司傳吉先生又惹麻煩，就打電話給我。他太可憐了，一般警察恐怕處理不好，而且我父親也不該處理這種麻煩。」那護士一臉疑問，伊麗莎白搖搖手。「那是個悲傷的故事，而且是個古老的故事。」

伊麗莎白又陪了紀登二十分鐘，然後開車回家，此時太陽已經升到樹的上方。她沖了澡，穿上衣服，再度想起沙漠。到了九點，她已經來到歷史悠久的老城區，在綠蔭夾道的馬路上迂迴前進，最後終於進入倩寧住的那條街道，她家是一棟有上百年歷史的高聳宅邸，外頭有花園和灌木樹籬及鑄鐵柵圍牆。

倩寧的父親開了門。「布雷克警探。真沒想到你會來。」他五十來歲，英俊而健康，穿著牛仔褲和高爾夫球衫，沒穿襪子的腳上是一雙平底便鞋。他們見過不止一次，每次見面都是在很棘手的狀況下：倩寧失蹤那天在警察局，伊麗莎白帶她離開地下室那天在醫院，州警局針對布蘭登和泰圖斯．蒙若兄弟槍擊命案展開正式調查那天。他有權有勢，不習慣無能為力的狀況，也不習慣警察和受傷的女兒。伊麗莎白了解這個。而且這樣只會讓他更難以對付。

「我想跟倩寧談談。」

「對不起，警探。現在時間太早了。她還在休息。」

「她要我打電話來的。」

「不過你顯然親自跑來了。」

伊麗莎白望著他後方。屋裡充滿了深色地毯和沉重的家具。「她很想見我，蕭爾。我想她有重要的事情要找我談。」

「聽我說，警探。」他走到門外，把門帶上。「我們就忘記那些新聞報導吧，沒問題。我們就忘記你正在接受調查，也忘記州警局正為了想接觸倩寧而在為難我的律師群，雖然出於某些原因，倩寧並不介意跟他們談。先把這些放在一旁，我就跟你有話直說了。我很感謝你為我女兒所做的，但你在這件事情的角色已經結束了。我女兒平安回家了。她母親和我會照顧她的。我們是她的家人。想必你會了解的。」

「當然了，那是毋庸置疑的。」

「她必須忘記那些可怕的事情。如果你坐在她旁邊，她就沒辦法忘記了。」

「忘記不等於處理。」

「聽我說。」一時之間，他的表情軟化了。「我打聽過你，知道你是個好人，也是個好警察。我聽法官、其他警察、你們家的朋友說過。我相信你是一番好意，但是你對倩寧不會有任何好處。」

「這點你錯了。」

「我會跟她說你來過。」

他退回屋裡，但伊麗莎白在門關起來之前擋住。「她需要的不光是厚厚的牆，蕭爾先生。她需要能了解她的人。你身高六呎多，而且很有錢，高高在上。但倩寧完全不是這樣。你知道她現在有什麼感覺嗎？你認為你有辦法了解嗎？」

「沒有人比我更了解倩寧。」

「重點不是這個。」

「你有小孩嗎，警探？」他高高地站在她面前，等著。

「沒有。我沒有小孩。」

「等你有了小孩，我們再來談吧。」

他推著門關上了，留下伊麗莎白站在門口。他的感覺可以理解，但倩寧需要有人指引她走出創傷之後的險惡地帶，而伊麗莎白對這片土地上的種種路徑，要比大部分人都清楚。

她抬頭看著高高的窗子，深深嘆了口氣，然後回頭進入庭園間的小徑，兩旁是聳立如牆的黃楊樹籬。那小徑彎過幾棵老櫟樹，她走出樹籬間，來到車道上，發現倩寧坐在她車子的前引擎蓋上。寬鬆的牛仔褲和長袖運動衫吞沒了她嬌小的身軀。頭上帽兜的陰影罩住她的雙眼，但她講話時，陽光照著她的下巴輪廓。「我剛剛看到你開車過來。」

「倩寧，嗨。」伊麗莎白說，看著那女孩滑下車子，雙手插進口袋裡。「你是怎麼出來的？」

「窗子。」她聳聳肩。「我常常從那裡爬出來。」

「你爸媽……」

「我爸媽把我當小孩似的。」

「親愛的……」

「我已經不是小孩了。」

「沒錯，」伊麗莎白哀傷地說。「你不是小孩了。」

「他們說一切都很好，說我很安全。」倩寧咬牙說，大約四十一公斤的她像個瓷娃娃。「我不好。」

「你可以很好的。」

「那你很好嗎？」

倩寧抬頭，陽光照著她的臉，伊麗莎白看到那張骨瘦的臉，雙眼底下的黑眼圈就跟自己的一樣黑。「不，親愛的。我不好。我幾乎都沒睡覺，等到難得睡著了，又一直做惡夢。除非必要，否則我不吃東西、不運動，也不跟人說話。我不到一個星期就瘦了五公斤半。在那棟房子裡所發生的事情不公平，我很憤怒，我想傷害別人。」

倩寧雙手從口袋拿出來。「我爸幾乎不肯正眼看我。」

「不會吧。」

「他認為當時我應該跑更快、反擊更用力。他說我一開始就不該出門的。」

「那你母親怎麼說？」

「她只是端熱巧克力給我，還一直在偷哭，以為我沒聽到。」

伊麗莎白回頭審視著房子，感覺那宅邸無聲訴說著否認和完美。「要不要離開這裡？」

「你跟我？」

「對。」

「去哪裡？」

「有差別嗎？」

「應該沒有吧。」

倩寧上了車，伊麗莎白開出老城區，經過商場、幾家汽車經銷商、托兒所。她開進鄉間，轉向深入樹林間的碎石子路，接著往上坡開，朝向俯瞰著城市周圍丘陵的那座孤山。爬坡時，車窗外的風聲呼嘯而過，但她們兩個都沒說話，直到接近山頂，路面變得平坦，延伸為一片停車場。

「這裡有個廢棄的採礦場。」倩寧打破沉默，但似乎並不太好奇。

伊麗莎白指著樹林邊的一個缺口。「就沿著那條小徑上去，走四百公尺。」

「我們來這裡做什麼？」

伊麗莎白關掉引擎，拉上手煞車。她得做一件事，而這件事會讓人很難過。「我們出去走走吧。」

她帶著倩寧進入濃密成蔭的樹林，沿著一條多年來被眾人踩平的迂迴小徑往前走，中間不時出現一些陡坡。她們經過了零星的落葉層，以及一些刻著姓名縮寫的灰色樹幹。到了山頂，小徑的盡頭是一片空地，一邊可以眺望整個城市，另一邊則俯瞰著採礦場。這裡大部分地表都是岩石，少數的淺土上生著樹，整個景色荒涼又美麗，但在採礦場那一側，是往下直落六十公尺的險崖。

「我們為什麼來這裡？」

伊麗莎白走到崖邊，往下看著那一大片冰冷而黑暗的水。「我父親是牧師，你大概還不知道吧？」倩寧承認的確不知道，此時一片上升的氣流彷彿水面吐出來的氣，吹得伊麗莎白的頭髮揚起。「我從小在教堂裡長大。其實是教堂後面的一棟小房子，叫牧師宅（parsonage）。你知道這個字彙嗎？」

倩寧搖搖頭，伊麗莎白可以理解。大部分小孩從來不了解那種生活方式：教會就是你的人生，還有禱告和盡責及順從。

「教會小孩星期天做完禮拜後，會上來這裡。有時人很少，有時人很多。通常會有兩三個家長開車載我們來山上，然後在車裡看報紙，讓我們小孩自己健行到這裡玩。當時很美好，你知道。野餐、放風箏，穿著長洋裝和繫帶靴。有一條步道通到水上一片狹窄的岩架上。你可以在那邊游泳或玩打水漂兒。有時我們還會生起營火。」伊麗莎白點頭，看到泛黃記憶中一個這樣的日子，以及裡頭那個毫無戒備、尚未發育完全的女孩。「我十七歲的時候，就在那些樹下被強暴了。」

倩寧搖搖頭。「你不必告訴我的。」

但伊麗莎白繼續說下去。「我們只剩兩個人，一個男孩和我。當時很晚了。我父親在底下山丘的車上。事情發生得太快……」伊麗莎白撿起一塊石頭，丟出去，看著它落入採礦場中。「他當時追著我跑，我以為是在玩。他一開始大概真的是在跟我玩而已。我其實不太確定。我笑了一陣子，然後忽然就不笑了。」她指著那些樹。「他在那棵小松樹底下抓到我，抓了一把松針塞到我嘴裡，免得我大叫。事情發生得好快、好可怕，當時我甚至不太明白發生了什麼事，只感覺到他的重量和那種痛。後來走下山時，他求我不要說出去。他發誓他不是故意的，說我們是朋友，他很軟弱，還說以後絕對不敢了。」

「伊麗莎白……」

「我們走了四百公尺，穿過那片樹林，然後坐我爸的車回家，兩個人都坐在後座。」伊麗莎白沒提到那男孩一腿貼著她大腿，沒描述她感覺到的那種體熱，或他中間一度伸出手，把一根手指放在她的手背。「我從來沒告訴我爸。」

「為什麼？」

「不曉得為什麼，我以為那是我的錯。」伊麗莎白又高拋出一顆石頭，看著它墜落。「兩個月後，我差點自殺。就在這裡。」

倩寧傾身湊向崖邊，好像想把自己放在同樣的處境。「你離得有多近？」

「只差一步，只差幾秒鐘。」

「是什麼阻止了你？」

「我發現了一個更大的目標可以信靠。」她沒提到艾爵恩，因為那件事還是太私人，還是沒法跟任何人說起。「你父親沒辦法讓狀況好轉，倩寧。你母親也沒辦法。你得自己挑起這個責任。我願意幫你。」

那女孩的臉充滿種種情緒：憤怒和懷疑及不信。「你有好轉嗎？」

「我還是痛恨松樹的氣味。」

倩寧審視著她的微笑，想尋找謊言的跡象。伊麗莎白以為自己就要失去她了，但結果沒有。

「那個男孩現在怎麼樣了？」

「他在賣保險，」伊麗莎白說。「他結婚了，發胖了。每隔一陣子我就會碰到他。有時候是我故意的。」

「為什麼你要故意碰到他？」

「因為說到底，只有一個辦法能修正。」

「什麼？」

「選擇。」伊麗莎白一手捧住倩寧的臉。「你的選擇。」

9

愛倫．邦德蘭結婚得早，而且嫁了個好對象，然後到了四十一歲，才學到了有關年華老去和自私男人的苦澀事實。一開始她不知所措，繼而心碎憂傷。到最後她就痲痹了，於是當她丈夫拿出離婚文件時，她就簽了字。她的律師說她太天真了，但這並不是事實。錢向來讓她覺得難堪：汽車和派對及大得像橡實的鑽石，她都不在乎。她唯一想要的，就是跟自己結婚的這個男人而已。

但那個人早已消失了。

現在，她跟幾隻狗住在鄉下一條溪邊的小房子裡，生活變得很簡單。她以訓練馬匹賺錢為生，隨時只要可能，就到戶外走動：如果想沉思，她就去河畔的鄉間低地；如果想看風景，就沿著山脊線走到老教堂再回來。

今天，她選擇了教堂。

「來吧，小子們。」

她喊著那幾隻狗，然後徒步出發，她爬上一道陡坡，來到一條小徑，往東南進入丘陵區。她覺得整個身體很輕盈，而且比她實際的四十九歲要年輕。她知道是因為工作的關係，清晨騎馬，又長時間用繩索和鞭子訓練馬。她的皮膚有如皮革般堅韌且生出皺紋，但她很以自己雙手的本事自豪，可以在雪中和雨中及熱天活動自如。

她停在第一個山丘頂端，看到自己的房子在遠遠的下方，像個玩具落在一批塑膠樹後方。她前方的小徑蜿蜒著爬得更高，接著山脊線往西轉，大約有五公里平坦地勢，同時小徑兩邊都是往下的陡坡。等到終於看到那座老教堂，一如往常令她覺得荒涼又帶著莊嚴之美：花崗岩石階和鐵製十字架都傾頹而扭曲。

愛倫沿著小徑，下坡走向兩丘之間那座被遺忘的教堂。她感覺到有點與往常不同，但也說不上來是什麼。那幾隻狗變得很激動，低頭追蹤著看不見的氣味，同時喉嚨發出低鳴。牠們繞著教堂，半途又奔跑回頭，鼻子嗅著寬闊台階的底部，然後彼此擦身而過，背部的毛豎直了。

她吹口哨叫喚那些狗，但牠們不理會。最大的那隻是一隻名叫湯姆的黃色拉布拉多犬。牠衝上台階，爪子滴答敲著地面。

「小子，怎麼回事？」

腳下的草被風吹動，她注意到大門附近的輪胎印。這裡偶爾會有人來，但通常都把車停在泥土路或是碎石子空地上。眼前的這些輪胎印則是一路通到前門。

她停在階梯底部往上看，這才發現另一個不同之處。大門的門板是橡木，上頭的黑色鐵製把手粗得像她的手臂。就她記憶所及，那兩個把手向來是用鍊子拴在一起的，但今天那道鍊子卻被剪斷了，右邊的那扇門微微開著。

愛倫忽然害怕起來，渴望地往上看著山丘。她該離開的——她感覺到了——但湯姆站在門邊，發出哀鳴。「沒事的，小子。」她抓住那隻狗的項圈，走進門去。門檻裡面頗為昏暗，幾道光從窗子透進來。高聳的拱形花板一片黑暗，但抓住她視線的是祭壇。兩側窗子上釘的木板被拆掉了，於是光線洩入，照得祭壇像個燦爛的寶石。她看到白色和紅色及黑色，第一個想到的是白雪公主。她的感覺就是這樣，一種近乎崇敬的靜止，那頭髮和皮膚及塗成紅色的指甲。她走了五步，才明白眼前這是什麼，然後她僵住了，彷彿整個身體都瞬間凍成冰。「親愛的天主啊。」她感覺整個世界也冰凍了。「啊，我親愛的、慈悲的天主啊。」

貝基特在他常去那家餐館的後方座位裡喝著咖啡。這是當地最受歡迎的小店，裡頭坐滿了商人、技工，以及帶著小孩的母親。他面前那盤培根炒蛋只吃了一半，就推到一旁。他昨天沒睡多少，戒菸二十多年來頭一回想抽菸。都是麗茲害的。那種擔心。那種壓力。她想分清私生活和專業生活。好吧，沒問題。她不像他以前其他的搭檔，不愛談異性或體育或性生活。她絕口不提自己的過去和恐懼，對於睡了多久覺或喝了多少酒撒謊，也不老實說她為什麼一開始會當警察。但是，嘿，沒關係。空間很重要——要命的界限——這也無所謂，直到那些謊言從小而無傷的，演變成可怕的、駭人的、嚴重的漫天大謊。

她在撒謊。

倩寧．蕭爾也在撒謊。

讓這個問題更具體的是，聽說漢默頓和馬許還在城裡。他們去了那棟廢棄房屋，而且兩度試圖跟倩寧．蕭爾會面。他們調出所有針對麗茲的申訴檔案，而且此刻，他們正在訪談泰圖斯．蒙若的遺孀。他不曉得他們想從中獲得什麼，但他們居然會安排這次會面，就已經是一種明顯的表示了。

他們想逮住麗茲。這表示最後他們也會來找他。畢竟，他從麗茲當警察第一年就認識她，兩人搭檔已經四年了。不過他們之間的問題很簡單，麗茲是個很不錯的警察。穩定，聰明，可靠。

直到那個地下室……

這個念頭一直揮之不去，同時他想到那兩個州警察恨不得吊死麗茲，而她卻告訴他們，說她殺的那兩個根本不是人，而是禽獸。他真搞不懂當時她在想什麼，那已經不光是危險，更是自我毀滅、瘋掉了。而且讓他很煩的是，他無法輕易想出什麼解釋。麗茲是那種很特別的警察。她不像戴爾人脈那麼廣，也不是狂熱的暴力份子——他能想得出來的混蛋，有一半都是這樣。她進入這一行不是為了其中的刺激或權力，或像他一樣，是因為這一行做得太久，沒法做更好的工作了。在她以為沒人看她的時候，他見過她真實的靈魂，有時那模樣美麗得令人心痛。這種想法很荒謬，他也知道：但如果可以讓他問一個問題而得到真正的回答，那麼他會問她：為什麼要來當警察？她很勤奮，人又聰明，她想做什麼都能成功。然而，她卻搞砸了那場訪談，實在沒有道理啊。

然後，還有艾爵恩・沃爾。

貝基特再度想到麗茲剛當上警察的第一年：她迷上艾爵恩的樣子，認真聽他講的每一個字，彷彿他有其他警察所缺乏的洞見。她的癡迷有種令人不安的效果，不光是因為太明顯，也是因為警隊裡有半數警察都希望她能這樣看自己。艾爵恩的定罪本來應該終止她的癡迷。就算沒有，坐牢十三年也該可以完成任務了。他是個坐過牢的犯人，而且整個人徹頭徹尾毀掉了。然而，之前在奈森酒館那邊，貝基特觀察著麗茲，看她上車找艾爵恩，看她屏住氣息，看艾爵恩講話時她盯著他的嘴唇。她還是對他有感情，還是相信他。

那就是個問題了。

是個操他媽的大問題。

挫折之餘，貝基特把咖啡杯推開，打了個手勢表示要結帳。女侍緩緩邁著輕鬆的腳步走過來。「還要什麼嗎，警探？」

「今天不用了，美樂蒂。」

她把帳單放在桌上，此時貝基特口袋裡的手機震動起來。他掏出手機，瞇眼看著螢幕，然後接了。「我是貝基特。」

「嘿，我是詹姆斯．倫道夫。你現在方便講話嗎？」

詹姆斯是另一個警探。比貝基特年長。聰明，愛打架。「什麼事，詹姆斯？」

「有個愛倫．邦德蘭，你認識嗎？」

貝基特努力搜尋記憶，想到了六、七年前認識的一個女人。「我還記得她。離婚案搞得很難看。我想是她丈夫違反了禁制令，把屋裡砸爛。她怎麼樣了？」

「她在另外一條電話線上。」

「那是七年前的事情了，你不能處理嗎？」

「我能說什麼呢，貝基特？她很激動，說要找你。」

「好吧，」貝基特伸出手臂搭著卡座的椅背。「幫我接過來吧。」

「你等一下。」

電話裡傳來靜電爆擦音，然後兩個滴答聲。接通愛倫．邦德蘭的電話時，她的聲音比貝基特預期的冷靜。

「很抱歉打擾你，警探，但我記得你以前對我很好。」

「沒關係，邦德蘭女士。有什麼需要我效勞的嗎？」

她笑了起來，聲音顯得淒涼。「我原先只是想出去走一走而已。」

貝基特來到教堂下方的車道上時，倫道夫警探又打電話來了。「我還不確定。」貝基特說，車子在崎嶇不平的路面上前進，教堂在高高的上方。「反正先把一切準備好。找幾個制服警察來，還有鑑識人員、法醫。這個可能是假警報，但感覺上不是。」

「是一樣的嗎？」

「我還不曉得。」

「我是不是該告訴戴爾？」

貝基特考慮著。戴爾是個優秀的管理人員，但不是全世界最頂尖的警察。他會把事情當成是衝著他來的，因而傾向於拖延，甚至不惜造成危險。另外還有地點，加上艾爵恩才剛出獄，而且這回有可能真的是一樣的。在貝基特心裡，他認為戴爾從來沒能從自己的搭檔殺人這件事復原過來。隊裡的人多年來老是背後質疑著。

戴爾怎麼會沒看出來？

他這樣算什麼好警察？

「聽我說，詹姆斯。法蘭西斯對這件事可能會神經過敏。我們先確定怎麼回事再說吧。總之，你等我回電給你。」

「可別讓我等太久。」

艾爵恩在這個教堂殺了茱麗亞．司傳吉已經是十三年前的事情了，但倫道夫也感覺到了那種黑暗的能量。這可能改變一切。包括很多人的人生，以及整個城市。

還有麗茲。

貝基特把手機放回口袋，雙手握住方向盤，盯著擋風玻璃外山丘頂端的教堂。即使現在，這裡還是讓他打心底深覺不安。這座教堂很老，周圍長滿了毛葉澤蘭和小蓬草及矮松。但更令人困擾的是這個地方過去的歷史。一切都從茱麗亞．司傳吉開始。她的謀殺案已經夠糟糕的了，但就算這座教堂廢棄之後，死亡仍有如餘味般繚繞不去。有些人故意跑來打破玻璃，推倒墓碑，還在牆上和地板上用噴漆噴上一些褻瀆和撒旦的符號。之後有好多年，遊民在這裡進進出出，留下空瓶和保險套，還在這裡生火做飯，其中一回火勢失控，燒毀了教堂的一部分，十字架也坍塌下來。但是如果仔細看，還是看得出這個教堂昔日的光輝：巨大的石材和花崗岩石階，就連那個十字架，在傾倒而扭曲之前也已經屹立了將近兩百年。貝基特的宗教信仰還沒完全消失，所以或許他的不安有可能是源於對自己過往一切錯誤的罪惡感。或許是善與惡的對比，也可能是來自對這教堂昔日的記憶——星期天早上的禮拜和唱詩班的歌曲，那是他的搭檔麗茲以往的生活。

無論原因是什麼，都讓他不高興地咬緊牙關，抓牢方向盤。等到車子到達山頂，他看到邦德蘭女士站在長草間，旁邊是她的兩隻狗，其中一隻在叫。他踩下煞車，慢慢停了下來。之前那種不對勁的感覺完全沒有消失。

「牠們很友善的。」她喊道。

貝基特還沒碰到過不友善的拉布拉多犬。他喊了那女人的名字，然後看著教堂和周圍的田野與遠處的森林。「你是走上來這裡的？」

「我的房子就在那邊。」她指著。「將近五公里。我每星期會走來這裡幾次。」

「你看到任何人了嗎？」她搖搖頭，然後他指著教堂。「有碰過什麼東西嗎？」

「右邊的門把。」

「還有其他的嗎？」

「門上的鍊子已經剪斷了。我在外頭還停了好一陣子，才走向那個……哎……」

「沒關係。」貝基特點點頭。「你上次來這裡是什麼時候？」

「幾天前。或許是三天吧。」

「當時你看到過任何人嗎？」

「當時沒有，不過偶爾這裡會有人來。我有時候會發現一些垃圾。啤酒瓶。菸蒂。舊火堆。你也知道這個地方會被怎麼糟蹋的。」

貝基特提醒自己，一般老百姓不像警察那麼常看到屍體。「我要進去看一下。你留在這裡。我還有事情要問你。」

「是一樣的，對吧？」

他看到她眼中的恐懼，同時聽到教堂上方的樹發出窸窣聲。一隻狗扯緊了繫在身上的狗鍊。

「待在這裡別動，」他說。「我去一下就回來。」

貝基特離開她，走向教堂，中間暫停下來檢查草地上的輪胎痕跡。沒有什麼特別值得注意的，他心想。或許他們可以採到輪胎印。但希望不大。

他跨過掉地的鍊子，走進黑暗而悶熱的教堂中。才走了十呎就幾乎一片黑，於是他等著自己的眼睛適應。過了一會兒，眼前逐漸出現了一個低天花板的朦朧空間，牆上有蠟燭台，左邊是樓梯間，櫥櫃門的鉸鏈都壞了。他走過前廊，摸索著來到通往中殿的雙扇門。過了這道門之後，天花板往上驟升，而且儘管這一頭還是很昏暗，但光線從袖廊兩側的彩繪玻璃透進來，照亮了祭壇和躺在上面的女人。那些光是有顏色的——深淺不同的藍和綠及紅——一道道的陰影線則是玻璃上的鐵。除此之外，那些光就像一把刀般釘住屍體，將顏色加在她的皮膚上，以及從腳到下巴蓋住她全身的簇新白色亞麻布上。貝基特的第一個印象是黑色的頭髮和靜止不動及紅指甲，那個畫面好熟悉又好難忘，讓他當場整個人呆住，動彈不得。

「拜託，不要又是一樣的。」他不禁自言自語。光線照得她像一顆放在盒子裡的寶石，但不只如此。還有那歪著的下巴，蘋果皮般的紅指甲。

「耶穌啊。」

源於幾乎已經遺忘的童年習慣，貝基特在胸前畫了個十字，走過破爛的地板和一堆堆腐爛的地毯。他在翻倒的教堂長椅間穿行，隨著每一步，完美的假象就愈加崩壞。光線裡的顏色不見了。蒼白的皮膚轉為灰白，暴力的痕跡有如變魔術般出現。瘀青。繩索勒痕。磨斷的指甲。貝基特走完最後幾步，來到祭壇前，他往下看。被害者很年輕，一頭黑髮，雙眼充血。她像茱麗亞．司傳吉當年那樣躺在祭壇上，雙臂在亞麻布上交叉，脖子發黑且擠壓得變形。他審視著那勒痕、那眼睛、那幾乎咬穿的嘴唇。然後他掀起亞麻布，發現底下的她全身赤裸，身體蒼白無痕，完好無缺。貝基特放下那白布，一股不期然的情緒湧上來。

邦德蘭女士是對的。

又是一樣的。

伊麗莎白載著倩寧下山時，炙熱的陽光隔著頭頂上的樹照下來。他們一路保持沉默，直到快到倩寧的家。那女孩開口時，聲音很小，但非常緊張。「你回到過那件事發生的地方嗎？」

「我剛剛才帶你去看過啊。」

「你帶我去的是採礦場，不是事情發生的地方。你只是指了一下，談到那個地方。但我們始終沒靠近那個男孩撲倒你的那棵小松樹。我現在問你的是，你有沒有回到過那個精確的地點。」

車子停在倩寧家前面，伊麗莎白關掉引擎。在樹籬後頭，磚與岩石建造的大宅聳立，不容侵犯。「我不會選擇那樣做。現在不會。永遠不會。」

「那只不過是一個地方。又不會傷人。」

伊麗莎白在座位上轉過身來，滿臉驚駭。「你回去過犯罪現場嗎，倩寧？拜託告訴我，你沒有自己一個人跑到那個可怕的房子裡。」

「我躺在事情發生的那個地方。」

「什麼？你為什麼要這麼做？」

「不然怎麼辦？難道要我自殺嗎？」

現在倩寧很憤怒，兩個人之間升起了一道牆。伊麗莎白想體諒她，但是好難。倩寧的雙眼亮得像兩枚硬幣，身上的其他部分彷彿發出嗡嗡聲。「你為了某些原因在生我的氣嗎？」

「不。是。或許吧。」

伊麗莎白設法回想自己十八歲的時候，設想著被脫光衣服、全身用膠帶捆起來是什麼滋味。那並不困難。「你為什麼要回去？」

「那兩個人死了。只剩下那個地方而已。」

「不是這樣的，」伊麗莎白說。「你還活著，我也還活著。」

「我不認為自己還活著。」倩寧打開車門爬出去。「而且我覺得或許你也不算活著。」

「倩寧……」

「我現在沒辦法談這些。對不起。」

倩寧低頭離開了。伊麗莎白看著她在車道上往前走，進入樹蔭中消失。她可能會不聲不響溜進屋裡，也可能她父母會發現她爬進窗子。這兩個結果都對那女孩不會有好處。其中一個結果可能會讓事情惡化許多。她還在思索的時候，手機忽然響了。是貝基特，而且他口氣緊張得就跟倩寧一樣。

「你多快可以趕到你父親的教堂？」

「他的教堂？」

「不是新的那個。是舊的。」

「你指的是——」

「沒錯，就那個。多快？」

「為什麼？」

「回答我的問題就是了。」

伊麗莎白看看錶，胃翻騰起來。「我十四分鐘可以到。」

「我要你十分鐘之內趕到。」

貝基特沒等她再問，就掛了電話。

十分鐘。

他站在北袖廊的窗邊。這幾年來有幾片彩繪玻璃破了，但大部分都還維持原狀。他從一個洞朝外看，彷彿可以看到風暴來襲。艾爵恩才出獄一天而已。等到另一樁謀殺案的消息傳出去，就會像病毒般傳播。這個教堂，這個祭壇。整件事太重大又太詭異了。整個城市會變得嗜血起來，而且一切都會被仔細審視：包括量刑準則、法官和警察，說不定還有監獄。

這個體系怎麼會又讓一個女人死掉？

如果紀登被槍擊的消息也外洩，整個風暴就會失控了。貝基特想像得到報紙會怎麼搬弄，不光是一樁謀殺和家庭及報仇失敗的報導而已，而是整個制度的無能，讓第一個被害人的孩子鑽過系統中的每個縫隙，最後在監獄旁被開槍射中。有人會查出麗茲去過奈森酒館，搞得警方形象更惡化。她是死亡天使，是艾爵恩之後整個部門最大的醜聞。

但是，貝基特希望她來這裡。她是他的搭檔和好友，而且她還是對艾爵恩有感情。貝基特必須修正這一點。

「快點吧，麗茲。」

他走到祭壇又走回來。

「快點啊，該死。」

「快點，快點。」

七分鐘後，他的手機響了，詹姆斯．倫道夫的號碼顯示在螢幕上。貝基特沒接。

到了十分鐘，倫道夫又打來，然後再打一次。等到他打第四次時，貝基特接了。

倫道夫很困惑。「搞什麼啊，查理？我已經找到法醫了，還有八個警察瞪著我，活像我是個瘋子似的。」

「我知道，對不起。」貝基特聽到背景裡的人聲，還有排檔的聲音。

「到底要不要我們去啊？」

貝基特看到路上出現一輛車，全速衝上了山丘頂，然後減速。他等了兩三秒確定，然後說：「請你們過來，詹姆斯。另外也打電話給戴爾。我之前說過，他會很緊張。你就跟他說是我決定的，跟他說跟以前是一樣的。」

「該死。」

「另外還有一件事。」

「什麼？」

「找到艾爵恩・沃爾。」

然後貝基特走出去，在麗茲童年教堂的破舊花崗岩石階上等她。即使隔得老遠，還是清楚看得出來她很不高興。她走得很慢，雙眼看著大樹和倒下的尖塔。接下來狀況會變得很難看了，貝基特好恨這一點。「我向來不來這裡的，」她說。

「我知道，很抱歉。」

他們在最底層階梯會合，貝基特好恨兩人之間充滿猜疑的氣氛。有很多年，這座教堂都是麗茲生活的中心：教會的會眾、她的父母，還有童年。雖然這個教堂始終不富裕，卻是歷史久遠，很有影響力。但自從茱麗亞・司傳吉死在祭壇上後，大部分事情都改變了。茱麗亞是在這個教堂結婚的，她的兒子也在這裡受洗。大部分會眾始終未能從她的死亡或教堂被褻瀆的感覺中完全復原。少數固執己見的人堅持要把教堂換到新地點。伊麗莎白的父親本來抗拒這個想法，而到最後，她母親跳出來勸說：我們的一份子曾經滿心恐懼地在這裡孤獨死去，我們怎麼還能在這裡禱告？我們怎麼能在這裡替我們的小孩施洗？替我們的年輕人舉行婚禮？她熱切的懇求說動了很多人，甚至是她的丈夫。最後據說她丈夫難得一次讓步了。接下來的新教會位於城裡治安很差的區域，是一座護牆板建築物。這個教會盡力維持下去，但只有一小部分會眾跟著轉移到那邊。大部分的會眾都離開，改加入第一浸信會或聯合衛理公會或其他教會。麗茲的人生也從此改變。她的父母淪落得好卑微。

艾爵恩．沃爾進入了監獄。

「我們的時間不多了。」貝基特說。

「為什麼？」

「因為要是被戴爾發現你在這裡，我們兩個都會被逮捕。」

他走進教堂內，伊麗莎白跟在後頭穿過昏暗的前廊，進入一片明亮。她的動作小心翼翼，彷彿每動一下就會痛，而且始終垂著眼睛，直到經過了樓廂底下。貝基特觀察著她的臉，見她抬起雙眼張望著那些屋椽和焦炭，以及鐵頭冠般懸吊著的管線。她稍微轉動一下，但目光始終避開祭壇，先去看窗子和牆壁及其他無數的陰影處。他無法想像她在想什麼，從她的表情也看不出來。她始終保持堅忍而不露感情，等到最後終於面對著祭壇，她花了三秒鐘，才確定自己看懂了眼前的狀況。

「你為什麼叫我來看這個？」

「你很清楚為什麼。」

「這不是艾爵恩做的。」

「同一個教堂，同一個祭壇。」

「只因為他出獄了……」

貝基特抓住她的手臂，拉向那個她出生以來就很熟悉的祭壇。「你看看她。」

「她是誰？」

「這個不重要。」貝基特的聲音嚴厲而刺耳。「你看看她。」

「我看過了。」

「更仔細一點。」

「沒有什麼好仔細的，好嗎？她死了。同樣的狀況。這就是你想聽的嗎？」

麗茲在冒汗，不過那是微微的冷汗。貝基特觀察她的臉夠久，足以明白她心裡的感覺：童年與背叛，以及失去信仰的艱難轉折。這裡曾是她的教堂。艾爵恩曾是她心目中的英雄。

「你為什麼要這樣？」她問。

「因為你腦袋沒想清楚。因為我要你明白艾爵恩是殺人兇手，你對他的迷戀是很危險的。」

「我沒有迷戀他。」

「那就離他遠一點。」

「否則怎麼樣？」她的話中有了一股火花和怒氣。「你為什麼這麼恨他？他沒殺茱麗亞・司傳吉，也沒有殺這一位。」

「耶穌啊，麗茲。聽聽你自己說的話。」貝基特皺起眉，很氣自己連這麼簡單的事情都做不好。麗茲對艾爵恩・沃爾的堅信不疑，害她在當上警察第一年就惹來不少成見。其他警察不信賴她，認為她是女人、有弱點，而且不理性。她的同事花了好幾年才完全接受她；她自己則花了更久的時間，才不再覺得自己受到不公平待遇而忿忿不平。貝基特一直看在眼裡，跟她一起經歷這些。「你試著用警察的眼光看這個，好嗎？」

「不然要用什麼的眼光？太空人？家庭主婦？」

他愈弄愈糟糕了。她舊日的忿忿不平又冒出來。而且同樣尖酸。

「不是他做的，查理。」

「該死，麗茲——」

「我昨天晚上跟他在一起。」

「什麼？」

「他對這種事情沒興趣。他對任何人都完全沒興趣。他很……哀傷。」

「哀傷？你聽到自己說了什麼嗎？」

「你不該叫我來的。」她轉身要走。「這是個錯誤，」她說，貝基特知道她說得沒錯。

他在這件事情上頭犯了太多錯。

他失去她了。

10

伊麗莎白開著車，盡量不去想剛才教堂裡發生的事情。忘了那具屍體、忘了另一樁死亡的事實吧。那實在太重大，又太突然了。她需要時間去慢慢消化其中含意，於是她改想著貝基特。他想幫忙，這點她了解，但她厭惡那座教堂的程度，是他永遠不可能明白的。那種古老的恨意深深糾結在伊麗莎白的靈魂裡，因而當她站在小時候熟悉的那座祭壇前，根本很難客觀得起來。站在那兒，她覺得自己好渺小，而且覺得被騙得好慘、好憤怒。那是一種很難處理的複雜感情；於是，在安靜的車裡，她把注意力集中在眼前最重要的一件事。

她相信艾爵恩，這樣正確嗎？

他們從來不曾親密。他救過她的命，曾是她苦恨絕望長夜中的一線光亮。因為如此，她對他的感情從來就不理性。每一想到他，她腦海中浮現的就是他在採礦場的那張臉，穩重而善意。後來她成為警察，對他就更加信任了。他大膽而聰明，關心被害人和家屬。然而，即使她自己當了警察後，也還是覺得他高不可攀。偶爾碰到時會有一個微笑或是一句話，都只是短暫的小事情，但她無法否認自己心中被激起的情感，以及這些情感所帶來的那個危險問題。

她迷上他了嗎？

這個問題好難回答，只因為她從沒問過自己。她會當上警察是因為艾爵恩，她會發憤努力是因為他也是這樣的人。當初鑑識結果發現茱麗亞．司傳吉的指甲底下有他的皮膚，伊麗莎白是唯一不相信他有罪的人。他的朋友或同事或陪審團都認為他就是兇手，連他妻子到最後好像都失去了信心，只是低頭坐在旁聽席，不肯看他的眼睛，後來宣判時她還根本沒到場。眼前這個想法困擾伊麗莎白比以往更甚。連艾爵恩的老婆都不相信他了，她為什麼該相信他？伊麗莎白不喜歡這樣的自我懷疑，但她以往對艾爵恩的信任的確是盲目的。當時她很年輕，拚命想要相信；回顧起來，那一切全都合理。但現在呢？她還是盲目依舊嗎？十三年過去了，但兩樁謀殺案看起來是一樣的。她眨眨眼，彷彿還能看到紀登的母親躺在同一個祭壇上。這兩樁謀殺看起來有什麼不同呢？

她不曉得。問題就出在這裡。他們還不曉得新的被害人是什麼時候死的，但根據屍體的外觀，很可能是發生在艾爵恩離開州立監獄之後。伊麗莎白反覆思索了一小時，很不喜歡這麼強烈的巧合。她想知道，除了艾爵恩是個已經被定罪、剛坐牢十三年被放出來的謀殺犯之外，是不是有什麼能把艾爵恩跟新的被害人連起來——目擊者證詞、物證，任何東西都好。通常她有十幾個熟同事可以打電話去探消息，但現在她被停職了，沒辦法照一般管道獲取消息。而且要是她挖得太深，法蘭西斯．戴爾真的會開除她。她告訴自己別管了。眼前她的人生已經四分五裂，倩寧的人生也是。紀登還在醫院裡。州警局正想用謀殺兩個人的罪名起訴她。

可是，這是艾爵恩．沃爾啊。

而且是在她父親的教堂。

她不知不覺又回頭，停在路邊觀察上頭的動靜。法醫已經來了。在場的還有貝基特、倫道夫，以及十來個鑑識人員和制服警員，而且她猜想法蘭西斯．戴爾也來了。當然了，他怎麼可能不來呢？艾爵恩曾是他的搭檔。當年他的證詞也協助檢方將艾爵恩定罪。

伊麗莎白點了根香菸，抽了半根後擰熄了。有個什麼不對勁，不是教堂、不是屍體，也不是任何明顯的東西。是被害人嗎？還是犯罪現場的什麼？她又觀察了教堂五分鐘，忽然恍然大悟，知道是什麼這麼不對勁了。

戴爾的車子呢？

他是刑事隊長，這是大案子。她撥了貝基特的手機，鈴響了三聲，他才接了。

「麗茲，嗨。」他壓低了聲音，她想像著他從屍體旁退開。「很高興你打電話來。有關稍早——」

「法蘭西斯人呢？」

「什麼？」

「我沒看到戴爾的車。他應該在場的。」伊麗莎白說。

貝基特停頓了一下，沉重的呼吸聲從電話那頭傳來。「你人在哪裡，麗茲？你在犯罪現場這裡嗎？我警告過你——」

但麗茲沒在聽。戴爾不在教堂這邊，她早該料到的。「狗娘養的。」

「麗茲，等——」

但伊麗莎白立刻掛掉電話，趕緊把車子掉頭，一路飆車朝城裡駛去。開到兩哩外的一個山丘頂端，隔著樹林的縫隙，她看到遠處城裡白色的尖塔和屋頂及房子。下了那座山丘，路上塞車好嚴重，她右轉，經過一條鋪著鵝卵石的街道，穿過市區另一頭，心中想著，不會的，不可能這麼快。但即將來到艾爵恩那棟燒毀的農場大宅時，她遠在一哩外就看到了閃示的警燈。屍體還在教堂，戴爾就已經跑來逮捕他的老搭檔。懷恨，懶惰，敵意。無論原因是什麼，都太明顯了。他們要把他先抓住關起來，再找別的理由。

「不是你想的那樣。」她下車時，戴爾迎上來說。然後看著她從兩輛車子間擠過來，他舉起雙手後退，那棟焚毀的農場大宅就在前方十碼之處。

「屍體才剛發現而已。你根本沒有理由逮捕他。」伊麗莎白說。

「別衝動，麗茲。我說真的。」

她擠過屋外的制服警員間，繞行著進入同樣那個燒成焦炭的房間，看到艾爵恩面朝地趴在煤灰裡。不管他是怎麼被制伏的，反正看起來都很暴力。他的襯衫被撕破了，雙手和臉上都沾了血。他們用塑膠束線帶綁住了他的手腕和腳踝，把他像個動物似的扔在地上。

伊麗莎白才往裡走了三步，戴爾就抓住她往後拉，雙手像鋼似的鉗住她的手臂。「我想跟他談。」她說。

「不可能。」

「法蘭西斯——」

「你鬧夠了吧！」

戴爾的臉頰出現紅斑，當著其他警察的面硬把她拖到外頭，來到一棵櫟樹下，她靠在樹幹上掙脫手臂。「這根本是狗屎。」

「冷靜一點，警探。」戴爾厲聲說，雙眼威嚴。「事情不是你想的那樣，你也不准跟他談。這表示你不能插手這次的逮捕。」她往右走，他擋在她面前。「我說真的，麗茲。你再硬來，我發誓就要以妨礙公務的罪名逮捕你。」

她往前擠。

他一手放在她胸膛，這樣觸摸非常不得體，但他臉上毫無不安。「我會銬住你。」他說。

「就在上帝和所有人面前。你真的希望這樣嗎？」

伊麗莎白以新的眼光看他，這樣的強硬並不是他平常的作風。「我沒事了。」

「你確定嗎？」

她後退舉起雙手。隔著人群，她看到艾爵恩趴在地上。他眼睛找到她的，然後她感覺到一陣電力。「為什麼要把他手腳都銬起來？」

「因為他很危險。」

「那為什麼要逮捕他？」

「要是我告訴你，你會守規矩嗎？」

一股怒氣聚集在伊麗莎白胸口。「守規矩」這個字眼很寬容。「我什麼時候不守規矩了？」

「你待在這裡，等我處理完了再談。」

「我有個問題。」

他轉身豎起一根手指。

「什麼罪名？」伊麗莎白問。

戴爾指著釘在一根發黑木頭上的紅白兩色告示牌。伊麗莎白這輩子不曉得看過幾百個這種告示牌了。那是金屬的方形牌子，上頭的字很簡單：禁止進入。

「你在開玩笑吧。」她說。

「這塊產業現在不是他的了。」

戴爾走回屋裡，留下伊麗莎白站在外頭，看著他們把艾爵恩扶起身，拖出廢墟，然後塞進一輛警車裡。看著他離開，她無法隱藏自己的情緒。無論艾爵恩現在怎麼樣，畢竟他以前當過警察，而且是最頂尖的警察。不光是能力強，他還得過很多獎、備受讚譽。之前他因為一樁她不認為是他犯的罪行而坐了十三年的牢，而現在，他在這塊他以往曾擁有的土地上，被打得趴地。被銬住手腳、押上警車。

因為擅入私人產業，而遭到逮捕。

伊麗莎白沒等到戴爾回頭找她談，就先離開了。她先在路邊等，然後跟著一隊巡邏車回到警察局，在一段距離外觀察著艾爵恩被粗手粗腳拉出巡邏車，步履艱難地走向警局背面圍牆的大門。他反抗那些粗暴的拉扯，但旁邊的警察只是因此更粗暴。等到他走進門時，整個人已經完全離地：他掙扎著，同時兩個警察抓著他的雙腳，另外兩個抬著他的肩膀。她等著戴爾出現，但沒等到。

在教堂，她判定。因為原來就該是這樣。應該要先調查，才進行逮捕的。

她發動車子，但還沒駛離路邊，就看到那輛深藍色轎車停在警局後方停車場的邊緣。車子是黑輪胎、州車牌。她判斷是漢默頓和馬許。

他們還在城裡。

還在尋找繩子要吊死她。

有個圓丘可以往下俯瞰那座教堂，另外還有一條只有內行人才知道的碎石路。這條路彎過樹林，終點是一片高處的林間空地，視野一覽無遺，可以看到起伏的丘陵和遠處的山脈。在以往比較好的時光，他會獨自去那裡，思索著這個城市的一切美好。當時的事情都合情合理，天空下的一切都各就其位。

但那是好久以前的往事了。

他把車停在樹蔭下，穿過草地，直到看得見下方倒塌的尖塔和散佈的汽車。他知道那座教堂常有人去——那個馴馬女子，還有一些遊民——所以他早料到會有人發現屍體。但是看到警察跑去那裡，還是讓他想嘔吐。這麼多年來，那座教堂一直在他心中佔據了一個特殊的位置。沒有人能明白原因或其中意義，但那教堂完美地填補了他心中的空虛。

那祭壇上的那個女孩呢？

她也是屬於他的，但不像他挑選過的其他人那麼重要，因為現在有警察看著她、碰觸她，同時在推測著。她應該要躺在靜寂的黑暗中，而他一想到那些彩繪玻璃後頭所發生的事情，心裡就很不高興：明亮的光線和疲倦不堪的警察，法醫進行著那些沉悶、討厭的工作。他們永遠無法明白她死去的原因，也不明白為什麼他選擇了她、又為什麼把她留在那裡被發現。她的意義遠遠超出他們所能了解的範圍，不光是一個女人或一具屍體或拼圖中的一塊而已。

死了之後，她就只是一個孩子。

到頭來，他們全都是。

伊麗莎白來到醫院，發現紀登已經移出手術後的恢復室，搬到同一層樓的一間單人病房。

「怎麼可能？」

「你指的是單人病房很貴？」護士還是她稍早碰到過的那個，是個漂亮的紅髮女郎，有褐色的眼珠和散佈著雀斑的鼻子。「是你父親要求我們醫院當成做慈善的。這個星期剛好空房多，醫院的主管就同意了。」

「他為什麼會同意？」

「你試過跟你父親爭執嗎？」

伊麗莎白思索著這個預期之外的善意，提醒自己：她的父親也是深愛紀登的。「他還在醫院裡嗎？」

「你父親？他來過又走了。」

「紀登狀況怎麼樣？」

「醒了一次，但是沒說話。我們院裡的人都很替他難過。大家都知道他拿那把槍本來打算做什麼，但是無所謂。有一半的護士都想帶他回家，好好照顧他。」

伊麗莎白謝過她，敲了紀登的門。沒人回應，所以她悄悄進去，發現他睡著了，手臂上和鼻子下方都插著點滴管。旁邊的一具監視儀隨著他的心跳節奏而發出嗶嗶聲，床單下的他看起來好瘦小，胸部的起伏微弱得幾乎無法察覺。這個可憐的孩子，一輩子都不曾有喘息的機會。家裡窮得要命，父親又長年疏於照顧。現在他身上還多了這樁罪行的烙印。他能夠原諒自己嗎？她心想。如果能的話，要原諒什麼？原諒自己想殺一個人的意圖，或是原諒自己的失敗？

伊麗莎白站在那裡好久，想著若有人從開著的門外經過，看到了不曉得會作何感想。要是不認識的人，可能會不明白她對這個孩子的愛。

為什麼？有人會問。他又不是你的小孩。

這個問題很難回答，但如果硬要伊麗莎白說出理由，那大概就是：因為他需要我，因為當初就是我發現了他母親的屍體。

Curator:
Chien Hua Lin
Typography Research Lab

The 3rd of
Hand Print & Typography,
Taipei

May. 2 – May. 6, 2016
Every Mon to Fri 9 :00-17 :00
(*Closed on Sat & Sun*)

May. 3
Artist's Talk 15:00 – 17:00

Ming Chuan University
Design Building & Art Center

5 De Ming Rd., Gui Shan District,
Taoyuan County 333, Taiwan
www.typographylab.com.tw
Tel: +886-3-350-7001/Fax: +886-3-359-3864

但其實不完全是如此。

伊麗莎白湊近些，審視著那張窄窄的臉和發黑的雙眼。他看起來比十四歲老了八歲，而且比較像是死了，而不是活著。

他的雙眼睜開，裡頭充滿陰影。「我殺掉他了嗎？」

伊麗莎白微笑著撫平他的頭髮。「不，甜心。你不會殺人的。」

她身子前傾，以為他聽到這個消息會鬆了口氣。但男孩頭部後方監視儀的嗶嗶聲卻開始加速。

「你確定？」

「他還活著，你沒做錯什麼事。」監視儀的曲線往上衝，紀登的雙眼翻白。「紀登？呼吸啊。」

那監視儀開始發出尖響。「護士！」伊麗莎白大喊，但沒有必要。門已經打開，一個護士趕進來，後頭緊跟著一名醫師。

那醫師問：「發生了什麼事？」

「我們只是在談……」

「你跟他說了什麼？」

「沒什麼。我不曉得。我們只是——」

「出去。」

她從床邊退開。

「快點出去！」

那醫師彎腰對著男孩。「紀登，看著我。我要你冷靜下來。你能呼吸嗎？握緊我的手。好孩子。看著我的眼睛。看著我。慢慢來，放輕鬆。」那醫師吸氣，吐出。紀登的手指緊握成白色，雙眼盯著醫師的眼睛。監視儀的心率已經逐漸慢下來。「好孩子。」

「你得出去了。」護士說。

「我能不能就……？」

「你幫不了任何人的，」那護士說；但伊麗莎白知道不見得。

或許她還能幫艾爵恩。

到了傍晚，原來在教堂犯罪現場的那些警察們開始回來了。此時伊麗莎白坐在自己的那輛舊野馬車上，停在警局北邊一條小街道。車外很熱，建築物和樹及走下車的人都拖著長長的影子。這是普通人的平凡一天。太陽即將落下，該是回家吃晚飯、休息的時候了。但對於往局裡走的那些警察來說，時間還早。他們有證物要處理，有報告要寫，有計畫要擬定。即使已經拘留了艾爵恩，戴爾還是希望制服警員們上街查訪、警探們鑽研每個角度。不管計畫是什麼，他都希望在第一波新聞曝光前能夠準備得堅如磐石。這表示警局要全體總動員，而伊麗莎白就打算要利用這個混亂狀況，得到自己想要的。

她壓低身子，等著鑑識人員的廂型車駛過去，轉入警局後方圍牆內的停車場。緊接著是三輛巡邏車，然後是貝基特和戴爾及兩個地檢署的檢察官。詹姆斯．倫道夫在最後一輛車上：車窗裡的一個大塊頭，掠過時她看見光滑的頭皮和滿臉鬍子。這就是她要等的人，一個反抗的、強悍的老混蛋，他認為一位平常很正直的警察若只是偶爾違反規則，只要施予薄懲就好，不該受到嚴厲的處分。在地下室的槍擊事件後，他還跑來找伊麗莎白，建議她根本該偷偷把屍體找個地方扔了，從此一個字都不要提。伊麗莎白一開始以為他在開玩笑，但他那張歪臉上的表情似乎是認真的。

有一大堆現成的樹林啊，美女。

一大堆幽深、平靜、黑得像地獄的樹林。

看到他進入警局後，她等了十分鐘，然後打他的手機。「詹姆斯，是我。」她望著靠近他辦公桌的那扇窗子，覺得自己看到了一個影子在動。「你吃過晚餐了嗎？」

「我正想點外帶。」

「王家小館的？」

「我有這麼好猜？」

「我去幫你買吧。」

她聽到他的椅子發出吱嘎聲，想像著他雙腳架上了辦公桌。「這一天很漫長，麗茲，而且接下來還有漫長的一夜。你就乾脆告訴我你想要什麼吧？」

「你聽說了艾爵恩的事？」

「那當然。」

「我想跟他談談。」

七秒鐘過去了，街上車來車往。「酥皮牛柳，」他說。「別忘了拿筷子。」

二十分鐘後，他們在嵌入水泥牆上一扇低於地面的門前會合。

「接下來我們要這麼做。」他讓她進入警察局的辦公大樓。裡頭的走廊牆壁漆成綠色，塑膠地板擦得亮晶晶。「我們要迅速又安靜，你嘴巴閉緊了別說話。如果在走廊碰到誰，你就盡量保持低姿態，而且別忘了我叫你嘴巴要閉緊。任何需要說話的，由我來開口。」

「明白了。」

「我會做這件事，是因為你是好警察，又長得漂亮，而且因為你從來不在乎我醜得像個舊輪胎。但這可不表示我願意冒著打破飯碗的危險，把你弄進去見這個狗娘養的。這樣清楚了嗎？」

她點點頭，閉緊嘴巴。

「很好，」他說，然後露出難得的微笑。「在我後頭跟緊了，他媽的給我乖一點。」

她按照他的吩咐做，果然一路都沒有人發現他們。他們從樓下側面通道進去。此時正在忙碌的區域，應該是靠近大樓正面的警司辦公桌那一帶，還有樓上的刑警隊。這麼晚了，拘留區應該是空寂無人，而他們就是指望這點。繞過最後一個轉彎，他們看到那扇沉重鋼製門前的辦公桌只有一個警衛。他抬頭，詹姆斯輕鬆朝他揮手。「馬修．麥森尼。近來可好？」

麥森尼雙臂在胸前交抱，看著伊麗莎白。「怎麼回事，詹姆斯？」

「你出去抽根菸吧？」

「你是要求我還是命令我？」

「我哪敢命令你啊。拜託啦。」

麥森尼看著伊麗莎白，皮膚在日光燈下毫無血色。他跟詹姆斯同樣是五十來歲，也同樣是禿頭。但是不像詹姆斯的是，他瘦而駝背，眼神刻薄，好像每一天都更恨自己的人生一點。「你知道誰關在裡頭，對吧？人民公敵第一名。」麥森尼指著伊麗莎白。「你很可能就是人民公敵第二名。兩個加起來，這可是很大的人情。」

「這位小姐只是想跟他說兩句話，如此而已。」

「為什麼？」

「有差嗎？不過就是講兩句話、幾個字罷了。我們又不是要把他偷渡出去。別這麼不爽快了，活像個娘兒們。」

「你為什麼老是搞這套？我不喜歡，詹姆斯。我從來就沒喜歡過。」

「搞哪套？我什麼都沒做啊。」

麥森尼瞪著麗茲，心裡盤算著。「如果我答應，那從此我們就扯平。我再也不想聽你提起那一天的事情了。到此為止。就算戴爾忽然跑來這裡發現她，我們也永遠扯平了。」

「沒問題，到此為止。」

「我可以給你們兩分鐘。」

「她希望有五分鐘。」

「給你三分鐘。」麥森尼站起來。「他在禁閉室。走到底，右邊。」

「為什麼把他關在禁閉室？」伊麗莎白問。

「為什麼？」麥森尼把鑰匙扔在桌上。「因為操他的，這就是為什麼。」

他離開之後，伊麗莎白挑起一邊眉毛望著詹姆斯．倫道夫，但倫道夫只是聳聳肩。「局裡很多人都對他很不滿。」

「那他為什麼要幫我們？」

「我小時候有回跟馬修一起去獵鵪鶉，他開槍射中了我。後來我不時就會提醒他這件事。他聽得很煩。」

「可是，禁閉室……」

「我幫你多爭取到一分鐘。」詹姆斯打開大門上的鎖。「可別逼我跟著你進去。」

伊麗莎白踏入走廊，看到左右兩排牢房，禁閉室的門在遠端。她往前走，老舊日光燈閃爍著忽然熄滅，於是走廊裡更暗了，搞得她很不安。這個地方感覺上很像監獄，而對她來說，監獄現在變得有點太逼近現實了。低低的天花板，潮溼的金屬。她雙眼盯著走廊盡頭的禁閉室，那房間看起來好淒涼，外頭是一道結實的鋼製門，臉的高度有一扇活門。這個禁閉室是專門給吸毒者、有攻擊行為的、精神有問題的人。裡頭的牆壁和地板都鋪了老舊的帆布，上頭沾了糞便和血和其他各種可能的體液。除了憤怒、怨恨、小心眼之外，根本沒有正當的理由把艾爵恩關在裡面。

她拉開一道門閂，打開金屬板活門往裡看。出於某種原因，她屏住呼吸，而那種沉默似乎往外發散。囚室裡面沒有動靜。除了一個氣音的耳語之外，沒有其他聲音。

那是艾爵恩，在角落的地板上。他打著赤腳，沒穿襯衫，臉埋在雙膝之間。

「艾爵恩？」

囚室裡很黑，昏暗的燈光從伊麗莎白的腦袋旁邊透進去。她又喚了一次他的名字，然後他抬起頭看，眨著眼睛。「誰在那裡？」

「我是麗茲。」

他撐起身子。「你跟誰一起來的？」

「只有我。」

「我聽到了聲音。」

「沒有。」麗茲轉頭看了一眼走廊前頭。「沒有其他人。」她又走近一些。「你的襯衫呢？還有鞋子？」

他模糊比劃了一下。「這裡太熱了。」

看起來沒錯。他皮膚上的汗水晶亮，眼睛下方有點點汗珠。他昔日的聰慧好像不見了，整個人變得很遲鈍。他歪著頭，汗水滑下他的臉。

「你來這裡做什麼，麗茲？」

「你還好嗎，艾爵恩？看著我。」她給他一點時間，看著他逐漸恢復過來。她發現他肩膀的肌肉微微抽動，一個顫抖轉為咳嗽。「他們帶你進來之後，發生了什麼事嗎？我知道逮捕過程很粗暴，不過他們有虐待你嗎？還是威脅？你好像……」她聲音愈來愈小，最後消失了，因為她不願意往下想——他好像不如以前了。

「黑暗。牆壁。」他勉強微笑了一下。「我不太適應狹小的空間。」

「幽閉恐懼症？」

「類似的吧。」

他又試著要微笑，結果再度引發一輪咳嗽，整個人顫抖了二十秒。她的目光往下看著他的胸部，再往下到腹部。

「耶穌啊，艾爵恩。」

他發現她在看他的疤痕，於是別過身子。但他的背部狀況也跟胸部一樣糟。他身上有多少蒼白的疤痕？二十五道？四十道？

「艾爵恩……」

「這些沒什麼。」

「他們對你做了什麼？」

他拿起襯衫穿上。「我說沒什麼。」

她更仔細看他的臉，這才第一次看清那些骨頭的角度跟她記憶中的不同。他左眼旁的凹陷處充滿陰影，鼻子也有點變了樣。她又回頭看了一眼走廊，想到只有兩三分鐘而已，不能再拖了。

「他們問過你有關那個教堂的事情嗎？」

艾爵恩雙手平放在門上，低著頭。「我以為你被停職了。」

「你怎麼知道？」

「法蘭西斯告訴我的。」

「他還跟你說了什麼？」

「叫我離你遠一點。叫我閉上嘴巴，不要把你拖進我的麻煩裡。」艾爵恩抬起頭，剎那間，過去的十三年時光似乎消失了。「這件事或許不重要，但反正我沒殺她。」

他指的是教堂裡那個新的被害人。

「那你殺了茱麗亞．司傳吉嗎？」

這是伊麗莎白第一次問他這個問題，而他沒立刻回答，只是下顎肌肉繃緊了。「我乖乖服過刑了，不是嗎？」

然後他的目光變得清澈，充滿憤怒。以前的艾爵恩回來了，一點也不軟弱。

「你當初應該上證人席的，」她說。「你應該回答那個問題的。」

「那個問題？」

「是的。」

「那我現在該回答嗎？」

他的聲調毫無起伏，但目光熱切得讓伊麗莎白的腦袋開始抽痛。他當然知道她想要的是什麼。在他審判期間，她天天都在等待他能回答這個問題。她當時想，一定有個解釋的，一切都會說得通的。

但他始終沒上證人席。

那個問題始終沒被回答。

「一切都歸結到那個問題，對吧？」他看著她。「我脖子上的抓痕。她指甲裡的皮膚屑。」

「一個無辜的人就會解釋的。」

「當時的狀況很複雜。」

「那你現在可以解釋了吧？」

「如果我解釋了，你會幫我嗎？」

來了，她心想。貝基特曾警告她要小心出獄後的艾爵恩，說他會利用她、要她。

「茱麗亞．司傳吉的指甲底下為什麼會有你的皮膚？」伊麗莎白問，他聽了別開眼睛，下顎繃緊了。「告訴我，不然我就要走了。」

「這是威脅嗎？」

「是要求。」

艾爵恩嘆了口氣，搖搖頭。再度開口時，他知道自己所說的話會引起什麼反應。「我們上了床。」

伊麗莎白愣了一下，緩緩眨了眨眼。「你跟茱麗亞．司傳吉有外遇？」

「當時凱瑟琳和我狀況很糟糕……」

「凱瑟琳懷孕了。」

「我原先都不曉得，是到後來才知道的。」

「耶穌啊……」

「我不是要為自己辯解，麗茲。我只是希望你明白。當時我們的婚姻走不下去。我不愛凱瑟琳了，她也不怎麼愛我了。她的懷孕，我想是因為我們最後想再試著挽救看看吧。我是一直到她流產後才曉得的。」

伊麗莎白後退一步，然後又上前。這個真相的拼圖太醜陋了，她真不希望拼湊完成。「那你為什麼不作證，講出你們外遇的事情？DNA證據害你被定罪。如果你有辦法解釋，就該說出來啊。」

「我不能這樣對凱瑟琳。」

「鬼扯。」

「在我把她拖累得那麼慘之後，」他再度搖頭。「我不能這樣傷害她、羞辱她。」

「你應該要在法庭上作證的。」

「現在說這些話很容易，但是作證又有什麼用呢？你想想看。」他整個人看起來毀掉了，臉上有疤痕，雙眼黯淡。「除了我和茱麗亞，沒有人知道這件事。而她死了。如果我辯護的理由，是因為我們上過床，誰會相信？你跟我一樣看過太多審判，絕望的人會不惜撒謊，以求脫罪。我的證詞聽起來會像是自私的、精心算計過的謊言。而我能從中得到什麼？不會是同情或尊嚴或是無可懷疑。我只會面對更多的交互詰問，到最後看起來更有罪。不，我思前想後很多次了。要是我坦白，只會羞辱凱瑟琳，自己什麼好處都得不到。茱麗亞死了。說出我們的婚外情，只會害到我自己而已。」

「沒有人看過你們在一起？」

「像是一對的？沒有。」

「沒寫過信？或是語音留言？」

「我們很小心。就算我想證明我們有婚外情，也拿不出證據。」

伊麗莎白提醒他。「一切都太湊巧了。」

「還有個原因，」他說。「你聽了不會喜歡的。」

「告訴我吧。」

「有人羅織證據陷害我。」

「老天在上，艾爵恩……」

「我在她家的指紋，還有DNA，都很合理，沒問題。我老是去她家。我們很親密。但教堂附近的那個啤酒罐說不通。我從來沒接近過那座教堂，也從來沒在那邊喝過啤酒。」

「你覺得佈置的人是誰？」

「希望我坐牢的人。」

「對不起，艾爵恩……」

「別說這種話。」

「說什麼話？說你聽起來就像任何被定罪的囚犯一樣？『不是我做的。有人陷害我。』」

伊麗莎白後退，很難隱藏她的懷疑。艾爵恩看到了，很心痛。「我不能再回牢裡，麗茲。你不明白我在裡頭碰到過什麼。不可能明白的。拜託。我求你幫幫我。」

她審視著他髒兮兮的皮膚和深色的眼珠，不確定自己會不會幫他。因為他，她改變了自己的一生，但他只不過是個男人罷了，而且是有缺陷的，甚或致命的。這對她意味著什麼？她該如何選擇？

「我會想一下。」她說，然後就離開了。

他們花了兩分鐘離開警局大樓。倫道夫陪著她，兩人迅速走過一條接一條走廊。到了原先側街那道低於地面的門外，他跟著她走到人行道上，讓門在後頭關上。西方的天空火紅，一陣熱風吹過水泥地，倫道夫從菸盒裡搖出兩根菸，遞了一根給伊麗莎白。

「謝了。」她接過來，他幫兩個人點了菸，兩人沉默抽了半分鐘。

「好吧，真正的原因是什麼？」她彈了一下菸灰說。

「有關什麼的？」

「你為什麼幫我。」

他聳聳肩，歪著嘴笑了。「或許我不喜歡權威。」

「不是或許，我很確定你不喜歡權威。」

「你也知道我為什麼要幫你。就跟我會很樂意幫你把蒙若兄弟的屍體運到城外最荒涼、最黑暗的樹林裡埋掉，原因是一樣的。」

「因為你有兩個女兒。」

「因為操他媽的，誰叫他們要那樣對待那個女孩。換了我也會射殺他們，所以我不認為你該為這個事情而丟掉工作。你當幾年警察了？十三年？十五年？狗屎。」他用力吸了口菸，狠狠吐出來。「要是他們兩個沒死，上了法庭，辯護律師會在法庭上狠狠修理那個女孩，害她再從頭經歷一次那種可怕的折磨，然後某個混蛋法官可能會因為技術性原因判他們無罪。我們都知道這種事情難免會發生的。」他扭扭脖子，發出脆響，絲毫沒有歉意。「有時候正義比法律更重要。」

「一個警察有這種想法，那可是很危險的。」

「整個制度壞掉了，麗茲。你跟我一樣明白。」

伊麗莎白靠牆望著旁邊的這個男人，看著他臉上的光影，看著他手上的香菸和指節腫大的手指。「他們現在幾歲了，你女兒？」

「蘇珊二十三。夏綠蒂二十七。」

「兩個都住在城裡？」

「是啊，都是上帝的恩典。」

他們又沉默抽了一會兒菸，一個苗條的女人，一個駝背的男人。她想著正義和法律，以及他脖子扭動時發出的脆響。「艾爵恩有敵人嗎？」

「每個警察都有敵人。」

「我的意思是在系統的內部。其他警察？律師？或許某個檢察官？」

「當時？或許吧。有一陣子，你每次打開電視，都會看到艾爵恩的臉出現在螢幕上，旁邊還有個漂亮的記者在訪問他。很多警察因此怨恨他。你真的該去問問戴爾的。」

「有關艾爵恩？」

「沒錯。就是艾爵恩。」倫道夫擰熄了香菸。「法蘭西斯一直很恨那傢伙的。」

倫道夫回到辦公大樓後，伊麗莎白抽完她的香菸，思索著。十三年前，艾爵恩有敵人嗎？誰會曉得？伊麗莎白當時太年輕了。自從採礦場的那天遇到艾爵恩之後，她設法度過高中最後一年，又去北卡羅萊納大學讀了兩年，然後輟學改讀警察學院。受訓完畢後成為正式警察時，她才二十歲，年輕而充滿熱情，但同時又害怕得半死。當時她根本不懂怨恨或政治手腕，不可能懂。

但是，現在她懂了，而且正在想。

她沿著人行道走到街角，繞過一群行人，然後左轉，走到街上。她的車子停在半個街區外的另一邊。她想著敵人，以為自己可以悄悄離開。

結果才走十幾步，她就改變想法了。

貝基特坐在她車子的引擎蓋上。

「查理，你跑來這裡幹嘛？」她放慢腳步。

他的領帶拉鬆了，襯衫袖子捲到手肘。「我可以問你同樣的問題。」他觀察著她走完最後一小段路。她打量著他的臉，猜不透他的想法。

「我只是經過而已，」她說。「你知道，去問一下案子進行的狀況。」

「是喔。」

伊麗莎白停在她的車前。「查出被害人的身分了嗎？」

「蕊夢娜．摩根。二十七歲。住在本地。我們認為她是在昨天失蹤的。」

「還有呢？」

「漂亮但害羞，沒有認真交往的男朋友。她在餐廳當女侍，一個同事認為她可能星期天晚上跟人有約。我們正在追查。」

「死亡時間呢？」

「在艾爵恩出獄後。」他把這句話猛地丟出來，想看看她怎麼反應。

「我想跟法醫談談。」

「不可能，你很清楚的。」

「因為戴爾？」

「他要求過，絕對不准讓你接觸任何跟艾爵恩．沃爾有關的事情。」

「他認為我會危害到這個案子？」

「或者危害到你自己。漢默頓和馬許還在城裡。」

伊麗莎白審視著貝基特的臉，大部分都罩在陰影裡看不清楚。即使如此，她還是看得出表面之下的情緒。是厭惡？還是失望？她不太確定。「戴爾恨他嗎？」

她看得出來，他顯然明白這個問題的含意。「我不認為法蘭西斯恨任何人。」貝基特說。

「那十三年前呢？他當時恨過誰嗎？」

貝基特的臉浮起一抹苦笑。「是詹姆斯．倫道夫告訴你的嗎？」

「或許。」

「或許你應該仔細想想你的消息來源。」

「什麼意思？」

「詹姆斯．倫道夫在各方面都跟艾爵恩正好相反。無趣又不能幹，心胸狹窄。老天在上，他離婚三次了。如果有誰恨艾爵恩，那就是倫道夫。」

伊麗莎白努力思索著這些拼圖的碎片。

貝基特滑下車，撞到汽車的擋泥板，然後改變話題。「我都不曉得你還在開這輛破車。」

「有時候會開。」

「你說過這車是哪個年份的？」

她望著他的臉，想看清上頭的表情。有事情發生了，是跟汽車無關的。「一九六七年，」她說。「我是暑假打工賺錢買的。這算是我靠自己真正買的第一樣東西。」

「當時你十八歲，對吧？」

「十七歲。」

「沒錯。十七歲。牧師的女兒。」他吹了聲口哨。「那可真是辛苦啊。」

「算是吧。」她沒提到其他的：她買下那輛車，是在艾爵恩．沃爾阻止她跳進採礦場那片黑暗冷水中的兩星期後；她會連續開車開上好幾個小時；不曉得有多少年，這輛車是她生活中唯一的美好事物。「查理，你問這些問題做什麼？」

「以前有這麼一個菜鳥。」他毫不停頓地轉換話題，好像他們本來就一直在談菜鳥的事情。「那應該是二十五年前了，在你之前。他人挺和氣的，但是笨手笨腳，老是在道歉。懂嗎？不像個警察，不適應街頭。總之，這個可憐的混蛋有天在治安不好的地帶，走進了一扇不該進去的門，當場撞見了兩個毒販，最後收場就是一個打破的瓶子對著他的喉嚨。他們要割他的喉，當場殺掉他的。」

「然後你進門，救了他的命。那是你第一次值勤時開槍。我聽過這個故事。」

「我要表揚這位女士。你還記得我救的那個菜鳥叫什麼名字嗎？」

「記得。那是馬修……」她低頭。「狗屎。」

「講出他的全名吧。」

伊麗莎白搖頭。

「說嘛，麗茲。我剛剛已經表揚過你了。馬修什麼？」

「馬修．麥森尼。」

「這個故事背後的含意是，像麥森尼這樣的人，他會對救命恩人更忠誠，而不是一個腿上挨過他槍散彈碎片的五十歲老屁孩。你真以為我不會發現你幹的好事嗎？」

「戴爾知道嗎？」

「要命，才不呢。他要是曉得，會放火把這裡燒光，連你一起燒死。是我攔著，才沒有讓戴爾知道。」

「那你為什麼要為這件事情修理我？」

「因為明天清早天亮之後，這條街上會擠滿各路新聞記者，其中還有從華府和亞特蘭大跑來的。在明天日落之前，全國各地的頭條新聞報導都會是這個。我們有兩具蓋著亞麻布的女屍、一個當過警察的謀殺兇手、一個中槍的小孩，還有一座活像是哥德風經典建築的破敗教堂。光是那些畫面，就足以登上全國新聞了。你想被捲進這個報導裡嗎？好，現在連州檢察長都因為兩宗兇殺案要辦你了。」

「誰把艾爵恩關到禁閉室的？」

「這根本不重要吧？」

「他有幽閉恐懼症。是戴爾嗎？」

「該死，麗茲。你對流浪狗是怎麼回事？」

「他不是狗。」

「狗。坐過牢的前科犯。孤單無依的小屁孩。你救不了他們全部。」這是他們爭執的老話題了，但這回的感覺比平常更嚴重。「如果是有人陷害他呢？」

「原來就是這麼回事？你是認真的？麗茲，我跟你說過了。他是個坐過牢的前科犯，這種人很會耍心機的。」

「我知道。只不過——」

「只不過他受傷又孤單，對吧？你以為他不知道這是你的弱點嗎？」貝基特忽然一副投降的表情，原先的懊惱消失了。「手給我。」他沒等就抓住她一手，然後用牙齒拔開一支筆的筆蓋。「你打這個電話。」他在她手背寫了一個號碼。「我會先打電話過去，跟他說你會去找他。」

「誰？」

「典獄長。明天一早就打給他。」

「為什麼？」

「因為你迷失在荒原裡了，麗茲。因為你得找一條路出來，而且他會告訴你一些事情，你絕對不敢相信的。」

11

伊麗莎白在那條街上跟貝基特道別，開著車子往西行駛，爬過了一片高高的山嶺，遠方扁平的太陽像是貼著地面的一塊圓盤。艾爵恩可能是在撒謊，也可能不是，而伊麗莎白只想得出一個地方，去查出她所需要的答案。於是她沿著雙線道開出城界，十分鐘後，轉入一條黑暗的漫長車道。此處是河畔一片佔地五百英畝的產業，高崖下就是湍急的河流。她駛入車道深處，黃楊樹籬刮過她的車子，車道上方的樹枝懸得很低。到了盡頭後，她爬下車。那棟房子聳立在黯淡的天空下，她走上門廊時，感覺到其中久遠的歷史。美國國父喬治·華盛頓曾在這裡住過一夜。還有著名的探險家丹尼爾·布恩，以及半打州長都在這裡睡過覺。目前的屋主——一度也同樣顯赫——打開門時，身上的府綢西裝看起來像是穿著睡覺過。他沒刮鬍子，滿臉憔悴，一頭蓬亂的稀疏白髮被風吹得更亂。跟上次見面比起來，他瘦了些，也似乎更矮、更虛弱，而且更老了。

「伊麗莎白·布雷克？」他一開始很困惑，然後露出微笑。「老天，幾百年沒見面了。」他用力擁抱她，然後抓住她的手。「來跟我喝一杯吧。或許兩杯。」他雙眼亮晶晶。「伊麗莎白·布雷克。」

「愛哭鬼瓊斯。」

「進來，進來。」

他轉身進屋，一邊收拾起放在屋內各種豪華老家具上的報紙和法律書，一邊喃喃道歉著。在玻璃碰撞聲中，他把幾個空瓶子和切割水晶玻璃杯收進廚房。伊麗莎白在房間裡漫步，看著手杖、油畫，和佈滿灰塵的槍。等到老人回來，他的襯衫已經扣到領口，頭髮梳得服服貼貼，而且潮溼得不會隨著移動而亂飄。「那麼，接下來。」他打開一道雙扇落地櫥門，裡面是一個附水槽的吧檯和整牆的酒瓶。「我記得你不喜歡波本威士忌。」

「伏特加摻冰塊，麻煩你。」

「伏特加摻冰塊。」他的手在一排酒瓶前面轉來轉去。「波蘭的雪樹伏特加？」

「太好了。」

伊麗莎白看著他替她倒了酒，然後給自己調了一杯老派風格（old-fashioned）調酒。菲克婁．瓊斯是律師，現在退休了。他白手起家，半工半讀念完法學院，然後成為北卡羅萊納州有史以來最優秀的辯護律師。在執業的五十年——接手的案子涉及謀殺、虐待、背叛——他只在法庭裡哭過一次，就是他宣誓成為該州律師的那一天，當時一個黑袍法官在場擔任監誓人，不以為然地皺著眉頭問這位年輕人為什麼眼睛溼亮又顫抖。菲克婁解釋說他是深深感動於這一刻的莊嚴偉大，那法官就要他好心一點，把那個乳臭未乾的愛哭鬼靈魂趕出他的法庭。

從此這個「愛哭鬼」的綽號就跟著他了。

「我知道你為什麼來。」他把那杯酒遞給她，然後自己坐在一把老舊的皮革椅子上。「艾爵恩出獄了。」

「你常去看他嗎？」

「自從退休又離婚後，我就很少離開這棟房子了。坐吧。」他指著自己右邊一張木製扶手椅，上頭的椅墊罩是褪色的酒紅色天鵝絨，有幾個地方都磨白了。「我一直很注意你的狀況。那件事情真不幸：倩寧．蕭爾，蒙若兄弟。你的律師是誰？」

「詹寧思。」

「沒錯，詹寧思。相當年輕。你喜歡他嗎？」

「我沒跟他講過話。」

「小姐。」他把酒放低，靠在椅子的扶手上。「你也知道，州警局就是那樣，他們當然會想盡辦法要懲罰你。打電話給你的律師吧。如果有必要的話，今天晚上就跟他碰面。」

「我沒事，真的。」

「恐怕我得堅持一下。就算是年輕的律師，也總比沒有律師要好。報紙上已經把你的狀況講得很清楚了，我也不會假裝忘記州警局的那些政治手段。要不是我年紀這麼大了，我會親自去找你，要求當你的律師。」

他很激動，但伊麗莎白不理會。「我來這裡不是要談我自己的。」

「那就是談艾爵恩了。」

「沒錯。」伊麗莎白往前坐在椅子邊緣。她非得知道的真相似乎好渺小。只是一個字，幾個字母。「他當時有跟茱麗亞·司傳吉上床嗎？」

「啊。」

「不到一個小時前，他是這麼告訴我的。我只是想確認。」

「所以你見過他了？」

「對。」

「你問他茱麗亞的指甲底下怎麼會有他的皮膚？」

「是的。」

「很抱歉……」

「別拒絕我。」

「我真希望可以幫你，但這個資訊是律師和當事人之間必須保密的，而你，我親愛的，畢竟還是警察。我不能告訴你。」

「不能還是不願意？」

「我這輩子獻身法律。現在來日不多了，怎麼可以晚節不保？」他喝了一大口酒，顯然非常心煩。

伊麗莎白湊近了他，想著或許他可以感覺到她有多麼渴望。「聽我說，愛哭鬼……」

「請叫我菲克婁。」他揮著手。「那個綽號讓我想起以往美好的時光，只是更難受而已。」他往後用力沉坐在椅子裡。

伊麗莎白雙手握緊，講話時好像深怕這些話也會引起痛苦。「艾爵恩相信有人故意佈置證據陷害他。」

「那個啤酒罐，沒錯。我們常談到那個問題。」

「可是審判時，你們從來沒有質疑過那個證據。」

「親愛的，要質疑的話，艾爵恩就得上證人席。但是他不願意。」

「你能不能告訴我為什麼？」

「對不起，但是不行；原因跟之前一樣。」

「又有一個女人被殺了，菲克婁，以同樣的手法被謀殺，放在同一座教堂裡。艾爵恩已經被逮捕了，消息明天就會見報。」

「老天。」

他手裡的杯子顫抖著，她碰觸他的手臂。「我得知道他有沒有跟我說實話，關於那個啤酒罐，關於他的皮膚出現在茱麗亞的指甲底下。」

「他被警方控告了嗎？」

「菲克婁——」

「他被警方控告了嗎？」老人激動得聲音都不穩了。他握著玻璃杯的手指發白，臉頰上出現了紅色斑點。

「不是謀殺，他是被以擅入私人產業的罪名逮捕的。他們會盡可能把他關久一點。你知道這類事情的。至於死者，我只知道她是在艾爵恩出獄之後被殺害的。除此之外，我不曉得有什麼證據。他們不讓我碰那個案子。」

「因為你自己的麻煩？」

「也因為法蘭西斯．戴爾懷疑我的意圖。」

「法蘭西斯．戴爾。哼！」老人一隻手臂揮著，伊麗莎白想起他當年交互詰問戴爾的情形。不論菲克婁怎麼努力，都無法破壞戴爾那些證詞的可信度。他在證人席上無法撼動，完全堅信艾爵恩對茱麗亞．司傳吉的迷戀。

「如果有辦法的話，他們會拿這個案子吊死他。」伊麗莎白湊得更近。「我看得出來，你還是很關心。那就告訴我吧，拜託。」

他濃密眉毛下的雙眼往外看，瞇起的眼睛非常亮。「你會幫他嗎？」

「我們只有兩個選擇，相信他或是置之不理。」

老人在椅子上往後靠坐，裹在皺巴巴的西裝裡看起來好小。「你知道我的家族和艾爵恩的家族，兩百多年來都一起住在這條河邊嗎？當然了，你沒有理由知道，但反正就是這樣。瓊斯家族。沃爾家族。我父親在第一次世界大戰瘸了腿，教我打獵和釣魚及整理土地的是艾爵恩的曾祖父。他關心我的父母，在大蕭條時代，他還會確保我們家一定有奶油和牛肉及麵粉。我十二歲時他過世了，但我還記得他身上的氣味，像曳引機的潤滑油和青草及溼帆布。他雙手強壯，臉上都是皺紋，星期天來吃晚餐時會打領帶。我長大後當了律師，始終跟艾爵恩不熟。但我還記得他出生的那天，我們一群人就在他家的門廊上抽雪茄。他父親，還有我們其他幾個人。在河邊的這些土地很好。這些家族的人也很好。」

「這段感想很動人，但是除了信念之外，我還需要別的。你還能告訴我其他什麼嗎？有關艾爵恩或是那個案子的？什麼都好。」

最後一句聽起來好絕望，老律師嘆了口氣。「我可以告訴你，法律是一片充滿黑暗與真相的海洋，律師只不過是海面上的船。我們或許可以拉動一兩根繩子，但說到底，決定航行路線的是當事人。」

「艾爵恩拒絕了你的建議。」

「這部分我真的不能說。」

老人喝光他的酒，櫻桃染紅了杯底。他迴避她的目光，伊麗莎白覺得自己明白原因：他知道那樁外遇。他原可以用來在陪審團心中播下懷疑的種子，但艾爵恩不許他這麼做。

「我很難過，孩子，你跑來這裡，我卻沒什麼能告訴你。希望你能原諒一個老人犯下這麼可怕的過失，但是我實在筋疲力盡了。」

伊麗莎白握住他的手，覺得那一把瘦骨輕盈而脆弱。

「麻煩你好心幫我再調一杯酒吧。」他縮回手，遞出杯子。「想到艾爵恩，我就覺得心痛，兩腳好像都沒什麼感覺了。」伊麗莎白去調了酒，看著他接過去喝。「你知道喬治．華盛頓在這邊住過一夜嗎？」他比了一下，好像累得都要變成透明的了。「我常常在想，到底是睡在哪個房間。」

「那我就不打擾了，」伊麗莎白說。「謝謝你跟我談。」

她一路走到寬闊的雙扇門前，他才忽然又開口。「你知道我的綽號是怎麼來的嗎？」

伊麗莎白轉過身子來，面對著弧形的樓梯和年代久遠而發黑的地板。「我聽說過那個故事。」

「那個眼神堅決的法官有一點說得沒錯，律師處理案子不能投入個人感情。當事人軟弱時，我們要堅強；當事人錯誤時，我們要正確。這是一種簡單的比喻。紀律，守法。」他抬頭往上看。「我對每個當事人都遵守這個原則，直到艾爵恩。」

伊麗莎白不敢呼吸，專心傾聽。

「我們花了七個月準備他的案子，審判的那幾個星期又並肩坐在一起。我不是說他很完美——天曉得他跟我們其他人一樣，只是個凡人——但是當他被定罪時，那就好像我心裡有個什麼壞了，像是某種不可或缺的、律師的器官停止運作了。提醒你一下，當時我表情不變，只是謝謝法官，跟檢察官握手。一直等到法庭裡面其他人都走光了，我才趴在辯護席的桌上，哭得像個小孩。你之前問我有沒有什麼能告訴你，我想就是這個了。愛哭鬼瓊斯的最後一次審判。」他朝杯子裡的酒點了個頭。「一個可悲的老頭和淚水，像永遠互相支持的老友。」

伊麗莎白回到警察局，她大步走進前門，完全沒有減慢速度。艾爵恩說的是實話——這就是老人的意思。現在，她想知道他們手上有什麼可以辦他的憑據。不是擅入私人產業。而是謀殺。她要知道答案。

「你跑來這裡做什麼，麗茲？」

她轉入刑警辦公區，還是走得很快。貝基特龐大的身軀在辦公桌間穿梭，想在她抵達戴爾辦公室前追上。

「麗茲，等一下。」

她的手放在門鈕上。

「不要，麗茲。耶穌啊……」

但門已經打開了。戴爾站在門內，還有漢默頓和馬許。

「布雷克警探。」漢默頓首先開口。「我們正在談你。」

伊麗莎白猶豫了。「隊長？」

「你不該來的，麗茲。」

伊麗莎白的目光從戴爾轉到那兩位州警局的警官身上。天黑已經好幾個小時，現在這麼晚了，這個會議一定是非同小可。「這個會議是為了我？」

「有新的證據，」漢默頓說。「我們也希望你解釋一下。」

「不行，」戴爾說。「現在沒有律師在場。」

「如果你希望的話，可以不列入正式紀錄。」

戴爾搖頭，但伊麗莎白舉起一手。「沒關係，法蘭西斯。如果有新證據，我想聽聽看。」

「那就不能列入正式紀錄。進來關上門吧。不是說你，貝基特。」

「麗茲？」貝基特舉起雙手做了個阻止的姿勢。

「沒關係。我很好。」

她想告訴自己這是實話，但戴爾看起來累垮了。就連漢默頓和馬許也好像背負著某種看不見的重擔。伊麗莎白提醒自己此行的目的。她來是要替艾爵恩說話的，因為那位老律師的肯定，跟任何她見過的證據都同樣有力。但眼前這個封閉而擁擠的辦公室裡空氣沉滯，有一股病態的甜味。然後她明白，那是恐懼。她才走進去三步，就已經開始害怕起來。「我被指控罪名了嗎？」

「還沒有。」漢默頓關上門。

她點點頭，但還沒有意思是以後會有，意思是快了。「什麼證據？」

「那個地下室的鑑識證據。」漢默頓的手指碰觸辦公桌上的一份檔案。「那裡所發生的事情，你有什麼要告訴我們的嗎？」他的聲音彷彿來自很遙遠的地方。「布雷克警探？」

現在每個人都盯著她看，戴爾忽然一臉憂慮，兩個州警局的警官則充滿了莫名其妙的同情，看起來簡直是怪誕。

「我們檢驗了DNA，」漢默頓說。「在用來綁住倩寧．蕭爾的鐵絲上頭，實驗室驗出了兩個人的血。一個是倩寧的，當然了，這個我們早就預料到。」她暫停一下。「第二個樣本是來自另一位不明人士。」

「第二個人？」

「是的。」

「那就是蒙若兄弟之一，」伊麗莎白說。

「兩個人都排除了。」

「那就是來自其他犯罪行為的血。交叉污染。以前的舊證據。」

「我們不認為是這樣。」

「那麼，還有別的解釋……」

「我們可以看看你的手腕嗎，布雷克警探？」每個人都看著她的袖子，看著那薄薄的外套和扣住的袖口。漢默頓湊近他，臉上的表情和聲音都很柔和。「我們不是沒有同情心的人……」

伊麗莎白兩手僵住，覺得自己的皮膚熱辣辣地灼痛起來。「我不明白你的意思。」

「如果你有理由失去理智——」

「我不該來的，」她說。

「如果當時的狀況情有可原——」

「我根本就不該來的。」

她迅速走向門，血衝向耳際，皮膚依然灼痛。她沒思考為什麼，因為她已經厭倦了思考，也厭倦了感覺、回憶、談話。那不過就是在某個時間、某個地方發生了一件事，並不是每件事都很重要。但其他人就是不肯了解。

那個地下室已經是過去的事情了。

結束了。

一時之間，她感覺到貝基特在她身後，他的聲音從樓梯間傳來，然後是在外頭的街上。她動作更快，鑽進了車子，迅速發動，只看到他的臉像一塊白色污漬，雙手舉起來又放下。她開得很快，一言不發。橡膠輪胎在轉角發出尖嘯，一路開回家。她的皮膚依然灼痛，但那比較像是羞愧和憤怒及自我厭惡。

鐵絲上的DNA。

她捶了一下方向盤。

她想移動，不要停下來。除此之外，她想喝醉。她想獨自坐在黑暗裡，感覺到手上玻璃杯的重量。記憶還會在那裡，但顏色會變得朦朧，蒙若兄弟會褪淡，旋轉木馬會停止。

但貝基特卻有別的想法。他的車子晚了她二十秒開上車道。「查理，你跑來這裡做什麼？」

「我聽到他們說的話了。」貝基特停在門前階梯下頭。「隔著門，我還是聽到了。」

「所以呢？」

「所以，我不曉得該怎麼辦。」他看起來跟戴爾一樣累垮了，目光直盯著她手腕的位置。

「麗茲，耶穌啊……」

「不管他們說什麼，都跟我無關。我是警察，我沒事。」

「如果發生過什麼——」

「我說過了，我朝他們開槍。我不後悔。再來一次我還是會照做。除此之外，沒有別的了。好人贏了，那個女孩保住一條命了。」

「如果那個女孩肯說呢？如果漢默頓和馬許可以說服她父親的律師群呢？」

「她的說法會跟我一樣。」

「或許問題就出在這裡。你們兩個人所敘述的內容。」他的大腦袋傾斜，臉上的陰影游移。

「你們輕易讓人相信最糟糕的狀況。」

「因為我們彼此照顧？」

「因為你們敘述的時候，都用同樣的字眼。你真該去看看你們的供述筆錄。放在一起看，告訴我你看到什麼。同樣的字，同樣的措詞。」

「那是巧合。」

「讓我看你的手腕。」

「不要。」

他伸手去抓她手臂，她狠狠拍掉，聲音像開槍。兩個都僵住了，沉默不語。他們原來是搭檔，是朋友，但現在暫時成了敵人。

「我活該，」貝基特說。

「一點也沒錯。」

「對不起。只不過——」

「你走吧，查理。」

「不行。」

「時間很晚了。」

她摸索著鑰匙，貝基特不滿地看著她。伊麗莎白進去關上門後，他在外頭拾高了嗓門。「你當時該打電話給我的，麗茲！你根本就不該自己一個人進去！」

「貝基特，你回家吧。」

「該死，我是你的搭檔。照規定你本來就該打電話給我的。」

「我叫你回家！」

她往後靠在門上，感覺到自己猛跳的心臟和貼著皮膚的木門。貝基特還站在外頭看。等到他離開了，她全身發抖，卻不知道為什麼。

因為大家起疑心了？

因為她的皮膚依然灼痛？

「過去是過去，」她閉上眼睛，然後又說了一次。「過去是過去；現在是現在。」

「你就是這樣做的嗎？」

那聲音從沙發後頭的一個黑暗角落傳來，麗茲連忙一手去抓手槍，這才認出是誰。「該死，倩寧。」她放開槍柄，打開頭上的一盞燈。「你在做什麼？」

那女孩坐在一把大椅子上，雙腳蜷縮在身子下。她穿了牛仔褲和球鞋，指甲油剝落。同樣那件帽T的兜帽罩住她的雙眼，儘管目光明亮，但她看起來還是提心吊膽，窄窄的肩頭往內縮，一手握著菜刀。「對不起。」她把菜刀放在椅子的扶手上。「我不太會應付憤怒的男人。」

伊麗莎白鎖上門走過去，拿了菜刀放回餐桌上。「你是怎麼進來的？」

「你不在家。」倩寧豎起大拇指往後一比。「我就撬開窗子進來了。」

「從什麼時候開始，你會闖進別人的屋子裡？」

「以前從來沒有過。順便說一聲，你應該設定警鈴的。」

「擋得了你嗎？」

「我覺得跟你在一起很安全。對不起。」

伊麗莎白走到水槽邊打開水龍頭，潑了些水在臉上。她不曉得這女孩是不是真覺得抱歉。但反正也不重要。她很心煩，就像麗茲也很心煩。

「你父母知道你在哪裡嗎？」

「不知道。」

「我就要被起訴了，倩寧。你是可能對我不利的證人。你這樣跑來恐怕……有欠考慮。」

「或許我會蹺家。」

「不，不行。」

「我可以蹺家的，你知道。」倩寧站起來，沿著一排書走。「逃掉，離開那個見鬼的家。」

這句詛咒話從那麼年輕而純潔的嘴巴冒出來，似乎很不對勁，而倩寧似乎看穿了伊麗莎白的心思。「告訴我你沒那樣想，告訴我你剛剛沒那樣想。」倩寧朝門彈了一下手指，指的是貝基特和她剛剛那番對話，還有伊麗莎白近乎祈禱的自言自語。「你在想離開這個地方。消失。」

「我的問題不是你的，倩寧。你這麼年輕，你可以做任何事、成為任何人。」

「但是現在跟年齡再也無關了，不是嗎？」

「可以的。」

「現在要回頭或保持原來的樣子，已經太遲了。」

「為什麼？」

「因為我全都燒掉了。」倩寧的雙眼發出閃光。「那些絨毛玩具和海報及粉紅床單，那些照片和書及小男孩寫給我的字條。我拿到花園裡燒了，一場好大好烈的火，差點把其他東西全都一起燒掉。」她扯下帽兜，露出暗紅色的皮膚和燒焦的髮尾。「花園起火了，燒到了兩棵樹。」

「你為什麼要這麼做？」

「你為什麼要走近採礦場的崖邊？」

那聲音好輕，卻讓伊麗莎白心碎。

「我父親想阻止我。但我一看到他就跑了。我想他跨過圍籬的時候受了傷。他在大叫，或許很生氣。無論如何，我都不能回家了。」那女孩的叛逆近乎絕望。「要是你現在逼我離開，那你就永遠不會再看到我了。我發誓，我會把整個世界都燒光。」

伊麗莎白倒了一杯酒，背對著女孩開了口。「應該要讓你爸媽知道你沒事。至少傳個簡訊給他們吧。跟他們說你很平安。」

「這表示你會讓我留下？」

伊麗莎白轉過身子來冷笑。「我可不能讓你把全世界都燒光。」

「我可以喝一杯那個嗎？」她指著酒。「既然跟年紀無關……」伊麗莎白在另一個杯子裡倒了一指高的酒遞過去，什麼話都沒說。女孩喝下酒，嗆了一下。「我之前看到你家有浴缸……」

她沒說完，伊麗莎白指著走廊盡頭。「櫥子裡有毛巾。」

伊麗莎白看著她進入走廊，自己又倒了一杯酒，關了燈，獨自坐在黑暗中。她的手機響了兩次，但她都沒接。她不想跟貝基特或戴爾或任何查到她電話號碼的記者談。

她坐在那裡不動，靜靜喝了一小時。等她終於站起來去察看，發現浴室是空的，客房的門關上了。除了老房子慣有的滴答和吱呀聲之外，她沒聽到任何聲響。但她還是檢查了門窗的鎖，然後走進浴室，把門也鎖上，這才脫掉襯衫，檢查兩手手腕上那些殘酷的、細細的割傷。整個手腕被割了一圈，有些地方割得很深。紅色的線，一部分結痂了。那是記憶，是惡夢。

「過去是過去……」

她脫掉其他衣服，把浴缸放滿水。她在隱瞞真相，沒錯，但不是沒有理由的。這樣應該會讓她好過一點，但理由只不過是一個詞。

就像家庭也是一個詞。

或信念或法律或正義。

她坐進浴缸裡，因為熱水似乎有幫助。可以溫暖她全身，讓她覺得沒有重量。水就是有這個好處，但水的本質就是會起起落落；於是當她閉上眼睛，整個世界退去，然後她又感覺到了：那個地下室包圍著她，像手指環繞著她的脖子。

那男人勒住她，手臂緊鉗她的脖子，一手抓住她的手腕，把她握著槍的手朝牆上砸。倩寧像個躺在地上的玩偶，尖叫看著那槍砸在水泥牆上三次、四次，然後摔在地上，滑進黑暗裡。

伊麗莎白感覺到槍掉了，努力想轉身。

他是誰？

媽的他是誰……？

她只感覺得出他很魁梧，身上很臭。他一邊手臂勒住她的脖子，愈來愈緊，她眼前發黑，感覺到一小片鬍子湊著自己。她往後踢，頭往後撞，但那掙扎虛弱而無力。

「噓……」

她耳朵感覺到他呼出的氣，就要失去意識了。血液無法流通，雙眼閉上。

她抓著他的手臂，在黑暗中又有了動靜。是第二個男人，塊頭大而駝背。倩寧也看到了，她腳跟在骯髒的地上亂扒，退到了牆邊。

倩寧……

第二個男人一手抓住那女孩的頭髮，把她拖到另一個房間。

槍在哪裡？

伊麗莎白被迫跪下，看到高統球鞋和骯髒的牛仔褲，手指沾到地上的黴。他壓著她的背部，逼她往前，把她壓在地上。鬍子貼著她的頸背，同樣的氣息吹過她耳邊。

「噓……」

時間變得好漫長。

然後一切變得模糊。

然後變黑。

在柔道裡，這招稱之為血絞或頸脖絞或鎖頸固定技。警察則稱之為側血管鎖喉法。叫什麼不重要，重要的是目的和作用。同時壓迫頸動脈和頸靜脈，可以讓一個成人在幾秒之內昏迷。只要做得正確，就不必花太大的力氣。但如果方法錯了，就無法制伏敵手，或是會害他死掉。這不像是拍電影。你一定要非常熟練，做得正確才行。

泰圖斯．蒙若就非常熟練。

伊麗莎白在腦海裡想過幾百萬遍了：怎麼開始和結束的，還有中間的那幾分鐘。倩寧離開床墊，她們要退出房間，那女孩的手又熱又溼，緊緊抓著伊麗莎白的手。伊麗莎白的槍始終對準地下室深處。必要時她會開槍，但門外是空的，她們後方安靜無聲。才走了三步，那女孩就絆倒了，但是沒關係。伊麗莎白舉著槍，最後一道走廊只離她們十呎了。走廊兩旁有幾扇關著的門，幾道樓梯，但她們可以平安通過的。

伊麗莎白根本沒聽到她後方的門打開，根本沒聽到他走近，忽然就感覺到他的手臂猛地勒住她脖子，手指鉗住她的手腕。她想反抗，但失敗了，接著昏過去，醒來時發現自己被鐵絲綁在床墊上，衣服被脫掉，嘴巴被摀住。他的舌頭在她耳朵、頸部移動；她像個動物似的反抗，在他汗溼的手掌後頭尖叫，同時旁邊有一根紅蠟燭燒著，而他的手指在她的身上摸索。他就要強暴她了，或許還會殺了她。但即使在她反抗時，仍感覺自己彷彿正在往下墜落，他粗暴的觸摸愈來愈輕，燭光閃了兩下，然後熄滅了。她聽到一個聲音，是自己的，但是更年輕些。

別又碰上了，別又碰上了……

那墜落可能會讓她一路往下，深得她再也回不來。他就要把她打入黑暗中，把她留在那兒……

伊麗莎白在浴缸中浸得更深，覺得又冷又熱，全身發抖。她在最重要的時刻迷失了自己。當了十三年的警察，她卻像個石膏面具似的破了。

後來是倩寧救了她。

那個女孩。

才十八歲。

他渾身汗水及毛髮，渾身肌肉和肥肉及又粗又硬的手指，重達一百萬磅。

「好個婊子……」

他的皮膚滑溜地貼著她的，但她的肺裡快沒氣了。她吐出氣，他往下壓。

「很好，太爽了，他媽的辣婊子……」

就在伊麗莎白即將暈厥之際，槍聲劃破黑暗，化為閃亮的光點。她聽到陣陣尖叫，自己也跟著叫，然後眨著眼睛，看著那大塊頭男人爬起來，嘴裡吼著什麼——後來她才曉得，是吼著他兄弟的名字。

沒有任何回應，只有一陣陣痛苦又恐怖又害怕的尖叫聲，發自隔壁房間，在水泥牆之間迴盪。直到現在，伊麗莎白仍不明白倩寧是怎麼拿到那把槍的。只見她站在門口，赤裸而蒼白，那槍在她的小手裡大得難以置信。伊麗莎白看到一切緩慢而清楚，但就好像夢中之夢；就好像那是發生在她很久以前可能認識的某個人身上。

第一槍把他的一邊膝蓋轟成血霧。他還沒完全倒地，另一邊膝蓋也不見了。他往右抽動一下，又往左，然後原地垮下，轟掉的骨頭摔在水泥地上，那沉重而潮溼的聲響她永遠忘不掉。他的尖叫聲又加上兄弟的，融合成一片痛苦難辨的字句。

「臭婊子！」

他因為劇痛而扭動著。

「幹……啊！幹！」

倩寧拖著腳步走過去，她的臉也像戴著破面具。雙眼黑暗而空洞，張開的嘴巴沒發出聲音。槍的重量壓得她手臂下垂，她踉蹌了一下，然後站定在那尖叫男人的上方。

「倩寧……」

那名字從伊麗莎白的嘴裡吐出來，但倩寧舉起槍，尖叫聲愈來愈大，她的臉完全凝定不動，淚水淌過她眼睛下方的污漬。她處於震驚中，全身髒兮兮的，手腕流出鮮血，從指尖滴落。

「倩寧……」

伊麗莎白停止掙扎。倩寧瞪著那哀號的男子。

「倩寧……」

射光十八發子彈所花的時間，漫長得彷彿永無止境：從幾秒鐘延長到幾分鐘，然後又好像延長到好幾個小時。實際上，可能根本沒花幾秒鐘。伊麗莎白不知道。她雙眼盡量只看倩寧，看到那年紀輕輕就毀掉的女孩只剩一具受傷而空蕩的軀殼。到最後，一切都很簡單。槍聲代她說話，兩個男人嘶喊。他們死掉後，倩寧站在那裡好久，才對伊麗莎白的話有反應。

會有人聽到的。

警察會來的。

開槍後的煙霧未散，整個世界已經被扯開了。即使遠處傳來警笛聲，伊麗莎白的手腕上還捆著鐵絲，但她明白現在警察在這道裂口的一邊，而她和倩寧則永遠站在另一邊了。

她很快下了決定。

很快告別她的舊日人生。

伊麗莎白想趕緊處理好，但是一個個畫面從黑暗中閃出來：倩寧顫抖的紅色手指解開鐵絲，警笛聲更接近了。兩人趕緊穿上衣服，擦了槍，然後伊麗莎白擁著那女孩重複說了一次故事，又逼倩寧說一遍。

說倩寧在床墊上。

說伊麗莎白在黑暗中開槍。

「再說一次，倩寧。」

「我在床墊上。你在黑暗中開槍。」

兩點時，伊麗莎白終於爬上床。她難以入眠，等到終於睡著了，又全身冷汗醒來。這個狀況重演到第三次，她醒來時，聽到一個不熟悉的聲音，循聲找去，發現倩寧蜷縮在浴室的地板上。唯一的光是來自倩寧客房裡的小燈泡，但已經足以看到她身上的瘀青和咬痕，還有她手腕上的繃帶。

「我以為我要吐了。對不起吵醒你。」

「來吧。」伊麗莎白用冷水沖溼一條毛巾，遞給倩寧。「我來幫你。」她扶著倩寧站起來。她們站在洗手台前，鏡中的兩人截然不同，伊麗莎白高瘦而輕盈，倩寧比較矮，但比較有曲線。倩寧正在哭，似乎動不了。「我來吧。」伊麗莎白接過毛巾，幫倩寧擦掉淚水、拂開頭髮，露出她蒼白而冰涼的前額。「看這裡。」她扶著倩寧轉向鏡子。「好一點了嗎？」

倩寧瞪著鏡中自己的臉，然後又看伊麗莎白的臉。「我們的眼睛都一樣。」

伊麗莎白矮下身子，湊到倩寧的臉旁邊，兩人的顴骨幾乎貼在一起。「的確。」

「都是我的錯，」倩寧說。「才會在地下室發生那件事，還害你也碰上。」

「別說傻話了。」

「如果真的是我的錯呢？你還會當我的朋友嗎？」

「當然會啊。」

倩寧點點頭，但好像不太相信。「你相信有地獄嗎？」

「不相信。就算有，你也不會下地獄的。」伊麗莎白握緊倩寧的肩頭，聲音嚴厲。「不會因為是這樣的原因。」

倩寧低頭，明亮的雙眼閉起來。「我朝那個弟弟射最多子彈，因為他最喜歡傷害我。我做的夢就是那樣的：他的手指和牙齒，他的耳語，還有他傷害我時撐開我的眼睛，那種穿透心底、永遠的凝視。」

「他得到報應了。」

「可是，我做出了選擇，」倩寧說。「那個弟弟特別狠，於是我朝他開最多槍。十一顆子彈。那是因為我，我的選擇。你怎麼能說我不會下地獄？」

「你不能這樣想。」

「我幾乎都沒睡覺，不是因為怕做夢。而是因為我醒來時，會有那麼一刻，就那麼一瞬間，我會不記得。」

「我知道那一刻的感覺。」

「但接著還會有下一刻，不是嗎？下一秒鐘，所有一切狠狠罩下來，像是要把人活埋。我去睡覺時，會害怕那一刻。我十八歲，做了這件事……」

「什麼事？」伊麗莎白的聲音更嚴厲了。因為這個女孩需要嚴厲。「你救了我的命，你救了我們兩個。」

「或許我該告訴某個人。」

她指的是警察、她父母，或是心理諮商師。無所謂。「你不能告訴任何人，倩寧。絕對不能。」

「我折磨了他們。」

「別說那個字眼。」

「我們可以說是自衛啊。」

倩寧的臉露出一絲希望，但是任何陪審員都不可能了解當時的真相。他們必須在現場，看到燭光中的倩寧赤裸又污穢，看到血從她的指尖滴下，看到她的臉震驚又心亂，而且皮膚上有咬痕。

十八槍……

折磨……

審判會迫使她再度經歷一次，公開且有正式紀錄。伊麗莎白看過夠多強暴與謀殺的審判，曉得其中那種解構的力量。證人的證詞會延續好幾天或好幾星期，整個過程會奪走這女孩所殘存的任何一絲純真。這個傷疤會跟著她一輩子，而且她大概還會被定罪。

眼前，伊麗莎白彷彿就能聽到檢察官說的話。各位先生女士，十八槍。不是三槍或四槍或六槍。開了十八槍，擊中的部位都是要讓人受傷、疼痛、懲罰的……他們會為了其中的政治觀感而追殺她。「答應我，倩寧。發誓你不會告訴別人。」

「我都不知道我是誰了。」

「別這麼說。」

「我可以跟你一起睡嗎？」

「當然可以。」伊麗莎白擁抱她，她的種種情緒消解了。「沒問題。」

她帶著倩寧來到左側角落臥室裡的大床。倩寧的兇悍不見了，沒有怒氣或硬撐或受傷的自尊。他們只是一對倖存者姊妹，無言地爬上同一張床。

「你在哭嗎？」伊麗莎白問。

「對。」

「一切都會好轉的。我保證。」

倩寧伸出一隻手，兩根手指觸摸著伊麗莎白的背部。「這樣可以嗎？」

「沒問題，甜心。睡吧。」

這觸摸一定對倩寧很有幫助，因為她睡了，一開始呼吸很淺，然後變得緩慢而有節奏。伊麗莎白感覺到倩寧皮膚的溫度，離自己好近。她感覺到那兩根手指動也不動，自己的呼吸也放鬆了。她花了很長的時間，但終於睡著了。

她疼痛的心逐漸減緩速度。

旋轉木馬停止了。

12

貝基特不知道該怎麼幫自己的搭檔。伊麗莎白不光是受傷，還變得退縮，那種痛苦是他以前從沒見過的。正常狀況下，她都能完全駕馭工作。無論是街頭、政治，或是一個警察可能要下的任何決定。她做過很多艱難的選擇，而且承受後果，不會退縮。在這樣堅定的自我之下，就連她交往的男人也只能退居第二。要是雙方分手，也是伊麗莎白提出的。她設定了基本原則和基調，開始和結束都由她作主。有的人以為她天性冷漠，但貝基特很清楚並非如此。其實她比大部分人都善感，只是懂得隱藏而已。那是一種生存技巧，一種資產；但在那個該死的地下室不曉得發生了什麼事情，把她的這種資產完全奪走了。她現在簡直就像一根會走動的神經線，一切都暴露出來，而貝基特為了要保護她，已經快用完所有招數了。不能讓她去坐牢，不能讓她接近艾爵恩，這是眼前最明顯該做的事。

那其他的呢？

時間很晚了，他把車子停在倩寧父母的那棟大宅外頭。他不該來這裡的，倩寧父親的那批律師們已經清楚表明過。但那個地下室裡發生過什麼事，知道真相的只有兩個人，而麗茲不肯談。

於是就剩下那個女孩了。

問題出在，她父親有錢、人脈廣，又有律師群護身。就連州警局也通不過這一關。這其實是最大的問題之一。那個女孩為什麼不肯談？她的律師們宣稱談這件事對她來說太痛苦了，也或許他們說得沒錯。貝基特自己也有兩個女兒，他很能理解。

只不過……

他隔著綠蔭繁茂的庭院望進去，看到石材和磚頭及黃色的燈光。倩寧當初失蹤時，他見過她父親幾回。不完全是個混蛋，但他喜歡說聽著和你好好聽我的話，警探。那可能是出於為人父親的擔憂使然，貝基特不怪他保護自己的家人。換了貝基特自己也會做同樣的事。若是牽涉到他的太太或小孩，只要威脅夠大，他會不惜毀掉整個城市。

貝基特關掉引擎，走入車道，轉彎來到前門廊。空氣中有一股焚燒的氣味。玻璃窗透出音樂聲，他按了門鈴後，音樂就停止了。四下一片靜默，他聽到了蟬鳴。

倩寧的母親來應門。「貝基特警探。」她穿著一件昂貴的洋裝，顯然身體狀況不太好。「蕭爾太太。」貝基特說。她嬌小漂亮，是她女兒略微蒼老些的版本。「很抱歉這麼晚了還來打擾。」

「現在很晚了嗎？」

「我想跟令嬡談一下。」

她眨眨眼，身體搖晃著。貝基特覺得她可能就要倒下了，但她一手撐牆穩住自己。

「誰啊，瑪格麗特？」客廳裡的樓梯傳來聲音。

蕭爾太太輕輕比了一下。「我先生。」倩寧的父親出現了，身穿運動服，滿頭大汗。他腳上穿著拳擊鞋，手上纏了拳擊的手綳帶。「他想找倩寧談。」蕭爾太太口齒不清地說。

蕭爾先生拍拍他太太的肩膀。「去樓上吧，甜心。我來處理。」他們看著她腳步不穩地離開。等到只剩兩個男人，蕭爾先生攤開雙手。「我們有各自的悲慟方式，警探。進來吧。」

貝基特跟著他穿過富麗堂皇的門廊，進入書房，裡面放著成排書櫃，還有一些貝基特猜想應該是很昂貴的藝術作品。蕭爾先生走到角落的小吧檯前，在一個高玻璃杯裡倒了水，加上冰塊。

「你要喝點什麼嗎？」

「不用了，謝謝。你打拳？」

「年輕的時候。我地下室裡弄了個健身房。」

你很難不敬佩。阿爾薩斯．蕭爾五十來歲了，粗壯的腿充滿肌肉，肩膀厚實。貝基特看不出他渾身上下有一絲贅肉，倒是看到兩個大大的ＯＫ繃，一個從襯衫的袖子底下露出來，另一個則在右大腿。貝基特指了一下。「你受傷了嗎？」

「其實呢，是燒傷。」蕭爾轉動著玻璃杯裡的水，模糊指著屋子後方。「烤肉出了點意外。很蠢，真的。」

從他說話的方式，還有他的眼神。貝基特覺得他在撒謊。更仔細看，他看到他微微燒焦的指尖，以及雙臂上一些體毛被燎掉的痕跡。「你剛剛說，每個人都有不同的悲慟方式。那麼，你們是在悲慟什麼？」

「你有小孩嗎，警探？」

「兩個女兒，一個兒子。」

「女兒。」蕭爾靠著沉重的書桌，哀戚地微笑。「對一個父親來說，女兒是特別的恩賜。她們看著你的神情，相信沒有你解決不了的問題，沒有你阻擋不了的威脅。我希望你永遠不會看到你女兒失去這種信任的眼神。」

「不會有那一天的。」

「你可真確定啊。」

「沒錯。」

蕭爾的臉上又勉強擠出微笑。「你女兒現在多大了？」

「一個七歲，一個五歲。」

「我來告訴你事情會怎麼發生吧。」蕭爾放下杯子，樹幹似的粗壯雙腿一撐站起來。「你打造了自己的生活，也有了種種牽絆，你認為一切都保護得很好，你最了解狀況，已經建立了種種必要的防護措施，去保護你所深愛的妻子和兒女。你每天上床睡覺時，相信別人無法攻擊你，然後有天醒來，才明白自己做得還不夠，明白那些牆不像你所想的那麼堅固，或者你所託付的人原來不值得信賴。無論你犯了什麼錯，等到你明白時都已經太遲，於事無補了。」蕭爾點著頭，好像可以看到倩寧也在七歲或五歲的年齡，對他充滿信任。「把女兒活著救出來帶回家，並不表示她跟以前一樣。原先的她已經消失了大半。這對我們很難受，尤其是倩寧的母親。你問我們為什麼悲慟。我想這個原因就夠了。」

他這番話似乎真心又誠摯，但貝基特不太相信。感覺上有點太刻意、太熟練了。那種堅定和不滿，還有傾斜得恰到好處的下巴。但他說得沒錯。人人有各自不同的悲慟方式。「我很遺憾發生那件事。」

蕭爾的大腦袋輕輕一點。「或許，你可以告訴我你來這裡的目的。」

貝基特點點頭，好像就要照做。但結果，他只是沿著一牆書走過去，然後停下來湊近了。「你射擊嗎？」他指著一排龜裂的書背，那些書很舊，而且翻閱得很徹底。《戰略射擊術》、《精確快速射擊》、《美國海軍陸戰隊手槍射擊術》。還有其他大約一打相關主題的書。

「我也跳傘、風箏衝浪，開我的保時捷賽車。我喜歡刺激。你來這裡要做什麼，就請你直說吧。」

可是貝基特不喜歡別人催他，那是他心底的警察習性。他稱之為情境管理，不過麗茲宣稱那是至尊男的狗屁。一有人催，你就不高興，她會說，就這麼簡單。或許有點這個成分吧。貝基特設法不要想太多。工作和他的家人，古老的悔恨和退休的念頭，通常這樣就夠了。但他不太喜歡謊言和撒謊的人。「我來這裡的目的，蕭爾先生，」貝基特抽出兩三本射擊術的書，開始翻閱起來，「就是想跟倩寧談談。」

「她不想談那件事情。」

「這個我明白。不過，從那個地下室出來之後就改變的，不是只有你女兒一個人而已。或許其他人也會悲慟。或許還有更大的問題。」

「我只對我女兒有責任。」

「不過這不是零和遊戲，是吧？」貝基特闔上第二本射擊書，又翻起另一本，然後湊近書架，看著一本《印度愛經》。

「布雷克警探是你的搭檔？」

「沒錯。」

「那也像是某種家人了。」貝基特聽了點點頭，蕭爾先生放下酒杯。「你的搭檔殺了那兩個擄走我女兒的人，一部分的我會因此永遠感激她。但即使是她，也不能跟倩寧說話。她不行，州警察不行，你也不行。我講得夠清楚了嗎？」

他們彼此對看，兩個大塊頭男子，自尊都很強。

貝基特先讓步了。「州警局早晚會逼她說出證詞的。這個你知道吧？」

「我知道他們會嘗試的。」

「等到傳票來了，你知道她會說什麼嗎？」

「她是被害人，警探。她沒有什麼要隱瞞的。」

「不過我已經從經驗曉得，真相有可能難以捉摸。」

「在這件事情上頭，你錯了。」

「是嗎？」

貝基特打開三本射擊書，攤在書桌上。每一本的封面摺口都有倩寧字跡優美的簽名。

「這些是我的書。」蕭爾先生說完這句就卡住了，貝基特憂傷地點點頭。

這也是謊言。

伊麗莎白醒來時，不記得困擾她的那個夢，只發現四周又黑又熱又狹窄。是地下室吧，她猜想。

或是監獄。

或是地獄。

她拉開沉重的毛毯，雙腳落到冰冷的木頭地板上，看到窗外的樹像霧中的軍隊。現在還很早，天才微亮。遠些的馬路延伸入細霧中，黑而靜止，然後模糊，然後消失。那種寂靜讓她想起六年前和紀登共度的一個早晨。他過了半夜十二點打電話給她。父親不在家，他又生病了。我好怕，他說，於是她就開車到那棟破爛的房子，帶他回自己家，讓他睡在乾淨的被褥裡。當時他發燒了，還一直發抖，說他聽到小溪對岸的黑暗中傳來聲音，害他睡不著，而且好害怕。她給了他阿斯匹靈，用冷毛巾敷他的額頭。耗了好幾個小時，他才終於睡著，而就在他即將睡著之際，他最後一次睜開眼睛。真希望你是我媽媽，他說；那聲音好輕，像是說夢話。之後她窩在旁邊一張椅子上睡著了，醒來時看到空蕩的床和溼冷的灰色天光。男孩在外頭門廊的台階上，看著濃霧飄過樹，沿著黑色的長路遠去。他抬起眼睛往上看，雙眼昏暗，雙臂交抱著窄小的胸膛。他在冷空氣中發抖，於是她坐在台階上，伸手擁住他。

我之前說的話是真心的。他的臉頰靠在她肩膀上，她感覺到他溫暖的淚水染溼她的肩頭。我這輩子從來沒有這麼渴望過一件事。

接著紀登哭得好慘，但那依然是一段鍾愛的回憶，伊麗莎白始終小心珍藏。他後來沒再說過那些話，但那天早上是他們之間一件很特別的往事，此刻看著濃霧，伊麗莎白很難不想起紀登的愛，有如她胸口的痛。但這是不同的一天，於是她擺脫那種情緒，專注在接下來幾個小時即將發生的事情。艾爵恩將會出現在法庭，這表示會有媒體、提問，還有警察時代的一些熟面孔。她很好奇他會不會一副飽受摧殘的樣子，也很好奇警方有沒有足夠的憑據繼續羈押他。擅入私人產業的罪名太薄弱了。他們可以用謀殺的罪名控告他嗎？她腦中回憶著艾爵恩人生的片段，心知自己很容易就會更擔心他的未來，而非自己的。儘管他在她記憶中佔據那麼重要的地位，但他的痛苦終究只是他一個人的，她自己可能就會先被定罪了。而且危機就在那兒，說不定眼前就會發生：汽車從霧中開來，幾名警察掏出槍。如果漢默頓和馬許忽然出現，她會說什麼？她要怎麼做？

「你應該逃走。」

伊麗莎白轉身，發現倩寧醒了。「你剛剛說什麼？」

倩寧在床上坐起身，雙眼映著窗子照進來的光，但身上的其他部分在昏暗中依然黯淡模糊。

「如果你不打算老實跟他們說我開槍的事，那麼你就該離開。或許，我們應該一起離開。」

「要去哪裡？」

「沙漠，」倩寧說。「一個永遠看不膩的地方。」

伊麗莎白坐在床上。倩寧的雙眼看起來有如萬花筒，讓人覺得什麼事都有可能：逃亡，沙漠，甚至是未來。「你知道我現在在想什麼嗎？」

「我怎麼會曉得？」

伊麗莎白頓了一下，想著倩寧其實早知道了。「再睡一下吧，倩寧。」

「好吧。」

「我們稍後再談。」

伊麗莎白關上臥室門，然後去沖了個熱水澡，把水溫調高到她能忍受的極限。洗完後，她照料了手腕上的傷口，然後穿上牛仔褲和靴子，外加一件袖口繫緊的襯衫。貝基特出現在前門時，她人在客廳裡。

「兩件事，」他說。「第一，我昨天晚上太過分了，對不起。」

「就這樣？」

「我能說什麼？你是我的搭檔。你對我很重要。」

「第二件事是什麼？」

「第二件事，就是我還是希望你去見典獄長。他很早就上班了，現在正在等你。」

「艾爵恩要出庭。」

「十點才會開始。你還有時間。」

伊麗莎白靠在門上，想著自己好累，很想喝咖啡。而且這麼早，她實在不想跟查理・貝基特談。「為什麼你希望我去見他？真正的理由？」

「跟之前一樣。我希望你認清艾爵恩・沃爾的真面目。」

「他的真面目是什麼？」

「殘缺又暴力，無可救藥了。」

貝基特說得斬釘截鐵，伊麗莎白認真想著他的企圖。那個監獄在郡裡很重要，因為它意味著工作機會、穩定。典獄長的權力很大。「他會告訴我什麼我不知道的嗎？」

「他會告訴你真相，這是我唯一的要求。希望你睜開眼睛，真正了解。」

「艾爵恩不會殺人的。」

「拜託你去一趟就是了。」

「好吧，我會去找典獄長的。」

伊麗莎白靠在門上，但貝基特在門關上前擋住。「你知道她射擊嗎？」

伊麗莎白僵住了。

「我昨天晚上查到的。倩寧是射擊比賽選手。這件事你知道嗎？」伊麗莎白別開目光，但貝基特看出了真相。「你的報告裡面沒提。」

「因為大家沒必要知道。」

「沒必要知道什麼？知道她可以在黑暗中把你的葛洛克手槍拆解後再組合回去，射中一隻蚊子？我查過她的比賽分數，她的槍法可以擊敗百分之九十九的警察。」

「我也可以。」

「她昨天放火燒了她家院子。這個你也知道嗎？消防隊長說差點也燒著了房子，外加鄰居的房子。她可能會害死人的。」

「你管這麼多做什麼，查理？」

「因為你是我的朋友，」貝基特說。「因為漢默頓和馬許要來對付你，而且因為我們需要另一個說法。」

「沒有另一個說法。」

「有那個女孩。」

「那個女孩？」麗茲把門往前推，直到門縫只剩一個眼睛的寬度。「據你所知，沒有什麼女孩的。」

貝基特不同意。那些子彈命中的部位太精準了。膝蓋，手肘，胯下。開槍的有可能是那個女孩嗎？在幾乎全暗的地下室裡撂倒蒙若兄弟？還先折磨他們？她十八歲，體重只有大約四十一公斤。除此之外，他對她一無所知，所以他也無法判斷。

但是，他了解麗茲。

她對待紀登像是自己的兒子，對那女孩則像是自己的親妹妹，還把艾爵恩當成是某種落難的聖人。她對迷失的人特別著迷，而現在又有這些新問題。

有可能是倩寧開的槍嗎？

鐵絲上的血是誰的？

他一路思索這些問題，回到局裡，上了樓。他檢查了蕊夢娜．摩根的謀殺案記事白板，但上頭的資料不多。她身上有明顯的電擊槍灼傷痕跡，但是沒有指紋、纖維，或DNA。她沒有遭到性攻擊。死因是勒頸，顯然是發生在祭壇上或附近，而且拖了很長一段時間。屍體沒有被搬動過的痕跡，但也找不到她的衣服。磨破的指尖顯示她本來被囚禁在別的地方，曾努力想逃走。皮膚和指甲底下有鐵鏽屑。根據她的同事所知，她沒有室友或男朋友。電話紀錄顯示有三通拋棄式手機打來的電話，這點讓人很好奇，但眼前完全沒有用處。法醫答應今天之內會交出完整的驗屍報告，但毒物檢查除外。同時，蕊夢娜的母親想趕緊領回遺體。

「一件事。」

他低語，這個想法的其他字則沒有說出來。

我需要一件事，把這個案子和艾爵恩·沃爾連起來。

兇手一定得是艾爵恩，他心想，那種迫切感很少有人能懂。但是什麼線索都沒有。他們訪查了鄰居、同事，以及跟蕊夢娜常去同一家酒吧，或是同一家咖啡店、餐廳、公園的人。沒有人能把艾爵恩和受害者連起來。

我有可能搞錯了嗎？

這個想法讓人不愉快。如果艾爵恩沒殺蕊夢娜·摩根，那麼或許他也沒有殺茱麗亞·司傳吉。這表示他當初被定罪是冤枉的，而每個恨他那麼久、那麼深的警察，原來都是大錯特錯。

不。

貝基特拋開疑慮。

這是不可能的。

貝基特去倒了咖啡，拿回自己辦公桌時，他的思緒已經從謀殺案轉開，又回到麗茲和那女孩身上。這樣分心不太好，但倩寧對麗茲很重要，而麗茲又對他很重要。於是，他又從頭開始思考。為什麼那個女孩會被擄走？其實真正要問的不是為什麼，而是為什麼是她？綁架很少像一般人以為的那麼隨機。沒錯，隨機的狀況也會有——比方一個漂亮的女孩在錯誤的時間跑去錯誤的地方——但通常綁架者認識被害人：一個來過家裡的工匠，一個家庭的朋友，一個總是安靜有禮貌的鄰居。他想像著倩寧、她的家，還有整個案子。又回頭把他和蕭爾先生的對話重新想一遍。

「唔——」

他從電腦上叫出布蘭登．蒙若和他兄弟泰圖斯的檔案。結果很平常。非法持有武器，攻擊，毒品。還有一些交通違規，兩次拒捕。他們從沒有性攻擊被定罪的紀錄，不過泰圖斯曾兩度被控強暴未遂。這些貝基特都知道，所以他又進一步查了毒品的部分。古柯鹼、海洛因、冰毒，還有一些麻醉劑，一些大麻。貝基特沒看到他想要的，於是打電話到反毒組。「連姆，我是查理。早安……聽我說，我在看蒙若兄弟的檔案，上頭到處都有你的名字……什麼？……不，沒事。只是有個問題。有他們在賣類固醇的傳言嗎？」

連姆．浩爾是個沉默、扎實、可靠的警察，年紀很輕。他做臥底工作，因為他那張臉看起來太嫩了，不像警察。毒販都以為他是大學生，家裡很有錢。「只要有錢賺的，他們就賣。不過我不記得有類固醇。」連姆說。

「最近城裡流行這玩意兒嗎？舉重的人？運動員？」貝基特又問。

「我不認為有，不過類固醇向來不是我們優先偵辦的項目。你問這個做什麼？」

貝基特想著倩寧的父親，滿身大汗的大塊頭。「只是一個想法。沒事。」

「要我去打聽一下嗎？」

貝基特的第一個直覺是說不要，但倩寧的父親跟他撒了兩次謊。「阿爾薩斯．蕭爾看起來像是用類固醇增加肌肉的。大概五十五歲。壯得像卡車。我只是想知道他會不會認識蒙若兄弟。」

「阿爾薩斯．蕭爾。」連姆輕輕吹了聲口哨，聲音低沉。「這個可不好惹，尤其是如果你暗示他跟蒙若兄弟有牽扯。」

「我只想要一點資訊，或許可以用來對他施加壓力。」

「有關什麼？」

有關他女兒，貝基特心想。有關那個地下室。

「幫我打聽就是了，可以嗎？」

「沒問題。」

「還有一點，連姆？」

「怎麼？」

「或許低調一點。」

麗茲留給倩寧一張字條和那輛Mustang的鑰匙。

把這裡當自己家。

如果需要車，這輛就是你的了。

她坐上那輛沒標示的警車，感覺上好奇怪，好像她的某一部分已經不再是警察了。太陽升到樹的上方，那種尷尬的感覺始終揮之不去。她駛經一批老舊的維多利亞式建築，進入市郊。等她到達監獄時，這座建築的大部分仍籠罩在陰影下，只有最高的幾道牆灑上了粉紅色的斑點，高高的鐵絲網閃著光。到了大門口，一名穿制服的警衛在門前接她。他年紀四十出頭，灰白的眼珠，蒼白而圓滾的龐大身軀。「布雷克女士？」

不是布雷克警探，也不是布雷克警官。

而是布雷克女士……

「我就是。」

「我是威廉．普瑞司頓。典獄長要我來帶你進去。你身上有任何武器嗎？或是違禁品？」伊麗莎白的手槍放在車上，但是夾克口袋裡有一包皺巴巴的香菸。她掏出來，拿給警衛。「那個沒關係，」他說，然後帶著她走到訪客登記區。「麻煩你簽名。」她簽了，他把那張表格推進防彈隔間裡給一名職員。「這邊請。」她經過一個金屬探測器，接著普瑞司頓站在一旁，看著一名九十公斤的女獄警幫她做全身拍搜。

「你知道我是警察吧。」

女獄警粗厚的大手往上拍過她一邊腿，然後是另一邊。

「例行公事，」普瑞司頓說。「沒有例外。」

伊麗莎白忍受著：兩手摸過布料的感覺，乳膠手套和咖啡及髮膠的氣味。拍搜完畢之後，她跟著普瑞司頓爬上一層樓，然後沿著一條走廊來到大樓東邊的角落。他走路時垂著肩膀，圓圓的腦袋往前傾，橡膠鞋底在地板上摩擦出刺耳聲響。「你可以在這裡等。」他指著一個放著一張沙發和椅子的小房間。小房間後方有一名秘書，再後方則是一道雙扇門。

「典獄長知道我來了嗎？」伊麗莎白問。

「這個監獄發生的所有事情，典獄長都知道。」

那個警衛離開了，伊麗莎白坐下來。典獄長沒讓她等太久。「布雷克警探。」他走過那個秘書旁邊，是個將近六十歲的黑髮男子。伊麗莎白的第一個想法是有魅力。第二個想法是太有魅力了。他說，握住她的手，微笑露出一口絕對是漂白過的牙齒。「真抱歉讓你等了這麼久。貝基特警探常常提起你，讓我覺得好像已經認識你一輩子了。」

握完手後，伊麗莎白想著他的魅力已經接近油滑的程度了。「你怎麼會認識貝基特？」

「獄政單位和執法單位沒有那麼不同。」

「這其實沒有回答我的問題。」

「當然了，我道歉。」他又亮出一嘴白亮炫目的牙齒。「查理和我是有回在羅利市舉行的一個慣犯研討會裡認識的。我們有一陣子很要好——工作性質類似的專業人士——然後人生往往就是這樣，我們走向不同的方向，他忙他的工作，我也忙我的。不過，我在警方單位裡面認識幾個人，比方你們的戴爾隊長。」

「你認識法蘭西斯？」

「戴爾隊長，還有其他幾個人。貴單位有幾個人一直對艾爵恩·沃爾很關注。」

「這樣好像不太適當。」

「病態的好奇心，警探。不過並不算犯罪。」

他指了一下雙扇門後方的辦公室，沒等反應就帶頭走過去。進入辦公室後，他坐在辦公桌後方，伊麗莎白坐在辦公桌前。這是個政府機關辦公室，但設法想隱藏事實：溫暖的藝術品和柔和的燈光，訂製家具底下的厚地毯。「那麼，」他說。「艾爵恩．沃爾。」

「是的。」

「我知道你以前認識他。」

「在他入獄之前。」

「你認識很多裡頭的人嗎？當然，我指的是長期服刑的男人。不是什麼輕罪的累犯，而是嚴重的重罪犯。像艾爵恩．沃爾這種的。」

「我不曉得貝基特跟你說了些什麼——」

「我會問這個問題，是因為我們所選擇的職業不一樣。你們看到的是犯罪行動，導致那些罪犯來到像這樣的地方。你們看到他們做的事、傷害的人。而我們看到的，是監獄懲罰之後的轉變：狠心的人變得更殘酷，軟弱的人完全被毀掉。深愛的人服完刑期出獄後，很少不變個樣子的。」

「艾爵恩不是我深愛的人。」

「貝基特讓我相信你對他有某種感情——」

「聽我說，這件事情很簡單。查理要求我過來，所以我來了。我以為你們應該有個目的。」

「非常好。」典獄長打開一個抽屜，拿出一份檔案，放在書桌上，然後攤開手指。「這裡頭很多資料是機密，這表示我會否認給你看過。」

「貝基特看過嗎？」

「是的。」

「那戴爾呢？」

「你們隊長也看過。」

伊麗莎白皺起眉頭，因為整件事感覺上還是很不恰當：那輕鬆的微笑和刻意裝得制式的辦公室，那份不該被翻得那麼舊的沉重檔案。當然，會有人持續追蹤艾爵恩的狀況，她怎麼會以為沒有？更進一步的問題就是，為什麼她沒做同樣的事。

「戀童癖和警察，」典獄長打開檔案。「在監獄裡被其他囚犯痛恨的程度是一樣的。」他遞出一疊照片，總共大概有三十張，全都是彩色的。「你慢慢看。」

伊麗莎白原以為自己有心理準備，但結果並沒有。

「他能活下來，還真是奇蹟。」典獄長說。

這些照片是在監獄裡的醫院拍的，同時證明了人類的脆弱性和快速恢復的能力。伊麗莎白看到了刀傷、撕裂的皮膚、紅腫充血的眼睛。

「剛入獄的前三年，沃爾先生住院治療七次。四次刀子刺傷，還有一些很可怕的毆傷。那一張，」典獄長揮著一根手指頭，指著伊麗莎白正在看的那張照片，「就是你的沃爾先生頭朝下，摔下三十級水泥階梯。」

那張照片中，艾爵恩半張臉的皮都撕開來，理了光頭，用頭皮釘把傷口縫合起來。六根手指明顯骨折，另外還有一邊手臂、一邊腿也骨折。那副慘狀讓伊麗莎白覺得反胃想吐。「你剛剛說他頭朝下摔下樓梯，意思是有人推他的。」

「在監獄裡要找目擊證人……」典獄長兩手一攤。「很少人有這個勇氣。」

「艾爵恩以前當過警察啊。」

「但在這裡，他跟其他人同樣是囚犯，同樣要面對監獄生活的種種危險。」

她把照片丟回桌上，看著那疊照片滑動，一張疊著一張。「他有可能被殺掉。」

「有可能，但是結果沒有。至於這些人呢，就有了。」他把一疊檔案丟在桌上。「三個不同的囚犯，都是不同的意外，但是全都涉嫌攻擊你的朋友至少一次。三個人都悄悄死掉，沒人看到，而且都死於一個刺入傷口，刺的位置恰到好處。」典獄長摸摸頸背的柔軟處。

「在監獄裡，有人死掉了，怎麼可能會沒人看到？」

「即使在監獄裡，也還是有些黑暗的角落。」

「你是暗示艾爵恩殺了這些人？」

「每樁攻擊事件，都是發生在你的朋友受過攻擊後，大約兩個月，或四個月。」

「這很難算是證據。」

「不過，這說明了某種耐心。」

伊麗莎白審視著典獄長的臉。大家都知道他很聰明、有辦法。除此之外，她對他一無所知。這個監獄在本郡佔有很重要的地位，但典獄長卻不喜歡出頭露臉，很少出現在餐廳裡或人群中。監獄就是他的生活。儘管她尊重獄政專業，但這個人身上卻有個什麼讓她很不舒服。是那種假笑？或是他的眼神？也或許是他說起黑暗角落的那個口氣。

「貝基特為什麼希望我來這裡？不可能是為了這個。」

「這個只是一部分。」典獄長拿起一個遙控器，打開了安裝在牆上的電視機。亮起的畫面是艾爵恩在一個牆面鋪了軟墊的囚室裡。他在踱步，喃喃自語。攝影機的角落往下，似乎是安裝在房間頂端的角落。「防止自殺監控。這是很多次的其中一次。」

伊麗莎白走到電視機前，好看得更清楚。艾爵恩的雙頰凹陷，下巴滿是鬍碴。他很激動，一手往外擺動，然後是另一手，好像在爭辯。「他在跟誰講話？」

「上帝。」典獄長走到她旁邊，聳聳肩。「魔鬼。誰曉得？他被隔離一年後，狀況就惡化了，常常就像這個樣子。」

「他不是關在一般囚室？」

「最後一次攻擊的幾個月後。」典獄長暫停下畫面，看起來有點歉意。「我們就覺得該把他單獨囚禁。說不定還太晚了。」

伊麗莎白打量著螢幕上畫面凍結的艾爵恩。他的臉偏向攝影機，睜大的雙眼不動，眼珠在螢幕中變得一片黑。他看起來很憤怒，精神錯亂。「那為什麼放他出去？」

「你說什麼？」

「他被提前假釋了。一定是你批准才可能的。你剛剛說他殺了三個人。如果真的是這樣，那你為什麼要放他出去？」

「沒有他牽涉在內的證據。」

伊麗莎白搖搖頭。「但不是證據的問題，不是嗎？假釋的關鍵，是要態度良好。這是有客觀標準的。」

「或許我比你以為的更有同情心。」

「同情心？」伊麗莎白無法隱藏她的懷疑和反感。

典獄長露出淡淡的微笑，從桌上挑了一張照片。上頭是艾爵恩的臉：撕裂的皮膚和頭皮釘，嘴唇上的縫線。「你有你自己的麻煩，對吧？或許這就是貝基特警探建議你來的原因，好讓你更了解該怎麼善用你的時間。」他把照片遞給她，她審視著，毫不畏縮。「監獄是個可怕的地方，警探。你不要進來比較好。」

普瑞司頓警衛帶走那個女人後，典獄長走到窗邊，等著她走到外頭。過了四分鐘，她出現了，中間停下來一次，往上看著他的窗子。她在晨光中很漂亮，但是他並不在乎。她上了車後，他打電話給貝基特。「你的女性朋友是撒謊精。」典獄長看著那輛車開走。「她看照片的時候，我觀察她的臉。她對艾爵恩．沃爾有感情，或許還很強烈。」

「你說服她不要插手了嗎？」

「讓艾爵恩．沃爾保持孤立，對我們雙方都有利。」

「我可不知道什麼對你有利。」貝基特說。「你想跟她談，我辦到了。」

「那其他的呢？」

「我說到就會做到。」

「他真的精神出問題了，我們的沃爾先生。」典獄長摸著電視機上那對模糊不清的眼睛。「否則他就是我這輩子看過最堅強的人。過了十三年，我還是無法確定。」

「這話是什麼意思？」

「為什麼我應該要解釋自己的意思？因為我們曾經是好友？因為我時間太多？」

典獄長沒再往下說，貝基特也不吭聲。

他們根本從來不是好友。

他們甚至根本不熟。

如果伊麗莎白想更了解艾爵恩的內心，那麼在進入法庭的一開始，她並沒有如願。他出現時上了手銬和腳鐐，是二十個囚犯中的第十九個。他始終垂著眼睛，於是她只看到他的頭頂，以及鼻子的輪廓線。伊麗莎白望著他拖著腳步走到長椅上的位置，設法想把眼前這個人和她在典獄長辦公室裡看到的影片連在一起。儘管他看起來依舊心神不寧，不過現在的他比影片中要好上十倍——沒長胖，但是體重增加了些；表情苦惱，但不瘋狂。她希望他看向自己這裡，而等到那對褐色眼珠抬起，她感覺到跟以往同樣的那種交流的震撼。她感覺到他身上的好多事情，不光是固執和恐懼，還有深深的孤寂。這一切都在一瞬間閃過，然後被喧鬧的法庭打斷了，他又低下頭，好像所有人的目光都壓在他身上：警察、記者，還有其他被告。他們全都明白。每個人都知道。法庭裡擠得水泄不通，只有艾爵恩．沃爾才有這樣的吸引力。

「真狗屎。看看這裡擠成什麼樣。」貝基特悄悄溜到她旁邊，伸長脖子看著那兩排攝影機和記者。「真不敢相信法官允許這樣的鬧劇發生。那個女記者叫什麼來著，第三頻道的。狗屎，她正在看你。」

伊麗莎白往那個方向看，面無表情。那個記者是個金髮美女，塗著鮮豔的指甲油，穿了一件緊身紅毛衣。她比了一個「打電話給我」的手勢，看伊麗莎白沒反應，便皺起眉頭。

「你去見了典獄長嗎？」貝基特問。

「我看這樣吧，我們出去談。」伊麗莎白側著肩膀，和貝基特擠出座位。大家紛紛朝他們看，但她不在乎戴爾或倫道夫或其他警察怎麼想。「你知道，你的哥兒們典獄長真是個大混蛋。」

他們進入法院大廳，裡頭有好多人在打轉，一看到貝基特的警徽就讓開路。伊麗莎白跟他來到一個角落，旁邊有個垃圾桶，長椅上有個刺青小鬼在睡覺。

「他其實不是我的哥兒們，」貝基特說。

「那是什麼？」

「我以前有困難時，他幫過我一次忙，如此而已。我以為他也可以幫上你。」

「他之前為什麼會跑去奈森酒館？」

「我不知道。他忽然就跑去了。」

「你們當時在吵什麼？」

「我不希望他在我他媽的犯罪現場。到底怎麼回事，麗茲？你沒有理由生我的氣啊。」

他說得沒錯，而且她心裡明白。伊麗莎白走向一扇窄窗，雙臂環抱在胸前。外頭的白天太完美了，跟接下來要發生的事形成強烈的對比。「他讓我看了影片。」

「還有艾爵恩殺掉的那些人？」

「他可能殺掉的那些人。」

「你不認為他有這個本事？」

伊麗莎白瞪著玻璃窗外。艾爵恩比大部分人都溫和，但就像所有的警察一樣，他的脊椎裡有鋼，還有堅定不移的意志。他受過的那些苦，有可能把他身上的特質扭曲得畸形而暴力嗎？當然有可能。但真的發生了嗎？「大家都急著要批判，查理。我感覺到了。」

「不是這樣的。」

「拜託。你什麼時候看過羈押庭有這麼多警察跑來？我剛剛數到的就有二十三個警察，包括隊長。通常會有幾個警察？六個還七個？你自己看看。」他指著法庭門前擁擠的人群，是通常的兩倍：旁聽者和媒體，充滿了憤怒與好奇。

「大家都很害怕，」貝基特說。「另一個女人，同樣的教堂。」

「這是獵女巫的迫害行動了。」

「麗茲，等一等。」

但她沒等。她擠過人群，在保留給警察的那一區找到一個座位。大家還在瞪著她看，但她不在乎。查理有可能是對的嗎？當你的心告訴你是這樣，但種種事實卻暗示是那樣，這是怎麼回事呢？艾爵恩曾在很類似這樣的法庭裡受審，被他同輩組成的陪審團定罪。但他們不知道一切，不是嗎？他的DNA會出現在死者的指甲底下，是有原因的。

原因與祕密，不忠與死亡。

艾爵恩說沒有人知道他和被害人睡覺，但真的保密得滴水不漏嗎？紀登的父親呢？如果艾爵恩跟他的妻子睡覺，羅柏．司傳吉可能會知道。性愛。背叛。有些妻子因為更小的事情被謀殺的。如果他把這樁謀殺套在她情夫的頭上，那就太完美了：出軌的妻子死掉，男友進了監獄。但羅柏．司傳吉有不在場證明。貝基特親自去確認過的。

那艾爵恩的太太呢？

這個問題很有意思。凱瑟琳．沃爾知道她丈夫出軌嗎？她當時懷孕了，或許很嫉妒。警方沒調查她，因為除了艾爵恩和他的律師之外，沒有人知道這樁外遇。

但如果，其實有其他人知道呢？

當初艾爵恩違抗自己律師的建議，拒絕上證人席。要是他在法庭上作證，就可以解釋所有引致他定罪的事情。他說他不肯講，是因為不想傷害自己的妻子，而且反正不會有人相信他。但如果不只是這樣呢？如果他是不想連累她，上證人席去說出對她不利的證詞呢？

艾爵恩入獄，是因為要保護他太太嗎？

如果凱瑟琳・沃爾知道這樁外遇，她就有殺害茱麗亞・司傳吉的動機了。她有不在場證明嗎？很可能沒人知道了。她已經離開了，案子結了。所以伊麗莎白思索著犯罪本身。用手勒死人要花不小的力氣。搬起屍體、放在祭壇上也是。一個女人辦得到嗎？

或許吧。

如果她夠強壯，夠憤怒。

或許有人幫她。

伊麗莎白看著艾爵恩，但他沒再抬頭。於是，她揉了揉臉，在無趣的法庭裡乖乖坐在座位上，等著羈押庭開始。囚犯們一一會見法官，聽著他們的罪名被宣讀，等著委派律師。這種過程，她已經在上百個不同的日子看過上百回了。第一絲漣漪早在艾爵恩被點名許久之前就出現了，那是出現在旁聽席前方，伊麗莎白看到那漣漪像一陣微風吹過草地，人們紛紛交頭接耳起來。她起初還不明白，直到檢察官湊向助理低聲說：「愛哭鬼瓊斯跑來這裡做什麼？」

伊麗莎白隨著他們的目光望去，看到菲克婁・瓊斯站在旁聽席外的一扇側門前。他虛弱但優雅，穿戴著他執業五十年來慣常的領結和泡泡紗西裝，手裡拄著一根深色木杖，站在那兒不動，最後連法官都朝他看。這位老律師等到吸引了所有人的目光，這才穿過法庭，好像那是他的舞台。然後他朝幾位較為年長的律師點頭，那些律師有的咧嘴笑了，有的點頭回應，有的則是想到以前的陳年舊案和受損的自尊而不高興。而較年輕的律師則手肘互相撞來撞去，湊近了咬耳朵，每個人問的問題都差不多：*那個真的是愛哭鬼瓊斯？*伊麗莎白也明白。菲克婁・瓊斯曾是這個郡最厲害的律師，不過將近十年來，都沒人在他的大宅外頭看到過他。就連法官也承認這位老律師的出現所造成的衝擊，他坐在椅子上往後靠，然後說：「好吧。我們現在開始處理吧，瓊斯先生，」他朝著面前那排就座的律師們說。「很高興又看到你了。」

菲克婁停在第一排長椅旁，直著身子卻好像在鞠躬示意。「這是我的榮幸，法官閣下。」

「我不想貿然假設，不過能不能請問……？」法官說。

「艾爵恩．沃爾，法官閣下。沒錯，我是代表他的律師。」

大塊頭的檢察官站起來，很不高興。「法官閣下，瓊斯律師已經超過十年沒出庭過了。他的執照說不定都過期了。」

「那麼我們就來問問他。瓊斯先生？」

「我的執照沒過期，法官閣下。」

「那就這樣了，檢察官先生。執照沒過期。」法官看了那排犯人一眼，豎起一根手指說，「法警。」

兩名法警把艾爵恩鎖在長椅上的鍊子解開。這回他抬起頭來，朝老律師點了個頭。菲克婁拍了他肩膀一下，然後說：「如果可以的話，麻煩把這些手銬拿掉。」

法官又示意，檢察官這回隱藏不了他的挫敗感。「法官閣下！」

法官舉起一隻手，身子前傾。「據我所知，這位被告出庭，並不是因為暴力犯罪。」

「二級擅入私人產業，法官閣下。」

「就這樣？只是輕罪？」

「另外還有拒捕，」檢察官說。

「也是輕罪，法官閣下。」菲克婁說。

「不過，還有其他的情況——」

「唯一有關的情況，」菲克婁插嘴，「就是警方希望羈押我的當事人，好讓他們調查另一件沒有充分證據指控他的罪案。這不是祕密，法官閣下。你知道，記者們也知道。」菲克婁指了一下爆滿的記者席，裡頭有一些知名面孔，包括幾個從夏洛特、亞特蘭大、羅利等大城市來的記者。很多都負責報導過當年茱麗亞・司傳吉的命案，每個人都緊盯著菲克婁，而且他也知道。「沒有人會否認一位年輕女子早死的悲劇，但檢察官是企圖迴避正常程序的限制。法官閣下，我這幾年沒出庭的期間，難道事情改變了這麼多？我們現在變成了什麼落後地區，檢方居然變得這麼全能又尊貴，可以這樣為所欲為？」

法官的手指迅速敲了一輪，看了記者席兩次。他以前當過檢察官，通常會比較偏袒檢方。但在場的眾多記者改變了局勢，菲克婁心裡明白，法官也明白。「檢察官先生？」

「艾爵恩・沃爾曾經因為殺人被定罪，法官閣下。他在本地沒有家人，也沒有產業。日後開庭的話，我們沒有任何實際的憑據能期待他出庭。檢方要求將嫌犯還押。」

「因為兩樁輕罪？」愛哭鬼的臉半轉向記者席。「法官閣下，我懇求你。」

法官抿緊嘴唇，皺眉看著檢察官：「你打算對他提出重罪指控嗎？」

「現在還不會，法官閣下。」

「瓊斯先生？」

「我的當事人被捕的那片土地，從南北戰爭之前就屬於他的家族。他被監禁十三年後，急著想要回去那裡，是可以理解的。我還要進一步提出，他被捕當時可能有的任何抗拒，都是因為警方過於心急所造成的。警方報告顯示，當時有十二名警察參與逮捕——我再強調一次，十二名警員，只為了一個擅入私人產業的控訴。我想這充分表明了警方的意圖。另一方面，沃爾先生的家族從一八〇七年冬天就來到本郡。他沒有離開的計畫，也很願意再次出庭，以便為那些愚蠢的指控提出強有力的辯護。法官閣下，我們認為還押是個荒謬的要求，而且只希望能裁定合理的保釋金。」

菲克婁輕聲說完了。法庭裡很安靜，因此每個字都能聽得清清楚楚。伊麗莎白可以感覺到周圍的氣氛緊繃。不光是檢察官的挫敗感或菲克婁莊嚴的氣勢而已。一個女人死了，艾爵恩又是過去五十年來最惡名昭彰的定罪殺人犯。記者們在座位上伸長了脖子，就連檢察官都屏氣凝神在等待。

「保釋金是五百元。」

法槌敲下。

整個法庭轟響起來。

「下一個案子。」法官說。

離開法庭後，伊麗莎白在人群的角落裡找到了菲克婁·瓊斯。他撐著手杖而立，像是在等著她。「真高興見到你，菲克婁。」她抓住他的手，用力握了一下。「沒想到你會來，但是非常、非常高興。」

「挽著我，」他說。「陪我走走吧。」

伊麗莎白勾住他的手臂，引著他穿過人群。他們走下寬闊的花崗岩石階，來到人行道上。途中有半打人跟菲克婁打招呼，或者拍拍他的手臂。他都點頭微笑，輕聲招呼回應。等到他們離開人群，伊麗莎白攬緊他的手臂。「你的出場非常漂亮。」

「你可能也推測到，法律裡頭，戲劇和理智的成分是相等的。最優秀的學者在法庭上可能會很辛苦，但想法平庸的卻是表現過人。一個審判律師必須有邏輯和才華，同時懂得在適當的地方充分利用。我剛剛提到記者時，你看到法官閣下的臉了嗎？老天爺，他那個表情，活像有什麼髒東西剛鑽進他的法袍底下。」

他低聲笑著，伊麗莎白也跟著笑了。「你能來真好，菲克婁。我本來還擔心艾爵恩會碰上一個法庭指派的律師，不了解也不關心他。」

菲克婁對她的恭維搖搖手。「小事一樁。這種事情我做過幾千回了。」

「你騙不了我，瓊斯先生。」她把他的手臂抓得更緊。「我就坐在你後面那排。」

「啊，」他微微點一下頭。「那你注意到我領口上的汗漬了。還有我雙手很輕微、但是很遺憾的顫抖。」

「我可沒看到。」

「真的？」他一副打趣的口吻，雙眼發亮，惹得她忍不住又笑了。「那麼，親愛的，或許你該去檢查你那對漂亮的眼睛了。」

他們經過最後一批人群，又慢吞吞拖著腳步走了三十碼，左邊是柏油路，右邊是被太陽曬得發乾的草皮。兩個人都沒說話，但她依然勾著他的手臂。走到樹蔭下的一張長椅時，他們坐下來，看著一排便衣警察站在法庭前石階的欄杆旁，盯著他們的方向看。他們不高興艾爵恩被交保，也不高興麗茲跟促成這個狀況的律師坐在一起。「他們看起來真嚇人。」菲克婁說。

「不是每個人對艾爵恩的看法都跟我們一樣。」

「那當然，因為他們幾乎不了解艾爵恩啊。都是報紙和傳言造成的。」

「還有謀殺定罪。」菲克婁聽了別開臉，但伊麗莎白看到了自己這些話所造成的痛苦。「對不起，」她說。「我沒有怪你的意思。」

「沒關係。反正我也忘不了。」

伊麗莎白又把目光轉回那些警察身上。他們還在盯著她看，很可能恨透她了。「我從來沒去探監，」她說。「我試過幾次，不過都只到停車場，就又離開了。太困難了，我辦不到。」

「因為你愛他。」

這不是問句。伊麗莎白不自覺地張大嘴巴，忽然臉紅了。「你為什麼這麼說？」

「我老歸老，親愛的，但是我可沒瞎。如果沒有好理由，美麗的年輕小姐是不會這麼專心坐在法庭裡的。你看他的那個眼神，實在很難視而不見。」

「我從來不……我沒有……」

老律師一邊肩膀碰碰她。「我不覺得這有什麼不適當。而且我完全了解為什麼一個女人會有那樣的感覺。如果我讓你不安，那真是對不起了。」

她聳聳肩，然後在椅子上挪動了一下，雙手抱住一邊膝蓋。「那你呢？」

「去探監？沒有，從來沒有。」

「為什麼？」

他嘆了口氣，凝視著法院，眼神像是望著一個老情人般。「我一開始試過，但是他不肯見我。我們都很傷心，沒什麼好說的。或許他為了判決而怪我。我從來沒問過他。過了第一個月後，我就只是逃避了。我告訴自己我會再試，然後過了一個星期，接著又一個星期。我找各種理由避免去監獄那一帶，就算順路也不去。我編了一堆謊言和故事，告訴自己說他會了解的，說我老了、受夠了法律，說我們之間的關係是純粹職業上的。每天我都把自己真正的感覺消掉一點，深埋在心底，因為這一切實在太傷心了。」他搖搖頭，但雙眼還是看著法院。「艾爵恩在那裡，是因為我不稱職。對我這樣的人來說，這是很難接受的事實。所以，或許我喝酒喝太多、睡覺睡太少。或許我不理會我妻子和朋友，以及我身為人和律師所曾經重視的所有人。我陷入罪惡感之中，因為艾爵恩或許是我曾代表過最好的人，而且我知道他出獄後再也不會一樣了。明白了這一點，憎恨也偷偷跟著來了。」

「他不恨你，菲克婁。」

「我指的是我自己。那種自我厭惡的力量。」

「你現在還有那種感覺嗎？」

「現在？不了。」

伊麗莎白別開眼睛，知道他在撒謊。這位老人傷心了太久。到現在還沒復原過來。「他要多久才會出來？」

「我會去交保釋金，」菲克婁說，「他們會故意用一些規定拖拉。我想大概幾個小時吧。他如果願意的話，可以跟我回家。我有空的房間和多的衣服，這把老骨頭也還有點力氣。他要住多久都沒問題。」老人掙扎著起身，伊麗莎白陪他回到人行道。「我的車就停在那邊，或許你願意陪我走過去。」他用手杖指著，她看到一輛黑色汽車，後門邊站著一名司機。他們沿著人行道走過去，但離車子還有幾呎時，菲克婁站住了，一手緊抓著手杖，另一手依然挽著她的手臂。「他看起來氣色不太好，對吧？」

「是啊，」伊麗莎白皺眉。「是不太好。」

「我想，這就是監禁的禍害吧。」司機打開了門，但菲克婁揮揮手打發掉，雙眼裡忽然閃著光。「你今天晚上過來我家吧？或許我們兩個一起，可以讓他比較覺得沒被遺忘。就約八點過來先喝杯酒，然後吃晚餐？」

她別開眼睛，於是他說：「拜託，務必要來。那房子很大，只有我們兩個男人，太難受了。如果你來作伴，會有趣得多。」

「那麼，我會去的。」

「太好了，真是太好了。」他仰起頭，深深吸了口氣。「你知道，我差點忘了新鮮的空氣、開闊的天空是什麼感覺了。我該多多體驗的，今天是我八十九年來第一次冒著被監禁的危險。」

「什麼意思？」

「親愛的，沒有執照去執業，是犯法的。」他擠了一下眼睛，歪著嘴笑了。「我的執照早就過期了。」

13

他在遠處觀察著法院，認出了好多臉：警察、律師，甚至還有一些記者。像他在一個小城住了這麼久，認識很多人，就是會這樣。不過他雙眼始終盯著那個女人，看著她走動，低垂著眼睛，碰觸那老人的手肘。

伊麗莎白。

麗茲。

這麼多年了，他心想。這麼多回，他躺在黑暗中，知道事情將會以她為結束。

他還有力氣完成嗎？

他在腦中翻來覆去想著這個問題，拆開來，又拼回去。其他每一個都是陌生人。他知道她們的名字，沒錯，知道她們住在哪裡、自己為什麼選中她們：這麼多女人，到頭來，對他都像水溝裡的水一般空白。

但現在事情變得複雜了。

同樣的小城。

熟悉的面孔。

他在座位上放低身子，看著她下巴的線條，她肩膀的角度。她把那位律師送上禮車時，朝他這個方向看了一下，但是沒看到他在街上的汽車裡。他望著她走路離開，想像著即將成為他下一個目標的年輕女子。那想法讓他反胃，但向來如此。

那種嘔吐感過去之後，他發動引擎，開了六個街區，停在路邊。在玻璃車窗外，一堆小孩在托育中心員工的注視下奔跑玩耍。大部分女人都很疲倦。他們垮坐在長椅上，或是在樹下抽菸。他選中的那個女人不像這樣。她站在溜滑梯旁邊，微笑牽著一個小男孩的手。他或許六歲，小小的很快樂，即使他的父母都在工作，其他小孩都不會看他第二眼。他溜下來，落地時那女人接住他，抱著他迅速轉圈，他大笑著，被轉得兩腳飛起來，露出鞋底。

如果硬要他說為什麼選中她，他大概也說不上來。她的長相不對，當然，除了那對眼睛，另外或許還有下巴的輪廓。但她跟艾爵恩住在同一個城市，而艾爵恩是計畫中的一部分。

只不過……

他又觀察了一分鐘。她的動作，她的黑色睫毛。她很漂亮，笑起來有神采，還會略略歪著頭。他很好奇她是否也很聰明，是否能看穿他的謊言，看到遠方的教堂時是否能了解。

到頭來，一切都不重要了，所以他想像著一切將會是什麼樣：白色亞麻布和溫暖的皮膚，她脖子上的結和死時躺在祭壇上。想到這裡，他又覺得反胃；但雙眼已經盈滿淚水。

這回，將會成功。

這回，他會找到她。

他等到天黑，此時她獨自在家。整整一個小時，她觀察著她屋裡的燈光。然後他繞著那個街區一圈，又觀察了一個小時。夜裡沒有任何動靜。沒有人出來走動，也沒有人坐在前廊上或好奇探頭。到了九點，他確定了。

她獨自在家。

他獨自在街上。

他發動引擎，沒打開車燈，悄悄往前行駛，然後倒車進入她的車道。鄰居的屋子離那一側很近，但是他的車停在一個隱密的點，離她的前廊只有十步。四周都是灌木叢、大樹，陰影處處。

到了前廊，他看到玻璃窗內的她。坐在沙發上，雙腿蜷曲。他敲敲玻璃，看著她皺起眉毛，猶豫著朝門走來。他舉起一手，好讓她看到外頭是一張友善的臉，正在朝她友善地揮手。門打開了幾吋。

「有什麼需要幫忙的嗎？」聲音裡透出一絲疑慮，但是她會克服的。她很年輕、有禮貌，又是南方人。這樣的年輕女子向來就能克服疑慮的。

「很抱歉打擾你。我知道現在很晚了，不過是有關托育中心的事情。」

門又打開六吋，他看到她打了赤腳，穿著牛仔褲，而且沒穿胸罩。她那件舊襯衫磨得很薄，於是他別開眼睛，然後她皺起眉頭，又把門關上一點。

「托育中心？」

「出了點麻煩。我知道很突然。如果你願意過去幫忙的話，我可以開車。」

「對不起。我認識你嗎？」

當然了，她不認識。他跟托育中心毫無關係。「麥克拉斯基太太沒接電話也沒應門。我猜想她出門了。」他又露出和善的微笑。「我就很自然想到你了。」

「請問你是哪位？」

「麥克拉斯基太太的朋友。」

她雙手貼著大腿，低頭看自己的腳，感覺上似乎就是那麼簡單。「我得穿鞋子。」

「你不需要鞋子。」

「什麼？」

講這句話真是愚蠢。太愚蠢了！或許他比自己以為的更緊張，也或許是太怕失敗了。「對不起。」他笑了，覺得笑得很高明。「我不知道在亂說什麼。當然了，你得穿鞋子。」

她目光掠過他，看著車道上的那輛車。車子很髒，上頭有凹痕，還有一道道鏽斑。他開這輛車，是因為必要時可以燒掉，或者推進河裡處理掉。但這輛車就是會引起一般人疑慮。

「我們要趕快。」他又催了一次，因為兩個街區外有車頭燈出現。為了把這位小姐弄上車，已經花太長的時間了。

門縫又縮窄一吋。「或許我該打個電話給麥克拉斯基太太。」

「請便。當然了。我只是想幫忙而已。」

「你剛剛說出了什麼麻煩？」

她轉身進屋，要去找電話。車頭燈在一個街區外了，再過幾秒就會照到這條前廊。到時候他不能還在這裡。「我其實沒說。」

她咕噥著要他在前廊上等，但他已經動手了。他抓住門，就在她後面兩步。電話在房間另一頭，但她沒去拿電話。她轉身撞門，朝他臉上推。他去抓她的襯衫，感覺布料撕裂了。但她沒跑，而是往旁邊傾斜，一手伸向門後的門縫處，拿出一根球棒，接著轉身揮向他的腦袋。他舉起手臂，手肘擋住了那一記敲擊，感覺到一股熱辣的痛。她又揮動棒子敲下來，但他後退閃過，然後一掌扣住她下巴的下方，她閉上嘴巴，雙眼翻白。

她搖晃著，有幾分之一秒，他對她沉默又兇猛的攻擊大感驚異。她沒叫也沒哭。

但是攻擊結束了。

他一手接住她，感覺到那細細的腰和猛烈的心跳。他走下台階去打開汽車後行李廂，騰出空間，此時蚊子圍繞著他嗡嗡響。回到屋裡，他擦掉自己碰觸過的所有表面：門邊、球棒。擦完之後，他看了一下街上，這才把那年輕女子搬上車。

剛好放得下。

一切搞定了。

14

晚間八點，伊麗莎白來到菲克婁．瓊斯那棟豪華的古老大宅。老律師獨自坐在門廊上，一手拿著酒杯，另一手拿著雪茄。「伊麗莎白，親愛的。」他站起來跟她吻頰招呼，皺紙般的皮膚貼著她的臉。「如果你想找我們的朋友，恐怕他已經被時間和狀況帶走了。」門廊上很暗，只有打開的窗子照出的幾塊亮光，乏人照顧已久的黃楊樹籬緊貼著欄杆生長。在懸崖下，河流發出人群喃喃低語的聲音。「要不要喝什麼？我知道今天晚上不像我原來保證的那樣，不過我開了一瓶很好的波爾多紅酒，當然還有雪樹伏特加。另外我還有一塊很不錯的西班牙乳酪。」

「我不明白。艾爵恩跑去哪裡了？」

「恐怕是回家了，而且是走路去的。」菲克婁朝山丘下方點了個頭。「如果你順著河流走小路，沒幾哩就到了。我敢說他對那些小路很熟。」

伊麗莎白在一張搖椅上坐了下來，菲克婁也坐下。「你剛剛提到狀況。」伊麗莎白說。

「壓迫的空間和妄想症，親愛的。我按照原來的打算帶他回家，他卻不願意待在我的屋頂之下和牆壁之間。他沒有任何不禮貌。謝了我好多次，非常周到。不過他不打算留下。顯然地，他是打算露天睡在星空之下，另一次擅入私人產業的罪名也阻止不了他。我相信艾爵恩是太喜歡那個地方了。」

「而且他有幽閉恐懼症。」

「啊，好極了。」菲克婁瞇起眼睛，露出微笑。「那可真是想不到啊。」

「我見過他關在禁閉室。」伊麗莎白雙手夾在兩膝間。「滿慘的。」

「他以前有回跟我說過理由，之後我做了一整年的惡夢。」

「告訴我吧。」

「艾爵恩有親人住在賓州那邊的一個農鎮，應該是他的外公外婆。總之，那是個小地方，玉米田和卡車及滿身塵土的打架鬧事。當時他六歲吧，或者七歲，亂跑到一個鄰居的農場，結果掉進了一個廢棄的井裡，困在裡面。家人直到次日的午餐時間才找到他，然後又花了三十個小時，才把他救出來。如果你想查的話，這事情當時還上了報，登在頭版。光是那些照片就能讓你心碎。我從來沒在兒童身上看過那麼空洞無神的眼睛，還有那麼飽受精神創傷的表情。事後他一整個月都沒講過話。」

伊麗莎白眨眨眼，腦海浮現出艾爵恩關在禁閉室裡自言自語的模樣，黑暗中脫掉襯衫，露出傷疤處處、汗水溼滑的上身。「耶穌啊。」

「的確。」

「我想我要喝一杯。」

「雪樹？」

「對，麻煩了。」

菲克婁拖著腳步進屋，然後拿著一杯伏特加回來遞給她。她接過來，「你剛剛提到妄想症。」

「喔，對了。」菲克婁坐回椅子上。「他認為有人從拘留所跟蹤我們回來。一輛灰色汽車，裡頭有兩名男子。他對這事情很焦慮，還跟我說他之前已經看到那輛汽車三次了。我追問他動機或起因，他都不肯談，但是看他的樣子，他或許知道是怎麼回事。」

伊麗莎白警覺起來，「他說過詳細的狀況嗎？」

「什麼都沒說。」

「你覺得他的想法可信嗎？」

「他的憂慮很可信。當然，他不肯多說，只是急著要離開。他接受了我找給他的衣服，但是我要他多留一下或給他錢，他都不肯。他就在這門廊上換了衣服，要我把他穿過的衣服燒掉，甚至建議我為了安全而離開。去飯店住幾天。」

「他為什麼覺得你不安全？」

「我只知道我的頑固讓他很不高興。他一直朝那邊看。」菲克婁往左指。「還罵我是頑固的笨蛋，說我年紀這麼大了，該知道誰可以信賴、誰又不行。他說我應該跟他離開。或者不離開的話，就該打電話報警。當時我還以為他蠢到極點了。」

「當時？」

老律師的雙眼在黑夜中發亮。「你是從城裡來的，對吧？過了那條河？」他往右邊的下坡指。「你過了橋，直接轉進我的車道？」

「沒錯。」

「嗯——」他抽著雪茄，兩條瘦腿在膝蓋處交疊。「如果你往左看，」他指著樹林間一道縫隙，「就會看到一路是上坡，直到山嶺頂端的馬路。很遠，我承認；但在那裡有個岔路口，可以看到我這棟房子。偶爾就會有觀光客發現那個景點，秋天葉子變色時，從那裡往下眺望，景色非常美。」

「你說這些，到底重點是什麼？」

「我們等待時，不必說太多話。」

「等待什麼？」

「那個，聽到沒？」

一開始她沒聽到，然後聽到了：路上有一輛汽車。聲音一開始很小，接著逐漸變大，開到橋上，此時老律師用雪茄指了左邊一下。「看著那道縫隙。」她照做了，聽到那輛汽車，看到上坡時車燈掠過樹林間。「你看到了嗎？」

車燈轉了個彎，上升，然後又變平了。車子開到山嶺上，車燈照著馬路。有整整三秒，她就只看到這些。然後，那車子加速駛過縫隙，伊麗莎白看到第二輛車停在路邊。

「看到了嗎？」菲克婁問。

「看到了。」

「還有裡頭的人？」

「或許吧，我不確定。」

「那輛車是什麼顏色的？」

「我想是灰色。」

「感謝老天。」老律師往後靠坐，喝完杯裡的酒。「喝完三杯調酒，又瞪著那座山丘兩小時之後，我開始覺得我那位焦慮朋友的妄想症是會傳染的。」

伊麗莎白一直沒開車燈，駛到車道盡頭。轉入外頭的馬路時，她才打開大燈，然後左轉。到了山嶺頂端，看到那輛停下的車，她就踩下油門，開了閃示警燈。那是一輛福特轎車，從烤漆看起來相當新。她逐漸駛近，看到前座兩名男子的輪廓，然後他們回頭看。她一直開著大燈，警燈也在格柵後面閃著，同時她把前面那輛車的車牌號碼輸入筆記型電腦。查到的結果讓她覺得沒什麼道理，但反正就是這樣。

那個車牌號碼，還有登記資料。

伊麗莎白拿了槍，打開車門下去，她一手舉高手電筒，另一手握著手槍放低，在車後隔一段距離停下來。車子裡頭的兩名男子都沒動，她可以看得很清楚。兩個人都戴著深色棒球帽，肩膀壯碩，穿著藍色牛仔褲和深色襯衫，大概三十來歲後段，或是四十出頭。駕駛人的雙手一直放在方向盤上；乘客的雙手則看不見。於是伊麗莎白舉高手槍，看著車窗降下。「有什麼問題嗎，警察大人？」

她站在駕駛的左後方，看著他下巴的輪廓線，還有他放在方向盤上的手指。「我要看到乘客的雙手，快點。」兩隻手從黑暗中舉起來，放在膝上。伊麗莎白檢查了後座，湊得更近些。沒有酒味，沒有什麼明顯的違法之處。「證件拿出來。」

那駕駛人挺直身子，低著頭讓帽舌擋住刺眼的燈光。「我想沒這個必要。」

那態度讓她覺得不對勁。那張臉也是，有一部分看不清楚，但顯然有種傲慢，還有種軟趴趴的感覺。「駕駛執照和行車執照。快點。」

「你是市警局的警察，可是這裡進入郡界已經五哩了。你在這裡沒有司法管轄權。」

「市警局和郡警局必要時會彼此支援。我可以找個郡警五分鐘之內趕到這裡。」

「我可不這麼認為，因為你正在停職接受調查。郡警局可不會聽你的話趕過來。我想他們根本不會接受你的支援要求。」

伊麗莎白更仔細審視那兩個男人。頭髮剪得很短，皮膚蒼白。手電筒把他們的五官照得一片白，但那個駕駛人的臉似乎很面熟：圓圓的下巴，灰白的眼珠，半乾的汗讓他看起來黏答答的。

「我認識你嗎？」

「任何事都有可能。」

他話中帶著笑意，還有傲慢與自大。伊麗莎白思緒飛轉著，就是想不起來。「這輛車是登記在監獄名下。」

「我們馬上就走了，布雷克女士。」

「你們在跟蹤艾爵恩．沃爾嗎？」

「祝你晚上愉快。」

「你們為什麼要監視這棟房子？」

他轉動車鑰匙，引擎發動，伊麗莎白後退，看著車子衝上光滑的柏油路面。接著車子上坡又下坡，消失在下一座山丘後方。此時，孤單站在馬路上，她才終於想起來。

布雷克女士……

她把手槍插入槍套，又重新整理一下思緒。

沒錯。

她認識那個人。

艾爵恩沒去農場，而是沿河而行，在風中傾聽一個不肯出現的聲音。河水在說話。葉子、樹枝、他的鞋底也都在說話。每樣移動的東西都在發出聲音，但沒有一個提供了他所需要的。只有伊萊．羅倫斯了解警衛和典獄長，以及艾爵恩傷痛的那些祕密迴廊。伊萊讓他在黑暗和冰冷中設法活下去。他是支撐艾爵恩的那根鋼鐵，是抓住他理智線那雙穩靠的手。

「他們在跟蹤我，」艾爵恩說。「我想，之前他們就在農場那邊。現在他們在盯著愛哭鬼家。」

沒有人回答，沒有聲音或碰觸或一絲幽默。艾爵恩在黑夜中獨行。他沿著小徑往前，雙腳踩過岩石和泥濘，踩過交錯倒下的樹幹與纏結的灌木叢，踩過青苔和滑溜的黑色樹根。走到一個河岸下沉處，有一條淺淺的小溪匯入。艾爵恩扶著一棵洋桐槭和一根松樹枝，涉水過了那條小溪，爬到另一岸。

「要是他們還在那兒呢？要是他們傷害他呢？」

他們不會去煩那位律師的。

艾爵恩像吃了止痛藥般覺得全身放鬆。他知道那聲音不是真實的，只是源自監獄和黑暗及一千個恐怖之夜的回音，但多年來，那就是他唯一擁有的：伊萊的聲音和他的耐心，他在黑暗中的雙眼像兩顆黯淡的小太陽。

「謝謝，伊萊。謝謝你趕來。」

不必謝任何人，謝你自己就好了，孩子。這點小小的幻覺全都是你自己的功勞。

但艾爵恩不完全相信這番話。「我入獄第一天在院子裡，你還記得嗎？」艾爵恩爬過一棵倒塌的樹，然後是另一棵。「他們因為我當過警察而想殺我。你讓他們打消念頭。你救了我的命。」

我在裡面待太多年了。還是有少數一些人肯聽我的話。

這些話太輕描淡寫了，艾爵恩微笑。有幾個人會為伊萊．羅倫斯殺人或送命。都是一些危險的人，被遺忘的人。伊萊．羅倫斯直到死去那一天，都是監獄庭院裡的智慧之聲，他是仲裁者，是調停人。他救過的命，不光是艾爵恩而已。

「聽到你的聲音真好，伊萊。從我看到你死去那天，到現在八年了，聽到你的聲音還是覺得很高興。」

你根本只是在自言自語罷了。

「我知道。你不認為我知道嗎？」

現在你是在抱怨自己了。

艾爵恩在河流變寬之處停下腳步。人們會覺得他這樣很奇怪，跟一個死人講話。但這個世界反正已經變得很奇怪了，每個聲音都讓他想到河水的流動，松樹的刮擦聲。他從小就熟悉這片土地，在上下游三十哩的範圍內到處釣魚，走過每一條小徑，爬過河岸邊的上百棵樹。但現在感覺上怎麼會如此陌生？如此不對勁？

因為你自己根本一塌糊塗。

「先別說話，老頭。讓我想一下。」

艾爵恩走下河岸，一手探進河水裡。這是真的，他告訴自己，而且沒有改變。但天空感覺太遼闊，樹木感覺太高大。艾爵恩又爬回小徑，設法不去理會那醜陋的事實：世界照常運轉，只有他變得不一樣了。他邊走邊思索著，然後忽然發現，自己剛剛站著不動許久，月亮已經升上來了。他伸出一隻手，看著月光從他的指間篩下。這是他十三年來第一次看到的月光，然後他不自覺地想到麗茲。不是因為她的美麗——雖然她的確很美——而是因為他在採石場碰到她的那天晚上，以及她後來第一次進行逮捕，都同樣是月亮升起之時。他想像著她在月光下。那月亮，她的皮膚。

耶穌啊，小子。你見到的第一個漂亮女人……

艾爵恩笑了，這是記憶中好久以來第一個真心的笑。

「謝了，伊萊。謝謝你了。」

你還在自言自語。

「我知道。」他又開始走路。「大部分時候，我都知道。」

河流轉向西，小徑也隨之轉彎。一哩後又轉彎時，艾爵恩離開河岸邊的低地，往上坡爬，找到一條方向正確的泥土路，走了半哩多。等到這條路也轉彎偏離了他的方向，艾爵恩便穿過一片樹林，接著是一座農場，裡頭有棟小小的白房子，亮著燈。一隻狗在門廊上叫了兩聲，但艾爵恩悄聲快步通過，狗還來不及嗅到清楚的氣味，他就又被黑夜吞噬了。過了農場，他沿著一條路走了三哩，來到一個交叉路口。左邊是進城的路，右邊通往山脈下平地一片新的自建住宅區。

艾爵恩往右轉。

法蘭西斯．戴爾住在那裡。

來到戴爾的房子外，他先檢查了信箱上的姓氏，然後按了電鈴。沒人應門，他凝視著窗子，看到裡頭有燈光，還有些他記憶中的東西：戴爾剛當警察那年的照片、他升任警探那天的照片，皮革家具和東方地毯，一排排的槍，就跟他上回看到時一樣，當時他們是搭檔老友，一起去打獵。看到這些東西，艾爵恩很難過，因為這讓他想起歡笑和炎熱的太陽，想到兩人暗自較勁和喝波本威士忌，還有最後他們打了成排的禽鳥排列在車後擋泥板上方，把槍放在那輛舊卡車後頭的車斗裡，幾隻獵狗趴著拚命喘氣。他因而想起他和法蘭西斯曾是好友，也想起了審判和失望，想起讓他們決裂的那個不愉快的真相。

在艾爵恩審判時，法蘭西斯說的一切都是事實。茱麗亞的確有一張能逼男人做出壞事的臉，艾爵恩也的確迷上她了。當時他陷入得太快又太急，即使現在回想起來都覺得暈眩。但是不光是表面上那樣而已。那是一種發自內心的、帶著電的需求。當時他們兩個都很不快樂，他們的第一次相遇有如觸電，強烈得彷彿整個城市都照亮了。那是一種認出對方的感覺，帶著慾望。即使到今天，他還能感覺到那種渴求。他們也曾抗拒，但不光是因為兩人都已婚。她丈夫是線民，正在幫忙查一件盜用公款六位數字的案子。幾年來錢陸續消失了：這裡五千元，那裡一萬元。總共可能高達二十三萬元。很多錢，很嚴重的案子。

一星期後，這個案子就不再重要了。

一個月後，他就完了。

艾爵恩垮坐在門廊上，感覺到她的死好像才發生在幾天前，而非幾年前。

「啊，茱麗亞……」

他已經好久都不敢回想了。在監獄裡想起這件事會讓他變得軟弱，他負擔不起。此外，她已經死了，再也無法復生。於是，那現在他還剩下什麼？出了獄，獨自坐在一棟空房子外頭，忽然滿腔怒氣。

十三年！他腦中充滿了那些年的種種痛苦和折磨，想著自己在獄中不時回想起自己所失去的，以及一些說不通的事情。

「法蘭西斯！」

他又去敲門，即使明知是徒勞。

那麼，你就等他吧。

「這就是你的忠告，老頭？等他吧？」

難不成你打算把門敲垮，去跟一個空屋子講話？

艾爵恩深吸一口氣，逼自己冷靜下來。他來是要問事情，跟對方好好談的。這表示伊萊說得沒錯。不能暴力。

「好吧，那麼，我們就等吧。」

艾爵恩在門廊上找了個黑暗處，背靠牆坐下來。他望著空蕩的街道，設法讓怒氣消散。但沒了怒氣，還剩下什麼？

答案？

平靜？

你看起來不太好。

艾爵恩在黑暗中撇了撇嘴巴。「我也不覺得好。」

你可以處理的，孩子。你的能耐不光是這樣而已。

「我是個前科犯，還在跟一個死人講話。現在我什麼都不知道了。」

你知道我的祕密。

「他們在監視我。」

不，現在沒有。你可以現在就走，去任何你想去的地方。擁有你想要的一切。

「或許我想殺了他們。」

這個我們討論過了。

「如果我不殺了他們，他們就會找到我。」

那是囚犯的想法。

「我不想孤單一個人，伊萊。」

他來了。

「別離開我。」

噓，別說了。那聲音顫抖著，愈來愈小。那個狗娘養的來了。

艾爵恩睜開眼睛，看到法蘭西斯．戴爾走上台階。他身穿暗灰色西裝，腳上的皮鞋發亮。他擺出開槍的姿勢，舉著手槍，檢查各個角落和院子。

艾爵恩攤開雙手。「別緊張，法蘭西斯。」

「你在跟誰講話？」

「跟我自己。我有時會這樣。」

戴爾又檢查了各個角落，手上的槍看起來是他以前慣常用的那把輪轉手槍。「你在這裡做什麼？」

「有幾個問題想問你。」

「比方什麼？」

「我太太人在哪裡？」

戴爾的臉顯得很緊張，握著槍的手指發白。「你就是為了這個來的？」

「一部分。」

艾爵恩正要撐地站起來，但戴爾可不同意。「乖乖坐著別動，手讓我看到。」

艾爵恩按著地板的手舉起來，攤開手掌。

「這是我的房子，艾爵恩。是我家。前科犯不能到警察的家裡來。否則通常就會挨子彈的。」

「那你就開槍啊。」艾爵恩雙手按著地板，背靠牆緩緩站起來。他覺得這是個小小的勝利。「我太太在哪裡？」

「我不知道。」

「農場燒掉了。麗茲說她不見了。」

「想不到她沒有更早離開。」

那把手槍沒動，艾爵恩審視著對方瞇起的眼睛、緊閉的雙唇。凱瑟琳和法蘭西斯以前很熟的。老天，在謀殺和審判之前，他們全都很熟的。

「你是她的好朋友。」

「我是她丈夫的搭檔，不一樣的。」

「你要我求你嗎，法蘭西斯？我們當了七年搭檔，不過好吧。你要我求你，那我就求你。請你告訴我，我太太怎麼了。我不會跟她要求什麼，也不想毀掉她的人生。我只想知道她現在人在哪裡，想知道她是不是安好。」

也許是他的口氣，也或者是他們搭檔的過往記憶。無論原因是什麼，戴爾把手槍插回槍套裡。在昏暗中，只看到他一身的稜角和陰暗的雙眼。他開口時，聲音出奇地柔和。「審判之後，凱瑟琳不肯跟我們任何人講話。我或貝基特或局裡任何人都不例外。我們試著跟她聯繫，但是打電話她不接，去敲門她也不應。就這樣過了三、四個月。我最後一次去看她，整個房子門窗都緊閉。汽車也不在。門廊上有成堆的郵件。又過了兩個月，那棟房子就失火燒掉了。一切實在太難以承受，於是她離開了。我想就這麼簡單。」

「可是，那座農場還是她的啊。」

這句話其實是個問句，戴爾明白。「郡政府兩年前沒收了。因為欠稅。」

艾爵恩靠著牆。那塊土地早在南北戰爭前就是他們家族的。當局不但把他關了十三年，還把土地給沒收，這實在是難以承受的不公義。「我沒殺茱麗亞。」

「別說了。」

「我們只是在談話。」

「不談她。」

法蘭西斯．戴爾身上的每一個稜角似乎都更尖銳了。包括肩膀，還有下巴。

「告訴我那個啤酒罐的事情。」

「什麼？」

艾爵恩觀察他，尋找說謊的跡象。「一個三百五十毫升的佛斯特啤酒罐，出現在離教堂三十碼的水溝裡，上頭有我的指紋。這個證據把我連接到謀殺現場，不過我有個問題。」艾爵恩朝他走近，戴爾沒動。「我從來沒在教堂附近喝啤酒。我從來沒留下啤酒空罐，不可能的。我最後一次喝佛斯特啤酒，是在這裡，在這棟房子裡面，就在她死前兩天。」

「你認為那個證據是我栽贓的？」

「是嗎？」

「那天晚上這裡還有其他人。貝基特、倫道夫，連麗茲都來了。我可以講出五十個人的名字。那是個派對。何況，任何人都沒有必要栽贓害你。這部分你自己就做得很好了。」

戴爾的意思是DNA和皮膚及抓傷。這很合邏輯沒錯，但那個啤酒罐是第一天出現的證據。要不是犯罪現場附近有艾爵恩的指紋，法庭也不會下令要他接受身體檢查，也就不會得知他背部的抓傷，把他連接到那樁謀殺案。

「有人故意把啤酒罐放在那邊的。」

「沒有人陷害你。」

「那個啤酒罐不可能自己跑到那邊去。」

「你知道嗎？我們談完了。」

「我沒殺他，法蘭西斯。」

「你再提茱麗亞，我就開槍了。我是認真的。」

艾爵恩沒有絲毫退縮。他瞪著戴爾的雙眼，感覺到他所有的情緒。「你真的那麼恨我？」

「你很清楚原因。」戴爾說。艾爵恩望著他黑色的恨毒眼睛，的確明白。

因為法蘭西斯．戴爾一直很嫉妒。

因為他也愛過茱麗亞。

艾爵恩走出戴爾家的那一帶，愈來愈確定。在審判中，那個啤酒罐只是附帶證據。雖然有用處，但只是附帶的。到審判時，檢察官已經查出艾爵恩背部的抓傷，還有茱麗亞指甲底下有他的皮膚；他們有艾爵恩在茱麗亞家的指紋，還有他自己的搭檔作證對他不利。這些事情加起來太有力了，因而教堂旁的啤酒罐根本微不足道。但那是在審判的時候，跟剛開始調查時非常不同。麗茲在那個老教堂裡發現了茱麗亞的屍體，就像祭壇上的大理石雕像，潔白無瑕，毫無生氣。艾爵恩還能感覺到自己剛接到消息時那種痛徹心扉的憤怒和哀傷：他記得每一秒鐘——事後在心裡播放過一百萬遍了：當時他開車到教堂，看到她躺在祭壇上，他畢生的最愛躺在那邊死了，他雙膝跪地，毫無顧忌地放聲大哭。

但是，法蘭西斯和其他警察都看到了，而且他們很好奇。然後一個鑑識人員採到了艾爵恩的指紋，一切就改變了。不光是疑慮和異樣的眼光而已，還有法庭命令強制提供血樣和體檢，發現了他背部的抓傷。當了幾年警察後，艾爵恩忽然成了局外人，成了嫌疑犯。他失去了地位、信任，最後也失去了他所愛的一切。

首先是茱麗亞。

然後是他熟悉的生活。

入獄後，一直到被關進隔離牢房的第一年，艾爵恩才想到自己的搭檔可能嫉妒得足以栽贓證據。這實在太明顯、太極端了，源自一段很旁枝末節的回憶。茱麗亞撐著一邊手肘，床單堆在腰際。他們當時在夏洛特的一家旅館，十樓。外頭市區的燈光透進來，除此之外一片黑暗。那是茱麗亞死前一星期，她好美。

我們是壞人嗎，艾爵恩？

他撫摸她的臉。*或許吧。*

這樣值得嗎？

這是他們之間的老問題了。他吻了她，然後說，是的，一定值得的。但房間裡充滿疑慮，像是一種黑魔法。

我覺得你的搭檔知道。

為什麼？

一個眼神，她說。一種感覺。

比方呢？

比方他老在觀察我，超過了應該有的分寸。

就是這樣而已，那天晚上他覺得沒什麼。但等到他被關在一個八呎乘六呎的房間，從幾小時延長到彷彿永無盡頭，這個「沒什麼」就膨脹起來了。艾爵恩把這段回憶重播過幾百遍，然後是幾千遍。兩天後，他又加入了那個啤酒罐，覺得一切都吻合了。感覺上有這個可能，他當時心想，當然不是非常有可能。但那個啤酒罐反正也不是非常有可能。

上面有他的指紋，還出現在教堂附近。

法蘭西斯一向不太有安全感，不時會被艾爵恩的陰影遮蔽。警察間有可能會這樣。一個老是第一個衝進門，另一個則是第二個。第一個會獲得媒體矚目，會成為英雄。但光是嫉妒，還不足以解釋栽贓證據這麼惡意的事情。那還要有很強烈的愛恨，或許就像一枚錢幣，一面是因愛而光亮，另一面是因為嫉妒而黑暗。只要把這枚錢幣轉得夠快，你會看到什麼？

一個搭檔變得沉默而奇怪？

一個觀察得超過應有分寸的男人？

感覺上似乎還是有可能，但是站在路邊，在滿天黯淡的星星之下，他什麼都不敢確定了。回到他焚毀的老家，置身在那些傾頹的牆壁之間，也沒讓他更能確定。艾爵恩又生起一堆火，開始踱步，試著把那些問題理出頭緒。誰殺了茱麗亞，又為什麼？為什麼放在教堂？為什麼罩上白亞麻布？為什麼如此暴力，毫不留情地勒死她？

栽贓那個啤酒罐的，難道另有其人嗎？

到頭來，這類問題就像迷失在人群中的聲音。艾爵恩心裡明白，自己再也不是原來那個人了。他的思緒不時會變得混沌，偶爾還會記憶空白。這要拜典獄長和那些警衛所賜。然而，他倒也沒有完全糊塗掉。開放空間和善意的臉，這些東西對他來說很清楚，也提供了某種希望。麗茲是他的朋友——他相信是如此。還有那位老律師、這片土地，以及一些堅定而確切的記憶。伊萊老人離開了嗎？艾爵恩很好奇，他永遠離開他的人生了嗎？

他又踱步了一個小時，才找到一個角落坐下來。黑夜裡一片寂靜，然後消失了，彷彿那黑夜也只是記憶。

他在一張金屬床上。

他在尖叫。

「壓住他。抓住手臂！」

他被塞住的嘴巴尖叫著，他們把他那隻手臂緊緊往下壓，重新用束縛帶綁好，同時一片逼近他的金屬閃出紅色。艾爵恩嚐到了血，知道自己咬破舌頭和臉頰內側了。整個房間有漂白水和汗水及銅的氣味。典獄長臉上有一道道血痕。天花板是生鏽的金屬。

「現在，我要再問你一次。」他的雙眼像黑色玻璃，此時那片金屬又閃了一下，艾爵恩覺得胸口燒出一道火。「你在聽嗎？」又割了一道，金屬檯面上累積了一灘血。「等到你準備要講話了，就點點頭。我講話時看著我。看著我！」

艾爵恩想掙脫那些束縛帶，覺得有什麼扯破了。

「太過頭了，」有個人說。「他流太多血了。」

「給我一根針。抓住他的手指。」那根針滑入指甲下；艾爵恩尖叫，背往上拱起。「再給我一根。」那根鑽得更狠、更深。「現在你肯講了嗎？看著我。不要看天花板。伊萊告訴你什麼了？」一隻手搧著艾爵恩的臉。「不要昏過去，不然又得重來一次了。沃爾囚犯？艾爵恩。嘿，伊萊．羅倫斯告訴你什麼了？」

又是兩巴掌，艾爵恩的頭晃動。之後，典獄長嘆了口氣，壓低聲音，好像他們是朋友似的。「你跟他很親，我明白。你要對朋友盡忠，我很欣賞這一點，真的。不過，這樣我就有一個問題了。」他一手撫過艾爵恩汗溼的頭髮，停在額頭，然後湊得更近了。「那老頭把你當兒子似的疼愛，我不相信他死前沒把那麼大的祕密告訴你。你明白我的問題了嗎？我必須確定，而這個——」他拍拍艾爵恩的額頭，不在乎手掌上沾了血。「——這是唯一的辦法。現在麻煩你點個頭，這樣我才知道你明白我的意思。」

艾爵恩點了頭。

「你不必死。」典獄長拿掉他的口塞，艾爵恩轉頭吐了。「這些折磨可以結束。只要把我想要的告訴我，你就永遠不會再痛苦了。」

艾爵恩嘴唇動了。

「什麼？」典獄長湊得更近了。

差八吋。

差六吋。

艾爵恩啐在典獄長臉上，之後事情就變得很難看了。更深的割痕，更長的針。艾爵恩以為自己終於崩潰的那一刻，眼前出現了伊萊的影像。老人只是光線之外的一個影子，是童年以後艾爵恩唯一愛過的男人。

「伊萊。」

那名字只出現在他腦海，因為現實部分是一片尖叫和鮮血及典獄長的問話。艾爵恩專注在那對黃色眼睛、那紙張般的皮膚上。老人點點頭，似乎懂得。「求生沒有錯，孩子。」

「伊萊……」

「你就做你必須做的吧。」

「你已經死了。我看到你死的。」

「你為什麼不把那個人想要的告訴他？」

「一旦他們知道了，就會殺了我的。」

「你確定？」

「你很清楚他們會的。」

「那就看著我的臉，孩子。」老人眨眨眼，只是床旁的一個鬼影。「聽我的聲音。」

「到處都好痛。」

「你看看光，看它如何漂浮。」

「真的好痛……」

「但是現在光逐漸暗下去了，孩子。逐漸消失了。」

「我好想你。」

「穩住，別慌張。」

「伊萊……」

「聽我的聲音就是了。」

他們想知道伊萊告訴他的祕密，就這麼簡單。而且他們掌管一切：電話、郵件、其他警衛。這表示他們有權力，而且他們有時間。等到一年的刀子和針都失敗之後，他們就開始玩心理戰。黑暗、剝奪、飢餓。最後，其他囚犯都開始對付他，一個接一個，直到醒著的每一刻都變成一場夢魘。而且規則很簡單。傷害他，但是別殺了他。

但傷害是個廣泛的字眼。

突襲、恫嚇、孤立。友善的臉開始消失：一年中有三個人死掉了，都是一刀刺在顱底。他們犯了什麼罪？艾爵恩相信，只不過是在院子裡跟他說了句話，或是在吃飯時肯讓他同桌。真正的夢魘是在隔離區。一旦他們知道緊迫空間對他的衝擊，他們就變出很多花樣來；而且原來監獄裡充滿了地下二樓和舊鍋爐室及空的大排水管。光是想到那些排水管，艾爵恩就要打冷顫，裡頭好悶又充滿了鏽屑，就連每吸一口氣都有金屬味。他們喜歡把他頭朝下推進去，往裡頭灌水，然後再把他拖出來。他們有時會用上老鼠，還有一次把他扔進水管內兩天，那就像是童年時的恐懼又在黑暗中重演。之後艾爵恩有一星期失去記憶。燈開了又關，食物送來都沒吃又收走。他的恢復過程就像是從一個空蕩的地方慢慢爬出來。然後他們停了一個星期，又重新開始折磨他：關在黑暗的密閉空間裡，綁在金屬床上，傷口出現又痊癒，然後鎖進鍋爐室裡跟老鼠作伴。

有回一個更陰暗的聲音出現了，跟他說著結束和平靜，叫他說出伊萊的祕密，讓自己得到最終的平靜。但那個聲音失敗後，他們就開始覺得或許他真的不知道。他們有好幾個月都沒找他麻煩：就當他是一個關在隔離囚室的普通囚犯而已。有時艾爵恩的思緒太破碎了，還在想這一切是不是自己夢到的，那些疤痕會不會就像官方紀錄所說，其實是跟其他囚犯打架留下的。他們不再問他問題，沒有人多看他一眼。

但接下來，他就出獄了。

艾爵恩蹲在火邊，加了幾根柴火進去，然後緩慢而安靜地移動，離開他燒得剩空殼的家，來到外頭的黑暗處。農田的地勢較高，所以他留在車道上，緊靠著水溝，膝蓋保持彎曲。前面出現了公路，在月光下一片灰白，他溜進農田，好湊近看清楚那輛汽車。不是跟蹤他到老律師家的那一輛。那輛是灰色的，這輛是黑色的。不過同樣真實存在，這表示他那些記憶也是真實存在的。

那不是幻想。

他沒有發瘋。

回到自己的舊宅，他又在火裡加了幾根樹枝，然後攪動木炭，搞得火星四濺。

「跟我說話，伊萊。」他又坐下，上方有老樹的樹蔭，天空遼遠無比。「告訴我怎麼做。」但伊萊今晚說夠了，讓艾爵恩在舊宅遺跡裡度過難捱的一夜。中間有一度，艾爵恩又撐起身子，悄悄爬到公路上。那輛車不見了，不過泥土上留下了輪胎印。儘管都沒睡覺又腦袋混亂，艾爵恩還是知道他們想要什麼，也知道他們會使出什麼手段得到。這使得他的處境非常危險。現在他還能保住命的唯一原因，就是因為他還保持警覺，而且他們還不確定。

他到底知不知道伊萊的祕密？

他們很懷疑，因為吃過那麼多苦頭，應該沒有人還能忍著不說。畢竟這些折磨持續了這麼多年，還有刀子和老鼠及十七處骨折。他們不明白的是原因。他守著祕密不說，並不是因為貪婪。他的理由比貪婪更古老，也更簡單。

他是為了愛。

也是為了恨。

艾爵恩跪在公路邊，手指放在輪胎印最清晰的地方。他看到幾個菸蒂，還有泥土上一小塊潮溼有尿味的地方。他們離開有一小時了，或許更久。他們放棄了嗎？他不太相信。或許是懶惰，或許是他們香菸抽完了，要去補貨。

等他回到火邊，又在裡頭一直加柴火，直到火焰跳得老高。濃密的烏雲已經遮住了月亮，於是即使有火，四周的黑暗仍緊緊包圍著他。艾爵恩看著火焰，但四周的黑暗裡仍然有幻影聚集。

「操那些傢伙，也操戴爾。」

他緊握住這股憤怒不放，因為那些憤怒可以擊退黑暗。那些泥土是真的，燒毀的房子和火也是真的。憤怒讓一切變得好明亮，於是他想到典獄長、警衛，還有這整件事還是有可能以血腥收場。這個辦法很管用，但只持續了一陣子，他一眨眼，火燒完了，好像那一眨眼就是一個小時。他又像往常那樣失去記憶了，一眨眼就不曉得過去多久。他試圖讓自己保持警覺，但覺得好沉重，一切都好沉重。等他再度眨眼，他看到麗茲，一開始很遙遠，然後逐漸接近，煙霧外的一張臉，雙眼水盈盈，苦惱而深不可測。

「你來這裡做什麼，麗茲？」

她像個鬼魂般走過來，無聲無息坐在地上。她那張臉的輪廓模糊，頭髮輕飄飄地毫無重量，又黑得像環繞著她的煙霧。「你當時知道我要往下跳嗎？」

他試著集中精神，但是沒辦法：覺得或許自己是在做夢。「你不會的。」

「那麼，你知道了？」

「只知道你很害怕，而且年紀很輕。」

她那深不可測的雙眼注視他。「他們對你做的事情，很可怕嗎？」

艾爵恩什麼都沒說，感覺到皮膚發熱。那眼神不對，她望著他等待回答，似乎在漂浮。

「我看到那裡空空的。」她指著他的胸部，畫出一顆心的形狀。

「我沒辦法談那些。」他說。

「或許你還有一些部分殘留下來。或許他們沒把你完全毀掉。」

「你為什麼要對我這樣？」

「對你怎樣？這是你的夢啊。」

她歪著腦袋，像是假人模特兒上的一張假臉。他站起來往下看。

「你會殺了他們，對不對？」

「對。」他說。

「因為他們對伊萊所做的事情？」

「別要求我讓他們活。」

「我為什麼要這樣要求？」

她也站起來，然後捧著他的臉，狠狠吻他。

「你是誰？」他問。

「報上都怎麼稱呼我？」

「我不在乎你是不是殺了那兩個人。」

「可是你卻夢到我，」她說。「你夢到一個殺人兇手，而且你希望我們兩個一樣。」

15

他喜歡晨光，因為晨光好清新，像粉紅色的柔軟嘴唇親吻著世界，任何事都可能發生。於是他花了片刻欣賞——只為了他自己——然後才把那個女孩從筒倉裡拖出來。她反抗得比大部分人都厲害，身上的皮膚髒兮兮，指尖磨得流血。這會兒她又踢又叫，銬住雙腕的手銬吭啷響。他硬把她拖得半起身，然後深深嘆了一口氣，用電擊槍碰觸她身上一塊皮膚。她昏過去後，他放下她的雙腿，後退一步擦掉臉上的汗。通常這個筒倉會讓她們恐懼、口渴，然後就比較好對付了。但這一位是個鬥士，他覺得這可能是個好預兆。

他緩過氣來之後，便把她翻滾著放上一張防水雨布，然後脫掉她的衣服，慢條斯理地清理她。這是很重要的一部分，儘管她在晨光中很美，但他專注在她的臉而非雙乳，在她的雙腿而非胯下。他清掉了她指尖乾掉的血跡，再小心翼翼地擦拭她的臉。海綿擦過她膝蓋後方時，她動了一下，後來擦到她腹部時，她又動了一下。接著她的雙眼顫動起來，他又用了一次電擊槍，之後他就加快動作，知道光線會愈來愈強，讓她顯得更年長。要是他拖太久，她看起來就會截然不同了。等到她的皮膚都擦拭乾淨，上頭的水也乾了，他就用一條絲繩綁住她的雙踝和雙腕，然後把她放上車，開到教堂去。警方的黃色膠帶封住了門，但這些封鎖算什麼？警方算什麼？憂慮又算什麼？

到了祭壇，他把她放下，用同樣的那些繩子把她固定為平躺姿勢，兩腿綁緊，雙臂下拉讓肩骨突出。現在他動作很快，因為她開始醒了。他用白色亞麻布蓋住她，頂端一段反摺，好讓一切完美無缺。此時他的視線模糊起來，雙眼漲滿淚水，彷彿當初至今只隔了一層玻璃，這些年的時光不曾流逝。她雙唇微張，顫動著吸氣。儘管他心底深處的某部分知道這是幻覺，但哭泣的那部分卻以深深的狂喜擁抱這一刻。他碰觸她的臉頰，她雙眼顫動著睜開，瞳孔擴大。「我看見你了，」他說，然後開始掐住她的脖子。

她耗了好長一段時間才死掉。她一直在哭，他也哭。等到結束時，他到教堂底下，拖著身子爬到祭壇正下方那個破爛的角落，一如他的老習慣，蜷曲身子倒在地上。這是他的特別地點，教堂下方的教堂。但即使在這裡，他還是無法逃避真相。

他失敗了。

他的選擇很糟糕嗎？無論如何都錯了嗎？

他閉上雙眼，直到那悲慟過去。然後他觸摸一個淺淺的墓穴，接著是下一個。

九個女人。

九個土堆。

那些土堆圍繞著他，形成一個平緩的弧形。他從這些土堆獲得好大的撫慰，這點讓他覺得煩惱。他殺了她們，沒錯，但世上太孤單了。他摸著泥土，想著下頭埋著的那些女人。茱麗亞也該在這裡的，還有蕊夢娜·摩根和上頭那個死掉的女孩。那是他的地方，也是她們的地方。她們有權靜靜躺在教堂底下，讓心臟緩慢而痛苦地停止跳動。

16

新一天剛開始的前十分鐘，貝基特就接到兩個壞消息。第一個是事前預料到的。第二個則否。「你說什麼，連姆？」

此時是早上七點四十一分，他坐在開放式大辦公室。漢默頓和馬許在玻璃牆內戴爾的辦公室裡。連姆・浩爾剛從樓下的反毒科上來。整個大辦公室像個瘋人院，到處都是警察，到處都是聲音和動作。

「我說這事情真的很爛。」

浩爾跌坐在辦公室對面的一張椅子裡，但貝基特幾乎沒留意。他正在觀察戴爾辦公室裡那兩個州警局的人，他們六十秒前才離開他辦公桌前。現在，他們正朝戴爾滔滔不絕，就像之前對他那樣。沒有聲音傳出玻璃牆外，但貝基特知道大概的狀況，看嘴形猜到了幾個關鍵字，比方法院傳喚和倩寧・蕭爾及妨礙公務。遊戲時間結束了，他們現在要去攻擊麗茲，而且會非常狠。為什麼？因為她不肯跟他們談。因為儘管他們屢次試著理解並採取溫和手段，但她告訴他們的內容還是一樣，這個內容基本上可以歸結為滾一邊去。「我說呢，」貝基特轉身站起來。「我們出去走走吧。」

他沒好氣地朝那兩名州警察看了最後一眼，然後帶著浩爾離開辦公室，走後樓梯下去。出了警局後，他們站在圍牆內的停車場，白色的天空邊緣開始現出藍色，柏油地面上開始升起熱氣。

「好吧，連姆。再跟我說一次，講仔細一點。」

「所以，我照你的要求去做。我查了一些檔案紀錄，到處打聽。沒有蒙若兄弟賣類固醇的跡象。如果阿爾薩斯．蕭爾有使用類固醇，那就一定是從別的地方弄到的。」

貝基特思索了一會兒，然後就丟開不管了。「反正本來就只是姑且一試。那轉折是什麼？」

「轉折就是蕭爾太太。」

浩爾講話的口氣有點不對勁。「她嗑藥？」

「啊，沒錯。嗑得可兇了。大部分是處方藥。奧施康定、維柯丁。任何止痛藥類的。偶爾也嗑古柯鹼。」

「她有紀錄嗎？」

浩爾搖搖頭。「所有紀錄都從源頭就拿掉了：可能找了熟人，或是人情關說之類的。少數幾次牽扯到她的，指控後來都撤銷了。我之所以知道這些，是因為我去找幾個退休的傢伙問。結果有很多有錢人的太太都走上了歪路。大家默契上心照不宣，都假裝沒看到。這些年來太多挫敗了，太多有權勢的老公，施加太大的壓力了。」

貝基特可以想像，因為小城就是這樣：人脈和祕密，古老的豪門世家和古老的腐敗。幾個嗑藥的有錢太太又有何妨？忘了那種偽善，忘了藥物和毒品正毀掉半個城市吧。「她的藥物是從哪裡弄來的？」

浩爾搖搖頭，點了根香菸。「這個故事沒有快樂的結局。」

「告訴我吧。」

「我們就稱之為比利．貝爾的故事吧。」

八點十五分，貝基特來到蕭爾家，帶著兩種壞消息，為了兩種不同的理由。第一個阿爾薩斯・蕭爾已經知道了。「我跟州警局的人談過了，我也會告訴你同樣的話。我不知道倩寧在哪裡。就算我知道，我也不會告訴你。別跟我說她也牽涉在內，說什麼法院傳喚，全都操你的。」

他身穿訂製西裝和發亮的皮鞋，整個人看起來很巨大。他身後的房子裡，每盞燈都打開了。貝基特看到右邊的書房裡有幾個人：都穿著西裝，還有個穿著粉紅色香奈兒套裝的嬌小金髮女子。

「我不是為了法院傳喚來的。」

「那是為了什麼？」

倩寧的父親咄咄逼人，但是也不能怪他。州警局拿到法院傳票要找他女兒，而且太陽還沒升上樹梢就跑來。這一招太難看了，換了貝基特也會生氣的。「她真的不在這裡，對吧？」

「我也是這麼告訴州警局的人。」

「你知道她人在哪裡嗎？」

「不知道。」

「那你至少知道她是不是平安吧？」

「夠平安了。」他很不情願地透露這個訊息，可能是實話。「她母親接到一則簡訊，說她沒事，不過暫時不會回家。」

「這個情況很正常嗎？」

「傳簡訊？不正常。不過她之前也溜出去過。跑去教堂山參加派對，或去夏洛特的夜店玩。她認識幾個男孩。她認為那些十來歲小孩的惡搞就是冒險了。」

貝基特仔細過濾他的話，覺得沒有問題。「我可以進去嗎？」

「有什麼不可以？郡裡其他每個警察都來過了。」蕭爾轉身，知道貝基特會跟上去。到了書房，他舉起一隻手臂。「這幾位是我的律師。」三名男子站在那裡。「我太太你見過了。」她坐在一張巨大的深色天鵝絨沙發上，好像陷入了裡頭。粉紅色套裝皺皺的，臉上的妝也糊了。嗑藥了，貝基特心想。遲鈍了。「蕭爾太太。」她沒往上看也沒回應，從房間裡其他每個人的反應看來，顯然對她這個狀況並不驚訝。「很高興你也在這裡。這件事跟你有關。」

這等於是忽然丟了一顆炸彈。

「有關哪方面的？」其中一個律師問。

他有兩道白眉毛，皮膚紅潤。大概是夏洛特來的大律師，貝基特猜想，一小時至少收費五百元。

「我們暫時就稱之為一個故事吧。」貝基特口氣保持冷靜，雖然他心底很火大。「這故事是有關一對死掉的兄弟，幾個無聊的家庭主婦，還有一個充滿骯髒小祕密的城市。」

「我不會允許你跟她問話的。」

「全部由我來說，而且眼前我們談的只是故事而已。」貝基特擠過那些律師和蕭爾先生身邊，來到蕭爾太太面前。「就像所有的好故事，這個故事環繞著一個核心問題，而接下來的問題是，像泰圖斯．蒙若和布蘭登．蒙若這兩個下層階級的渣滓，怎麼會接觸到像倩寧這樣的女孩。他們專幹販毒、綁架、強暴這類事情。我懷疑你知道這個故事。」貝基特毫不退縮，但蕭爾太太則否。「我猜想，一切是從早午餐喝兩杯酒開始。五年前吧？或許十年？然後變成了午後葡萄酒，然後五點喝雞尾酒，晚餐再喝葡萄酒。喝酒頻率從一週四天變成一週七天。當然，還會有派對。或許有朋友帶大麻來，還會有醫師開的處方藥。一切都是無害的，好玩而已，直到後來變成非法取得藥物和古柯鹼，下層階級的毒販也跟著出現了。」

這是他最兇狠的聲音，於是蕭爾太太抬起眼睛往上看，不知所措。「阿爾薩斯——」

「你們有個園丁，」貝基特打斷她。「威廉．貝爾。大家喊他小名比利。」

「比利，是的。」

「泰圖斯．蒙若上回因為販毒被逮捕，是賣奧施康定給你的園丁比利．貝爾。那是十九個月前的一個星期二。你丈夫不光是付了比利的保釋金，還花錢雇律師，好讓他不必坐牢。」

「夠了，警探。」此時蕭爾先生開口了，他走上前來，站在他旁邊。

貝基特不理他。「倩寧不是在街上被擄走的，對吧？」

「你剛剛說不會問問題的。」蕭爾先生的聲音很大，但一點也沒有憤怒的意味，而是在哀求、懇請，他太太在沙發裡陷得更深了。

「這是個很常見的故事。」貝基特在崩潰的蕭爾太太面前壓低身子。「只有結局不一樣。」

她沒動，但一滴淚滑下凹陷的臉頰。「你認識蒙若兄弟嗎，蕭爾太太？他們來過這棟房子嗎？」

「不要回答。」

貝基特不理會那個律師。這是有關真相、責任，以及父母的罪孽。「你能不能看著我？」

她的腦袋動了，但那個律師擠進他們之間。「這是福特法官簽發的臨時禁制令。」那律師拿出一張紙遞到貝基特面前。「這個禁制令保護蕭爾太太不必受到警方訊問，必須等到她的醫師陪同，去法官面前解釋才行。」

「什麼？」

「我的當事人現在正在接受治療。」

貝基特接過那張紙，瀏覽了一下。「精神科治療。」

「治療的種類不相關，除非法官排除。蕭爾太太現在的狀況很脆弱，受到法院的保護。」

「這上頭的日期是十二日。」

「時間也同樣不相關。你不能再繼續問下去了。」

「你幾天前就知道這事情了。」貝基特放下那張紙，面對著蕭爾先生。「她是你的女兒，而你他媽的早就知道了。」

出了大宅，外頭好熱，天空好藍，完全不符合貝基特此刻的心情。那宗綁架擄人不是隨機發生的，那兩個壞人不是在街上巧遇倩寧的。

而且她父親知道。

操他媽的……

「我是事後才知道的。」

貝基特轉身。

阿爾薩斯．蕭爾跟著他走出來了。他看起來個子小了些，而且很煩惱，一個有權有勢的男人在哀求他。「你一定要相信我。如果當初她失蹤時我知道，我就會告訴你的。我會不惜一切救她回來。」

「你對我隱瞞證據，蕭爾先生。你女兒被擄走不是什麼意外事件。倩寧所發生的事情，都是你太太的錯。」

「你以為我不曉得？你以為她不曉得？」蕭爾一根手指伸出來，指向大宅，貝基特想起他之前談到哀傷和悲慟，還有很多事永遠改變了。「我女兒身上發生的事情，我無法回頭取消。但是我可以設法保護我太太。你一定要了解這點。」蕭爾雙手緊握，舉了起來。「你結婚了，對吧？為了救你太太，你會怎麼做？」

貝基特眨眼，覺得照在臉頰上的陽光熱辣辣的。

「告訴我你明白，警探。告訴我你不會像我一樣。」

麗茲正在喝第二杯咖啡時，有人砰砰敲著門。貝基特已經留了兩通話在她的語音信箱，所以她早料到他會跑來。又是新的一天，又有很多決定要做。敲到第十二下時，她打開門，身穿褪色的牛仔褲和一件紅色的舊毛衣，剛睡醒沒多久的臉依然蒼白，頭髮散亂。「現在有點早，查理。出了什麼問題？局裡沒咖啡了？」

貝基特擠進門去，完全不理會她話中的諷刺。「咖啡很好，麻煩你了。」

「好吧，」她關上門。「請進。」

伊麗莎白倒了一杯咖啡，照他習慣加了牛奶。貝基特坐在餐桌前看著她。「漢默頓和馬許拿到法院傳票了。那個女孩必須回答有關那個地下室的問題。她得提供宣誓後的證詞。」

麗茲沒眨眼。「拿去。」她把咖啡杯碟遞給他，在餐桌對面坐下來。

「他們今天想把傳票送達，但倩寧不見了。她父母不曉得她人在哪裡。不過她傳了個簡訊報平安。」

「她真體貼。」

「他們說，她平常不會這樣的。她會偷溜出去，但是不會傳簡訊的。」

「唔，」伊麗莎白啜著自己的咖啡。「真奇怪啊。」

「她人在哪裡，麗茲？」

伊麗莎白放下咖啡。「我跟你說過我對你和這個女孩的感覺了。」

「根據我所記得的，你根本不談她。事情現在鬧大了。你不能保護她，也不該保護她。」

「你的意思是，我想保護她也錯了嗎？」

「她是被害人，你是警察。警察跟被害人不能有牽扯的。這個規則就是為了要保護警察。」

伊麗莎白看著自己握著瓷杯的手指，長而細。她母親有回說，這是鋼琴師的手指。但如果伊麗莎白閉上眼睛，她會看到這些手指紅紅的沾了血，還在顫抖。「這些規則，我再也不確定了。」她輕聲說，剩下的就省略了。沒說她也不確定自己想再當警察，沒說或許就像愛哭鬼瓊斯一樣，她已經失去了某種很重要的東西。要不是為了被害人，她為什麼還要當警察？如果她也變成被害人，那代表了什麼？這些問題很難回答，但她並不心煩。她現在的感覺是一種奇異、平靜的接受，而貝基特這麼厲害的警察，卻似乎沒注意到。

「如果我把倩寧帶回局裡，我可以不要提起你的名字。你不會吃上妨礙公務的罪名。乾淨俐落。」他伸出手，她看著他的手指放在自己的手指上。「她可以說實話，這一切可以結束。州警局調查、坐牢的風險都不會有了。你可以回到原來的生活，麗茲，但一定得是現在。如果他們發現她在這裡……」他沒往下說，但他的雙眼非常嚴肅。

「你想要的，我沒辦法給你。」她說。「對不起。」

「那如果我逼你呢？」

「我會說，走這條路很危險。」

「很抱歉，麗茲，這條路我非走不可。」

貝基特還沒說完就站起來，他沿著短廊往前，很驚訝麗茲居然沒有試圖阻止他。他逐一打開房間的門，到了第二扇門，他凝視著裡頭好久，看著蓬亂的頭髮和蒼白的皮膚及糾結的床單。他回來後，坐在同一把椅子上，面容平靜。「她睡在你床上。」

「我知道。」

「甚至沒在客房裡，而是在你床上、你的房間。」

伊麗莎白啜了口咖啡，把杯子放在咖啡碟上。「我不想解釋，因為你不會明白的。」

「你窩藏一個重要證人，妨礙一樁州警局的調查。」

「我對州警察沒有任何義務。」

「那真相呢？」

「真相。」她恨恨地笑了起來，貝基特在桌子對面傾身湊過來。「如果他們找到那個女孩，她會說什麼？說事發時她被人用鐵絲綁在床墊上？說你在黑暗中射殺了他們？」

伊麗莎白別開眼睛，但是瞞不了貝基特。

「這回行不通的，麗茲，有驗屍結果，有彈道檢驗，還有血液噴濺痕分析。他們兩個是在不同的房間裡被射殺的。大部分子彈都是重複擊中同一個部位。地板上有十四個彈孔。你知道這個狀況是怎麼造成的。」

「我想我知道。」

「那就說出來。」

「看起來，他們中彈時是倒在地上，完全沒有威脅。」

「所以，他們是被折磨後謀殺的。」

「查理——」

「我不能讓你去坐牢。」貝基特搜索枯腸，想找適當的字句。「你太……太不可或缺了。」

「謝謝你這麼說。」她是真心的，又捏捏他的手。「我喜歡你這麼關心我。」

「是嗎？」

他握緊她的手，足以顯示他停在離她袖口只有一吋處的大手掌和指頭多麼有力量。他們目光交會片刻，一切盡在不言中，然後她的聲音哽咽，像個小孩子的。「不要。」

「你信任我嗎？」

「不要，拜託。」

兩個詞，非常簡短。他看著她的袖子，看著她細瘦的瓷白手腕。兩人都知道他可以拉起袖子，知道她阻止不了他。他太壯、動作太快了。他可以得到他想知道的答案，但一旦他得知了真相，只會發現自己無能為力，卻會毀掉他們的友誼。「你跟這些小孩是怎麼回事？」他問。「紀登？這個女孩？把一個受傷的小孩放在你面前，你的腦袋就再也沒有辦法正常思考了。」

他那隻手像是鐵，握得很緊，緊得她指尖都快麻痺了。「不關你的事，查理。」

「本來不關我的事，但現在就關我的事了。」

「放開我。」

「回答我的問題。」

「好極了。」她直視他的眼睛，毫不畏縮。「我沒辦法擁有自己的小孩。」

「耶穌啊，麗茲……」

「現在不行，永遠不行。我該告訴你因為我小時候被強暴過嗎？或者我們應該談談之後發生的一切，種種複雜狀況和謊言，還有為什麼我父親到今天看我的眼光都再也不一樣了？這關你的事嗎，查理？我手腕上的皮膚也關你的事嗎？」

「麗茲……」

「是或不是？」

「不是。」他說。「我想不關我的事。」

「那就放開我的手。」

那短短的一刻很糟糕。但現在他完全懂得她了。為什麼她那麼喜歡小孩，為什麼她跟家人的關係破裂，為什麼她老是孤僻而冷靜。他又輕輕捏了一下她的手，然後放開了。

「我會設法不讓他們來這裡。」他站起來，忽然像個笨拙的巨人。「我會盡力隱瞞她在這裡的事實。」伊麗莎白點點頭，好像沒有什麼不對勁，但她的任何表情都瞞不過貝基特。「倩寧的射擊分數是公開紀錄，」他說。「她是神槍手的事情瞞不了人的。早晚會有人查出來。早晚他們會找到她的。」

「我唯一需要的，就是一點時間。」

「老天在上，為什麼？我聽到你剛剛說的了，行嗎？小孩什麼的。我懂。我了解這對你的意義。但這是你的人生。」他攤開手，非常掙扎。「為什麼要冒險斷送？」

「因為對倩寧來說，一切都還不算太遲。」

「對你就太遲了嗎？」

「那個女孩更重要。」

伊麗莎白抬起頭，於是貝基特明白她打算犧牲到什麼地步。重點不在於玩花招或拖延。她會為倩寧承受一切。謀殺和折磨都是，她會為那女孩扛起罪名。

「耶穌啊，麗茲……」

「沒關係的，查理。真的。」

他別開臉一會兒，然後再轉回來時，他硬起心腸。「我要更好的理由。」

「做什麼？」

「聽我說，我這輩子也犯過不少錯，有的還很大條。現在我不在乎再犯一個，所以如果你這麼做有個理由——不光是童年創傷和情感上的——」

「那如果有呢？」

「那我就會盡一切可能去幫你。」

伊麗莎白評估著他的認真程度，然後拉起兩邊的袖子，舉起手臂，讓他可以全部看清楚：看到她凌厲的眼神和確信的表情，看到那些尚未癒合的粉紅色傷口和背後的含意。「要不是那個女孩，我早就死了，」她說。「我會被強暴，然後會被殺掉。這個理由夠了嗎？」她問，貝基特點點頭，因為的確夠了，而且因為看著她的臉，他知道自己從沒見過這麼脆弱又同時這麼堅毅，而且還這麼美得懾人的事物。

貝基特離開後，伊麗莎白關上門，一路看著他走回自己的車，腳步緩慢而堅定。他直接上車開走，一次都沒有回頭。

然後她轉身，看到倩寧進了客廳裡。臉上睡出了皺痕，一條毛毯把她整個人包得像個包裹。

「我會毀掉你的人生。」

伊麗莎白背靠著門，雙臂交抱在腰部。「你沒那麼大的本事，甜心。」

「我聽到你告訴他的話了。」

「那個你不必擔心。」

「那如果你因為我去坐牢呢？」

「不會發展到那一步的。」

「你怎麼知道？」

「我就是知道。」伊麗莎白一手攬著女孩的肩膀。倩寧想要一個更好的答案，但伊麗莎白沒有。「你睡得還好嗎？」

「我又吐了，但是我不想吵醒你。」

伊麗莎白忽然覺得好罪惡。有那女孩溫暖的身軀睡在旁邊，她自己睡得非常好。「你應該吃點東西。」

「我吃不下。」

倩寧看起來脆弱得就像玻璃，手臂上透出淡藍色的血管。她氣色很差，雙眼底下有黑眼圈。

「去換衣服，我們要離開了。」

「去哪裡？」

「我要讓你看個東西，」伊麗莎白說。「然後帶你去吃飯。」

她們開著那輛野馬，把頂篷打開來。白天的氣溫急遽上升，不過街上有濃密的樹蔭，伊麗莎白家附近那一帶又多的是綠油油的草坪。因此開出去這段路很舒適宜人，伊麗莎白等到有機會，就看了倩寧一眼。「為什麼是沙漠？」

「嗯？」

「你有回說我們應該去沙漠。我覺得很奇怪，」伊麗莎白說，「因為我之前也有同樣的想法，但是不確定為什麼。我以前從來沒考慮過沙漠，從來沒想過我會想去住，連去看看都不想。我的人生在這裡，我唯一熟知的地方就在這裡，但我夜裡躺著睡不著，就會想像著一股像是烤箱湧出來的熱風。我會看到紅色的岩石和沙子及一望無盡的褐色沙丘。」她看著那女孩。「你想這是怎麼回事？」

「其實很簡單，不是嗎？」

「我可不覺得簡單。」

「沒有黴菌，沒有發霉。」倩寧閉上眼睛，仰臉對著太陽。「沙漠裡聞起來一點也不像地下室。」

之後她們就保持沉默。路上的車子逐漸多起來，倩寧一直閉著眼睛。來到商業區後，伊麗莎白轉入一條高架道路，下來時離市廣場只有六個街區。她們經過辦公大樓和汽車及推著爆滿推車的遊民。等到廣場在望，她們就繞過法院，轉入主街，街旁散佈著一些購物客和穿著西裝的人士。她們經過一家咖啡店，一家麵包店，一家律師事務所。倩寧拉起帽T的兜帽戴著，在座位上坐得更低，好像人群讓她害怕。

「你不會有事的，」伊麗莎白說。

「我們要去哪裡？」

「這裡。」

「這裡有什麼？」

「看了就知道。」

伊麗莎白停在路邊，然後開門下車，跟倩寧在人行道會合。她們一起經過了一家五金行和一家二手商品店。接下來那一戶是一扇木框玻璃門，木框漆成墨綠色。玻璃上有幾個字：**史派維保險公司，哈里森．史派維，經紀人**。門上方的小鈴叮咚，她們推門進入一個小房間，聞起來有咖啡和髮膠及木製品保護蠟的氣味。

「他在嗎？」伊麗莎白問。

沒有開場白，沒有猶豫。那個接待員站起來，一手把毛衣敞開的兩邊抓攏在一起，柔和的臉漲得通紅。「你為什麼跑來這裡？」

伊麗莎白對倩寧說：「她老是問我這句話。」

「你不是客戶，我也完全不認為你未來有可能成為我們的客戶。所以是跟警察有關的事情嗎？」

「是我和史派維先生之間的事情。他到底在不在？」

「史派維先生星期五會晚一點進來。」

「幾點？」

「應該隨時就會到。」

「那我們就等他。」

「不能在這裡，不行。」

「我們在外頭等。」

伊麗莎白轉身離開，倩寧緊跟在後，出去時，門上的鈴鐺又叮咚響起，然後一出去，那接待員就把門鎖上了。來到人行道，伊麗莎白走到一片樹蔭下。「那樣子我也覺得很過意不去。她很客氣，但如果她的老闆不告訴她我為什麼去，那我也不會說。」

「你說了算。」倩寧還是很畏縮，裹在那件帽T裡。

「你知道那是誰的辦公室嗎？」

「你不必這麼做的。」

「你一定要看看事情有可能改變得多大。這很重要。」

倩寧雙臂交抱著自己，還是很懷疑。「我們要等多久？」

「不會太久。他來了。」

伊麗莎白朝旁邊一輛隆隆駛過的車子點了個頭。車裡的男子雙手輕敲著方向盤，嘴唇動著好像在唱歌。往前開了兩百呎，他轉入一個空的停車位，然後下了車。他看起來三十多歲，肚子有點鼓，頭頂有點禿。除此之外，他的相貌十分俊美。

「你一個字都不必說。」伊麗莎白開始往前走。「跟在我旁邊就好，注意看他的臉。」

他們沿著人行道往前走，儘管剛剛說得滿不在乎，但伊麗莎白仍覺得有一股羞愧。她是警察，是成年人了，但即使當年的事情已經過了好多年，每一想起他的重量和松針的滋味，想起自己手背上他手指的熱度，仍然會讓她覺得傷痛。她做了好幾年的惡夢，還差點因為羞愧和自我厭惡而自殺。但這一切都再也不重要了。重點在於往後的人生，有關力量和意志及不願妥協。重點在於倩寧。

「哈囉，哈里森。」

他正低頭走路，她的聲音彷彿像是通了電流般，電得他整個人驚跳起來。「伊麗莎白，老天。」他一手摀著心臟，同時停下腳步。他舔舔嘴唇，緊張地望著他辦公室的門。「你來這裡做什麼？」

「沒事，真的。只是好一陣子沒看到你了。這位是我的朋友，跟她說個早安吧。」

他瞪著倩寧，滿臉燒紅起來，非常紅。

「你連招呼都不打嗎？」伊麗莎白問。

他咕噥著什麼，臉上冒出汗珠。他的目光從倩寧轉到伊麗莎白，然後又轉回倩寧。「我真的得……呃……去……你知道……」他指著他的辦公室。

「當然了，工作優先。」伊麗莎白讓到一旁，給他足夠的空間擠過去。「祝你有愉快的一天，哈里森。見到你總是很高興。」

他們看著他走到辦公室外，用鑰匙打開門，然後進去了。

他離開之後，倩寧說：「我不敢相信你真的這麼做了。」

「很殘忍嗎？」

「或許吧。」

「他所做過的那件事，難道應該只有我記得嗎？」

「不，絕對不是。」

「你看著他的臉，看到了什麼？」

「羞愧，後悔。」

「還有其他的嗎？」

「我看到了恐懼，」倩寧說。「我看到很深的、巨大無比的恐懼。」

正是如此沒錯，而且這一點滲透到倩寧心底。同時伊麗莎白開往郡裡另一頭，到一條空蕩馬路邊的一家小餐館。途中一路順暢，敞篷車的上方是晴朗的藍天。

倩寧小口小口吃著東西，中間兩度朝女侍露出微笑，但吃完上車後，她看起來很憔悴。「如果你告訴我一切都會沒事，我會相信的。」

「一切都會沒事。」

「你保證？」

伊麗莎白左轉，在一個紅燈前停下。「你只是受傷了，」她說。「傷口會痊癒的。」

「一定會嗎？」

「只要你堅強起來。」綠燈亮了。「只要你是正確的。」

之後一路上她們都沉默無語，天色似乎更亮了。倩寧轉著收音機，找到一首喜歡的歌；她一手張開放在窗外，感受呼嘯而過的風。這會是美好的一天，伊麗莎白判定，而且這個狀況持續了好一陣子。她們回到伊麗莎白家，悠閒度過。兩人坐在陰涼的門廊，沉默但輕鬆。偶爾開口時，談的都只是一些小事：街上的一個年輕人，餵鳥器上的一隻蜂鳥。但當倩寧閉上眼睛，伊麗莎白從她的眼皮、從她環抱著自己的雙臂，看出了她的緊繃。伊麗莎白想起那種始自童年的感覺，那是她們之間的另外一件事：忽然害怕分離的恐懼。「你還好吧？」

「好，也不好。」倩寧睜開眼睛，本來搖晃著的椅子停了下來。「我可以去泡個澡嗎？」

「慢慢來沒關係，甜心。我哪裡都不會去。」

「你保證？」

「如果你想要的話，可以打開窗子。需要什麼就隨時喊我。」

倩寧點點頭，伊麗莎白看著她走進屋裡。過了一分鐘，浴室的窗子打開了，她聽到水流進那個瓷製老浴缸的聲音。她花了好幾分鐘，試圖找到自己的平靜，但那也是不可能的。

她父親更確定了這一點。

她看到他的車開入樹蔭下的巷子，設法按捺住內心深處湧起的不安。他迴避了她人生中的某些部分。比方警察局，以及這條街道。當他們父女見面時，總是有她母親在場，或者是在一些中立地帶。這個原則對他們兩人都適用，以便減少兩人之間的怨恨和敏感易怒，也降低爭執的機會。因為如此，這會兒她盡可能遠離自己的房子，去跟他碰面，而他似乎也希望如此，在離門廊二十呎的地方停車，下來時一手遮在眼睛上方。

「你來這裡做什麼？」她的話嚴厲又刺耳，但他們講話常常是這樣。

「做父親的，難道不能來探望女兒？」

「你從來沒來過。」

他雙手插進黑長褲的口袋裡，搖著頭嘆了口氣，但是騙不了伊麗莎白。她父親絕不做沒有意義的事情，要不是有什麼強烈的理由，他不會來到她家的。

「你為什麼來？為什麼現在？」

「哈里森打電話給我了。」

「當然了，」她說。「他跟你說過我去找他。」

她父親又嘆氣，然後深色雙眼凝視著她。「你還是不懂得同情嗎？」

「對哈里森．史派維？」

「對一個滿心後悔了十六年的男人，對一個設法要修正往日罪孽的正派男人。」

「你就是為了這個來的？因為我可沒見到任何努力。」

「可是他認真撫養子女，又樂於行善，一心只想得到你的原諒。」

「我不想聽你為了哈里森．史派維的事情而教訓我。」

「那你願意談談這個嗎？」

他從汽車前座拿出一疊照片，放在他車子的引擎蓋上。伊麗莎白拿起來，忽然覺得反胃。

「這些照片你是哪裡弄來的？」

「是交給你母親的，」他回答。「她現在傷心得不得了，什麼都安慰不了她。」

伊麗莎白翻著那些照片，但其實已經知道裡頭是什麼了。那是驗屍和地下室犯罪現場的照片，彩色的。「州警局的人去找過你們？」她從父親的臉上看到了答案。「他們想要什麼？」

「他們問起有關你是否有異常行為、告解，或是表達過什麼悔意。」

「你就讓他們拿這些照片給媽看？」

「別生我的氣，伊麗莎白，都是因為你的選擇，才會連累我們的。」

「她還好嗎？」

「你的虛榮和堅持叛逆——」

「老爸，拜託。」

「你對暴力和司法及艾爵恩．沃爾的執迷。」那些話大聲得足以傳送到頗遠，伊麗莎白回頭看了一眼屋子，知道倩寧一定聽到了。「拜託小聲一點。」

「你殺了那兩個人嗎？」

她迎著父親的目光，感覺到他譴責的力道。他們之間就像這樣，永遠都是如此。老人與年輕人。上帝的律法和人類的律法。

「你就像州警局宣稱的，折磨他們又殺了他們嗎？」

他站得又高又直，而且完全準備好要相信最壞的狀況。光為了證明他是錯的，伊麗莎白都想說出真相，但她想到身後屋裡的倩寧，回憶起當時自己在黑暗中多麼無助，彷彿回到小時候，瀕臨崩潰。倩寧解救她免於遭受那種厄運，免於夜夜夢到那些惡魔，免於那種哭得椎心泣血的情緒。這比她的父親、她的自尊，或其他任何事都重要。於是伊麗莎白挺直背脊。「沒錯，我殺了他們。」她把照片遞還給父親。「再來一次我也還是會照做。」

他深深嘆息，挫敗且失望又傷心。「你一點都不懂得後悔嗎？」

「我想我比大部分人都懂。」

「不過，你的口氣聽起來很得意。」

「我只不過是上帝和我父親所造就出來的。」

這些話很刺耳，他別過臉不願聽。他女兒殺了人，而且不知悔悟。他接受這個事實。「我該怎麼跟你母親說？」

「告訴她我愛她。」

「那其他的呢？」他指的是那些照片和麗茲及她的自白。

「你有回跟戴爾隊長說，我心裡的裂痕太深了，連上帝的光都照不到底。你真的相信是這樣嗎？」

「我相信你稍微再往下一點，就到地獄了。」

「那我們就沒什麼好談了。對吧？」

「伊麗莎白，拜託——」

「再見，爸爸。」

她幫他打開車門，兩人的談話很不愉快地結束了。他最後一次看了她的臉一眼，疲倦地點點頭，上了車。伊麗莎白看著他倒車回到空蕩的街道後，加速開走，然後她看了一下浴室的窗子，這才穿過庭院，再度回到門廊坐下。倩寧出來時，穿著同樣的衣服，但頭髮是溼的，臉因為泡了熱水而紅潤。她雙眼始終看著佈滿灰塵的地板，此時伊麗莎白才確定。「你全都聽到了？」

「斷斷續續。我不是有意偷聽的。」

「就算有意也沒關係。」

「我是來你家作客的，我不會做那種事情。」倩寧吸吸鼻子，抬起眼睛。「那是你父親嗎？」

「是的。」

「你之前跟我說謊，」倩寧說。

「我知道。對不起。」

「你原先說，你從沒告訴他那個男孩對你做的事。」

「你生氣了。」

「我以為我們是朋友，我以為你了解的。」

「我們的確是朋友，我也的確了解啊。」

「那為什麼？」

「為什麼要撒那個謊？」伊麗莎白問，倩寧點點頭。伊麗莎白停頓了一會兒，因為有些門很難打開，還有些門則是根本關不上。她開口時，聲音柔和且小心翼翼。「我是在我父親的教堂長大的，」她說。「從小就被教導要祈禱和禁慾及虔誠。那是很簡樸的童年，但我堅信上帝的愛和我父親的智慧。我當時不明白自己被保護得太過頭了，因而一直很天真，那是今天的小孩無法想像的。我們沒有電視機，也沒有網際網路或電子遊戲。我不看電影、不讀小說，也不像其他十七歲女孩那樣會想男生的事情。教會就是我的家，非常封閉。你懂嗎？很保護你，很與世隔絕。」倩寧點點頭，伊麗莎白轉動椅子，面對著倩寧。「哈里森攻擊我之後，我一直隱瞞著沒說。直到五個星期後，因為實在沒辦法，我才告訴我父親。不過說出來之後，我覺得自己很骯髒又很渺小。我希望他能修正，跟我說我沒有做錯什麼，跟我說我會沒事的。但最重要的，我希望哈里森為他的行為付出代價。」

「結果有嗎？」

「付出代價？沒有。我父親叫他來教堂，要我們並肩一起禱告。我想要正義，但我父親想要某種崇高的贖罪。所以我們跪在那邊五小時，懇求上帝原諒那些不可饒恕的罪行，修補一件不可能修補的事情。兩天後，我去採礦場想自殺。我父親始終沒有報警。」

「這就是你們不和的原因。」

「是的。」

「感覺上好像不只這樣。這麼多年，這麼深的怨恨。」

伊麗莎白凝視著倩寧，很驚訝她的洞察力。「的確不只這樣。為什麼我們不說話，為什麼我會跑去採礦場。」伊麗莎白站起來，因為這麼多年後，這件事依然是要害，依然是最重大的、充滿鮮血的核心。「因為我懷孕了，」她坦白招認。「他要我把孩子生下來。」

17

紀登在醫院病床上醒來，房間昏暗而涼爽。一時之間他很茫然，然後想起一切，清清楚楚：晨光和艾爵恩的臉，中槍的痛，還有手指搭在扳機上、沒按下的感覺。他失望地閉上眼睛，傾聽著房間角落傳來的聲音。那是他父親，他有時很安靜，但不是永遠如此。紀登聽到他咕噥著支離破碎的字詞，不懂自己為什麼忽然覺得好憐憫。自從他出發去殺艾爵恩·沃爾那一夜以來，除了被槍擊的痛和躺的床之外，什麼都沒有改變。他父親還是無用又酒醉，還是老在跟死去的妻子說話。

茱麗亞，紀登聽到。

茱麗亞，拜託……

其他的都是咕噥和喃喃自語。講了好幾分鐘，然後是一小時。從頭到尾紀登都躺著不動，感覺到同樣那種奇異而強烈的憐憫。為什麼自己會有這樣的感覺？窗簾拉上了，所以房間裡一片黑暗，他只看得到父親的身形。長長的雙臂抱著膝蓋，蓬亂的頭髮和突出的手肘。紀登已經在上千個夜裡看過同樣的形影了，但這回不知怎地卻與以往不同。蒼老的父親似乎很絕望，而且更強硬也更激烈。是因為那些咕噥的話嗎？是他說她名字的口吻嗎？他似乎……是什麼？

「爸？」

紀登的喉嚨發乾。槍傷的傷口好痛。

「爸？」

角落的身影忽然靜默無聲，紀登看到父親的眼睛轉向自己的方向，像針孔般發亮。那尷尬的一刻感覺上特別長。兩秒鐘，五秒鐘。然後他父親在昏暗中展開身子，打開一盞燈。

「我在這裡。」

紀登被他的模樣嚇了一跳。他的頭髮不但凌亂，而且灰白，臉上的皮膚鬆垮，彷彿短短幾天他就瘦了十公斤。紀登看著父親臉頰上和眼角深深的皺紋。

他在生氣。

不同的就是這點。

他父親很強硬、很憤慨，而且很生氣。

「你在做什麼？」紀登問。

「守著你，覺得很羞愧。」

「你看起來不像羞愧的樣子。」

他父親站起來，身上發出一股腐敗的氣味。他好幾天沒洗澡，頭髮油膩。「我早就知道你打算去做什麼。」他一手放在床緣護欄上。「當時我看到你手裡的槍，就知道了。」

紀登眨眨眼，想起那一夜他父親的臉，還有他手裡的花環頭冠。「你希望我去殺他？」

「我希望他死。我一時間想著他怎麼死不重要，不管你動手或我動手。當我看到你手上拿著槍，我心想，好吧，或許這樣是對的。那只是一瞬間的想法。就像這樣。」他彈了一下手指。

「但接著你跑掉了，跑得好快。」

「所以你的確恨他。」

「我當然恨他，也恨你母親。」

原來他是在氣這個，而且不光是氣艾爵恩而已。紀登過去一個小時都在想這個：他父親一遍又一遍唸著他母親的名字，像是拿著一把刀刺了一刀又一刀。「你恨她？」

「恨這個字不對——我太愛她了，不可能去恨。但這不表示我可以原諒或忘記。」

「我不明白。」

「你也不該明白。男孩不該明白的。」

「你怎麼能恨她？她是你妻子啊。」

「或許只是有名無實吧。」

「別再跟我打啞謎了，好嗎！」紀登在床上坐起身，繃帶下的疼痛擴散。這是他生平第一次跟他父親大聲說話，也是第一次表達出自己的懊惱。但是他心裡積壓了太多的挫折感，骯髒的房子和貧乏的食物及疏遠的父親。但最重要的，就是那種沉默和不誠實，他父親成天喝酒喝得昏頭，但要是麗茲過來幫忙做家事或送食物來，他還有臉罵人和抱怨。現在，他還說什麼有名無實，但他自己根本也只是有名無實的父親。「我十四歲了，但是每次談到她，你還是不把我當回事。」

「我沒有。」

「明明有。只要我問起發生了什麼事，或她怎麼死的，或為什麼你看著我的眼神有時好像很恨我……你就都不肯談。你很氣我沒殺掉他嗎？」

「不。」他父親坐下來，但那種緊繃一點都沒有減輕。「我生氣是因為艾爵恩．沃爾還活著，又出獄了，而你母親照樣沒有復活。我生氣是因為你中槍被送到這裡來，而且總之，我們父子只有你有勇氣面對殺她的兇手，做必須做的事情。」

「可是，我什麼都沒做啊。」

「那不是重點。重點是你拿了槍，而我卻是個懦夫，讓你把槍帶走。我人生中重要的一切，都被艾爵恩．沃爾奪走了。現在，看看你，中了槍又這麼小，卻比我要強太多了。為什麼？因為我看到你拿著那把槍，我心裡卻軟弱了十秒鐘。該死的十秒鐘！我怎麼可能不羞愧又氣得滿肚子火？」

紀登聽著那些話，覺得全都是鬼扯。他父親有半個夜晚的時間阻止他。他本來可以去監獄，去奈森酒館的。「那我母親呢？」他問。「她做了什麼讓你生氣？」

「你母親。」紀登的父親別開臉，從口袋掏出一瓶酒，一口氣喝掉三分之一。「每次碰到我們之間出問題的時候，我們就會去教堂祈禱。這事情沒有理由讓你知道，但反正我們就是這樣。如果我們為了錢、或你、或其他事情吵架，我們就會去教堂跪下來，雙手緊握，祈求上帝給我們力量，或決心，或任何我們覺得自己需要的。我們當初就是在那個教堂結婚，你也是在那邊受洗。我一直以為，如果有什麼地方可以解決我們的問題，就會是那個教堂。你母親不同意，但她會為了遷就我而去。該死。」他搖搖頭，看著酒瓶。「她會跪在那個祭壇前祈禱，只是為了遷就我。」

「我還是不明白。」

「那麼，我再說最後一件事，然後就到此為止了。儘管我那麼愛你母親，而她又那麼漂亮……」他搖搖頭，把瓶裡的酒喝光。「那個女人他媽的可不是什麼聖人。」

跟父親吵架過後，伊麗莎白把倩寧留在家裡，開著自己那輛舊車，沿著狹窄的道路，開進郡裡的荒涼地帶。從她未成年開始就一直是這樣：當面爭執過後，她就開車出門狂飆，有時一開好幾個小時，還有幾次一出門就是好幾天。有時跑去別州，有時跑去別郡。去哪裡無所謂。風吹在身上好舒服，引擎聲音好大。但無論她開得多快或多遠，還是覺得無處可去，也沒有終點。每次都是同樣的飆車，同樣徒勞的逃避；而飆車過後，伊麗莎白的世界並沒有比她父親宣稱的更好，依然只有暴力和工作及她對艾爵恩．沃爾的迷戀。或許她父親對她人生的批評是對的。他有回說她的人生沒有意義，說那是一個個沒有光亮的難堪房間。她現在就想著這些，想著自己的各種決定和過去，想著自己唯一懷過的孩子。

那天晚上九點，她第一次真正和父母撒謊：「我好累，」她說。「我要去睡覺。」

她父親正在餐桌前看著自己星期天佈道的筆記，一聽她講話就抬起頭來。「晚安，伊麗莎白。」

「晚安，父親。」

這樣的話，他們父女這輩子每天晚上都會說。晚餐後寫完家庭作業，他的嘴唇印在她臉頰上。一個星期前，她老實告訴父親採礦場所發生的事，講過後兩人之間應該會恢復和諧的，但她卻沒有看到，只看到他的手放在那男孩的肩頭，說出自己的謊言，「祈禱和悔改，年輕人。這些是通往上帝之手那條路徑的基石。」

這會兒，伊麗莎白看到父親又回去看他的筆記。他的鬍子已經開始出現灰色，頭頂的頭髮開始稀疏。

「過來，寶貝女兒。」她母親說。

伊麗莎白走向微笑的母親，她的懷抱溫暖，身上散發著麵包味。她給女兒一個溫柔而悠長的擁抱，毫無保留，因而伊麗莎白真想投入其中，永遠不要離開。「我不想要這個小孩。」

「噓，孩子，別說了。」

「我想找警察。」

她母親把她擁抱得更緊，用同樣謹慎的耳語說：「我會跟他談。」

「他不會改變心意的。」

「我會試試看。我保證。你要有耐心。」

「我沒辦法。」

「你一定要有耐心。」

伊麗莎白推開母親，因為她心中的決定忽然變得好堅實，因而害怕母親可能會感覺到。

「伊麗莎白，等一下……」

但是她沒理會。她奔上樓梯回到自己的房間，靜坐等待，直到屋裡的燈全部熄了。時間到的時候，她鑽出窗子，上了屋頂，然後沿著那棵從小就在她房間窗外的巨大老櫟樹下去。

她約好一個朋友開著車在車道的盡頭等待。她的名字叫凱莉，而且她知道那個地方。「這件事你確定？」

「開車吧。」

那醫師是立陶宛人，皮膚光滑，沒有執照。他住在一個拖車屋裡，位於一個破爛拖車屋停放場的破爛角落。他一顆門牙是金的，其他則是有如陳年蜂蜜的亮褐色。「你是牧師的女兒，對吧？」

他的雙眼上下打量著她，同時把潮溼的香菸塞進那抹微笑的正中間，露出金牙。

「沒問題的，」凱莉說。「他是醫師沒錯。」

「是的，是的。我幫過你姊姊。美女。」

伊麗莎白覺得雙腿間一股冰冷的疼痛。他看著凱莉，但那醫師抓住她的手臂。「來吧。」他帶著她往拖車屋後頭走。「我有乾淨的床單，雙手洗過了……」

手術完畢後，伊麗莎白坐在車裡，全身抖得連牙齒都格格作響。她躬身彎向痛的地方。黑色的馬路上，不斷閃過白色的線，一條接一條，永無止境。她陷入疼痛中，伴隨著輪胎發出的嗡響。「流這麼多血是正常的嗎？」

凱莉往旁邊看了一下，臉色變得像是馬路上的線一樣白。「不曉得，麗茲。耶穌啊。」

「可是，你姊姊——」

「我沒跟我姊姊去！是潔妮・羅夫林陪她去的。狗屎，麗茲！狗屎！醫師說了些什麼？」

但伊麗莎白沒辦法去想那個醫師，沒辦法去想他的死魚眼或骯髒的房間或他碰觸她的方式。

「送我回家就是了。」

凱莉開得很快，把她送到家。她扶著伊麗莎白來到門廊上，然後她身體裡有個什麼破了，一大灘血染紅了門廊。

「耶穌啊，麗茲。」

但伊麗莎白沒辦法講話，她整個人像是從湖底往上看著。湖水清澈溫暖，但邊緣泛黑。她看到凱莉臉上的恐懼，黑色的湖水逐漸朝中間湧來。

「我該怎麼辦，麗茲？我該怎麼辦？」

伊麗莎白躺在那裡，覺得周圍一片溫暖。她試著想抬起手，但完全動不了。她看著凱莉用力捶門，轉身跑掉，又聽到車子輾過碎石路的聲音。接下來她看到父親的臉，以及燈光和動作，然後就什麼都沒有了。

伊麗莎白放鬆油門，看著公路的里程標牌在窗外掠過，同時當年的狀況又在她心裡重演一遍：在醫院待了漫長的幾天，接下來是寂靜的幾個月。每當夜深睡不著時，她就怪自己：怪自己不想要這個小孩，怪自己身體裡那個死掉的地方。如果她留著孩子，現在會是幾歲？

十六歲，伊麗莎白心想。

比紀登大兩歲。比倩寧小兩歲。

她想著這是否代表什麼意義，是否上帝真的在留意，是否她父親其實一直是對的。不太可能，但為什麼她會碰到這些小孩？為什麼她和這些小孩的關係這麼親密而不可動搖？

「這可以讓心理學家大顯身手了。」

她想著覺得好笑，因為對她來說，心理學家的可信度排名大概跟牧師一樣低。如果她搞錯了呢？如果當初她聽母親的勸告去做心理諮商，那麼或許她已經讀完大學、結了婚。或許她會成為房地產經紀人或平面設計師，住在紐約或巴黎，過著精采的生活。

算了吧，她心想。她當警察當得不錯。她做了一些事，救了一些人的命。所以如果未來一片茫然又怎樣？還有其他事情和其他地方。她不必非當警察不可。

「是喔，沒錯。」

她想著駛近一條小溪，橋上有兩個男孩在釣魚。她減速駛過橋，然後停下來看。比較小的那個男孩甩出魚鉤，一時之間，一切形成完美的平衡：在岸上，兩隻彎曲的小手臂握著釣竿。她猜想他大約九歲，他的朋友則在靠近一棵柳樹和一片灰色岩石前，拿著釣竿面對著看似頗深的靜水處。魚上鉤了，釣線猛然抽出水面，完美落在岸上。他們彼此點頭，她驚嘆於人生竟可以如此簡單，即使對一個小孩來說。這給了她片刻的平靜，然後手機鈴響，她接聽了。

是倩寧。

她在尖叫。

倩寧站在門廊上，一手放在雙眼上方遮光，看著伊麗莎白從車道上倒車出去，沿著街道加速駛離。伊麗莎白離開前鎮定地道歉，但倩寧了解那種忽然非得動起來去做些事情並胡思亂想的衝動。她一回想起那個地下室，也有同樣的感覺，彷彿自己可以一直大叫或在黑暗中搖晃或捶牆壁捶到手指流血。在那種情緒中，做什麼都比靜止不動要好，而且根本就不可能有正常的舉止。無論是交談或眼神接觸，或任何事情，都可能打開記憶的閘門，讓洪水湧入。

她又望著街道一分鐘，然後進屋裡晃蕩，很喜歡裡面的一切：各種顏色和家具，以及那種舒適的凌亂。客廳有一整面牆都是書架，她沿牆從頭走到尾，不時抽出一本來翻，然後把伊麗莎白和某個小男孩的幾張照片也拿起來看。大部分照片裡，那小男孩都很小，或許兩歲或三歲。少數幾張他比較大了，瘦削而一臉害羞，緊靠在伊麗莎白旁邊。他有憂慮的雙眼和清秀的微笑。她很好奇他是誰。

看完那些照片後，倩寧鎖上門，從冰箱裡拿出一瓶伏特加倒了一杯，然後進入走廊盡頭的浴室。她進去後鎖上門，想著如果門沒鎖，自己恐怕就無法放鬆了。即使在這裡很安全，她還是覺得身上的衣服太薄，而且很確定自己的肌肉已經忘了如何脫離緊繃狀態。伏特加有幫助，所以她喝了一口，開始在浴缸裡放水，又拿起杯子喝一口。她把水調整得非常熱，等著蒸汽升起，然後才開始小心翼翼地脫掉衣服。並不是她怕痛——身上有縫線，有咬痕——而是她害怕自己的眼睛可能會不受控制，會不小心去看鏡子裡那些瘀青和深色縫線傷口及他牙齒留下的粉紅色新月形印痕。她現在還沒辦法去面對。

然而坐在浴缸中，她想到伊麗莎白所代表的，想到她的耐心和力量及意志。或許是伏特加的關係，或者還有其他的。無論是什麼，倩寧在水冷掉之前爬出浴缸。這回她抬起眼睛，以一種她原以為已經失去的穩定態度面對鏡子。她從溼頭髮和皮膚上的水看起，然後看著瘀青和傷痕及太明顯的肋骨。但光是看一眼還不夠。她還必須看清楚，於是她嘗試著，不光是看清過去或眼前的自己，也要看到她期盼能成為的那種人。

那個人看起來很像麗茲。

這個想法很好，但是並沒有持續太久。忽然有個人在捶門。

倩寧驚跳起來，又猛又急，一手撞到水槽。那不是敲門，而是用力、粗暴地猛捶。

「耶穌啊——」

「狗屎，狗屎——」

她一腳硬塞進牛仔褲裡，布料黏著她潮溼的皮膚，另一條褲管也穿得同樣困難。捶門聲更大也更急了。前門，她心想，一遍又一遍，力道大得整棟房子都跟著震動。倩寧穿上帽T，想著電話、麗茲，還有逃跑。那種恐慌純粹出自直覺。她幾乎無法呼吸，用盡全身的力氣才打開浴室門。走廊一片昏暗，沒有動靜。捶門聲更大了。

她溜進客廳，冒險朝窗外看了一眼。一堆警察在院子裡，藍色警燈閃爍著，一個個面容嚴肅的警察手裡拿著槍，身上穿著「州調查局」縮寫的防風夾克。

「我們是州警局！」一個洪亮的聲音在門外喊。「我們有伊麗莎白．布雷克的逮捕令！開門！」

倩寧趕緊從窗邊退開，但已經有個人看到她了。

「有動靜！左邊！」

眾人舉起槍，對著窗子。

「州警局！最後警告！」

倩寧看到門廊上的人，急忙矮下身子往旁邊躲。他們穿戴著頭盔和防彈背心及黑手套。其中一個人手裡拿著長柄大錘。

「撞開來。」

一個比較老的男子指著門鎖，大錘撞擊時，倩寧尖叫起來。那聲音像炸彈，但門撐住了沒撞壞。

「再一次！」

這回門框變形了，她看到發亮的金屬。六個人站在大錘後頭，像士兵般成排站著，手指緊按在手槍的擊錘上。那老男子點點頭，大錘撞了第三下，門脫離了門框。

「進去，快！快！快！」

倩寧已經早他們一步行動。她抓起手機，衝向左邊。

「有動靜！後面走廊！」

有個人大喊「不准動！」但她沒理會。她衝進浴室，甩上門鎖起來。他們應該會先檢查過屋裡其他各處，才會來攻破這扇門，但這是一棟小房子。她已經開始撥號了。

響一聲。

兩聲。

她感覺到一群人緊緊擠在狹窄的走廊上，動也不動，保持沉默。

拜託，拜託……

電話鈴響第三聲，倩寧聽到接起的喀噠聲響。她張開嘴，但是門爆炸似的被撞開來，於是整個世界充滿了槍和男人及尖叫。

以前不論伊麗莎白曾把這輛車開到過多快，現在她都要破紀錄了。她轉出那條破爛道路，上了一條州級公路，迅速超越前面一輛又一輛車，時速指針達到一七〇公里了。風聲好大，吵得她幾乎無法思考。但反正，她有什麼好思考的？

倩寧沒接電話。

一堆尖叫聲，沒法接通的電話。但是她還聽到其他的。有兇狠的人聲和叫喊，還有木頭破裂的聲音。

伊麗莎白打到家裡的市內電話，但是不通。她又試了倩寧的手機，但還是不通。

「該死！」

試了三次，三次都失敗。

絕望之餘，她打電話給貝基特。「查理！」

「麗茲，你跑哪裡去了？怎麼這麼吵？」

風聲太大了，她只能勉強聽到。「查理，發生了什麼事？」

「感謝老天。聽我說。別回去你的房子！」他大聲喊著好讓他聽到。「不要回家！」

「什麼？為什麼？」

「漢默頓和馬許……」中間漏掉了一句或兩句，然後她又聽到了。「剛剛得到的消息。他們拿到刑事起訴書了，麗茲。兩條殺人。我們才剛聽說的。」

「那倩寧呢？」

「麗茲……」靜電爆擦音。「不要……」

「什麼？」

「州警局那邊完全不讓我們碰——」

「查理！等一下！」

「媽的不要回你家就是了！」

伊麗莎白愣愣地掛斷電話，不敢相信。不是因為她被起訴或即將被逮捕。而是州警局的人跑去她家，救她一命的倩寧也同時在那兒，她才十八歲，整個人只剩個空殼，很可能招認任何事。現在已經耗掉五分鐘了。

「太多時間了。」她說，又一路加速，時速指針逼近一八〇公里，然後是一八五公里。她留意著其他開得慢的車，並察看是否有警察出現，同時兩手緊緊抓著方向盤，十二年來頭一次真正祈禱。

求求祢，上帝啊……

然而，等她趕到家，一切都已經結束。她在一個街區外就看到了：她的房子裡沒亮燈，沒有汽車或警察或任何動靜。她還是迅速開進去，衝上車道，然後把煞車踩到底。

「倩寧！」

她跑過院子，看到草地上的輪胎印，還有門從門框處硬被撞開了。在門廊上，她用一邊肩膀推開門，感覺到只剩一根鉸鏈的門搖晃著。進屋後，她看到家具被挪動得亂七八糟，地板上有骯髒的腳印，浴室的門也撞得鉸鏈完全脫離了。

她太晚回來了。

真的發生了。

她還是檢查一下屋內。臥室、櫥櫃。她想找到倩寧，希望她或許還躲藏在哪裡。但她心裡明白，這是自欺欺人。逮捕令不是針對倩寧的，但他們有找她宣誓作證的傳票，漢默頓和馬許一定會用上的，現在大概就已經在跟她談了。

那個地下室裡發生了什麼事？

開槍的是誰？

在茫然中，伊麗莎白走出屋子，把前門嵌入門框關上。他們抓走倩寧了，而倩寧會開口的。無論是出於罪惡感或天真或想幫伊麗莎白的渴望，倩寧最後都會被攻破心防。

伊麗莎白不能讓這種事發生。

這個槍擊事件太政治、太種族性了。他們會毀掉她，以儆效尤。

「出事的時候，我都看到了。」

那聲音從樹籬後傳來，伊麗莎白認出是住在她右邊的鄰居老人，他有一輛一九七二年的Pontiac旅行車，每個週末都要特別擦得亮晶晶，寶貝得要命，好像那不光是鋼鐵和烤漆做成的。「戈德曼先生？」

「那些警察肯定有二十個。帶著攻擊步槍，穿著防彈背心。該死的納粹。」他指著畏縮了一下。「很遺憾你的門變成那樣。」

「有個女孩……」

「小個子，沒錯。兩個很兇的老混蛋把她拖出來。」

「你看到她了？」

「很難沒看到，被他們兩個提著，滿臉通紅地又叫又踢，像頭驢子似的。」

伊麗莎白難過又喪氣，一時之間不曉得該怎麼辦。州警局已經針對她發出謀殺的逮捕令，所以她不能去局裡。現在就連戴爾也幫不了她。漢默頓和馬許拿到刑事起訴書了。這表示他們會把她抓起來，關進大牢。即使她能贏得勝訴——其實不太可能——她也會被全國性媒體詆毀、中傷、剝皮剔骨。這是個憤怒的國家，她只是又一個在槍擊事件中出錯的白人警察而已。不可能有別的劇本，何況地上有十四個彈孔。

而這還是最好狀況的劇本。

最糟的狀況，倩寧會說出實情。這表示時間至關緊要，不是差個一天兩天那種。

而是以小時計算，她心想。甚至分秒必爭。

倩寧會不會根本就放棄抗拒了？

伊麗莎白的停頓狀態忽然打破，就像一根玻璃棒折斷似的。她發動車子，還沒轉過第一個彎，就撥了倩寧父親的電話。他會竭盡全力救女兒，但他的律師群在夏洛特，趕過來要花時間。於是，她去了唯一合理的地方；繞過市區，過河。黃楊樹籬刮掉她車上的烤漆，但她發現那位老律師坐在前廊的同一把椅子上。他開口寒暄，但還沒起身，她就打斷他。「沒有時間了，菲克婁。拜託，聽我說就是了。」

她講得太快、太不清楚了。

「慢一點，伊麗莎白。先喘口氣。無論是什麼事情，我們會處理的。先坐下來。從頭開始告訴我。」

「我需要律師與當事人之間保密的特權。」

「很好。那就把我當成你的律師吧。」

「你沒有執照。」

「那就把我當成一個朋友吧。」她猶豫著，於是他小心翼翼地保證。「你告訴我的任何事情，我都會帶進墳墓裡，除非你有其他指示。我是你的同盟，任何恐嚇或勸阻都不能動搖。」

「我不是唯一承擔風險的。」

「我當了五十年律師，親愛的，你不會相信我守了多少祕密。無論你的麻煩是什麼，你都來對地方了。」

「很好。」她深吸一口氣，看著他的雙手，然後目光移到他的眼鏡框和皺紋及羊皮紙般的皮膚。他身體前傾聽著，於是她說出一切，雙眼始終盯著他彎曲的手指，聲音彷彿來自某個黯淡的、遙遠的地方。她從倩寧的傳票和她自己的刑事起訴書開始說起，然後轉到潘妮洛琵街那個地下室裡所發生的駭人真相。那些事情就像在冷天中裸身般傷痛，但現在沒有時間羞愧或自憐了。她告訴他一切，還讓他看了自己的手腕以增加真實感。他只插嘴一次，就是輕聲說：「可憐的孩子。」

即使此時，她都還是不敢看他的臉。因為太羞愧了，好像她不光是裸身，還被釘在一塊板子上。「我不曉得她會怎麼說，菲克婁，我只知道她如果說出真相，會發生什麼事。」

「而你希望以她的利益為優先，而不是你自己的。」

「是的。」

「你確定？如果她折磨了那兩個人——」

「算在我頭上。這是我的決定。」

「我可以問為什麼嗎？」

「有差嗎？」

「只要你明白這麼做會帶來的種種後果，那就沒差。起訴書上頭是你的名字，不是她的名字。你是冒著入獄的風險——」

「我絕對不會去坐牢的。我會先逃走。」

「身為你的朋友和你的律師，我覺得必須給你忠告，這樣的計畫很少成功的。」

「總之不要讓她跟警方開口就是了，菲克婁。接下來發生什麼事，我都會承受。」

「很好。我們一件一件來討論。」他拍拍她的手。「你來找我是對的，伊麗莎白。謝謝你的信任。」

「我們能幫倩寧做什麼？」

「首先，就是不要恐慌。即使她招認了一切，我們可以辯護說她的開槍是情有可原的。她是個小孩，而且精神遭受了重大創傷。所以檢方不見得會起訴她，更別說還要定罪了。」

「開了十八槍。你也看到報紙了。你知道背景的來龍去脈。」

他點點頭，因為他確實是知道。自從巴爾的摩和佛格森之後，事情就不一樣了。❹一切都跟種族有關，一切都被詳細檢視。這使得布蘭登．蒙若和泰圖斯．蒙若之死不光是公眾事件，而且政治意味濃厚，尤其據說他們遭到了折磨和懲罰。如果州檢察長必須找個替罪羔羊，那當然有辦法。一個是警察，一個是富家女，眼前誰都無所謂，反正他們需要一具屍體。

「就算她被無罪釋放，」伊麗莎白說，「你知道光是審判過程，對這麼年輕的女孩會有什麼影響。她永遠無法復原的。」

「給我一塊錢。」老律師伸出一隻手。

「什麼？」

「兩塊錢好了。」

「我有一張二十元鈔票。」伊麗莎白掏出來。

「也可以。」他收下鈔票。「十元是你給我的聘雇費，另外十元是那個女孩的。以防萬一有人問起。你有手機嗎？」

「當然有……」

「給我。」老律師說。伊麗莎白遞過去。他把電池和ＳＩＭ卡拿出來，然後全部遞還給伊麗莎白，露出安撫的笑容。「警察通常是很糟糕的逃犯。這是思考模式的問題。」

「耶穌啊。」她盯著自己的手機。但菲克婁已經開始行動了。

「有機會就去弄個拋棄式手機。然後打電話讓我知道號碼。」他穿上一件皺巴巴的夾克，下身是褪色牛仔褲，腳上的船形鞋裡沒穿襪子。「我會先去處理那個女孩的事情，然後我們可以談談這個刑事起訴書。她父親是阿爾薩斯・蕭爾？」

「你認識他？」

「認識他的律師。他們可能會把事情搞得很複雜，也無所謂，只要能阻止她開口。等我趕到那兒再看看狀況。你那些警局的朋友會協助州警局抓你嗎？」

「貝基特會幫我。戴爾也會，我希望。其他人就很難說了。」

「那麼，你應該馬上離開。你有安全的地方可以去嗎？其他城鎮的朋友？家人？」

這個問題幾乎令她崩潰。她要怎麼承認自己大部分的朋友都是警察，一看到她就會逮捕她？要怎麼承認就連她的家人都無法仰賴？「眼前，我只有你和倩寧了。」

老人握住她一隻手，她感覺到他手指熱度所帶來的溫暖。「那就讓我建議一下。我在湖邊有一棟釣魚小屋。就在古曼路，一點也不遠。我不曉得多少年沒去了，不過有個雜務工在那裡幫我看家。你應該去，暫時就待在那兒。」他說。「這樣我才有辦法找到你。」

「我不是應該做些事情嗎？」

「先讓我去查明狀況。然後我們再來計畫。」

「好吧，來，我載你去。」

---

❹ 二〇一四年在密蘇里州佛格森（Ferguson）、二〇一五年在巴爾的摩，都曾發生白人警察執法過當而造成黑人嫌犯死亡，且事後證明兩名嫌犯均屬無辜，因而引起輿論大譁，種族關係緊張，由抗議而升高為暴動。

「不，你別靠近市區，也不要靠近人群。我會打電話叫車。」他送她走出前廊，她踏上第二級階梯。「快點，伊麗莎白。他們可能已經追蹤你的手機了。」

他很著急，但她必須再花點時間，只為了確定。「為什麼你要這麼做？」

「因為你有漂亮的眼睛和可愛的笑容。」

「別鬧了，菲克妻。」

「很好。我幫你是因為以前艾爵恩常常提到你，而且因為打從他的審判以來，我就一直注意你的事業發展，因為你考慮周到又體貼，不像其他警探，因為我發現你是個非常值得欽佩的女人。」老人的雙眼閃閃發亮。「難道我沒告訴過你嗎？」

「那如果你被指控無照執業呢？」

「在你前兩天出現之前，我已經超過十年沒離開過這棟房子了。現在，我要去法院呼吸一下新鮮空氣，同時去幫一個需要幫忙的朋友。我八十九歲了，心臟虛弱得可能撐不了三年。所以，看看我。」他舉起雙臂，讓她看看他身上的舊牛仔褲和亂翹的頭髮，還有可能一直用來當枕頭的外套。「你覺得我還會在乎被指控什麼罪名嗎？」

18

貝基特看著一場鬧劇展開。阿爾薩斯．蕭爾和律師群在玻璃門外的大廳裡，爭辯又裝腔作勢。夏洛特的律師群製造出最多聲音，但也完全合理；那三個律師每個小時要收費一千五百元，而他們的客戶就在旁邊，同樣吵得面紅耳赤。只有愛哭鬼瓊斯好像從容自在。他站在旁邊幾呎外，雙手扶著手杖，歪頭看著幾個警探設法跟他們解釋，說他們其實都不代表倩寧．蕭爾。

「她不想要律師。她放棄了請律師的權利。」

「她年紀太小，說了不算數。我是她父親。這幾位是她的律師。就是現在！馬上！我要求見她！」

「先生，請你冷靜，我會再解釋一遍。你女兒十八歲了。她不想要律師。」

但阿爾薩斯．蕭爾可沒有因此冷靜下來。他有他的猜疑，貝基特心想。而且，有何不可？他知道倩寧的槍法很好。這表示他知道有多危險，知道說錯一個字就可能永遠改變她的人生。貝基特想到這裡忽然覺得反胃，但主要是為了麗茲。他承諾了她，但不確定自己能信守。

「他們這樣多久了？」貝基特湊向旁邊的警佐問。

那警佐聳聳肩。「一小時了吧。」

「戴爾出去了嗎？」

「去幫上面的人擦屁股了，你知道的。」

「如果這個狀況惡化，你再通知我。」貝基特說，然後離開櫃檯，走向偵訊室。漢默頓和馬許把那個女孩關在裡頭，不准當地警察接觸，門口還有穿著制服的州警守著。就連戴爾也不准進去，讓整個氣氛更為緊繃，好像州檢察長認為市警局在掩護自己人，只有州警察知道是非對錯，而且好像連上帝都希望麗茲完蛋。

貝基特真是搞不懂。

麗茲是無辜的。

他們怎麼會看不出來？

但他們就是看不出來。最明顯的解釋，就是他們不相信最簡單的答案。不管是什麼，真相就像是一塊卡在他胸口的煤炭，讓他很想吐出來。

那小鬼他媽的是個神射手！

貝基特在偵訊室的二十呎之外停下腳步，看了一下手錶。他們把那個女孩帶進去九十三分鐘了。麗茲的全境通緝令也已經發佈兩個小時，所有細節都已經通報出去，包括姓名、外型描述、駕駛車輛。伊麗莎白已經因為雙屍命案被正式通緝。全州每個警察都在找她，但這還不是最糟糕的部分。

嫌犯可能攜帶槍械，非常危險。接近時務必謹慎。通報上這樣說。

「戴爾人呢？」貝基特抓住一個剛好經過的制服警員的袖子。她指了一下，於是貝基特衝過大辦公室，大家紛紛讓開路。他在靠近會議室的地方找到戴爾。「你剛剛都跑哪裡去了？」

「去打了幾個電話。」

「你看到這個了嗎？」貝基特把一張全境通緝令遞給戴爾。

「我就是為了這個才去打電話的。」

「那些州警會害她被殺掉。」

「你要我怎麼做，查理？他們有雙屍命案的刑事起訴書。她逃亡了，州警局又知道她身上有武器。」

「她根本沒殺人。」

戴爾揚起雙眉。「你確定？」

「找到她就是了。」

「我已經派人出去找了。」

「那就派更多。我們這些老同事得先找到她。」

「她到現在可能都在外郡、甚至外州了。」

「不可能，」貝基特很確定。「因為倩寧．蕭爾被抓起來了。」

戴爾交抱著雙臂。「有什麼是我應該知道的嗎？」

貝基特轉開眼睛，胸口那塊炭好難受。「我唯一能說的，就是她跟這個小孩有一種強烈得瘋狂的聯繫。」

「就像跟紀登那樣？」

「或許更強烈。」

「不可能。」

一天前，貝基特也會這麼說。但現在他不那麼確定了。「她們就是有種聯繫，法蘭西斯。很深，而且出自本能。甚至很原始。她不會丟下那個女孩不管的。」

「無論如何，我們能做的，頂多就是先找到她，帶回來，透過各種管道把這件事搞清楚。心理諮商，律師。每個人難免都會犯錯，而且任何人都有可能一時抓狂。我們現在唯一能做的，就是設法收拾善後。」

「你真覺得她殺了那兩兄弟？」

「查理，她說他們是禽獸。」

「法蘭西斯——」

「我們先想辦法把她平安找回來，好嗎？」

「當然，沒問題。」

貝基特看著戴爾一路走回辦公室，然後跟他能找到的第一個州警說：「我想跟漢默頓談。」那個結實的州警身高一九〇，在寬邊帽和鴿灰色制服裡毫不畏懼。「別給我那種死魚眼的州警眼神。快去找他來。」

過了幾分鐘，漢默頓出現了。貝基特毫不浪費時間。「她開口了嗎？」

「你找我過來，就是要問這個？」

「她說了什麼嗎？是或不是？」

漢默頓審視著貝基特的臉，思索著那是什麼表情。或許是決心，或許是絕望。「她只是低頭瞪著眼睛，一個字都不肯說。」

「你們抓到她有兩個小時了。」

「她是個頑固的小瘋子。」

「跟我過來。」貝基特走向後樓梯。

漢默頓跟著。「我幫不了你的搭檔。你知道的。」

貝基特帶著他來到樓下的休息室。「要喝可樂嗎？」

「刑事起訴書，老兄。拜託。我也沒辦法啊。」

「沒關係，來瓶可樂吧。」

貝基特把一張鈔票塞進販賣機裡，按了一個鈕，等著瓶子掉下來，然後他打開喝了一口。

「你的上司想要什麼？」

「你的搭檔折磨又處決了兩個人。你想我老闆會想要什麼？」

「他想連任。」

「好笑。」

「他會求處死刑嗎？」

「死刑，終身監禁。你真覺得有差別嗎？」

「是啊。」貝基特又買了一瓶可樂。「有道理。」貝基特把那瓶可樂遞給他，然後彎腰拿找回的零錢，為自己爭取一些時間。等到他直起身子時，已經下了決定。「我可以讓她開口。」

「倩寧？我不太相信。」

「你到底想不想知道那個地下室裡發生了什麼事？」

「當然，我想知道。」

「給我五分鐘，讓我單獨跟她談。」貝基特喝著自己那瓶可樂，眼神坦然。「我他媽會讓這小鬼開口的。」

貝基特走進偵訊室時，倩寧獨自坐在一張金屬桌前。他在她對面坐下來，兩手空空。倩寧一直低著頭，但貝基特看到她指甲底下的活肉有一滴血，下唇有些地方都咬破了。「我是貝基特警探。我是伊麗莎白的搭檔。」她聽到那名字驚動了一下，但眼睛還是沒抬起來。「我知道你是麗茲的朋友，我知道你在乎她。我也是她的朋友。」貝基特雙肘撐在桌面上。「你相信我嗎？」

「我相信你是她的朋友。」

「很好。謝謝你。你知道有一份逮捕令上頭有她的名字嗎？」

「知道。」

「你知道她因為地下室所發生的事情，被指控殺了兩個人？」

倩寧點點頭。

「這表示她可能要坐牢一輩子，甚至可能被處決。這個你也知道嗎？」

「是的。」

「你覺得這樣公平嗎？」

她沒反應，只是坐著不動。

「如果他們逮捕她的時候，她受傷了呢？現在州警局特別派了一打巡邏警察來這個郡裡，只為了要找到她。州裡每個警察也都有了她的照片。要是她為了逃避追捕而中槍，或是撞車，或是傷害某個人呢？那接下來她會怎麼樣？一輩子逃亡？一輩子完蛋？你知道北卡羅萊納州還有死刑吧？」

「她叫我什麼都不要說。」

「我知道她交代過。我也知道為什麼。」倩寧聽到這裡抬頭。於是貝基特繼續說：「沒關係，我知道發生了什麼事。」

「她告訴你了？」

「我是警察，我猜得到。其他人也會猜到的。」倩寧別開眼睛，貝基特等著她的目光再轉回來。「比利．貝爾這個名字對你有任何意義嗎？」有的，他從她雙手的抽動看出來了，她的臉忽然發紅，他知道那是因為羞愧。「她是你父母雇的花匠。我今天上午跟他談過。」

「所以呢？」

她快要投降了，於是貝基特聲音更冷酷，因為快要毫無意義。他必須攻破她的心防。

「比利幫你母親弄過藥物。大部分是跟布蘭登和泰圖斯．蒙瑞兄弟買的。止痛藥，古柯鹼。買了好幾年了。但你早就知道了，對吧？你知道你母親嗑藥，你知道你們的花匠有認識的藥頭。你和你的朋友想認識那個藥頭，你們想嚐嚐當壞女孩的滋味。你們想要那種刺激感。」倩寧很緊張，雙眼露出驚駭。此時貝基特知道自己猜對了。「你知道宣示陳述書是什麼嗎？」

「或許吧。」

「那是一份宣示過的證詞，法庭可以接受的。比利．貝爾今天早上簽了一份。你想看看嗎？」

「不想。」

貝基特從口袋裡掏出一張摺起來的紙，放在桌上。「要不是你和你的朋友想去治安不好的那個地帶，你就永遠不會被抓到那個地下室。但反正你們去了，對吧？你們跟蒙若兄弟買了藥物，他們又跑回來擄走你。那不是隨機的。他們不是在街上碰到你的。」

「只有一次而已。拜託。我們只是想試試看而已。」

「毒品？」

「大麻。只有一次。」

「然後他們跑回來找你。」

她輕輕點了一下頭。

「那個地下室裡發生的事情，都是你的錯。」貝基特身體前傾，使盡自己所有的警察本領去挑戰她。「發生在麗茲身上的事情，也都是你的錯。我看過她的手腕。我看到她怎麼崩潰。」

那女孩的喉嚨冒出一個聲音。

「該是說出真相的時候了，倩寧。為那個地下室裡所發生的事情負起責任。」

「如果我說出來的話，伊麗莎白會怎樣？」

他往後靠坐。「麗茲會無罪開釋，繼續過她的人生。」倩寧別過頭去，但貝基特還沒講完。「不去看是最容易的，」他說。「通常都是這樣。問題是，你願意因為你和你朋友決定要嗑藥爽一下，就害麗茲被打毒針處決嗎？這樣你能心安嗎？看著我。眼前你有機會做正確的事。就在這裡，就是現在。」

倩寧考慮著。貝基特沒催她。

「麗茲知道你這麼做嗎？」倩寧問。

「我跟她說過我不會。」

「那為什麼你跑來這裡？」

「因為我會照顧我愛的人，無論代價是什麼。」

「你愛她？」倩寧問。

「除了我老婆，她是我這輩子最要好的朋友。」

倩寧又思索他的話許久，然後貝基特看到她被擊破的那一刻。「要我說實話，有一個條件。」

「什麼條件？」

倩寧告訴了他。

貝基特看著牆上那面雙向鏡，然後聳聳肩，把一本筆記本推過桌面。「好吧。」

倩寧上了手銬的雙手撫平紙頁。

貝基特拿出筆對著她說：「不過，我要你一五一十全都交代清楚。」

「一點都不會漏的。」

「要錄影，不能有任何省略。」

「為了她，我願意。」倩寧說，於是貝基特點點頭。

「為了麗茲。」他把筆給她。「因為她也為會你做同樣的事。」

貝基特看著那女孩寫完，然後撕下那張紙，摺好放進口袋。兩分鐘後，他出現在雙向鏡的另一頭，馬許正在設定攝影機，準備要拍攝倩寧的供述。她看起來好嬌小，但是很堅定。

漢默頓看到貝基特臉上的情緒。「她給了你什麼？」

「一張字條。」貝基特說。

「可以讓我看看嗎？」

「是給麗茲的私人字條。」

「我不在乎。」

「你要這張字條的話，就他媽的得先殺了我。」貝基特的表情顯示他是非常認真的。

漢默頓可以再逼他，但何必呢？他手上有倩寧，她又打算要開口說實話了。「你是怎麼知道的？」

「有關比利．貝爾？」貝基特聳聳肩。「我今天上午去找那個花匠談過。我原先以為倩寧的母親是唯一買藥物的。沒想到結果挖出了更多。」

「我不是指那個。我問的是，你怎麼知道倩寧肯說出實情？」

「或許我不知道。」

「在販賣機那邊，我看到你臉上的表情了。你說你可以在五分鐘內讓她開口，結果你兩分鐘就辦到了。你當時很有把握。」

「麗茲很愛這個小鬼。」貝基特審視著玻璃另一頭的女孩，那精緻的五官和發腫的眼睛。「所以我猜想，或許這小鬼也很愛她。」

漢默頓不相信，他靠在玻璃上觀察貝基特的臉。「我見過丈夫殺老婆、母親對付兒子。倩寧和布雷克警探彼此根本不熟，一定還有別的原因。」

「或許吧。」

「你有自己的推理？」

「或許她必須招認。」

「為什麼？」

「據說人跟人之間太熟悉了，反倒會生出輕視。」貝基特雙手放在玻璃上，想著他太太、典獄長，和他自己所犯過的遺憾大錯。「而我們最熟悉的人，不就是自己嗎？」

錄影機開動，訊問也開始了。問題一個接一個提出，倩寧斷續回答。說起她怎麼認識蒙若兄弟，他們是在哪裡擄走她。州警局的人聽著她從頭敘述整個過程，儘管對她說的故事感到非常驚訝，但沒有人懷疑其真實性。那些細節太有力、那些情緒太真實了。她說到蠟燭、床墊，還有他們對她做的事。有些地方她說到一半停下，有些地方她沒法開口。那個侵害的故事太殘忍了，讓每個聽到的人都為之震撼。這個女孩失蹤了四十個小時，落在兩個怪物手裡。最後，她終於談到的那個部分，讓貝基特徹底心碎。

此時，就連訊問的漢默頓都滿臉蒼白，僵硬地坐在那裡。「你是怎麼拿到槍的？」

「他要我做的事情，我不肯做。那個弟弟。布蘭登．蒙若。我不肯做，所以他又打我，又咬我。」她停頓一下，讓自己稍微冷靜下來。「下一次他又咬我，我就咬回去，咬在這裡。」她碰了一下自己臀骨上方那個柔軟的點。「他生氣了，把我摔在一面牆上。等他撲過來，我想爬走，但是他抓住我一腳硬拖。我在地板上亂扒，想抓個東西撐住。那把槍就躺在黑暗裡。」

「這個時候，布雷克警探人在哪裡？」

「在另一個房間。」

「你看得到她嗎？」

「看得到。有時候。」

「你可以講得更精確一點嗎？」她搖搖頭，一直搖。整整一分鐘過去了。「這就是你在這裡的原因，」漢默頓說。「這就是我們需要知道的部分。」

一滴淚滑下她臉頰，她擦掉了。「伊麗莎白在床墊上。」

「她醒著嗎？」

「是的。」

「她被鐵絲捆住了？」

倩寧沒回答，另一滴淚落下來。

「我們必須知道她的行動能力受限到什麼地步，倩寧。她能不能動？為什麼不能動？你跟我們說開槍的不是她……」

倩寧看著雙向鏡，玻璃另一邊的貝基特覺得那目光穿透了他的靈魂。

這是他造成的。

是他做的。

「她被綁在床墊上，」倩寧說。「臉朝下趴著……」

二十分鐘後，貝基特推門出去，法蘭西斯．戴爾跟著他走進大辦公室。大家停止交談看著他。他們知道發生了什麼事。細節不曉得，但大概知道了。「我做了什麼啊？」貝基特推門進入一個空辦公室。戴爾跟在後面。「耶穌基督啊，法蘭西斯。麗茲永遠不會原諒我的。」

「你救了她的命。她不會受到刑事指控，不會坐牢。你做了警察該做的事情。你查出了事情的真正起因。」

「我害她成了被害人。」

「是泰圖斯．蒙若害的。」

「你以為她還能回來當警察嗎？你以為她能輕易就熬過去嗎？大家會看到那些證詞。這裡的每個警察都會知道發生了什麼事，知道我破壞了她最重要的部分。」

「你沒有——」

「別睜眼說瞎話了，法蘭西斯。我們每個人都需要自己的盔甲。」貝基特兩手撫梳過頭髮。「她永遠不會原諒我。這件事太過分了，而且我之前還跟她承諾過。」

「你要不要離開這裡？休息一天，開車出去散散心。」

「是喔，沒錯，開車散心。」

「不過我需要那份宣示陳述書。」

「什麼？」

「比利．貝爾的宣示陳述書。你拿給那個女孩看過的。」

「耶穌啊，老哥。沒有什麼宣示陳述書。」貝基特發出刺耳的笑聲，從口袋裡掏出同樣那張摺起來的紙。「這是白紙，我才剛從印表機底下抽出來的。」

19

愛哭鬼之前說這裡是釣魚小屋，但其實並不精確。車道穿過一片私有森林，長達一哩多，盡頭是一道懸崖，俯瞰著一片平靜如鏡的湖水伸展出去，融入遠處山脈的底部。那棟小屋是石材和木料建造而成，非常巨大，看起來恆久無比，像是地球上頭挖鑿出來的。

伊麗莎白下了車，看著眼前的一切：百年老櫟樹，俯瞰湖面的視野。「這棟釣魚小屋就是你的了，」那位老律師之前說。「喝杯酒，放鬆一下。」

她不可能放鬆的。

伊麗莎白沿著一條走道繞到屋後。灌木生長得太茂密了，但常常有人來割草，所以森林沒有擴張過來。她照著他的交代，在空水池遠端的一塊石板底下找到鑰匙。打開前門後，她解除了警報器，進入屋內，經過一個拱形的門廊，來到主客廳，那裡有一面玻璃牆，框住了外頭的山光水色。壁爐很大，足以讓人坐進去，她看到蓋著薄布的家具、書籍，一張大得足以坐下三十個人的晚宴長桌。到處都是積得厚厚的灰塵，還有照管屋子的雜工之前走過的腳印。她循著腳印走到廚房，上樓出到陽台上，感覺自己像是站在世界的屋頂。

「該死，愛哭鬼。」

原先她都忘了他有多麼成功，忘了他在法庭內外的權勢有多麼大了。回到屋內，她審視著跨越至少六十年的照片：愛哭鬼和一些名人的合照，還有幾位前任總統，以及他的前妻。這些照片分散了她的注意力，帶給她五分鐘的平靜，然後她回頭來到面對著車道的前廊。這條前廊十五呎深、四十呎長。一打搖椅倒放著，免得被風吹得搖晃不穩。她把其中一張搖椅轉過來放正，拖到面對車道那座低矮的石牆邊。老律師將會從這條車道進來，所以她就在這邊等。

但是，等待很難熬。

她坐了一下，又起來踱步。

這個柔和、溫暖的白晝，簡直要活生生吞噬她。

下午過了一半時，他來到的第一個跡象出現了：森林忽然沉寂下來，然後是輪胎的嗡響。等到那輛禮車出現在空地上，伊麗莎白早已走出門廊，來到車道等著。車子還沒完全停下來，她的手就放在他的車門上。

「怎麼樣？」她一看到他的臉，就曉得不對勁了。「出了什麼錯？」

老人伸出一隻手。「麻煩幫我一下。」她協助他下了車。他穿著那件皺巴巴的夾克，看起來很疲倦，而且比往常更倚賴手杖。「你餓了嗎？我們路上停下來辦了幾件事……」

「我不餓。倩寧在哪裡？」

「挽著我的手臂吧。」

「菲克斐，拜託。」

「挽著我的手臂，陪我走一走。」他堅定地往前走，來到了門廊下的陰影處。「麻煩一下好嗎？」他示意著另一張椅子，於是她幫他把椅子翻正。他坐在椅子上，告訴她，「坐，坐吧。」

她沒理會他旁邊那張椅子，而是坐在矮牆上，兩人的膝蓋幾乎相觸。「我們這裡以前開過好多盛大的派對。大家從各地趕來，你知道。歐洲和華府及好萊塢。」

「菲克婁……」

「我們以為那就是美好生活的最極致表現了。有權勢的朋友，有影響力的工作。現在你看看，空蕩又滿是灰塵，那些精采的人都死掉或快死了。」他伸長脖子，看著石砌的墩柱，還有巨大的屋樑。「我太太離開時，我提出要把這棟房子給她。可是她不肯要，因為她知道我有多喜歡這裡。她說這是個男性化的空間，需要一個男主人。她真是善良，你不覺得嗎？講這麼好心的謊言。」

「你在拖時間，愛哭鬼。」

「或許吧。」

「那麼狀況很糟糕了？」

「你的搭檔說服她做了高貴的事情。」

「貝基特？什麼？」

「他覺得沒有別的辦法，因為有了刑事起訴書。他要我這麼轉告你，希望你或許可以原諒他。」

「原諒他？」伊麗莎白站起來。這個背叛太過分了。「他做的正就是我要求他不要做的。」

「或許吧，但我描述那位年輕小姐的行動時，可不是輕易用高貴這個字眼的。倩寧自白了，好確保你平安無事。沒有人威脅她，沒有人提出交換條件或減刑。她說出真相，是為了一個了不起的原因，這麼做並不容易。」

「她現在是受到州警局羈押，還是市警局？」

「目前是市警局。檢方還沒決定要起訴她。」

伊麗莎白瞪著森林。無論起訴與否，她都知道事情會怎麼演變。倩寧現在正在進行移送前的程序，被脫光衣服檢查。又被徹底侵犯一次。

「她交代要把這個給你。」老律師手上出現了一張摺起的字條。

伊麗莎白接過來。「你不介意我自己看吧？」

「當然不介意。請便。」

伊麗莎白走到門廊另一頭。那張字條以優美的字跡書寫，很簡短。

親愛的伊麗莎白，

你跟我說過傷口會痊癒，但只有在你堅強且正確的時候，才有可能。我想設法堅強起來，也以為或許自己做得到，但無論我怎麼努力，都不可能修正過錯了。你會在那個地下室是因為我，而且不是因為你想的那樣。你的搭檔可以解釋。他查出來了，我知道你早晚也會知道的。想到這一點，我實在受不了，比想到我們共同受苦的回憶更難受。拜託，不要因為我說出了真相而恨我。你的嘗試我很感激，但是扣下扳機的是我，不是別人。一切都是我的錯。拜託，不要生氣，拜託不要恨我。

伊麗莎白又把字條讀了一遍，然後目光落到湖面上。她怎麼可能恨她？她們是同命姐妹啊。

「你還好吧，親愛的？」

「恐怕不太好。」

愛哭鬼來到她身邊。「針對你的刑事起訴書撤銷了，州警局對你再也沒有興趣了。如果你想要的話，我可以送你回家，你的車可以留在這邊，明天再來拿。」

「我可以待在這裡一會兒嗎？」

「待多久都沒問題。我之前說這邊供應品充足，可不是開玩笑的。有食物，有酒。夠吃喝一個星期了。」她點點頭。他又問，「那位年輕小姐的字條，你從裡面得到安慰了嗎？」

「不，其實沒有。」

「那麼，讓我告訴你一件我八十九年來學到的事情。這棟屋子，那麼多朋友和種種回憶——我願意用來換一個機會，好讓我去做這位年輕小姐剛剛做的事情：一個高貴的舉動，自願去做的。我們有多少人有這樣的機會？做出這樣的事需要多大的勇氣？」

「你是我見過最好心的人了。我很確定你有很多機會的。」

「把別人的自由看得比我自己的還重？為一個我不太了解的人去冒著生命的危險？」他搖搖頭，很嚴肅。「我這回看到的，是最罕見的，也是最可愛的：她的犧牲和你的犧牲，還有你們試圖為對方做的。這樣的人一百萬裡面才有一個。甚至一億裡面才有一個。」

伊麗莎白審視著老律師熱切的雙眼和白色的眉毛，他臉上的皺紋像是勾畫出他這輩子做過的每個艱難決定。「你真的相信是這樣？」

「全心全意相信。」

她別開目光，艱難地吞嚥。「菲克婁・瓊斯。你是個好人。」

「其實呢，我是個臭老頭。」

伊麗莎白摺起那張字條，挽住他的手臂。「你剛剛提到酒。」

「沒錯。」

「現在喝酒會太早嗎？」

「一點也不會，親愛的。」菲克婁領著她走向前門。「我發現，其實呢，像這樣的日子裡，威士忌的燈永遠亮著。」

20

貝基特沒開車去散心，而是到分局地下室的健身房。裡頭的設備不多，但他老婆最近一直嘮叨他的體重，而下一個小時他如果不去舉重，就只想狠狠傷害某個人。

再差幾分鐘，甚至幾秒鐘，他就要爆發了。

貝基特打開更衣室的櫥櫃，脫掉西裝，換上灰色長袖運動衫和舊球鞋。他在長槓兩端加上鐵盤，吃力地邊舉邊悶哼，不在乎他好久以來都沒舉過那麼重的槓鈴。彎舉、臥推、深蹲。結束之後，他又去找其他健身機器。三頭肌、高拉機、腿部伸展機。

然而他無法得到平靜。

太多事情在進行中。

冷水淋浴沖走了汗水，但他走樓梯上樓，轉彎經過移送登記處時，心裡還是覺得好熱。

「貝基特警探？」一個聲音喊道，貝基特看到新來那位負責接電話的小姐。蘿拉？蘿倫？她擠過兩個渾身是血、銬在同一張長椅上的男子，在穿過房間的中途找到貝基特。「我試過你的手機。真對不起。」

「沒關係。我在健身。」

「過去一個小時有你的兩通留話。這個是典獄長的。」她遞給他一張粉紅色便條紙，上頭有個電話號碼。「他要你打他的手機，說他已經留了五次話，希望這次你能回電。」

貝基特把那便條紙揉一揉，扔進垃圾桶。「還有呢？」

「二十分鐘前，有人打電話到舉報專線。沒留名字，不過打來的人指名要找你。」

貝基特思索著。據他所知，局裡現在唯一的舉報電話專線，是為了蕊夢娜．摩根命案而設立的，報紙上和當地電視台都登了電話號碼。「他說了什麼？」

她說話時對空比了個引號手勢。「『告訴貝基特警探，教堂裡面有活動。』」

「就這樣？活動？」

「是很奇怪。」

「電話查得出誰打的嗎？」

「拋棄式手機。聲音聽不清楚，絕對是男性。他還說了另一件事，而且更奇怪。」

貝基特看著她。

她有點畏縮。「對不起，因為訊號不良，所以我有一部分沒聽到，不過我想他是說：『就連上帝的寓所也不需要五面牆。』」

五面牆（five walls）。貝基特不喜歡這個說法。四面牆可以撐起屋頂。第五面牆呢？

艾爵恩．沃爾？（Adrian Wall）

貝基特決定還是出去跑一趟。他搖下車窗散熱，開車穿過市中心，經過市區往外擴展的雜亂地帶。警方的人都知道，舉報專線向來會引起太多麻煩，根本不值得設立，尤其是眾所矚目的、暴力型的案子。一碰到媒體熱心報導，就會有很多瘋子跑出來。假報案。模仿犯。一般的歇斯底里。他當警察夠久，這些他全都見識過，但這回線報中的說法，讓他覺得很不對勁。

就連上帝的寓所也不需要五面牆。

貝基特一路往前開，直到可以看見遠處一座山丘上的教堂。爬坡上到山脊後，他繞到東邊，停在上回停車的地方。斜照的光線透過樹影篩下。一陣熱風吹來。

「狗屎。」

封鎖膠帶被拆掉，教堂門開著。

他下了車，一手放在後腰的手槍上，打量著破掉的窗子和各個死角，還有那些大樹的深色樹幹。教堂之前有過活動，這點沒有疑問。他走上台階，熱辣的陽光照在他的肩膀上。他進了門，裡頭是同樣的昏暗，同樣的氣味。他走過前廊，進入中殿：一時之間，彷彿又回到前幾天。

「耶穌基督啊。」

出於以前的老習慣，貝基特在胸前畫了個十字，然後往中殿的更深處走去，心想，出錯了，出錯了，這真他媽的出大錯了。

祭壇上的女人已經死了，而且不久。沒有蒼蠅或變色，頭髮依然發亮。雖然接下來，他聞到了第一絲酸臭。油膩而熟悉，那是死亡的氣味；不過讓貝基特反胃的不是這個。他試圖舉起被害人的一隻手臂，發現她已經完全僵硬，沒有任何緩解的跡象。這表示至少死亡三小時，不會超過十五小時。他掀起亞麻布，好確定她底下的身體是光裸的，最後又看了她的臉一眼，就趕緊走到外頭透透氣。門口的階梯很光滑，但他幾乎摔下來。下了階梯後，他又跌跌撞撞走了二十碼，石茅和毛葉澤蘭長得很高，到他的腰部，這一天已經跟之前不一樣了。貝基特吸入一口暖熱的空氣，彎腰像是要吐。他閉上眼睛，但還是覺得整個世界在旋轉。讓他想吐的不是這座教堂，也不是那發紅的雙眼和壓爛的脖子，甚至也不是因為這是在同一個祭壇上死去的第三個女人。

貝基特認識這位年輕女子。

他對她很熟悉。

四十分鐘後，同一組人馬又來到教堂：鑑識人員、法醫，甚至是戴爾。

「你有什麼想法？」戴爾已經這樣問過十幾遍了。「為什麼是教堂？又為什麼是這座教堂？」

貝基特也想過這個問題十幾遍了，好像重複問這個問題，或許就可以得到某種神奇的天啟。他聳聳肩。「這裡是艾爵恩的教堂。」

「也是我的教堂啊，還有其他五百個人也是。要命，我還在這裡見過你一兩次呢。」

「我心裡可沒有什麼邪念。我在想艾爵恩倒是會有。」

戴爾沒答腔。他繞著那具屍體走，彷彿不確定該怎麼辦。即使現在有整組人馬在外頭待命，但他還是只讓貝基特進來教堂。只有他們兩個人，還有屍體。

「這可能會引起大眾恐慌，」戴爾說。「你也知道的。」

「或許吧。」

「沒有什麼或許。整個城市已經緊張兮兮了，這個案子有可能對外保密嗎？」

貝基特想到外面有那麼多人。十五個？或許更多？「我看不出有什麼可能。」

「那麼我們絕對不能犯錯，一切按照規定來。」

「那當然。」

「你之前說你認識她？」

「蘿倫．列思特。她在聖約翰托兒中心工作，住在彌爾頓高地的一條小街上。她以前照顧過我的小孩。我最小的那個現在還常常談起她。」

「查理，這案子對你來說會太牽涉個人，沒辦法客觀嗎？」

「我沒事。」

「那個打電話來的人，你再跟我說一次。『五面牆』？他一定是指艾爵恩。」

貝基特聳聳肩。「或者他希望我們這麼想。」

「這是我們所能得到最接近兇手身分的資訊了。」

「『五面牆。上帝的寓所』。這不是兇手身分，法蘭西斯，這是神經病亂講話。」

「無論打電話來的是誰，他都知道這裡有一具屍體。」

「或者屍體就是他放的。」

「我要把艾爵恩找來問話。」

「贊成。」

「告訴我你需要什麼。」

「一切，法蘭西斯。」貝基特一手放在戴爾的肩膀握緊了。「我要一切資源。」

日落前一小時，貝基特找的警犬來了。就在一輛警車的後座，是一隻黑色的拉布拉多犬，名叫索洛，是從夏洛特的州調查局借調來的。「嘿，查理。抱歉來晚了。」那個領犬員是個名叫吉妮的年輕女子。三十出頭，體格健壯。她打開後門讓狗出來。「你知道在埃弗瑞郡有一架直升機摔下來了？」

「載了觀光客的？」

「我們還在山腰上收集碎片。」

「真慘……」

「是啊，我知道。你這裡的陣仗好龐大啊。」

貝基特以新的眼光打量著現場。十九輛汽車。兩打人員。屍體運走了，但鑑識人員正在搜索教堂內，同時制服警探們忙著地毯式搜索教堂周圍的地面。

「戴爾隊長人呢？」

「不曉得，」貝基特說。「大概有什麼公關事件要處理吧。你知道這裡發生了什麼事？」

「只知道你們又發現了一具屍體。」

「我想確定那是唯一的一具。這隻狗沒太累吧？搜索空難什麼的？」

「開什麼玩笑，你自己看看牠。」

貝基特看了。那隻狗雙眼明亮，非常急切。

吉妮似乎也很急切。「我們隨時可以開始，聽你吩咐。」

貝基特審視著天空，以及深色的樹木輪廓線。太陽就快要下山了。那隻狗在哀鳴。「開始吧，」他說。

吉妮揮動狗皮帶。

他在山谷對面的一個小圓丘上頭觀察著那隻狗，還有牠的移動狀況。

拜託，上帝啊……

他拿著雙筒望遠鏡湊在眼前。這部分不該發生的。他們應該找到祭壇上的屍體，沒錯。但不

能讓他們發現他的特別處所。

不能讓他們發現其他人。

那隻狗奔向教堂一側，然後回頭去另一側。牠停下，往後轉，又繼續。領犬員也輕盈且迅速地跟著牠，那隻狗的興奮很明顯，清楚無誤。

教堂，那隻狗唯一關心的就是教堂。牠來回走動，低著頭猛嗅。

不，不，不……

他忍不住離開隱蔽處。現在貝基特也參與這個案子了，絕對是他沒錯。那個體型，那頭亂糟糟的頭髮。他舉起一隻手，幾個穿著制服的警員跑向教堂。那隻狗在哪裡？

不！

那狗衝向一叢灌木。貝基特和領犬員都在那裡。

不！不！

那狗在灌木叢裡。

亂扒著。

挖掘著。

「好吧，讓牠後退，帶走吧。」貝基特在灌木叢旁，那隻狗正在亂扒教堂地基上的一扇小門。那是一道木板門，兩呎見方，上頭的油漆剝落。「抓住牠了？」

吉妮把狗皮帶扣上項圈。「沒問題。」

警犬離開後，貝基特打量著那扇門。門板變形而脹大。他拉開門，看著裡頭的黑暗空間。

「地板底下的空間。看起來滿大的。」他站起來，找到吉妮。那隻狗在她旁邊坐著，但一直專注看著那扇門，喉嚨深處又冒出一聲哀鳴。「你的狗很沒耐心喔。」

「說沒耐心還太保守了。」她撫摸著狗身上的毛。「牠超想鑽到教堂底下的。」

21

菲克斐・瓊斯不記得多久沒有感覺這麼好過了。他判定，是因為生活有了目標——那種相信別人需要他、讓他從骨子裡溫暖起來的感覺。

一個老客戶。

一個美女。

他隔著眼鏡上緣看著伊麗莎白。她累壞了。「你還要什麼嗎?再喝一杯?你餓了沒？」

他們坐在冰冷壁爐兩旁的大椅子上。伊麗莎白脫掉鞋子，雙腳縮到椅子上盤起來。她微笑，老人又覺得心跳加速。

「我想我要睡覺，」她說。「睡一下就好。你會留下嗎？」

「你知道我們該怎麼做嗎？」他身子往前傾斜，把杯子放在壁爐台上。「應該聚集起來。」

「只有我們兩個人啊。」

「一點也沒錯。」

他站起來，咧嘴笑了。

「你要離開嗎？」

「艾爵恩應該在這裡的。」菲克斐從櫃子裡拿出一條拼綴被，抓在狹小的胸前。「現在是五點。你先睡兩三個小時，還可以去沖個澡。我相信他正坐在那個可悲的老家廢墟裡，我去接他，回來的路上再買點外帶食物。我們可以補吃之前沒吃成的那頓晚餐。慶祝重生。」

「我真的沒有心情慶祝。」

「再怎麼難過，也還是得吃東西啊。」他把那條被子蓋在她膝上，彎著腰。「你在這裡很安全，什麼都不必做，沒人在找你。」

「那倩寧怎麼辦？」

「你的那位年輕朋友，現在我們暫時管不到了；但明天又是新的一天，她父親的律師群非常有本事。我明天早上會去找他們，建議召開一個戰略會議。有辦法的，親愛的。我跟你保證，而且我會盡一切可能的力量。

「謝謝，菲克婁。」她的雙眼緩緩閉上。「太謝謝你了。」

老律師拄著拐杖走到車道上，禮車司機打開車門下來。「接下來，要去一個不遠的地方，」菲克婁說。「只要再兩三個小時，我就讓你回去陪家人。」

「我沒有家人。」那司機打開後門。「不急。」

「很好。」菲克婁坐在柔軟的皮面椅墊上。「上一五〇公路，然後往北。」

那司機沿著狹窄的道路開到一五〇公路，然後繞過城市，按照菲克婁的指示，來到通往艾爵恩家農場的那條柏油路。菲克婁望著山丘間的縫隙不時閃出紅色的太陽，日光與影像有如歲月般一閃而過。「過了下一個山丘，沿著右邊的車道進去。」

禮車行駛過山丘頂，又一路沿著山丘背面下坡，直到馬路變得平緩。「先生？」司機指著擋風玻璃外，菲克婁身子往前湊。「你指的就是那裡嗎？」

菲克婁看到了那條半哩長的碎石子車道，穿過田野，路兩旁的樹木濃密成蔭，勉強看得到一點燒毀的農莊。但那輛車則是清晰可見，是一輛灰色的轎車，擋住大半條車道入口。菲克婁很確定自己看過這輛車。

司機減速。「你要我怎麼做？」

「停在那輛車後面。緊貼著後保險桿。」司機照做了。他們看得到轎車裡的兩名男子，開車的那位看著後視鏡。「我們就等一分鐘不動，我想看看他們會怎麼做。」

一分鐘過去了。沒有人動。

「先生？」

「好吧。」菲克婁推開門。「我們來看看這到底是怎麼回事。」他一腳才剛跨出車子，那輛轎車就發動引擎。

「小心。」那司機說，但他的聲音在引擎運轉聲中幾乎聽不見，那輛轎車猛地衝上公路。菲克婁被那車掀起的煙塵嗆住了，下沉的太陽照得金屬車面發亮。「真是有趣啊。」他又回頭在車上坐好。

「我記下車牌號碼了，或許你需要。」

「很好。你暫時先留著吧。」

「沿著車道開進去？」

「沒錯。」

車子緩緩開過牛群路障和蒼白的碎石子路。途中經過了一道小溪和一棵菲克婁畢生僅見最大的老櫟樹。農莊廢墟在昏暗的暮色中一片荒蕪。菲克婁看到了火光，然後是艾爵恩，靜坐在一道傾頹的牆下不動。他臉上沒有歡迎的神色。

「我看這樣吧。」菲克婁把五十元鈔票遞給司機。「你去吃晚餐，等我準備離開時再打電話給你。」

「謝謝，先生。」那人收下錢。「你有我的名片吧？」

老律師拍拍自己胸口的口袋。「我會打電話給你。」

「先生？」

菲克婁一手放在車門上，暫停下來。

「你確定要這樣嗎？」那司機指的是昏暗的廢墟，剛剛他們嚇走的那輛車，還有艾爵恩模糊的形影。「天很快就要全黑了，那個人看起來又不是很可靠。也許我搞錯了，沒有不敬的意思，但是像你這樣的人，好像不該來這種地方。」

菲克婁看著艾爵恩，瘦削的疤痕臉，穿著不合身的衣服。「這個地方很好。你去好好吃一頓晚餐吧。」

「是的，先生。」那司機非常猶豫地點點頭。「你說了算。」

「快去吧，我不會有事的。」

菲克婁爬下去，望著禮車離開。等到煙塵散去，他撐靠著手杖，看到艾爵恩朝他走過來。

「哈囉，小子。我就知道來這裡能找到你。」

「不然我還能去哪裡？」

「這個世界很大啊，不是嗎？」艾爵恩走出樹蔭下，菲克婁在車道盡頭和他會合。「我本來以為，你可能是最不喜歡待在這類地方的人，會喚起太多陳年舊事的回憶。」

「或許我還有些事情沒完成。」

「是嗎？」菲克婁揚起一邊眉毛，露出他憑多年法庭經驗而心知最犀利的眼神。「或許我們該談談這件事，因為我剛剛又看到同一輛灰色轎車，停在你們這條車道入口。」

「我相信。」

「你知道那是誰嗎？」

「你真以為我該告訴你？」

「你很不高興。」老律師真的很驚訝。艾爵恩的肩膀和下巴線條都顯示他整個人很緊繃。平常溫暖的雙眼現在一點熱度也沒有。「我們難道不是朋友嗎？」

艾爵恩別過頭去，菲克婁看他瞪著雜草濃密的田野。他整個人好冷酷，彷彿結凍了似的。但其中還有哀傷，是因為靈魂深受傷害而造成的忿恨不平。「你從來沒來探望我。」

「我試過……」

「不是第一個月，愛哭鬼。第一個月很慘，是我不肯見你。我指的是之後的十三年。你是我的律師，我的朋友。」他的聲音裡沒有寬恕。而他說的是事實，沒有辯駁的餘地。

「我太老了，沒辦法應付上訴的事情。我們討論過的。」

「你也老得沒辦法當我的朋友嗎？」

「聽我說，艾爵恩。」老人嘆了口氣，面對著他。「你離開之後，我們很多人的生活都改變了。麗茲全心投入警察工作，幫助他人。至於我，剛好是相反。我不想看到同業，也不想跟朋友往來了。我再也不想關心別人。或許是憂鬱症，不曉得。我覺得彷彿太陽變冷了，或者我血管裡面的血液變稠了。我已經變得很精通各種比喻，可以講出一百個。然而，我想，講得最好的是我太太。她堅持了兩年，然後跟我說，即使她已經七十二歲，但還是年輕得不該跟一個死人共度生活。她搬走之後，我就幾乎沒離開過家。我讓人外送食物過來，再把髒衣服收出去洗。我喝酒，睡覺。在這個星期之前，我已經有十年幾乎沒離開過那棟房子了。」

「為什麼？」

「是啊，為什麼？」菲克斐的雙唇浮現出一絲淡淡的笑容。「我想，或許是因為我心碎了。」

「不是為了我。」

「或許是為了法律吧，也或者是整個制度無可挽回的失敗，而我無法改善。也或許只是因為我老了。」

「我寫過信跟你求助。不管是不是心碎，你怎麼可以不理會？」

「我沒有。」

「就是有。」

「你誤會了，親愛的孩子。我從來沒收到過信。」

艾爵恩思索著，點了個頭。「那些信被攔截了。」他又點頭。「當然了，他們攔截下來了。他們一定會攔截的。蠢，真蠢。」

結尾的蠢是在罵自己。菲克斐則是聽到了別的重點。

「你剛剛說他們，指的是誰？」

「別用那種眼光看我。」

艾爵恩的深色眼睛發亮，菲克斐覺得自己懂得。他了解監獄，有過其他客戶坐牢多年。總是有一些人因而有了解離性障礙和偏執狂。

「不是我想像出來的。」艾爵恩說。

「那麼，我們來談談這件事吧。那些信，還有這輛神祕汽車。」

艾爵恩走進黑暗更深處。菲克婁看著他的背影，還有歪著的頭。

「艾爵恩？」老人扶著手杖。「艾爵恩？」

艾爵恩沒理會老律師的問題，而是看著外頭漸濃的暮色。沒進過監獄的人，就不可能完全了解裡面的真相。就連艾爵恩都搞不清什麼是事實、什麼是虛構了。天空真的這麼暗嗎？老律師真的在那裡嗎？他想兩個問題的答案都是肯定的，但之前他搞錯過。有多少次他感覺到青草和溫暖的和風，結果睜開眼睛卻發現自己在鍋爐室裡的一片黑暗中？或是在寒冷、封閉、半結凍的排水管裡？就連友誼本身都不可信。他太太離開他了。還有他的同事、他的朋友。他有什麼理由相信這位老律師是出於好意呢？

只有那些警衛是真實的。

只有典獄長是真實的。

艾爵恩再度想到自己該殺了他們。如果他們還活著，自己怎麼可能活下去？他怎麼可能痊癒？

「你要去哪裡？」

艾爵恩停下來，根本沒意識到自己開始往外走。「眼前我不是最好的同伴，菲克婁。給我幾分鐘，好嗎？」

「當然好。都隨你的意。」

艾爵恩沒回頭，走進了田野，因為那裡的天空最廣闊，夜晚的第一批星星最亮。他以為開放空間會有幫助，但結果只讓他覺得渺小而無言，覺得自己在這個有幾十億人口的世界裡被遺忘了。但一時之間，這樣也沒關係。他了解無言，而且比大部分人更明白孤獨的滋味。求生的癥結就在於決心和意志，而如果連這兩者都沒了，那就要仰賴靜止和伊萊的話，仰賴於離開這個簡單的行動。但艾爵恩再也不想這樣下去了。他想要討回他的人生，去面對那些把他摧殘得如此脆弱、可憐的人。

那會是什麼樣的場面？

一場談話？

他很懷疑；也就是因為懷疑，他才會花這麼多時間在這個廢墟，他曾在這裡過著應有的生活。他的憤怒好強烈，簡直像個活物，藏在他的胸腔裡。他想要傷人、想要殺戮，然後把一切全部埋葬。

但是有一個問題。

他還記得自己以前是什麼樣。

艾爵恩往田野更深處走去，感覺青草拂過他的皮膚。他曾經是個體面的人。不完美，差得遠了。但他盡力做好工作，他有朋友，有搭檔，是別人的良師。他曾經愛過一個女人、辜負另一個。那種生活很複雜，回顧起來似乎更是如此。而現在他唯一想做的，就是殺掉五個人，把他們深深埋進土裡，深得完全被世人遺忘。

愛哭鬼聽了會怎麼說？

或伊萊呢？

他沒有採取暴力的另一個原因，就是想到伊萊。伊萊．羅倫斯希望艾爵恩拋開過去，重建人生。這就是他教導的每一課的最終目的——熬過這一天，熬過在院子裡放封，熬過剩下的刑期。

求生沒有錯。

每天醒來，艾爵恩心裡都想著這句話，睡前也會默唸著。

沒有錯。

但感覺上，拋開過去是不對的。典獄長掌管中央監獄十九年了。這十九年有多少囚犯死了？有多少發瘋，或是消失無蹤？艾爵恩不可能是唯一的一個。但他也不會低估其中的風險。典獄長，那四個警衛。艾爵恩知道他們的名字，也知道哪裡可以找到他們。但是他們沒有露出絲毫恐懼。他們出現在法庭，出現在那個男孩中槍後；他們還跟著他到老律師的宅邸，然後來到他自己的農莊。他們真認為他這麼軟弱又不中用嗎？

當然是。

因為把他搞得崩潰而不中用的，就是他們。

「我不是那樣，再也不是了。」

但其實就是。

回憶。夢魘。

「別想了。」

他本來可能會尖叫出聲，但結果沒有。無論醒著或睡著，他隨時可能尖叫起來。回憶從黑暗中湧現：金屬床和老鼠，伊萊的死和一再重複的那些問題。這就是被擊潰的一部分，種種恐懼有如洪水湧來。

「那不是我的人生。」

但感覺上像是。

等到最後一波恐懼退去，艾爵恩依然孤單站在一片他從小就熟悉的田野上。沒有牆、沒有天花板，也沒有冰冷的金屬。那麼，事情應該結束了，這是模式。

然後他看到那輛汽車。

那車子駛過田野旁，停在公路和車道交會處，閃著紅燈。他聽到引擎聲和車輪輾地的聲音。然後車燈熄了。

「操他媽的。」

他想都沒想就穿過田野，走到馬路上，他停下來。他們穿著便服，但他認識他們。史丹佛・奧利維特和威廉・普瑞司頓。艾爵恩認得他們的髮型、他們的動作，然後他們用打火機點燃香菸時，他認出了他們的臉。他們勾起了所有回憶，一時之間，幾乎把他壓垮：他們的微笑閃過，他們粗壯的雙手按住他的手腕和腳踝，用床旁的束縛帶繫緊，然後伸手去拿刀，拿針，或是一袋動個不停的老鼠。

艾爵恩想把他們從車裡拖下來，用拳頭打他們的臉，打到自己手指骨折也在所不惜。他告訴自己去吧，快點動手；但另一個畫面冒出來。他看到同樣這幾個人和同樣的臉，但當他從地下二樓的鍋爐室裡像個死人被拖出來時，他們的臉上有著類似憐憫的表情，一個人輕聲說耶穌基督啊，同時他們把老鼠從他身上拍掉，帶他去一個有光線和空氣及水的地方。

可憐的混蛋，他們說。

可憐的糊塗蟲，狗娘養的真頑固。

忽然間，一切都太難以承受了，憤怒與恐懼，以及屈服的壓力。

照他們說的做。

眼睛往下看。

但那只是尋常的恐懼，尋常的囚犯。艾爵恩被毀壞得更深，直到此刻，他才明白有多麼嚴重。他現在自由了，但一切重要的事物似乎都沒有改變。他看到他們的臉望向自己，看到他們的雙眼似乎認出他來。奧利維特說了些什麼，普瑞司頓又露出微笑，他身材粗壯、嘴唇蒼白，有一對圓圓的小眼睛。那是知情的微笑，有何不可呢？他熟悉艾爵恩身體的每一吋，知道他的血是什麼氣味、尖叫時會發出什麼樣的聲音，知道他哪裡被割過、哪裡沒有。艾爵恩忽然覺得一股血氣往上湧，然後是一個喀噠聲，好像他身體裡的某部分關起來。沉重。麻痹。他看到車門打開，但是隔了一段距離。整個世界幾乎全黑，等到光明重現，普瑞司頓警衛手裡拿著一根可伸縮的鋼製警棍。「你要做什麼，沃爾囚犯？」

囚犯……

「你以為你可以就這樣朝我們走過來？你以為你有這麼做的資格？」

艾爵恩的嘴唇嚅動，但是沒有聲音發出來。

普瑞司頓用警棍輕敲艾爵恩的胸膛。「我想知道他跟你說的事情。」他略微抬高聲音。「伊萊．羅倫斯。你很清楚我想要的是什麼。」

「我們應該要監視他就好。」奧利維特說。「只是以防萬一。」

「少囉唆了。」

「這個地方不對，老哥。拜託。會有車子經過，會有目擊證人的。」

普瑞司頓手腕一抖，警棍啪地變長。他揮動著警棍，擊中艾爵恩的脖子，然後是他的膝蓋骨，力道大得他全身只剩下痛的感覺。艾爵恩最後仰天倒在碎石子車道上，想動卻動不了，想呼吸但肺部彷彿凍結了。

「該死，普瑞司頓，」奧利維特的聲音傳來。「我們應該要監視他就好的。」

「你等著看吧。」指節按得劈啪響的聲音。艾爵恩看到普瑞司頓的臉，一隻厚厚的手接近，搧他的臉頰。「你還在嗎？哈囉。你還在嗎，愚蠢的混蛋？」

「拜託，大哥。這樣太過分了。」

「嘿！」又搧了兩記耳光。「東西藏在哪裡？啊？伊萊・羅倫斯告訴你什麼了？」

艾爵恩翻身側躺。普瑞司頓一腳踩在他喉嚨上。「在裡頭或在外頭都沒差。我叫你說話，你就說話。」

艾爵恩感覺到那壓力，但一切似乎好遙遠。星星、疼痛。那人說得沒錯。在裡頭，在外頭，他都不會贏的。

「他快死了。」

「不，才沒有。」

「我覺得你快踩斷他的喉嚨了。你看看他。」

那隻腳鬆開，艾爵恩又可以呼吸了。他癱在泥土地上不動，視線縮小到一個彩色的小點。

「這個幼稚的爛遊戲，我真是玩膩了。」

他的腳又踩上來，艾爵恩的腳跟在地上亂扒，同時心底深處尋找著自己以往的鬥士精神。他以前向來勇敢奮戰。在囚室裡，在放封的庭院中，還有他們第一次把他捆在金屬床上，或是第一次把他塞進排水管裡。他以前會堅持奮戰到底，但這回他快死了，他感覺得到。

可是這個世界似乎還沒完全放棄他。愛哭鬼瓊斯一拐一拐地從暗處出現，像是無所不在的英勇鬼魂。

「放開他！」他舉起手杖揮擊，打得普瑞司頓的鼻子像個李子似的破皮噴血。他又揮擊，奧利維特急忙往後閃。愛哭鬼又揮了一下，但是碰到這樣的對手，你不可能有第三次機會。這位老律師已經快九十歲，才挨了一拳，他就倒地不動了。

「耶穌啊！」普瑞司頓雙手摀住自己猛流鮮血的鼻子。「他是從哪裡冒出來的？」

「是那個律師。」

「我知道是那個律師，你這個蠢貨！他不可能是自己走路來的。」普瑞司頓從腰帶上拔出一把槍，塞給奧利維特。「去檢查那個屋子，確定沒有別人。開車子過去，快點。」

普瑞司頓掏出一條手帕按著鼻子，然後把老律師拖到旁邊，好讓車子過去。艾爵恩感覺到塵土和碎石揚起。他想爬到菲克婁旁邊，但是難以呼吸。

「乖乖待著別動。」普瑞司頓的靴子又踩在艾爵恩的脖子上。

那輛車很快就回來了。「那裡沒人。」奧利維特甩上門。「房子整個都燒光了，空的。」

「槍給我。你看著他。」靴子抬起來，艾爵恩無助地看著普瑞司頓抓住菲克婁一邊腳踝，拖出車道。老人還有意識，但是很勉強。他舉起一手，然後消失在黑暗中，同時普瑞司頓的聲音傳來。「你剛剛擔心會有路過的車，奧利維特，那我們就走吧。」

「走去哪裡？」奧利維特問。

「帶著他就是了。」

奧利維特拉著艾爵恩站起來，他覺得世界不再旋轉了。「別逼我用這個。」奧利維特亮出另一根警棍。「你知道他抓狂的時候是什麼樣的。」

「愛哭鬼——」

「別說話，乖乖走就是了。」

一隻手放在艾爵恩的背部，用力推著他踉蹌前進。推第一次時，他還撐住了。推第二次，他就倒地不起了。之後，奧利維特乾脆也拖著他。

好遠。

普瑞司頓把老人揹在背上，沿著車道走了二十碼。「看吧，沒車，根本不用擔心。」

「你要做什麼，普瑞司頓？」奧利維特把艾爵恩扔在車道上。「典獄長的指示不是這樣的。」

「我才不管呢。」

「他不會說的，你很清楚。我們以前怎麼逼他都沒用的。」

「之前我們手上可沒有這位律師。」

「拜託，別這樣。」奧利維特往前走，但普瑞司頓已經跪下來，一隻粗壯的手臂勒著老律師的脖子。「我們應該要監視他就好。只是以防萬一。」奧利維特說。

「可是你看看他，」普瑞司頓指的是艾爵恩。「你看看他，然後你敢說我錯了嗎？他會為這個律師投降的。」

「我會殺了你。」艾爵恩跪起來。「愛哭鬼……」

「抓住他，」普瑞司頓說。「逼他看。」

奧利維特用警棍卡住艾爵恩的喉嚨，逼他抬起頭來。五呎之外，普瑞司頓用同樣的手法對付老律師。愛哭鬼掙扎著，但他實在太虛弱了：細瘦的兩腿在泥土上拖著，生著斑點的雙手抓著普瑞司頓的手臂。艾爵恩想喊他的名字，但奧利維特使盡全力壓著警棍。

「我們慢慢來。」

普瑞司頓抓住老人的小指，手指折斷時，艾爵恩看著菲克婁的臉。他知道那有多痛，但老人沒叫。

艾爵恩吸了一口氣，設法說出話。「停手。不要。」

普瑞司頓抓起另一根手指。

「我會說的。」

「我知道你會的。」

第二根手指折斷了，愛哭鬼大叫時，艾爵恩也跟著叫了。他又踢又掙扎，同時奧利維特全身壓著那根警棍，艾爵恩覺得眼前的黑夜變成紅色，然後又變成黑色，他嗆著、抓著，陷入一片黑暗。

等到他恢復意識時，發現自己獨自躺在原來倒下的地方。脖子上沒有警棍。勉強吸著氣。他不曉得自己失去意識多久了，但感覺上似乎是很長一段時間。十分鐘？更久？他喉嚨好乾，嘴唇上的血黏黏的。他翻身跪趴著，聽到聲音，抬起頭來。奧利維特和普瑞司頓站在那裡，往下看著老律師在泥土地上抽搐，雙眼翻白，腳跟打鼓似的敲著地面，嘴角冒著白沫。

「我不曉得，大哥！我不曉得！」奧利維特一臉害怕。「心臟病發？癲癇發作？」

「他這樣還會持續多久？」

「我不曉得。」

「他這樣搞得我受不了。讓他停下來。」

「你是開玩笑的吧？」

「我看不下去了。」普瑞司頓掏出槍來指著。「我要當場斃了他。我發誓我會的。我要朝他腦袋開槍。我他媽的要宰了他。」

他扳起擊錘，此時老律師彷彿聽到似的，雙腳停下不動了，雙手也不再抽搐。他又猛吸了三口氣，接著是最後的一波顫抖，擴散到整個脊椎。艾爵恩親眼看到了，那最後一口氣之後的沉默，像是狠狠壓下他十三年來的恐懼與屈服。他雙腿依然麻痺，但不在乎自己是死是活了。唯一重要的就是普瑞司頓的臉，還有自己緊握的拳頭。他站起來時，兩個警衛轉身，一時之間好像不懂得害怕。他們以為他還是那個不中用的人，但那是當然了。在排水管裡和金屬床上被折磨多年，他們只看過不中用的他，看到他的尖叫和退縮，看到他在監獄的黑洞裡面被徹底擊潰，徒勞掙扎。他是個囚犯，或許知道一個祕密，他們至今還是那樣看他，這是大錯特錯，因為此刻艾爵恩的靈魂裡再也沒有一絲囚犯的痕跡，他又成為一個不折不扣的鬥士了。

「普瑞司頓？」奧利維特先醒悟過來，看著艾爵恩，趕緊往後退。「普瑞司頓？」

但普瑞司頓太慢才明白，而且掏槍太慢。他沒看到那股憤怒或恨意，於是艾爵恩張嘴喊出來。他大吼著往前衝，儘管普瑞司頓設法開了兩槍，但是都差太遠了。然後艾爵恩撲到他身上，力道大得讓他往後飛起來，往後跌了六呎。摔到地面時，那把槍也同時飛出去，接下來就只有打鬥和又打鬥、噴濺的血和牙齒，同時艾爵恩不斷打打打，然後他又去追奧利維特，繼續再打。

22

貝基特鑽進那道小門，不知怎地覺得很不對勁，他在教堂底下，感覺到上頭的重量。彷彿這座建築物一百七十年來的歲月，全都壓在他身上。

「好吧。」他手往後伸出。「手電筒給我。」

有個人遞過來一把大號手電筒，他接下，四處照了一圈。那些墩柱是粗石砌的，上方的原木跟他的腰一樣粗。他看到蜘蛛和白蟻丘和零星的舊垃圾。這個空間很大、很低，而且暗得像陰溝。

「有人來過這裡。」

拖行的痕跡很明顯。好像有個人爬過這片泥土，不是一次，而是很多次。那道痕跡繞過第一個石墩，然後轉彎往中廊前方。貝基特在那個緊迫的空間裡挪動著。

詹姆斯・倫道夫蹲在門口，他背後的天空是深紫色的。「你確定要進去？」

「怎麼？難道你想來？」

「不，謝了。我活了五十四年，已經很接近地獄了。要是去教堂底下找屍體，可能就會害我直接掉進地獄了。」

貝基特用手電筒照著那些痕跡。「爬行的痕跡通向那邊。」

「祭壇就在那個方向。」

「我也是這麼想。」貝基特拿著手電筒又四處照了一下。這個介於泥土和木地板之間的空間，高度頂多只有兩呎。「我的塊頭在這裡有點太大了。如果我卡住了或喊你，就換成你進來吧。」

「門都沒有。」

貝基特不曉得倫道夫是不是認真的。他又轉動了一下，抬起腹部。「去找戴爾，」他說。「叫他過來看看。」

之後，就只剩貝基特和教堂底下的黑暗空間。他避開那些拖拉痕，過了第一個墩柱後，他往右轉，泥土和石頭摩擦著他的手肘，毀掉他的鞋子。但他渾然未覺，因為進去五十呎後，他感覺到類似倫道夫那種宗教的懼怕。有多少人曾在他頭上的教堂裡結婚或受洗或哀悼？多年來有幾千人了，而同時，在他們下頭有這個原始、粗糙的地方，像個發霉的、簡陋的、充滿塵埃的狹窄烤箱。

貝基特又往前擠過一段距離。

現在他進來多深了？七十呎？八十？

他暫停下來，這裡有一根垮下的墩柱，地板的托樑塌陷。此處的高度勉強只有一呎，所以他往別的方向繞。不過接下來，肩膀和腦袋還是不時摩擦過上方的木頭。他在飄落的塵埃中幾乎窒息，等他爬到另一端，看到了那些墳墓。

「我的上帝啊……」

他又在胸前畫了個十字，感覺到這輩子只碰到過一兩次的那種寒意。那些墳墓很像一個個土堆，但其中五個有骨頭突出來。有幾個他覺得是手指骨。還有一個頭蓋骨的圓頂。

然而，讓他不安的不光是那些骨頭而已。

貝基特閉上眼睛，深吸一口氣，設法克服那種土地往上推、教堂往下壓的感覺。

「呼吸，查理。」他告訴自己。

他從來沒有幽閉恐懼症，但現在他在祭壇下頭——就在正下方。那些墳堆也是。

總共有九個墳堆。

「拜託，快點。」

他翻身側躺，想像著過去一百七十年來曾進出教堂的人。他感覺到他們像鬼魂在他上方，嬰兒和祈禱者，新婚夫婦和剛死的人。一個個生命就在他上方的祭壇活動，而這裡有屍體，就在這個地方……

這真是褻瀆。

貝基特閉上雙眼，然後抬頭看著巨大的地板托樑。那些托樑因為年代久遠而發黑，粗得像成年男子的腰。

他差點漏掉了那一小塊色彩。

那色彩很小且褪色了，不會比兩毛五硬幣大。他用手電筒照過去，覺得是一張照片的角落嵌在地板托樑上方。他看到一點綠色，還有原先可能是石頭的東西。他戴上乳膠手套，伸手把照片從縫隙中拉出來。那張照片很舊了，被手電筒的光線照得發白。看起來像個女人在教堂旁。他歪著頭，看到自己原先想的有多麼離譜。

不是一個女人。

不太算是。

二十分鐘後，外頭天色已經全黑了，到處都是蚊子。地下空間那扇小門外立起了幾盞泛光燈，圍繞著燈光撲來撲去的飛蛾有貝基特的大拇指那麼大。貝基特和倫道夫站在嗡響的燈管旁，正在等戴爾。

「他們愈來愈急了，」倫道夫說，指的是法醫、犯罪現場鑑識人員，以及其他警察。貝基特不為所動。「在戴爾來看之前，其他人都不准進去。」

「你看起來氣色不太好。」

「我很好。」但其實並不。剛剛的發現改變了很多事，說不定還改變了一切。

「你說有九個？」

「是的。」

「我很想看看。」

「你先管好自己的事情吧。」

「這就是我的事情啊。」

「就像我之前跟你說的，」貝基特從脖子上捏起一隻蚊子，大拇指和食指揉著血。「先等法蘭西斯來再說。」

戴爾出現時，整個人看起來很憔悴，他走進那一圈燈光，他的陰影爬上了教堂的外牆上。一開始他什麼都沒說，只是審視著用木板封起的教堂窗子，以及雜亂灌木叢後頭那個小小的方洞。

「我告訴過你一切都要按照規定來。」

「我知道。」

「這表示沒有經過我的同意，你不該弄一條尋屍警犬來。」

「這個我也知道。」

「所以呢？」戴爾兩手插在臀後。「你嫌屍體還不夠？壓力還不夠？」

「根據我所發現的……」貝基特搖著頭。「我不確定艾爵恩是兇手。」

「你馬上給我閉嘴。」戴爾打量一下周圍旁觀的那些人，然後帶著貝基特來到一個比較安靜的角落。「你說不確定是什麼意思？」

「我們不曉得這些屍體埋在地裡多久了。要是只有五年或十年呢？艾爵恩關在牢裡要更久。」

「如果他謀殺了一個，就可能謀殺了其他九個或五十個。或許茱麗亞·司傳吉並不是第一個。」

「也或許這是另一個兇手。」

「那些屍體說不定已經很久了，」戴爾說。「或許已經在那裡一百年或兩百年了。或許這個教堂就是蓋在一片墓地上的，只是我們不曉得而已。」

「那些墳堆沒那麼久。」

「你怎麼知道？」

貝基特彈了一下手指，一個鑑識人員拿了一件拋棄式全身防護衣過來。「穿上吧，」他說。

「我帶你去看。」

在教堂下方，貝基特指著。「別碰到那些拖拉的痕跡。」

「有兩組拖拉痕跡。」

「其中一組是我的。」

「另外一組看起來很新。」

「在我進去之前就有了。」

「別跟我說那些。」

「那只是一部分。走這邊。」

貝基特先進去。他回頭看了兩次，但戴爾在地板托樑底下移動自如。爬到墳堆之時，貝基特停下來，讓戴爾上前來到他旁邊。陰影舞動，那些骨頭閃現著灰色。戴爾看到那些墳堆，整個人僵住了。

「我們就在祭壇的正下方。這個給你。」貝基特遞給戴爾一雙乳膠手套，然後自己也戴上。

「我數過，有九個墳墓，呈兩百度的圓弧形排列。」貝基特用手電筒指著那些露出來的骨頭，還有頭蓋骨。「你看到中間那塊空地嗎？」

「看起來也很新。」

「最近才留下痕跡的。」貝基特轉動身子，看著戴爾的臉。「有人常來這裡。」

戴爾皺眉。他又在那乾燥的紅土上往前爬了幾吋，用自己的手電筒輪流照過每一個墳堆。

「這些墳墓還是有可能很舊。」

「看看這個。」貝基特用手電筒照著嵌在地板托樑上的那張照片。「我二十分鐘前發現的。」

「你說你發現是什麼意思？原來就是那樣？」

「我要你看看原來的樣子，於是又放回去了。」貝基特拉開一個證物夾鏈袋，伸手把相片輕輕拉出來，放進袋子裡封好。「你知道這是誰嗎？」

戴爾接過那張照片，審視了好幾秒鐘，又往旁邊傾斜一點，一隻手指撫過那光滑的袋子。他又看了墳墓圍繞的那片空地、那些灰色的骨頭，還有隆起的土堆。「不能讓麗茲知道這件事，」他說。「暫時還不行。」

23

伊麗莎白睡不著。好幾次都差一點，但每當即將睡著之際，她就又猛然驚醒，覺得自己聽到了倩寧的聲音，或紀登的聲音。然後她的想像力開始發揮，看到他們現在很可能的樣子：倩寧在監獄中，紀登在一張窄床上。他們依然是她的責任，所以她還蓋著一條柔軟的毯子，面對著一片紫色的湖水景色，似乎很不應該。於是她不睡了，起身在屋裡走動著。她走過雕刻屋樑底下的一條條長廊，又給自己調了一杯酒，然後走到陽台上，想著多年前的另一片水面。

那輛汽車駛來，像森林所發出的聲音。

伊麗莎白回頭經過屋子，及時趕到門廊，看到那輛禮車停下來。

「瓊斯先生人呢？」她上前跟那個剛下車的司機會合，他是個大塊頭，濃眉大眼。近看之下，她覺得他好像很害怕。他們離開多久了？二十分鐘？或者不到？

「你是警察，對吧？上了報那個？」

「沒錯，我是伊麗莎白．布雷克。菲克斐人呢？」

「他叫我去吃晚餐。」

「可是你跑來這裡了。」

「老實說，女士，我很擔心。過去幾年我常載瓊斯先生出門。他人很好，非常有教養。講話總是很客氣。替他服務非常愉快，而且——唉，問題就出在這裡。」

「他在哪裡？」

「是這樣的，他要我把他留在那裡。」

「在那個舊農場？」

「我不想丟下他。我跟他說那裡的那個人跟他不是同類的，他臉上有疤痕，看起來很兇惡，天又快黑了。」

「他在那個農場，現在？」

「是的，女士。」

「可是你跑來找我，為什麼？」

「因為我開車開了二十年，載過各式各樣的人，碰到過各式各樣的情況，現在我已經學會信任自己的感覺，而那些感覺告訴我那個地方很糟糕，女士，那是個很危險、很壞的地方，一點也不適合像瓊斯先生這樣的紳士。」

「謝謝你這麼替他操心，真的。不過艾爵恩．沃爾沒有危險。」

「瓊斯先生也是這樣想的，所以我想可能吧。」他大大的腦袋一歪，厚厚的手扭成白色。

「可是，還有那輛汽車。」

那輛汽車。

伊麗莎白轉出車道。

灰色的，他說。車上有兩個男人。

一輛灰色汽車載著兩個男人，停在艾爵恩老家那條車道的入口。這樣就已經夠糟糕了。一定是同樣那輛車，先是在愛哭鬼家，現在又跑去艾爵恩家。但這還不是最糟糕的部分。

他們在我放瓊斯先生下車之前，就離開了。但我想，後來我又經過了他們。

後來？

他們好像要回去。

多遠？

或許三哩吧。在市區邊緣，他們開得很快。這就是為什麼我問你是不是警察。因為實在很不對勁。那輛車，他們看著我們的樣子。因為他們開得飛快要回頭，而且因為他們身上有個什麼讓我很害怕。

他們也讓伊麗莎白很擔心。威廉．普瑞司頓有種陰暗的性格。她之前去監獄時感覺到了，在愛哭鬼宅邸上方的馬路上也感覺到了。他對艾爵恩．沃爾有種很不正常的興趣。一個是獄警，另一個是剛出獄的囚犯。加起來就是不對勁。他有一種傲慢，不光是自鳴得意而已，而是一種很明確的暴戾成性氣息。這是伊麗莎白當了十三年警察所累積的直覺，像普瑞司頓這樣的人，絕對不能讓他接近像菲克妻．瓊斯這麼脆弱的老人。

尤其是天黑之後。

更尤其是在一個前科犯的農場廢墟。

伊麗莎白開著車，車燈撕裂黑暗，照出柏油路面，以及黃色油漆線。在車燈之外的黑暗中，房屋像鬼影般掠過，碎石子和燈光一閃而逝，偶爾有車子經過。此刻她獨自在路上，只有她和風及黑夜降臨後的紫黑色天空。她經過一道寬闊的溪流，爬過最後一個山丘，接下來路變得平坦，往農場的蜿蜒道路在右前方。她迅速轉進去，大老遠就看到有人在打鬥，不太確定是怎麼回事：一輛車停在車道上，幾個人影在她的車燈照射下移動。兩個男人倒在地上，艾爵恩在跟另外一個打鬥。往前駛近五十呎後，她發現打鬥不是正確的用詞。艾爵恩又揮拳，那人倒下去，艾爵恩壓在他身上，沾了血的紅色拳頭揮動著，舉起又落下。那種兇殘太極端了，因而伊麗莎白雖然在旁邊停下車來，卻只是全身僵硬坐在車上。艾爵恩面無表情，他拳頭下那個男子滿臉是血又腫脹，看起來簡直不像人類。她看到愛哭鬼，動也不動，另一個男子倒在一邊爬行。她又僵坐了一分鐘，然後下了車，知道如果自己不做些事情，就要出人命了。

「艾爵恩！」她大喊，但他沒有反應。「你會打死他的。」她抓住他一隻手臂，但他掙脫了。「艾爵恩，停手！」

他沒停，於是她掏出手槍，用力朝他的腦袋一敲，打得他倒在地上。「不要起來，」她說。然後奔向菲克妻．瓊斯，輕柔地將他翻過來。「啊，上帝啊。」他已經失去意識，滿臉慘白，毫無血色。她發現他還有脈搏，但很微弱且不規則。

「他出了什麼事？」

艾爵恩跪起身子，垂著頭瞪著自己的雙手，看著破皮的指節和嵌在皮膚裡的牙齒。

「艾爵恩！到底發生了什麼事？」

他的目光轉到第二個警衛奧利維特身上。他趴在那裡，還在爬行。四呎之外，普瑞司頓的槍在泥土地上發亮。艾爵恩踉蹌站起來，踩住了奧利維特那隻要去拿槍的手。

「都是他。」艾爵恩撿起手槍，指著普瑞司頓。「威廉．普瑞司頓。」

「那是普瑞司頓？耶穌啊，艾爵恩。為什麼？」

「他剛剛在凌虐愛哭鬼。」

「凌虐？怎麼凌虐？等一下，別管了。沒時間談這些了。我們得送到他醫院，而且要快。」

伊麗莎白捧著老人的頭。「狀況很糟糕。」她傾身查探他的呼吸，臉頰上幾乎感覺不到他的氣息。「我們得馬上送他去。」

伊麗莎白看著普瑞司頓，那張臉被打得破爛不堪，雙唇冒出血泡，根本都認不出來是他了。

「你帶他去。」

「那他呢？」

「叫救護車。讓他死。我不在乎。不能讓他跟愛哭鬼同車。」

「那你來幫我一下。」他們把老人搬上伊麗莎白車上的後座，他的頭無力垂下，重量還不如一個小孩。「跟我走吧。」伊麗莎白說。

奧利維特又動了，於是艾爵恩一腳踩著他脖子。「我這裡還沒有結束。」

「艾爵恩，拜託。」

「你快走吧。」

「我不知道發生了什麼事，但菲克婁必須送到醫院去，而且馬上就得去。」

「那你就去啊。」

「我得跟你談。」

「好吧。你知道城東那個德士古加油站？黑莓路上那一家？」

「知道。」

「我們在那裡碰面。」

伊麗莎白又四下看了最後一眼，看著黃色車燈光線和那兩個受傷倒下的警衛。「他們會死掉嗎？」

「我還沒決定。」

這個答案讓伊麗莎白很掙扎。艾爵恩似乎冷酷而難以改變，而且完全就像個殺人兇手。他用槍指著普瑞司頓，她猶豫了：老律師在後座、半死的獄警在泥土地上冒著血泡。艾爵恩會扣下扳機嗎？她真的不知道。

「你在浪費時間，麗茲。」

狗屎。

他說得沒錯。唯一重要的就是那位老律師。「黑莓路，」她說。「三十分鐘後。」

伊麗莎白倒車出了車道，感覺到艾爵恩站在那裡不動，看著她離開。到了外頭的公路，她踩下煞車，在一陣煙塵中，看到他拖著奧利維特的領子穿過碎石路，在黑暗中走向那輛灰色汽車。

她等著槍響，但是始終沒聽到。

在她身後，老律師快死了。

艾爵恩扶起奧利維特，讓他來到亮著的車燈後方，背靠著前輪坐起身。他受傷了，但完全不像普瑞司頓傷得那麼重，只有眼窩破裂、鼻子流血而已。照他咬牙猛吸氣的樣子看來，或許還斷了根肋骨。他槍口抵著奧利維特的心臟，力道剛好足以讓他挺直身子。那警衛在哭。

「拜託，別殺我。」

這句話讓艾爵恩冷冷地撇了下嘴。他在獄中哀求過多少次，結果只是換來更多刀割的傷口和毆打？這會兒他用大拇指扳起擊錘，考慮要把奧利維特的心臟轟出一個葡萄柚大的傷口。

「我有個女兒。」

「什麼？」

「我有個女兒，她才十二歲。」

「所以我就該饒你一命？」

「她只有我一個親人。」

「你之前就該想到了。」

「對不起——」

「不必。」

「你不了解典獄長。你不明白。」

「你認為我不了解典獄長？」艾爵恩逼近那警衛，夜晚似乎更黑了。「他的臉。他的聲音。」

「拜託不要殺我。」

「有其他的囚犯被殺害嗎？除了伊萊．羅倫斯之外？」

「我對他的死很抱歉。他不該死的。一切都不該是這樣的。」

「但偏偏就是這樣。你們凌虐伊萊。還凌虐我。」

「我做這些是為了我女兒。我們需要錢。托育費用，醫療費用。我本來只打算做一次的，一次就好。但是他們不肯放過我。典獄長，普瑞司頓。你以為我晚上不會做惡夢？你以為我不痛恨自己的人生？拜託。她是我的一切。她會變成孤兒的。」

一個女兒，十二歲。這有差別嗎？艾爵恩受過那麼多苦，該負責的有五個人，現在他手上有其中兩個，可以把人數減為三個了。普瑞司頓死掉，奧利維特也死掉，這樣就剩下典獄長和傑克斯和伍茲。要是他動作夠快，那三個也可以殺掉。今晚，明天。這個誘惑太大了，想到伊萊偏挑這個時候沉默，艾爵恩知道伊萊如果決定說話，將會說些什麼。

拋開恨意吧，孩子。

自由。新鮮的空氣。

如此就已足夠。

那就是一切。

殘酷的諷刺是，艾爵恩從來沒殺過人。當警察時沒有，在監獄的庭院或囚室內也沒有。他捱過十三年苦日子，比大部分人更有理由去殺人。但他感覺到伊萊老人就在那裡，黃色的雙眼，充滿耐心，是他的和善一直支撐自己活下去，換了其他人早就躺下來等死了。

別這麼做，小子。

但是，那把槍還是沒動，狠狠抵著奧利維特的胸口，艾爵恩都能感覺到對方的心跳從金屬槍管傳來。

「拜託……」

艾爵恩按著扳機的手指更用力了點。過去他受過太多罪，太多年了。他一定要報仇，扳機一定要扣下去。奧利維特一定是看到他眼中的決心，因為他的嘴巴張開，在最後一刻的靜止中，在那漫長、難捱的最後一秒，一個聲音從田野外的黑暗中傳來。

「警笛，」奧利維特說。「警察來了。」

艾爵恩轉頭，看到遠處的燈光。那是藍色的閃示警燈，移動得非常快；但如果他想動手，也還來得及。一分鐘。九十秒。他可以扣下扳機，開那輛車離開。

奧利維特也知道，跟他一樣。「她的名字是莎拉。」他說。「她才十二歲。」

伊麗莎白在過橋兩哩處碰上了那些警車，但是沒慢下車速。他們往反方向飛馳：兩輛巡邏車和一輛沒有標示的車子，她發誓那是貝基特的車。他們開得很快——在狹窄的道路上，開到或許有一三〇公里——她知道他們是去找艾爵恩。車開得那麼快，一定有個原因，但她不能停下來或回頭。現在沒有別的事比那位老律師更重要了。

她一隻手伸到後頭，找到他的手。「撐著點，菲克婁。」

但是他沒有反應。

她開過市區，迅速來到醫院停車場，然後顛簸著駛上人行道，搖搖晃晃停在急診室門口，輪胎發出尖嘯聲。忽然間，她就來到了醫院內，大聲喊人來幫忙。一個醫師出現了。

「在外頭，我想他快死了。」

那醫師喊著要人推擔架過來，然後他們來到車子旁，把老律師抱出來。「告訴我發生了什麼事。」

「某種外傷。我不確定。」

「他的名字和年齡。」

「菲克婁．瓊斯。八十九歲吧，我想。」自動門打開。輪床嘩啦啦推進去。「我不知道他的最接近親屬或緊急聯絡人。」

「有對什麼藥物過敏嗎？」

「我不知道。我不知道。」

「有關他發生了什麼事，我得知道更多才行。」

那醫師自信而明確，伊麗莎白則是恰恰相反。「我想他遭受了凌虐。」

「凌虐？怎麼個凌虐法？」

「我不知道。對不起。」

那醫師邊推著輪床邊匆忙記下。「另外，請問你是？」

「無名氏。」她停在第二道自動門前。「我是無名小卒。」

他沒追問。有太多事情要做了，年紀大的人有太多種致死的可能。「四號診療室！」他喊道。

伊麗莎白看著他們走遠。

她出了醫院，回到車上的駕駛座，感覺那些護士在後頭瞪著她看。那醫師可能沒認出她來，但其他人認出來了。這件事也會上報嗎？死亡天使。被凌虐的律師。她只在乎了片刻，就丟開不管了。她又下車，回到醫院裡，走向第一個櫃檯的第一個護士。「我要借用一下電話。」

那護士嚇壞了，連忙指了方向。

伊麗莎白走過光滑發亮的地板，拿起免費電話的聽筒。她的第一個直覺是要撥給貝基特，但是想到他一定在艾爵恩的農場。於是她打給詹姆斯・倫道夫。

「詹姆斯，我是麗茲。」她看著那個護士、還有一名警衛，他們的表情都同樣緊張。「告訴我發生了什麼事。告訴我一切。」

詹姆斯・倫道夫從來不會遲疑或拖拉。那通電話只講了不到一分鐘，所以當伊麗莎白離開醫院去黑莓路時，她已經知道倫道夫所知道的一切：她父親的教堂底下有個陰森、黑暗的空間。這件事把整個世界都翻轉了。

發現了好幾個新的死者。

她從小祈禱的地方，出現了好幾具屍體。

她彷彿能看到那個地方，但最令她揮之不去的，是倫道夫最後那兩句話。

全世界都在找他，麗茲。

他媽的每個人都在找他。

他指的是艾爵恩，而為什麼不呢？新的屍體出現在那個祭壇。教堂底下還有另外九具。伊麗莎白不得不再度自問，她有多信賴他？她說過這個問題很簡單，說他還是原來那個人，其實真正的本質都沒有改變。但她閉上眼睛，就看到普瑞司頓的臉，很好奇他是否曾求饒。

他媽的每個人都在找他。

伊麗莎白轉入黑莓路，檢查一下放在旁邊座位上的手槍。不是她偏愛的葛洛克手槍，但當她停在那個老加油站、開門下車時，還是把槍帶著。她告訴自己這是聰明之舉，而且非常合理；但是她拇指解開了手槍的保險鈕。都是因為四下一片黑暗又安靜，大樹和灌木靜止不動，那輛灰色汽車安歇在停車場後方一棵樹下，融入黑夜。打從她小時候，這個加油站就很老舊了，現在更是古老，只是空蕩馬路上一個髒兮兮的立方體，散發著化學臭味，充滿了鏽痕和腐爛的木頭。伊麗莎白知道艾爵恩為什麼挑這裡碰面，但覺得如果自己要死，這個老加油站的確是個好地方。或許明天早上這裡會營業，也或許不會。或許一具屍體可以永遠躺在加油站旁邊沒人發現，等到季節逐一更替，等到那些老骨頭和碎裂的水泥混在一起，看起來只像一塊破掉的柏油路面。這個地方感覺就是這樣。好像壞的事情有可能發生在這裡。而且機率很高。

「艾爵恩？」

她跨過一攤碎玻璃和煤渣磚，來到一道生鏽的門前，門縫中透出一道銀色光線。走近後，她看到一根鐵撬和扭曲的金屬。門鎖被撬開了。

「哈囉？」

沒人回答，但她聽到門內有流水聲。打開門後，她看到一個髒兮兮的水槽和一面金屬鏡上方有個燈泡。艾爵恩站在那個污穢的瓷水槽邊洗手，水流下來變成紅色。他的指節腫脹又破皮，然後他從皮膚底下拔出一塊牙齒碎片，扔進垃圾桶，伊麗莎白覺得自己的胃裡翻騰著。

「我不是生性兇殘，是監獄把我變成這樣的。」

她看著他在傷口塗了更多肥皂，試著設身處地想像他的立場。如果每次打鬥都是攸關生死，她會怎麼奮戰？「愛哭鬼不該碰上那樣的事情。」她說。

「我知道。」

「你有辦法阻止嗎？」

「你以為我沒試過？」他看著鏡中的她，他的臉在髒兮兮的金屬中模糊不清。「他還活著吧？」

「我離開時，他還活著。」艾爵恩別開眼睛，她覺得自己看到了某種柔軟。或許是一個眼神，或許是一星淚光。「那兩個警衛，他們到底想從你身上得到什麼？」

「你不必擔心。」

「這個答案不夠好。」

「那是私事。」

「如果愛哭鬼死了呢？那也是私事嗎？」

他直起身子，轉過來，伊麗莎白感覺到第一絲真正的恐懼。那對眼睛的褐色眼珠簡直變成黑色，而且深得似乎不見底。「你要朝我開槍嗎？」

伊麗莎白低頭看了一眼，她都忘了自己手上握著槍了。槍口指著他的胸膛，她的手指沒放在扳機上，但也離得很近。她收起槍。「不，我不打算朝你開槍。」

「那麼，能不能讓我一個人清靜一下？」

伊麗莎白想了想，然後照他的話做。她可能會幫他，也可能不會——她真的不知道。但現在不是擔心或計畫的時候。愛哭鬼快死了，或者已經死了，而儘管她非常想了解艾爵恩的內心，但她現在真正想做的，就是喘口氣，獨自為童年的那些地方哀悼。「如果你需要的話，我就在外頭。」

「謝謝。」

她走出去，把門關上，但是停在門邊，隔著縫隙觀察艾爵恩，看到他凝視鏡子良久，接著又用肥皂洗手，流下來的水從紅色變成粉紅，最後轉為清澈無色。等到洗完了，他十指張開扶著水槽，低下頭，直到最後完全不動。彎著腰的他看起來不太一樣，卻又是原來那個他，粗暴但神智清醒，而且不知怎地還是很美好。這個字眼很傻氣——美好——但那也是源自童年時代的字眼，於是她用了。他美好又毀壞，每個凌虐的痕跡都是個謎。就像那個老教堂，她心想，或者愛哭鬼的心臟，或者受傷孩童的靈魂。但童年未必完全是好的，所學到的教訓也不見得都是好的。好與壞，就像黑暗與光明、軟弱與堅強。沒有什麼是簡單或純粹的；每個人都有祕密。

艾爵恩的祕密是什麼？

那些祕密有多糟糕？

她又偷看了一會兒，但那個骯髒的房間、金屬鏡子，以及那片黯淡、發綠的燈光，實在無法給她任何領悟。或許他在他家農場的車道上射殺了那兩個人，把他們留在那裡。或許他是個好人，也或許不是。

伊麗莎白逗留在那邊，希望能看到一點跡象。

然後他開始哭，她就離開了。

等到門再度打開，伊麗莎白正站在那個老加油站前頭封閉的加油泵浦旁，看著一輛車的車尾燈沿著馬路往前，逐漸消失。「你還好吧？」她問。

遠方又出現另一輛車，艾爵恩聳聳肩。

她看著那輛車的車燈愈來愈大，然後燈光掠過他的臉。「你得離開，」她說。「離開這個小城。離開這個郡。」

「因為剛剛發生的事情？」

「那只是一部分。還有其他的。」

「什麼意思？」

她告訴他祭壇上又出現了一具屍體，還有教堂下方的那些墳墓。他得花一點時間設法消化這個消息，她也是。

「他們在找你，」她說。「這就是為什麼他們跑去那個農場，他們想逮捕你。」

他一手拇指按摩著一個指節，然後是另一個。接下來換手繼續按摩指節。「那些墳墓有多久了？」

「現在還沒有人知道，不過這是個大問題。」

「那祭壇上的那個呢？」

「蘿倫・列思特。我見過她一次。她人很好。」

「我從來沒聽過這個名字。」艾爵恩雙手揉著臉。他覺得麻木冰冷又混亂。自從他出獄後，有兩個女人被謀殺了。而且教堂底下又發現了九具屍體。「這種事不可能發生啊。」

「就是發生了。」

「可是為什麼？又為什麼是現在？」

伊麗莎白等著他會說出陰謀論和那個啤酒罐子，說或許這是某個精密陷害計畫的一部分。但讓她鬆了口氣的是，他什麼都沒說。這個狀況太重大了，有太多屍體了。「那兩個警衛怎麼樣了？」

「你以為我殺了他們？」

「我覺得你當時很煩惱。」

艾爵恩笑了，因為煩惱似乎太輕描淡寫了。「我沒殺他們。」

「我該相信你的話嗎？」

她站在路邊好渺小，但是就像任何優秀警察該有的那樣，毫不畏縮。艾爵恩走向那輛灰色轎車，打開後行李廂。奧利維特在裡頭。

「你為什麼把他帶來這裡？」

他把奧利維特拖出來，扔在柏油路面上。伊麗莎白很警戒，但艾爵恩毫不動搖。他從腰帶掏出手槍，蹲下來，看著奧利維特凝視著那把輪轉手槍，好像看到了未來。艾爵恩也明白那種入迷的滋味。

「我想殺掉他，」艾爵恩說。

「但是你沒有。」

他眼角看到她的手槍，露出微笑，因為她已經遠遠不是當年那個害怕的女孩了。她拔出槍握著，但是沒舉起來，握得很穩。她整個人都很穩。

「回答我一個問題，」他說。

「只要你把槍給我。」

「死在地下室那兩個人。他們不該死嗎？」

「他們該死。」

「你覺得後悔嗎？」

「不。」

「那如果我告訴你，這個也沒有不同呢？」他槍口抵著奧利維特的胸膛，看到伊麗莎白在他旁邊舉起槍。

「我不能讓你殺他。」

「你會為了救這個人，朝我開槍嗎？」

「不要考驗這種事。」

艾爵恩審視著奧利維特的臉，那種恐懼和瘀青和深陷的雙眼。在農場時，救他一命的不是他女兒，也不是藍色的警燈或響亮的警笛。艾爵恩當時照樣可以殺了他之後離開。即使現在，他的手指還是感覺到扳機的弧度。他沒開槍有個原因，而且這個原因始終很重要。

「如果我希望他死，他早就死了。」

艾爵恩扳回擊錘，把手槍放在地上。伊麗莎白彎腰拿起槍，但他的注意力還是放在奧利維特身上，他湊近他，兩人的臉只差幾吋。「我要你傳個話給典獄長。」

「好。」奧利維特設法吞嚥，但是嗆住了。「沒問題。」

「你告訴典獄長，你能保住一條命是因為伊萊．羅倫斯，下回可就沒有這麼幸運了。告訴他如果我碰到他，我就會當成是私人恩怨，我不會再顧念伊萊了。」那警衛點頭，但艾爵恩還沒講完。「不管你有沒有女兒，結果都沒差。你明白嗎？」

「明白。上帝啊，我明白。」

艾爵恩站起來，審視著麗茲的姿勢和她的臉。她握著槍的手指依然發白，但是他可以接受。真正重要的是她來到這裡，她不必來的，卻還是來了，而且她的克制能力是沒有其他警察辦得到的。這在廣大世界裡只是一件小事，但在這個老加油站前方的黯淡燈光裡，艾爵恩覺得好久以來頭一次比較不那麼孤單了，他沒有得到心靈的平靜，但也沒有毀壞。他希望麗茲明白這點，明白她對自己是有意義的，而且很重大。「你有很多問題要問，」他說。「我不確定我都能回答得了，不過我會盡量。」

「那就太好了。」

「你會跟我走嗎？」

「什麼？」

「剛剛你自己說過了。我得離開這個地方。」

「我們要去哪裡。」

「那是祕密，」他告訴她，麗茲看著黑暗的馬路。祕密是危險的，他們兩個都明白。但他看得出她受了很大的傷害，而且她的人生也面臨重大的轉折點。「拜託，」他說，看著她那雙清澈而靈動的雙眼。「我已經厭倦孤單了。」

他們開著伊麗莎白的車，因為警察已經發現普瑞司頓，現在一定在找那輛灰色汽車了。艾爵恩指示她開上一條往東的道路，他們沉默地駛過黑夜，經過一個個小城鎮，城鎮之間是空蕩的黑色平坦馬路，以及路旁的松樹。「跟我說我沒有發瘋，」伊麗莎白中間一度說。

「或許是好的那種發瘋，」他說，而這些話似乎非常貼切。她跟一度救了她性命的這個男人單獨在一起。他正因為謀殺而遭到警方追捕，風吹過她的頭髮，於是其他一切都不重要了。這真是瘋狂，但她覺得非得這麼做不可。她所愛的其他一切，她都幫不上忙了。倩寧和紀登和愛哭鬼。他們會面臨坐牢或痊癒或死掉，但伊麗莎白完全無能為力。各種狀況讓她再也無法插手，於是如今她跟這個男人在一起，在黑暗的呼嘯風聲中奔馳。她能觸及的只有眼前一刻，還有身旁這個男人，如此而已。她想要什麼，連自己都搞不懂。她是警察還是逃犯？是被害人或是某種奇特的、新奇的類型？

她胸中的那種種感覺，又是怎麼回事？

她冒險往旁邊看了一眼，但艾爵恩閉著眼睛，頭微微昂起，讓風把他的頭髮往後吹。她感覺到片刻的聯繫感，就是這個，她判定，這就是她確知的。艾爵恩有個故事，而她會聽到這個故事，以了解前因後果，也搞清她一度以為是愛的那種感情，是否還有任何殘留。

「告訴我你的故事吧。」

「等我們停下來再說，」他說。「等我們下了車，不再奔波。」

「好吧。」她皺起眉頭，感覺到車輪駛過的道路、橡膠輪胎的嗡響，還有車子裡古老彈簧的震動。「那麼，告訴我一件真實的事情吧。」

「一件就好？」他眼中浮現出笑意，但是一閃而逝。

「現在就得說。」

「好吧，」他說。「我很高興你來了。」

「就這樣？」

「這是真實的。」

她不再打擾他，接下來一路靜默。這是他的遊戲，而她已經同意要陪他玩了。畢竟，明天他們還有很多時間解釋。更何況眼前還有別的事要操心。他們避開了主要道路，隨時留意看有沒有警察，鬼魂般經過一個又一個小城。最後，在經過一段漫長的空曠道路後，他說：「就這個了。」

他指的是一家平價汽車旅館，在前面的黑夜中亮著燈。伊麗莎白減速，轉入停車場，經過十幾輛滿佈塵土、映著紅色霓虹燈的舊車。那家汽車旅館低矮而狹長，有一個空的水泥池，灰泥牆面滲出石灰漬。「這是什麼城鎮？」

「有差嗎？」

他們位於一個小鎮邊緣，在沿岸平原上有上百個這樣的小鎮，其中有的富有，但大部分都很貧窮。這個感覺上屬於後者。「去要兩個房間。」伊麗莎白停在旅館辦公室外頭，從皮包裡挖出幾張紙鈔遞過去。「盡量挑靠後頭的房間，靠尾巴的。我過一會兒就回來。」

艾爵恩接過錢，但是沒動。淺藍色的旅館房門一路往左延伸。十呎外有一架冰塊機發出隆隆和吭啷聲。「你要去哪裡？」

「你信任我嗎？」

他看著那汽車旅館，皺起眉頭。

「二十分鐘，」她說，等到他下了車，她開進鎮上，看到一如自己的預期：安靜的街道和破敗的建築物，幾個瘦小的男人拿著一個褐色紙袋包著的酒瓶傳來傳去。沒有餐廳，於是她來到一家有炸雞和菸草甜味的便利商店，在裡頭買了啤酒和食物。櫃檯後的女人找了零錢之後，伊麗莎白問：「這個鎮叫什麼？」那女人說了，伊麗莎白腦袋裡想像著一張地圖，往海岸的半途，很多空地和狹窄的道路。鎮名聽起來就像是這一帶該有的。「這裡有什麼？」

「什麼意思？」

「不曉得。有大學？有工業？人們想到這裡時，第一個會想到什麼？」

「我要知道才有鬼呢。」那女人用牙齒咬出菸盒裡的一根小雪茄菸。「這裡除了窮人和沼澤外，就沒剩什麼了。」

伊麗莎白回到汽車旅館，進入大廳，向櫃檯的老人問房間號碼。

「你是說那個臉上有疤的傢伙？」

「對。」

他上下打量她，然後聳聳肩像是什麼狀況都見識過了。「十九號和二十號。左邊繞到後頭。」

「可以借用一下你的電話嗎？」

「房間裡有電話。」

「我想從這邊打。」

「長途的？」

「或許。」

他眼中閃過一絲惡意，於是她把一張十元鈔票放在櫃檯上，看著他收走。

「十元打五分鐘。」他把一個轉盤式電話放在櫃檯上，拖著腳步回到後頭房間。

伊麗莎白憑記憶撥了一個號碼，接上了醫院的總機。「我想詢問一位病患的狀況。」

「你是家人嗎？」

伊麗莎白又打警察牌，把名字和警徽編號告訴對方，然後說了自己要查的。「瓊斯先生在加護病房，你等一下，我幫你接過去。」那位總機小姐說。

電話轉接過去，一個加護病房護士回答了伊麗莎白的問題。菲克婁還活者，但是還沒脫離險境。「他是中風，」她說。「很嚴重。」

「耶穌啊。菲克婁。」伊麗莎白揉著眼睛。「什麼時候才能曉得他是不是脫離險境？」

「對不起，你剛剛說你是誰？」

「朋友，很要好的朋友。」

「唔，現在什麼都還不曉得，至少要等到明天。不過到時候很可能是壞消息，而不是好消息。你還想知道什麼嗎？」

伊麗莎白猶豫著，因為他為菲克婁難過，也因為接下來的問題有點棘手。

「女士？」

「是的，對不起。你知道有個男人在城北路邊被發現毆打重傷的嗎？四十出頭，塊頭很大。警察應該預先打電話來通報，或者直接送過去醫院。」

「喔，是啊。每個人都在談那件事。」

「大家說了些什麼？」

那護士告訴了他，伊麗莎白忘了自己有沒有說再見。她掛掉電話，走進外頭的黑夜裡，在車上坐了好久。愛哭鬼還活著——這個消息再好不過了——但威廉・普瑞司頓則否。他在開刀房裡待了一小時，死於手術中，被活活打死的，那個護士說，兇手目前還不知道身分。

不過，很快就會知道了。

伊麗莎白轉動鑰匙，感覺一股熱風吹在脖子上。

等到奧利維特說出他的故事，大家肯定就會知道了。

艾爵恩坐在床緣，背脊挺直。他很擔心，但不是一般的瑣事。他就要失去她了，伊麗莎白，除了愛哭鬼瓊斯之外，她是審判期間唯一相信他的人。每天早上戴著手銬腳鐐進法庭時，他第一件事就是在旁聽席第一排尋找她的臉。一天結束時，被帶離法庭前，他也一定會回頭尋找，看她一眼。她會點個頭像是在說：*是的，我相信你沒有殺她。*

然而，那是好久以前了，現在還有其他問題。奧利維特。普瑞司頓。他看到了她的眼神，看著他，還有他血淋淋的雙手。她希望他還是原來的樣子。但他不是了。

「我該怎麼辦？」

他在自言自語，或是跟這個房間、跟伊萊．羅倫斯的鬼魂講話。沒有人回應，所以他等著她的車聲從窗外出現，直到此時，伊萊才終於開口了。

抬頭挺胸，孩子。

艾爵恩閉上眼睛，但覺得整個房間環繞著他。「她看到我做的事情了。」

那又怎樣？

「你也看到她是用什麼眼光看我了。」

都是監獄把你變成這樣的。你已經告訴過她了。

「如果她不相信呢？」

那就說服她。

「怎麼說服？」

伊萊沒回答，但艾爵恩知道他會說什麼。

告訴他實話，孩子。

如果你只剩下她，那就告訴她一切吧。

艾爵恩覺得有道理，但不曉得該怎麼做。她會以為他是有妄想症，或是撒謊，或是兩者皆是。一切好混亂又好破碎：真實的事情和想像的事情，全都混在一起了。她怎麼可能相信，這麼多年來，他醒著的時間比最糟糕的夢魘還可怕？她不會相信的。不可能。

一分鐘後，她敲了門。

「你回來了。」他微笑著開了門，擠出一句玩笑話，讓開身子讓她進來。

她把一個袋子放在梳妝台上，裡頭的瓶子撞得叮噹響。有個什麼不一樣了。她整個人很僵硬，站得挺直。

「怎麼了？」

「普瑞司頓警衛死了。」

「你確定？」

「他在手術中途死亡。」

艾爵恩努力思索。他打他是為了愛哭鬼，已經超過了傷害或一時氣昏頭的程度。他無意殺他，但現在他也不因此難過。「你要逮捕我嗎？」

「如果我要逮捕你，我就不會單獨來了。」

「那麼，你想怎麼樣？」

「把你兩隻手伸出來。」

她走近他，接住他的手。上頭破皮了，但流血已經停止。她握著那些彎曲的手指，看著腫脹的指節，還有生著斑點的指甲。

「有關普瑞司頓——」

伊麗莎白搖頭阻止他。「脫掉襯衫。」

他低下頭，很難為情。

「沒事的，脫掉就是了。」她放開他的手，她的手指笨拙地摸索著釦子。伊麗莎白始終盯著他的臉，等到襯衫脫掉後，她帶著他來到燈光下。「沒事的，」她又說：但是當她碰觸他第一道疤痕，他瑟縮了一下。她循著那道疤痕，從頭摸到尾，然後是下一道。「好多。」

「是啊。」

他知道如果她慢慢數，會有什麼發現：胸部和腹部有二十七道，背部和大腿還有不曉得多少。她雙手來到他臀部時，他說：「拜託，不要。」但是她溫柔安撫他，像是對待一個小孩，然後讓他轉身，背部對著燈光，手指摸著一道從左肩胛骨到右臀的長疤。「伊麗莎白——」

「別動。」

她不慌不忙。手指沿著每一道疤痕撫摸過，然後是另一道，她的手指循著他背部那些交錯彎曲的疤痕遊走，讓他覺得整個人赤裸不堪。他已經好久沒在清醒時被人觸摸、卻不會痛了。他有多久沒有感受到這麼單純的溫柔了？

「好吧，艾爵恩。」她又碰觸他最後一次，雙掌冰涼平放在他身上。「你可以把衣服穿上了。」

他穿上襯衫，背部肌肉還是微微發顫。

「你要跟我談談有關的嗎？」她指的是那些疤痕，於是他別開臉，不光是因為她會懷疑那個故事，也是因為監獄讓他學會了如此。不要告密，不要相信他人，把想法藏在心裡。伊麗莎白似乎很了解，她坐在一張窄窄的椅子上，身體前傾，雙眼專注，但還是很溫柔。「你身上的疤，不是因為跟其他囚犯打架。」

這不是問句。

他坐在床緣，兩人離得很近，膝蓋幾乎要貼在一起。

「監獄裡的自製小刀是用來刺戳的武器。但這些疤痕，大部分都是很長的刀傷，是用很薄的刀刃所割出來的。是普瑞司頓警衛割的嗎？」

「有一些。」

「還有典獄長。」

再一次，這不是問句：他迴避她率直的目光。他從不談典獄長，那是本能，就連警衛講到他的名字，都要壓低聲音。

「典獄長凌虐過你。」

「你怎麼知道？」

「他的姓名縮寫刻在你背上，有三個地方。」她觀察他的臉。他還是垂著眼睛，但覺得臉一下燒紅起來。「你不知道，對吧？」伊麗莎白問。艾爵恩別過頭，伊麗莎白傾身湊得好近，他都能感覺到她呼出的氣。「他們想從你這邊得到什麼，艾爵恩？」

「他們？」

「典獄長、醫師，還有那兩個警衛。他們都凌虐過你。他們想要什麼？」

艾爵恩覺得天旋地轉。她這麼近，頭髮和皮膚散發出氣味。她是除了伊萊之外唯一關心他的人，而伊萊已經死去八年了。這讓他暈眩。真相。女人。「你怎麼知道這些？」

「你兩邊手腕都有縫線。很模糊，但是對某個了解這些傷疤的人來說，還是夠清楚。大部分傷口都有縫線，這表示醫師也參與了。否則醫務室那邊一定會說出去的。打個電話，或傳個訊息。無論他們想要什麼，他們都不希望你告訴任何人。」伊麗莎白雙手捧起他的右手。「你的手指斷過幾次？」

「我沒辦法談這個。」

「你的指甲底下有疤痕組織，那些白線。」她摸摸一片指甲，雙手很輕柔。「我不會送你回去的，」她說。「如果你把祕密告訴我，我會保密的。」

「為什麼？」

「因為我是你的朋友。而且，因為有更大的事情正在發生。典獄長、那些警衛，或者那個被上帝遺棄的監獄裡所發生的其他任何事。都不表示其他人沒在找你——州警局，甚至是聯邦調查局。殺獄警就跟殺警察沒兩樣。這會比上次更糟糕。你不能回到那個監獄，永遠不行。這個你知道的，對吧？」

「對。」

「你願意告訴我，他們對你做了什麼嗎？」

「這些疤痕告訴你的還不夠嗎？」

「你能告訴我，他們想要什麼嗎？」

「不行。」他搖搖頭，終於看著她的眼睛。「我得帶你去看。」

24

貝基特清晨五點回到家。他太太還在睡，所以他悄悄進了屋子，在淋浴間外頭脫掉衣服，把毀掉的鞋子踢到一旁，衣服在地上亂堆著。他踏入淋浴間，讓熱水沖走泥土和氣味及威廉・普瑞司頓的血跡。貝基特這輩子見過太多殘殺、太多毆打了。

但是這回……

那個男人的臉根本已經沒了。那個嘴巴，那個鼻子。貝基特閉上眼睛，一切歷歷在目，地上的拖拉痕和斷掉的牙根，四濺的血跟泥土凝結在一起。此刻普瑞司頓已經死了好幾個小時了，而他的死促成了貝基特畢生所見過最大的追緝行動。州調查局。高速公路巡警隊。全州每一個郡警局。戴爾還打電話找聯邦調查局，每回有哪個官僚敢說不行，他就大吼回去。這是最危險的部分。大家都很激動、憤怒、急切。

而麗茲捲入其中。整個搜捕行動，整個狂熱氣氛。就很多方面來說，她都很重要，而整個世界似乎都想把她活活撕爛。之前是蒙若兄弟的事情，現在又是這個。

「耶穌啊……」

貝基特雙手抹過臉，幾乎認不得自己了。他打心底反胃，不是因為那張被打爛的臉，或那些灰色的骨骸，或是從教堂底下運出來的塑膠屍袋。

甚至也不是因為麗茲。

他兩手撐在淋浴間的牆上，水噴下來，但是不夠熱也不夠重。他想到艾爵恩的審判，和那個該死教堂裡所有死去的女人。

一定就是艾爵恩。

但如果不是呢？如果教堂地板下的那些屍體只有五年？或十年？如果艾爵恩不是兇手，那就表示他的定罪為另一個人鋪好了路，讓那個人十三年來進行獵殺？

教堂底下有九具女屍。

還有蘿倫．列思特，以及蕊夢娜．摩根。

貝基特覺得他們就像一個個砝碼，彷彿他們的靈魂是石頭和鋼鐵，在他的頭冠上疊了十一層。

「甜心……」

是他太太的聲音，很遠。

「查理？」

這回比較大聲了，穿過蒸汽傳來，同時浴室門拉開。

「等一下，親愛的。」貝基特擦掉眼睛上頭的水，望著浴簾外。凱若穿著平常那件睡袍，頭髮睡得亂糟糟。「嘿，寶貝。」

「你怎麼會跑來客房的浴室？」

「我不想吵醒你。」

「你還好嗎？你看起來有點蒼白。」

「都是因為熱氣，洗澡的關係。」

「你好像很心煩。」

「我說了是因為洗澡！」她被他的大嗓門嚇得往後縮，他立刻道歉。「這一夜很辛苦。對不起。我不是故意跟你發脾氣的。」

「沒關係。我看得出來你這一夜很辛苦。要不要吃早餐？」

「十分鐘？」

「我去廚房。」

貝基特沖完澡，又刮了鬍子，換上乾淨的衣服。他審視著鏡中的臉，直到自己平靜下來，這才去廚房找他太太。他走進去，覺得她看起來好美，體重比上個月更重一點，皺紋又多了一點，也稍微更疲倦一點。但他不在乎這些。「我最愛的女人還好吧？」

她從爐前轉過身來，看到他全身穿好外出服，臉上的笑容消失了。「你又要回去工作了？」

「沒辦法，寶貝。我非去不可。」

「是那個可怕的人嗎？」

一時之間，貝基特害怕她看透了自己的思緒，害怕她不知怎地知道那件事。但接著他明白了，是電視，關了靜音的螢幕上是那個廢棄教堂的大遠景畫面，艾爵恩的照片出現在下方一角。

「他是一部分。」

「我真不敢相信他還來過我們家，還在我們的飯桌上吃過飯。」

「那是很久以前了，寶貝。」

她拿起遙控器，關掉電視機。她嘴角的皺紋更深了。「你整夜都和麗茲在一起嗎？」

「這回沒有。」

他一手緊緊攬住她的肩頭。她老是嫉妒漂亮的麗茲能跟他在一起那麼多時間。這幾年他一直試著讓凱若了解麗茲只是朋友，如此而已。但凱若就是不明白他們的婚姻對他有多麼重要，不明白他為此願意付出多大的代價。罪惡感就是這樣，每個人都有一些隱藏的祕密，唯一的問題是這些祕密有多少，而且造成了多大的損害。

他吻了她頭頂一記，倒了些咖啡。

「那麼，你昨天夜裡去哪裡了？」

「教堂。艾爵恩的老家。醫院。」

「是因為那個被打死的可憐警衛嗎？」

貝基特猶豫了。「你知道那件事？」

「是啊。」

「他的死我們還沒發佈消息，還特別跟醫師、護士交代了要保密。你怎麼會曉得的？」

「啊，典獄長昨天來過。」

「什麼？」貝基特猛地站起來，椅子往後翻倒。「他來過這裡？」

「耶穌啊，查理。你的咖啡都潑出來了。」

「那不重要。他來做什麼？」

「他很心煩。」凱若丟了幾張紙巾在潑出的咖啡上，然後扶起椅子。「他說那位死去的警衛叫普瑞司頓，說他有老婆和一個兒子，說他們是好朋友。典獄長覺得自己有責任。我想他是要跟你談這事情。真是太可怕了。」

「他什麼時候來的？」

「什麼？」

「該死，凱若。什麼時候？幾點？」

「你嚇到我了，查理。」

貝基特握緊的雙手趕忙鬆開，知道自己面紅耳赤。「對不起，凱若。告訴我幾點就是了。」

「不曉得。或許十二點吧。我記得他還道歉說這麼晚。他說他一整天一直想聯絡你，但是你都沒回他電話。他說今天早上會再過來。」

「狗娘養的。」

貝基特走到房間另一頭，撥開窗簾往外看。外頭還沒天亮，但那輛車已經停在人行道邊緣。

「你在這裡等著。」

凱若說了些什麼，但貝基特已經走進門廳，然後出了前門。他努力讓自己的步伐保持平穩，這並不容易。「你他媽跑來這裡做什麼？」

他說的時候，車門才剛打開一點。典獄長似乎對他的怒氣毫不在乎。「上車，查理。」他穿著深色西裝。貝基特沒動。「你太太看起來很擔心，跟她揮個手。」

典獄長傾身向前，微笑朝窗子揮手。貝基特拖了幾秒鐘，也回頭揮手。

「好，上車吧。」

貝基特坐上車裡的皮革椅。門關上，整個世界變得好安靜。「你絕對不准來我家，」貝基特說。「絕對不准趁我不在的時候跑來。還三更半夜？你到底在想什麼？」

「你都不回我電話。」

「這件事不必把我太太扯進來。」

「真的，查理？我想我們都知道不是這樣的。」

「那是十三年前了。」

「盜用公款的訴訟時效是多久？篡改證據呢？或者作偽證？」典獄長似笑非笑地問。

「你在監視我家嗎？」

「才沒有呢。我剛到。」典獄長點了根香菸，指著這個街區前面的另一輛車。「不過，我的確喜歡檢查一下我擁有的東西。」

「你並不擁有我。」

「是嗎？」

貝基特按捺下自己的怒氣，想著就連最小的石頭，也可能引起雪崩。「我們以前是朋友的，該死。」

「不。威廉．普瑞司頓才是我的朋友。我們是二十一年的朋友，現在他死了，他的臉被打爛，連他自己的太太去認屍都有困難。」

「你想怎樣？」

「一個囚犯殺死我的一個警衛，而且是我最要好的朋友之一。這在我的世界是不容許發生的，懂嗎？這違反了萬物的自然法則。你以為我想怎樣？」

「我不知道艾爵恩人在哪裡。」

「但是你會找到他。」

「有幾件事我要跟你講清楚。」貝基特在座位上轉過身來，懊惱得有點危險了。「你不擁有我，威脅到一個地步也不會有好處。你要我別讓麗茲接近艾爵恩。好，這一點我幫你，因為她腦袋不清楚，本來就不該接近他。你想知道艾爵恩行蹤的內線消息。這也沒問題。他是個殺人前科犯，所以管他去死。但是你不准靠近我太太，不准靠近我家。這是我們談好的條件。」

「那是原先談的。現在不一樣了。」

「為什麼？」

「因為囚犯不能殺警衛的。在我的世界裡不行，絕對不行。」

他講得好平淡又好冷酷，讓貝基特覺得一陣寒意。「耶穌啊，你打算殺了他。」

「我把奧利維特交給你們，這樣你就可以發出通緝令，全境通告。無論你需要什麼，無論要付出什麼代價。但我們兩個之間是這樣的：你幫我找到艾爵恩，你的祕密就很安全。否則，我就全部抖出來。你的世界，你太太的世界，全都會毀掉。」

「這些事不必讓她知道。我會處理艾爵恩。」

「處理？不。」典獄長笑了，笑得很恨毒。「對於處理像艾爵恩．沃爾這種人，你一點都不懂。你根本沒那個能力。所以，我們就這麼處理。你查出他在哪裡，先打電話給我。這樣就不會有人知道你老婆的罪，或你做了些什麼保護她。我跟你保證，她不會喜歡監獄的，你也不會。」

貝基特坐在那裡沉默良久。他的世界快要瓦解了，他感覺得到。「你應該是我的朋友的。」

「我從來不是你的朋友，」典獄長說。「現在，他媽的滾下我的車。」

貝基特乖乖下了車。他站在路邊，雙手緊握，看著那輛越野休旅車開走，然後另外一輛也跟著離開了。大部分時間，他可以假裝他的人生是自己的，假裝他從沒有跟一個披著朋友外衣的魔鬼傾訴心事。但其實他有。他曾經心煩意亂，誤信他人，被罪惡感壓垮。現在，他成了這樣的奴隸，不能自己作主。他提醒自己，這是有原因的，然後想到他太太，四十三歲，溫柔美好到極點。

他進屋時，她人在廚房，爐子上有一圈藍色火焰。「你還好吧？」

「是啊，當然，寶貝。我很好。」

「他有什麼事？」

「你不用擔心。」

「你確定？」

「一切都很好。我保證。」

她相信了他的微笑和謊言，踮起腳來吻了他臉頰。「去幫我拿培根？」

「沒問題。」

貝基特打開冰箱，看到最上層架子的那罐啤酒。「這是什麼？」

他太太從爐邊抬起頭來。「喔，那個啊。典獄長昨天晚上買來送你的。我跟他說你不喝啤酒，但他說你會喜歡這種的。是澳洲啤酒對吧？」

「佛斯特啤酒，沒錯。」貝基特把啤酒放在料理台上。啤酒很冰，他也覺得好冷。

「真可惜啊。」

「怎麼說？」

她打了一個蛋到煎鍋裡，蛋的邊緣凝結。「你們兩個以前很要好的。」

25

他早早就醒來，因為他可以感覺到快結束了，一切即將曝光。警方從教堂底下運出屍體，早晚他們會有所發現的。或許是一枚指紋，或許是DNA。

那張照片……

躺在黑暗中自己的床上，他最擔心的是自己最親的那些人。他們會了解嗎？

或許，他心想。

或許那會是拼圖的最後一塊。

他起身，摸索著來到浴室，打開電燈開關，在乍然的光亮中眨著眼睛。鏡中這張充滿懷疑又蒼老的臉是誰？他皺眉，因為人生並不總是如此。以往也曾有過年輕、充滿希望與目標的歲月。

在那個轉折點之前。

在那次背叛之前。

從那時開始，他就學會隱藏那些逼迫自己的情緒。他會依照別人的期望而微笑，說得體的話。但在他心底，卻有這股強烈難耐的孤寂。他必須戴上那麼多面具。而這些面具好輕易就能戴上又脫下，因而他有時都會忘了自己真正的一面。

是個好人。

是個壞人。

他雙手扶著洗臉台，凝視著鏡子，直到正確的表情又回來了。如果結局即將到來，那麼他打算專心一志、毫無悔恨地面對。這是新的一天。他將不會害怕。

在淋浴間裡，他狠狠刷洗了自己兩次。洗完之後，他擦上乳液，梳好頭髮，又仔細刮了鬍子，覺得自己的模樣很得體。如果今天將會是結局，那也只能隨他了。

當初他流暢順利地進入這個世界。

現在他也會流暢順利地離開。

26

警衛來接倩寧時，她獨自坐在一個擁擠牢房的角落裡。他們在柵欄外喊了她名字，她站起來，一打囚犯看著她。有些人無動於衷，有些人很生氣她就要離開、而他們卻不能。沒人移動或讓路給她。其中一個人在警衛開鎖時碰了一下她的頭髮，然後一個警衛說：「出庭。」

他們在她腳踝和腰部加上鎖鍊，再用手銬把她的兩腕銬在身前。她設法往前走，差點跌倒。她學習拖著腳步走在兩個警衛之間時，那些鍊子發出好大的聲音。她雙眼低垂，聽著周圍的嘈雜聲，同時模糊的牆壁在兩旁掠過，雙臂被兩個警衛的手指狠狠掐得好深。那些警衛又說話指著，但她看著周圍的一堆臉，滿心茫然。他們把她安置在一張長椅上，她看到她父親和律師群及一名法官。聲音升起又落下，她全都聽到了，但好像隔著一層厚厚的迷霧。他們談著錢和條件和出庭日期要出席。她大部分都沒聽進去，但有件事情倒是聽得很清楚。

過失殺人。

不是謀殺。

因為她的年齡，他們說。還有各種狀況。她看到法官眼中的憐憫，還有那些法警對待她好像她是四歲小孩，而且是玻璃做的。他們取下她的鐐銬，帶她從後頭離開，以避開那些像軍隊般駐守在法院前面的媒體。她坐上一輛加長型的汽車，當律師們說話、然後期待地看著她時，她點點頭。「我明白，」她說，但其實並不。出庭日期和犯罪意圖及認罪協商。誰在乎？她想見麗茲，想沖個澡。她全身都是監獄的氣味，好臭。她想堅強起來，卻打從心底不相信。那些警衛喊她囚犯蕭爾。最壞的囚犯喜歡摸她的皮膚，喊她瓷娃娃。

「瓷娃娃……」

「甜心，你說了什麼嗎？」

她沒理會這個問題，到了離他們家一個街區時，她不小心和父親眼神交會。他立刻別開目光，但她已經看到了其中的厭惡。她再也不是父親的寶貝女兒了，但她還是抬頭挺胸。「就像我之前說過的，我殺了他們。」

「不要這樣說話。」

這種否定和不相信，她也不明白。他看過驗屍照片了。她自白了不止一次，而是很多次。她知道律師群提出了一些論點。或許是心神喪失。但是如果法官問她，她會再說一次。

就像我之前說過的，我殺了他們。

說出這句話有安慰作用，但任何穿西裝的男人都不可能了解的。當車子載著他們駛過駐守在他們家車道的另一批記者們時，她堅守著讓自己跟他們不同的一切，抬頭向前看。車子繞到屋後，即使她父親開門幫著她下車時，他的目光仍迴避著她的。

「你母親看到你會很高興。」

她跟著他進屋，看著律師群走向書房。「她也看過那些照片了嗎？」

「不，當然沒有。」然後他看著她，因為這是她第一次說出讓他覺得正常的話。「她幫你準備了一個驚喜。你要不要上樓去看看？」

他留在樓下，她上了二樓。她母親坐在臥室門旁的一張椅子上。「哈囉，甜心。」

「嗨，媽。」

她母親想擁抱，但尷尬地失敗了。她身上傳來了白葡萄酒和乳液的氣味，另一種監獄。

「我幫你做了點東西。有點費力，不過我想你會喜歡的。你想看看嗎？」

「好。」

她母親轉動門鈕，拉著倩寧進入臥室。「你一定很喜歡吧？告訴我你很喜歡。」倩寧原地轉了一圈。一切都跟她放火燒掉之前一樣。海報。粉紅色寢具。「我就知道，你會希望一切都跟原來一樣。」

「我真不敢相信你這麼做。」

「你喜歡嗎？」

「喜歡？」倩寧說不出話來，忍著沒有歇斯底里地大笑。「怎麼會不喜歡？」

「我就是這麼告訴你父親的。『她還是我們的寶貝女兒。她怎麼會不喜歡？』」

倩寧從這面牆看到那面牆。她想尖叫跑掉。她手指底下的粉紅色枕頭順暢光滑，就像嬰兒的皮膚。

「接下來，」她母親說。「要不要喝杯熱巧克力？」

倩寧的母親輕飄飄地走下樓梯，進入廚房，打開幾個櫥櫃。瓦斯爐打開了，她倒進可可粉和有機牛奶，還有她女兒向來最喜歡的糖霜甜酥餅乾。這是她的錯：泰圖斯・蒙若，藥物，她女兒雙眼裡那片空洞。她把那些可怕的男人帶進他們的生活裡。但是，她可以彌補過來。倩寧會原諒她的。

她在廚房弄完了，端著托盤上樓，敲了女兒房門一下。「甜心？」她一推，門打開了，但房間內是空的。「倩寧？」她把托盤放在床頭，去檢查了浴室。

空的。

沒有人。

「寶貝女兒？」

她仔細傾聽，但屋裡沒聲音，而且只有一樣東西在動。她坐在女兒的床上，看著那個動的東西：一扇打開的窗子旁的窗簾，窗外的世界有如一幅畫。

倩寧知道這個街區的每個後院和側院，所以要躲過那些記者很容易。但是要逃開其他的一切，就稍微比較困難些了。

熱巧克力？

粉紅色寢具？

她衝過一座設計結構嚴謹的庭園，溜出一條車道，來到人行道上。她朝街道後方又看了最後一眼，然後轉身背對著那些記者，繼續往前走。她不能回去，因為如果她回去了，就得被迫玩那個遊戲。人們會迴避她的目光，或假裝沒有任何事發生過。他們會有午宴和下午茶和偷喝酒。但是，她父親再也不會帶她去射擊場了。他再也不會跟她說笑，或把她當大人看待。那陣迷霧會一直持續，直到開庭日和結束，然後律師會告訴她不必擔心。她會點點頭，保持禮貌，然後有一天她會再度爆發。只有麗茲能理解，但倩寧試了她的手機，都直接轉到語音信箱。她又試了一次，然後掛斷，走得更快了。麗茲住在城裡另一頭。等她走到那邊時，應該還很早。十點，她心想，或者十點多。

結果沒人在家。

隔著草坪，那棟屋子一片黑暗，破掉的門嵌在門框裡。一時之間，倩寧覺得好害怕，彷彿回到前一天，想起了記憶中撞爛的門和步槍及大叫的警察。那棟房子感覺上不安全，但她沒有別的地方可去。家人或朋友都永遠不可能了解蒙若兄弟對她做的那些。她真的這麼冷血嗎？

她看看自己的雙手，發現手很穩。

這表示什麼？

她把門從門框裡拉出來，又進去找找看麗茲，然後從櫃子裡拿了一個玻璃杯，以及冷凍庫的同一瓶伏特加。這回警察不會來了——那部分結束了——但其他部分呢？她十八歲了，要被視為成人審判。或許律師救得了她，或許不能。他們說，最糟糕的狀況，就是五到七年。但她不想當誰的瓷娃娃，一天都不想。

她拿著酒瓶到門廊上，先一口喝掉第一杯，然後坐下來，慢慢喝著第二杯。她告訴自己麗茲會來，只是早晚的問題，她會曉得該怎麼做的。但結果麗茲沒來。偶爾有車子從外頭經過，太陽在天空愈來愈高。真相很殘酷，但喝了一個小時，感覺上似乎柔和一些了。再過一個小時，她愉快地醉了。這就是為什麼當一輛破車轉進車道、一個男人下車之時，她很慢才站起來。這就是為什麼她不害怕，而且還被抓住了。

他知道倩寧・蕭爾。她上了報紙和電視，所以人人都知道她的事。更重要的是，她跟伊麗莎白、麗茲、布雷克警探有關。這些名字在他腦中一連串出現，彷彿是同一個詞，種種畫面隨之而來：麗茲年紀比較小的時候，然後是今天的模樣。倩寧的臉有很多地方跟麗茲很像。兩者有關聯，而他相信關聯。不過最重要的，就是眼睛，眼睛是靈魂之窗。那不是推測或詩意。他知道怎麼做，只要擊垮一個人，把他們關得夠久，那對眼睛就會成為實際的窗。最重要的就是那一刻。呼吸漸弱，心臟減緩。接下來浮現的就是純真，靈魂。

他想著這些，凝視獨自待在門廊上的那個女孩。他第一次開車經過時，她的雙眼低垂，所以他又開車經過第二次，接著第三次。最後，他把車停在兩棟房子外，觀察、等待，並思索。他讓警察發現上兩具屍體，是計畫的一部分——因為艾爵恩也應該受苦。但是，警察也發現了教堂下的那些屍體。這是他的錯，因為他沒把事情想清楚。他太過自信了，現在他失去了那座教堂。

「這回我還是可以成功的。」

但之前比較簡單：起床後，微笑，說著正常的話。等到時機到來，他就去另一個城鎮，找另一個女人。一切乾淨俐落。

但這回……

都是媒體和各方關注，那些警察和警察的理論，還有一切有多麼重大。他們用了諸如連續殺手和精神變態及精神失常之類的辭彙。沒人能了解其中的真相——這不是關於恨，他不必這麼做的。

所以，為什麼他看著這個女孩，想著白色亞麻布呢？

因為有時候上帝喜歡那樣。

複雜難解。

倩寧比大部分有錢人家的女孩更了解破車，而且理由很簡單。她喜歡勞工階級的男生。在學校裡，在社團裡。就連溜去參加大學生派對時，她也會找那些打工和拿獎學金的小孩。她不喜歡指甲拋光、皮膚蒼白的花花公子，那跟她從小長大認識的所有男孩沒有兩樣。他偏愛有刺青、雙手粗糙的那型，他們粗獷而關心他人，不在乎她家裡有錢沒錢。這些男孩只想好好玩得開心，只想逃避；而她也是一樣。這是在地下室事件發生之前，但她還是很了解這類車；磨平的輪胎和嘶啞的引擎，鏽痕處處的破車。

「我認識你嗎？」他背光走來，是個成年人，戴著棒球帽和墨鏡。他身上有種熟悉之感，但她喝多了伏特加，整個世界成了一片舒適的模糊。

「不知道。」他在五步之外停下，他身後的汽車引擎還開著。「你認識我嗎？」

她腦袋裡一個鈴聲響起。他很自信。她不喜歡自信。

「你一個人在這裡嗎？」

她看著他的車，三十年車齡的道奇（Dodge）吐著藍煙。一切都不對勁，她現在感覺到了。引擎蓋底下發出呼嚕聲。那人看起來似乎很眼熟，但其實並不。「這裡住的是警察。」

「我知道誰住在這裡。我想她不在家。」

他穿著工作靴和法蘭絨襯衫。她腦袋裡的鈴聲更響了。攝氏三十五度還穿著法蘭絨襯衫。

「我可以打電話給她。」

「請便。」

倩寧掏出後口袋的手機，才撥了六碼，電擊槍就出現在他手上。

「那是什麼？」

「這個？」他的手稍微歪一下。「這沒什麼。」

他嘴唇往旁邊扯，她看到他露出模糊的牙齒，然後他左右看看馬路兩頭。倩寧又按了一個鍵。「電話接通了。」

他走上最下層台階。

她站起來。「不要過來。」

「恐怕我非得過去不可。」

她轉身要朝門跑去，腳在最上層台階絆倒了，重重摔下去。她摸摸腦袋，發現流了血。

「你的眼睛很美。」

他爬上台階，彎腰看著她。

「表情非常豐富。」

倩寧在一輛車裡醒來，裡面有汽油和尿及橡膠乾掉的氣味。還是同樣的那輛車：道奇。她在後座的一塊防水布下頭，但她從自己以前的經驗認得這輛車，那種駛過顛簸路面的感覺，還有轉彎時車身的傾斜，煞車時像金屬互相摩擦。她的頭緊靠著幾個小汽油桶、一個油膩的落地千斤頂，還有一個似乎裝滿了石頭的紙箱。她想動，但是塑膠束線帶緊箍著她的手腕和腳踝。那種驚恐鮮明而真實，因為她明白這種無助代表著什麼。

不是理論，而是現實。

這種事不該再度發生。她向自己保證過一百萬次了。絕對不會重來。我會先死。但現實卻不一樣。現實是裝著汽油的硬塑膠桶，她的血流到一輛骯髒汽車的地毯上。

然後還有個瘋子。

教堂不行，教堂不行……

那男人一遍又一遍說著，一下大聲，一下小聲，然後又大聲。車子的彈簧吱嘎響，他在座位上搖晃，她想像著他雙手握著方向盤，背部撞著破掉的塑膠椅面，讓整輛車都跟著搖晃。不知怎地她覺得他很眼熟。她在哪裡見過他嗎？電視上？報紙上？

她不曉得，無法思考。

她扭動手腕，塑膠束線帶勒得更緊了。她更用力掙扎，感覺痛得像被割開，完全跟上次一樣。

鐵絲……

塑膠……

她不知不覺就開始全身掙扎，撞著那個厚紙箱和車子側面。她覺得自己好像在尖叫，但其實沒有。她嚐到嘴裡有血的滋味。

「拜託，不要這樣。」那個瘋子說，聲音很輕。

她停止了。「你想做什麼？你為什麼要這樣？」

「我們不必問為什麼。」

「拜託……」

「噓，別吵了。」

「放了我吧。」

「我不想傷害你。但我會的。」

她相信。因為那種聲音，那種突來的、瘋狂的冷靜。她躺著不動，感覺到車子右轉，上坡，駛過鐵軌。當車子角度轉正時，金屬在她後方嘩啦啦響。防水布移動了，露出一絲縫隙，她可以看到外頭的樹枝和電線桿及黑色的弧形電線。

西邊，她心想。我們正開向西邊。

但是有什麼差別？現在車子開得很快。沒有其他車的聲音，沒有廣告看板或招牌。車子減速時，右轉了一個彎，然後顛簸著駛過破爛的路面，感覺上好像有好幾哩。他們已經離開公路、深入荒野了。更多的金屬碰撞聲，她覺得自己的腦袋太小，承載不了裡頭旋轉的真相，那就是上帝為她特別創造了這個地獄，讓她不光被擄走一次，而是又一次。整整兩次，這不可能是巧合。於是在車子後座搖晃，驚恐地躺在那股臭氣中，倩寧向自己承諾，無論是死是活，無論害怕與否，這回絕對不能像上次那樣。她會先殺人，死掉也沒關係。她又發誓第二次，然後是十幾次。

兩分鐘後，一座筒形穀倉遮暗了太陽。

27

伊麗莎白駛過晨霧中，覺得自己整個人緊繃過頭，像老電影裡頭的角色。一切都是黑與灰，迷霧中的樹影朦朧，只有這條夠崎嶇的路感覺很真實。其他一切似乎都好不可能：坐在她旁邊的男人，還有她的感覺：涼而潮溼的空氣，道路之外的沼澤跡象。或許是因為四下靜默或這個昏暗的黎明，或許是睡眠不足和不確定感，也或許是她眼前狀況的虛妄性質。

「這對我來說很困難。」

伊麗莎白往右邊看了一眼，知道艾爵恩指的是信賴。他們昨夜睡在不同的房間，醒來時尷尬而意想不到地沉默。他對她所得知的事情覺得難為情，而她則想到他的皮膚就深感不安。縈繞在她夢中的並不是觸覺，也不是那些隆起的疤痕或硬實的皮膚表面，或甚至也不是其中的彈性。她夢到了那微微的顫抖，還有要逼自己全身不動的那種強大意志。多年來她看過很多被害人，隨時都會崩潰或跑掉或封閉起來。但當她要求他信賴他，然後碰觸他身上毀損最嚴重的地方時，他只是站著，除了眼睛完全不動。佔據她夢境的是這些：凝視著裸露的皮膚良久，感覺到那體溫，還有勉強的信任。

發燒做的夢，她心想。她發燒時老是夢到艾爵恩。

只不過，現在他不是在夢境裡。她看著路旁樹林間閃現出黑亮的水面。

伊麗莎白問：「你能告訴我為什麼要來這裡嗎？」

一開始她什麼都沒說。輪胎發出嗡響，水面忽然被攪起漣漪。看那移動的樣子，她覺得那是一條蛇，也或許是一條大魚的背鰭。

「這個沼澤很古老，」他說。「五十萬英畝大，充滿了落羽杉和黑色的水、短吻鱷和松樹，還有全世界其他地方不會有的植物。沼澤裡有一些小島，夠熟悉的人才曉得在哪裡；有一些家族在這邊定居了三百年，過得很辛苦，都是逃獄的罪犯和脫逃的奴隸所繁衍的後裔。伊萊．羅倫斯就是其中之一。這裡就是他的家。」

「伊萊．羅倫斯是你在獄中認識的人？」

「認識？是的。但不光是認識而已。」

「什麼意思？」

艾爵恩望著樹林良久。「你坐過牢嗎？」

「你明知道我沒有的。」

「那麼，想像你自己是個被敵軍團團包圍的士兵。你孤立無援，但是可以看到敵人在昏暗的迷霧中，所有的人都想傷害你或殺了你。你好冷又好害怕，不敢睡也不敢吃——簡直連呼吸都不敢。但或許你先傷害兩三個敵人，或許你運氣夠好，就可以度過第一天、第一夜。但這一切會累積起來，沒睡覺和寒冷及那種該死的恐懼。因為你以往所知的一切，都無法讓你處理這樣全然的孤單。那會讓你整個人徹底耗盡，把你搾乾到連自己都認不得。但是你設法度過幾天，或許甚至一星期。此時你手上有了血，做了一些事，或許還是可怕的事。但你沒放棄希望，因為你知道某個地方有一條線，你這輩子所愛過的一切都在線的那一邊。你唯一要做的，就是到達那條線，這個困境就會結束了。你就會回到家，保住一條命，你以為不久之後，回想起這段恐怖經歷，就會像個夢，而不是真實發生過的。」

「我可以想像。」

「一個警察被關進牢裡，是同樣的情況，只不過沒有那條線，而且不是幾天，是很多年。」

「而伊萊．羅倫斯幫了你？」

「幫了我。救了我。甚至在他們殺了他之後。」

艾爵恩的聲音發啞，但伊麗莎白覺得自己明白其中一些原因。「你剛剛說，他們殺了他。」

「普瑞司頓和典獄長，奧利維特和另外兩個叫傑克斯和伍茲的。」

「警衛？」

「是的。」

路往左彎，伊麗莎白換到低速檔，然後轉彎後又加速。

「伊萊是我的朋友。他們因為他所知道的事情而殺了他，不是因為他偷了東西或殺了人，而是因為這件只有他知道的事情。有個星期天，他們來帶走他。之後我整整九天沒看到他，等到他回來，就是等死了。」艾爵恩看著沼澤，看著高視闊步的鳥，還有黑色的百合。「他們打斷了他全身一半的骨頭，然後帶他回來，認為他會把那個不肯講的祕密告訴我。我看著他被自己的血溺死，只能抱著他。之後，我就是下一個了。」

「我很遺憾。」她說；但是他不在乎她的憐憫。

「我要他們為自己所做的付出代價。我一直夢到殺掉他們。」

「但是，你饒了奧利維特一命。」

「那樣的慈悲，也是因為伊萊。」

「那威廉．普瑞司頓呢？」

艾爵恩低頭看著自己腫脹的手，點了一下頭。「那個我也心安理得。」

接下來二十分鐘，他沒再多說什麼，只是指點著該往左或往右，她照做，同時路愈來愈窄，從破爛的柏油路到碎石路，最後是柔軟的黑色泥土。伊麗莎白想知道更多，但保持耐心。此外，進入沼澤的這條路是他的告解之路，而非她的。

「你知道我們現在是在哪裡嗎？」

「知道。」

她打量著這個原始的森林。「沒有路標或里程指示牌。」

「花了七小時，伊萊的肺部才充滿血液，把他溺死。說出每個字對他來說都很痛苦。我就算想忘也忘不了。他要我找到這個地方。」

「因為……？」

「減速，」他說。「就是這裡了。」

伊麗莎白停在那條路的中央。他們離最接近的城鎮有五十公里之遠了，此時深入森林與沼澤交會的地帶。他指的地方，是前面樹林裡一條狹窄的小徑，入口旁有一堆落石，以及一塊倒下來的生鏽金屬路牌。「你確定就是這裡？」

「這裡符合他告訴我的。」

伊麗莎白不喜歡這樣。這條小徑雜草茂盛，但是還沒完全把路淹沒。有些地方有人走過。

「裡頭有什麼？」

「一切的理由。」

伊麗莎白也不喜歡這個答案。她朝空蕩的路前後看看，然後駛入樹下的昏暗中，看到陰影和松樹及大得像個小孩的闊葉植物。整個地方感覺上深不見底，被世人遺忘。

「你確定要進去？」艾爵恩點點頭，於是伊麗莎白開著車轉入那條小徑，沿著最深的車轍開了一段路，然後地面變得比較平坦，總算可以開得比走路快了。「有多遠？」

「這條路的盡頭有一座老磨坊和一片深水。他跟我說是一公里半左右。」

伊麗莎白繼續往前開，上方的樹離他們很近。「他以前就住在這裡？」

「出生在這裡，住在這裡。他母親生他時難產死掉，家裡就只有他和他父親。沒有電，沒有抽水馬桶。他們連汽車都沒有。」

這一公里半開了好久。等到小徑穿出森林，彎過一座矗立在朽爛碼頭旁的廢棄磨坊，碼頭外的水面在迷霧中延伸出去。那座磨坊很古老，屋頂沒了，但是殘缺不全的水車還在，就在一道攔水堤所攔下的溪水中，然後溪水越過破碎的石壩，形成白色水花。伊麗莎白停在磨坊邊，看到牆上的青苔，以及溼氣凝結的水滴。艾爵恩下了車，遠方的霧中的水面有個潑濺聲。

「他總是談起這裡的童年，談到家人和失望，還有一個沒有鞋的男孩所過的困苦生活。」

伊麗莎白望著磨坊裡。地板爛光了，牆壁是裸露的石頭。「那是多久以前了？」

「伊萊生於一次大戰前後不久，確實日期不曉得。這個磨坊是從一八〇〇年代就有，他們還住在這裡的時候就關閉了。伊萊的父親和之前的祖父，基本上是擅自佔地居住。他們在沼澤裡釣魚、捕獵，盜砍落羽杉賣給鋸木廠，種一些莊稼。附近還有其他人家，不過大部分都住在沼澤深處那些低矮的小島上。」

「我們來這裡做什麼，艾爵恩？」

但他不慌不忙，只是伸手摸著磨坊的牆面，朝朽爛的碼頭走了十幾步，然後雙手插進口袋裡，這才又開口了。「你要了解，說這些話的是一個至少九十歲的老人，在回顧一段沒有電話或電力或收音機的艱苦生活。我認識他的時候，他已經在獄中待了幾十年，但講起這個地方，就好像昨天才來過。他痛恨這裡，你知道：很熱又很多蚊子，與世隔絕和爛泥及水上生活。他說起自己以前年輕氣盛，想要過更好的生活。但是他說的時候，就像個詩人，用的是不文雅的現成字詞，但就是……很完美。他談到黑色的爛泥，我就可以聞到那種氣味。我從來沒吃過響尾蛇，卻曉得那是什麼滋味。還有吸口鯉和雀鱔，鯰魚和鯛魚。」

艾爵恩暫停下來，她覺得他似乎是在微笑。

「沿著溪流往下三十公里，有一家藍調酒館，其實是個戶外的棚屋。他得設法搭便車去那邊，但是酒館裡有女人，還有酒精和打架的理由。每回他只要弄到幾塊錢，就會消失好幾天，回來時宿醉又渾身瘀青，還有陌生女人的氣味。他父親很不高興。他是個嚴厲的人，務實而不講情面。他們會為了伊萊的選擇而爭執，到最後還打架。伊萊最後一次離開時是二十歲，打得全身是傷，兩手空空就離開了。你必須像我那麼熟悉他，才能了解那個畫面有多麼奇怪。他有一種沉靜、穩定的氣質。」

「你為什麼告訴我這個？」

「因為伊萊後來又回來過一次。那是十六年後了。他父親已經死了或離開了——他從來不確定——但他最後一次回來，就在這裡，」艾爵恩說。「身上中了兩槍，只剩半條命，但是他為了一個原因回來。」

「什麼原因？」

「這就是最關鍵的問題，不是嗎？」他看著磨坊，然後沿著小溪的上游看過去。「我們去走走吧。」

「你是在開玩笑吧？」

「不會很遠的。」

他動身沿著小溪往前走，伊麗莎白跟在後頭。他們爬過攔水堤，繞過蓄水池，深入森林之中。晨霧逐漸消散，沼澤遠去，他們沿著溪流走了將近一公里，然後來到一條岔路。這裡有兩條比較小的小溪在一片露頭岩脈間交會，形成了一道瀑布。瀑布不大，只有大概四呎高。此時艾爵恩告訴她剩下的故事。「一九四六年，伊萊．羅倫斯是個住在沿岸地帶的年輕人。他是騙子，一個微不足道的小混混，而且就像那個世界裡的所有人，他和朋友都夢想著要幹一票大的，讓他們從此不愁吃穿。那年的九月，伊萊覺得自己找到了。」

他們沿著右邊的那條小溪進去，溪岸崩塌，兩人的靴子都陷進爛泥裡。「他們得到內線消息，知道威明頓市中心碼頭區有一輛銀行開出來的運鈔車。他們知道路線、時間。不過他們都沒有做過類似的事情。伊萊的兩個朋友都死於槍戰中。兩名警衛有一個死了，另外一個身中三槍但沒死。還有另外兩個路人中槍。那是一場血腥的大混戰。」

「那伊萊呢？」

「他帶著十七萬元逃走，背部吃了兩顆點三八口徑的子彈。他撐著逃到這裡，沒看醫生。我不知道他是怎麼辦到的。但那時他的傷口已經感染，子彈周圍發炎。他後來終於去找醫生時，醫生幫他包紮好傷口，就把他交給警察。伊萊被判終身監禁，不得假釋。」

伊麗莎白跨過一道溪溝。艾爵恩停下腳步指著。「你覺得那邊看起來像個小島嗎？」他沒等她回答，就涉水走去。水淹到他的腰部，然後他在另一頭上了岸。「你要過來嗎？」

伊麗莎白也開始涉水，覺得水淹進了靴子裡，然後淹得愈來愈高。她爬上對岸，他們在黑莓叢和茂盛的灌木中穿行，最後來到那棵大樹盤據的小島中央。那棵樹好巨大。扭曲的樹枝朝四面伸展，其中有些垂得好低，都快碰到地面了。樹幹因年代久遠而發黑，而且又高又大，生滿節瘤，粗大的樹根緊抓著地面。「這是什麼地方？」

「我只知道伊萊小時候常在這裡玩。」艾爵恩摸著樹幹，繞到另一頭。「而且坐牢六十年後，這是全世界他唯一真正想念的地方。只有這個島，只有這棵樹。」

「我從來沒見過這樣的樹。」

「他說站在樹頂上，可以看到海洋。」

「離這裡有一百三十公里呢。」

「他不是那種講話誇張的人。如果他說看得到，大概就真的看得到。」

伊麗莎白伸長脖子，但是看不到樹冠。這棵樹高聳入雲，巨大又古老。她設法想像一個小男孩爬上去，暫歇在夠高的地方，可以看到一百三十公里外海洋的閃光。

「你在做什麼？」伊麗莎白繞到樹的另一邊，發現艾爵恩跪下來，挖著樹幹底部一個久已朽爛的中空處。她看著他刮掉鬆軟的泥土，覺得很不對勁：整個地方，還有那個關鍵的原因。「拜託告訴我，這跟那些被偷走的錢無關。」

「是也不是。」

「這什麼意思？」她問，但艾爵恩沒說話。「你能不能暫時停一下？」

艾爵恩身子往後挺起。雙手沾滿了泥土，擦過汗水的臉上還有一塊髒印子。「這跟錢和貪婪無關，而是有關典獄長和那些警衛，以及一個我愛他勝過自己生命的人。」

「我在聽。」

「典獄長十九年前來到監獄。當時，所有知道伊萊或那輛運鈔車的人都死掉或不知下落了。伊萊只是個註定要老死在監獄的老人。他只是一個統計數字，一個號碼。就像其他囚犯一樣。八年前，這個狀況改變了。」

「怎麼說？」

「或許是有什麼舊剪報，或是伊萊的檔案。不曉得。但是，典獄長查出了那場槍戰和運鈔車的事情，也查出那些錢始終沒有找到。」艾爵恩雙手在挖出來的洞上方攤開。「伊萊就是因此死掉的，他們也因此凌虐我。」

「為了錢？」

「我說過跟錢無關，而是有關伊萊的人生和他的選擇，有關勇氣和意志及最後的反抗行動。」

「你愛怎麼說都沒關係，艾爵恩，但你的朋友是為了錢死的。」

「因為他拒絕被擊垮。」

「為了十七萬元。」

「唔，那部分不完全正確。」

「我不想再繼續玩猜謎了，艾爵恩。」

「那就先等我一分鐘。」他繼續挖。最後終於停下時，他身子往下探，拉出一個罐子，砰一聲放在地上。罐子的頂部都鏽爛了，玻璃罐身沾著髒兮兮的泥土。

伊麗莎白指著。「那是……」

「三十個裡頭的第一個。」

她伸手要碰那個罐子，但是中途停下。

「去拿吧，沒關係。」

她拿起一個硬幣，用大拇指抹掉上頭的泥土，直到它閃著黃色的光。「有多少？」

「硬幣？總共五千個。」

「你剛剛說他搶了十七萬元。」

「黃金在一九四六年是每盎司三十五元。」

「那現在是多少錢？」

「一千二，或許吧。」

「所以這些總共……」

「六百萬元，」艾爵恩。「差不多。」

28

史丹佛・奧利維特讓他女兒繼續睡，自己先下樓。聽到樓上傳來淋浴的聲音時，他就動手開始做煎餅。他和女兒相依為命，今天他想緊緊抱著她，共度一點時光。廚房乾淨而整齊，空氣中有麵糊和咖啡及槍油的氣味。那把點四五手槍放在爐邊，之前他淋浴時就放在淋浴間旁邊，更之前則放在床邊。奧利維特很害怕，但不是怕艾爵恩・沃爾。

「早安，甜心。」

「煎餅。太棒了。」他女兒走下樓梯。她十二歲，很男孩子氣，喜歡射箭和動物及跑車。她留著一頭短髮，不肯化妝。她現在已經很會開車，開得比大部分大人都要好。「你要去射擊場嗎？」

她指的是槍。那把點四五不是他的工作佩槍，而是在一家軍品店裡買來的二手軍用手槍。

「可能會。」

「你的臉還好吧？」

她繞過廚房的中島，輕輕吻了他的臉頰。他臉上有縫線、包了紗布，還掉了四顆牙。「我沒事的。」

「我真恨你的工作這麼危險。」

他讓這個謊言繼續維持下去：他之前告訴女兒，說兩個囚犯在夜間巡查時撲到他身上。沒提到艾爵恩・沃爾差點殺了他，然後又莫名其妙地決定讓他活下去。「你今天上午想做什麼？」

「不曉得。你呢？」

他把煎餅放進盤子裡，她叉起一塊吃了。

「車道上有一輛車。」她用叉子指著。

他也看到了。「他媽的！」

「爹地！」

「你待在這兒。」他拿著槍去開門。

典獄長已經下了車，傑克斯和伍茲站在車子兩旁。「你今天應該去上班的。」

「我以為——」

「我知道你以為怎樣。」典獄長擠進屋裡。「你以為幾個瘀青就可以讓你休假一天。今天可不成。」

奧利維特關上門，跟著典獄長來到廚房。他女兒吃到一半停下，此時典獄長指著。「她不是應該去上學了嗎？」

奧利維特把槍放在料理台上，不過還是離自己很近。「沒事的，蜜糖。你把早餐拿上樓去看電視吧。」

女孩上樓了，典獄長看著她離開。「她的瘸腿幾乎看不出來了。動了幾次手術？四次？」

「七次。」

「還在康復中？」

「我不喜歡你跑來這裡。」

「你這樣說，我可不高興了。」

「我也不喜歡你帶他們來。」

「這就是你的毛病，史丹佛。你以為你不屑做這個，你以為你的錢和良心比較乾淨。到現在你分到多少了？五十萬，六十萬？」

「我女兒——」

「不要拿她當藉口。你車道上那艘船要多少錢？或者你手腕上的那支錶？不。你可不是英雄。」典獄長一根手指沾了配煎餅的糖漿，舔了一下。「我們做這個很多年了，你和我。錢和藥物，骯髒的囚犯和他們骯髒的小錢。」

「別在這裡說那些。耶穌啊。我女兒就在樓上。」

「我才不管你女兒怎麼樣。」典獄長的聲音冷得像冰。「你讓艾爵恩．沃爾殺了我最要好的朋友。」

「我沒讓他做任何事。」

「但是你也沒有阻止他。我應該有什麼感想？普瑞司頓死了，你卻沒有。你是懦夫嗎，史丹佛？你趴在地上哀求，但同時威廉．普瑞司頓堅定站著，因此而死掉嗎？」

「不是那樣的。」

「那告訴我是怎樣。」

兩人之間沉默了好一會兒，多年來累積的憎恨明確無比。奧利維特先打破沉默。「艾爵恩什麼都不知道，」他說。「如果他知道，幾年前就會告訴我們了。我們跟蹤他不光是沒有必要，而且很愚蠢。他已經崩潰了，無法預測，而且把他搞崩潰的人就是我們。那種情況根本無法控制，這表示我們從一開始就不該出現在那條路邊。如果普瑞司頓被殺掉要怪誰，那也只能怪你，你的頑固和自我及貪婪。」

「你再說一次試試看。」

「你不該來我家的。」

「接下來我們這麼辦。」典獄長露出冷酷的笑容，走近奧利維特。「我們要去找艾爵恩‧沃爾，就我們四個。我們要把他抓到，殺了他。然後我再決定要不要把你也給殺了。」

奧利維特看了一眼料理台上的槍，但是典獄長向來動作很快、很穩，他眼裡的光芒像是在挑戰。

想想女兒吧。

想想怎麼活過接下來的兩分鐘吧。

「我們要怎麼找到他？」奧利維特清了清嗓子，後退一步。「他現在可能都跑到墨西哥了，任何地方都有可能。」

「他昨天晚上和那個女人在一起？」

「對。」

「那他就不會在墨西哥。」典獄長以慣常的傲慢口吻說。

奧利維特看著樓梯上方，覺得自己看到了牆上的一個影子——那是他女兒，正在偷聽。「好吧，」他低聲說。「我很抱歉剛剛說了那些話。」

「那當然了。我明白。」典獄長拿起那把點四五，退下彈匣，拿出子彈。「我們都會犯錯，說出言不由衷的話。」他用那把點四五手槍抵著奧利維特的胸口，持續用力推，推到奧利維特後退撞上水槽。「但是我的好朋友死了，你卻沒死。這表示大家都別想退出了。你明白嗎？你不能，我不能，艾爵恩．沃爾更他媽的不能。」

麗茲跟著艾爵恩回到磨坊，兩人肘彎處都抱著一罐金幣。她步履艱難地穿過小溪，心裡計算著。五千枚金幣裝在三十個罐子裡。每個罐子有一百六十五枚。或者一百七十枚。這樣是多少錢？

每個罐子裡有二十萬？

麗茲無法想像這麼多錢。當了十三年警察後，她銀行裡面有四千三百元存款，另外在投資經紀人那邊帳戶裡有一萬五千元。她向來不太關心錢，但想到有六百萬元埋在一個沼澤裡，就讓她腦袋發暈。很多人為這些錢而死，還被殺害。所以這是血腥錢。艾爵恩也沾上了這些血嗎？

她看著他穿過荒野：沾了泥的長褲和窄窄的腰身，動作堅定、平穩。

「你在後頭還好吧？」

「是的，」她說，然後判定自己應該還好。伊萊．羅倫斯已經死了，也為自己犯的罪付出過代價。威廉．普瑞司頓則是死有餘辜，何況她有什麼資格評判呢？她曾在一件雙屍謀殺案中說謊，還協助保護了兩名逃犯。「現在你計畫怎麼做？」

艾爵恩走出樹林，涉過通往磨坊的溪水。一直到走到汽車旁，他才開口。「離開吧，我想。」他從她手裡拿過罐子，放在地上另一罐旁邊。「找個地方，重新開始。伊萊一直是這麼期望的。」

伊麗莎白的目光掠過沼澤，晨霧已經散去，陽光愈來愈強。「那典獄長呢？」

「我再也不需要那樣了。」他微笑，她知道他指的是復仇。

「那黃金呢?」

「這些可以讓我開始。」他朝兩個罐子點了個頭。「剩下的反正跑不掉,以後再來拿。」

聽到這句話中不言自明的信任,伊麗莎白別開眼睛。

「跟我走吧。」他說。

「你在開玩笑。」

「不是。」

「我的人生在這裡。」

「真的嗎?」

這是個艱難的問題,因為他對於答案幾乎跟她一樣清楚。這個小城已經變得敵視她,她的工作差不多完蛋了。「自從我們認識以來,已經很久了。」

「我又不是要你嫁給我。」

她聽了這句打趣話笑了,但是也感覺到那種潛在的情緒。他們之間的狀況已經改變了,她覺得一定是跟前一夜有關。也許是源自碰觸所產生的柔情,或只是彼此了解的那種溫暖。或許他們都暗自孤單了好久,渴望能有所改變。無論是什麼,他的雙眼現在已經不再那麼警戒,笑容比較不保留了。她也感覺到一種復甦的情感,但深怕那只是年輕時代的迷戀,只是發燒的夢境。他咧嘴笑著,在金黃的陽光下受傷又俊美。而一切如果真的那麼簡單,她可能就會冒險答應了。

找個地方,展開新的人生……

「我不想再孤單下去了。」他說,聽到他說出這麼艱難的實話,她覺得很感動。但其他人也很重要。紀登。倩寧。菲克斐。

「對不起。」她說。

但是回到汽車旅館後，他說：「你再考慮一下吧。」他又露出微笑，不過那種鹵莽和瀟灑不見了。他似乎迫切而緊張，那是孤單的痛苦面。

「你願意拋開過去，我很替你高興，艾爵恩。」

「但是你不會跟我走？」

「我沒辦法。對不起。」

「因為你看到我打那兩個人？」

「不是的。」

他別開眼睛，面容僵硬。「你認為我懦弱嗎？因為我離開？」

「我覺得你有資格往前走。」

「奧利維特說還有其他囚犯有其他祕密。如果那是真的呢？如果有其他人跟我之前一樣在受苦呢？」

「你不能回去。」伊麗莎白說。「不光是因為謀殺被通緝而已。沒有人會寧可相信你、而不去相信典獄長的話。何況他還控制了那幾個警衛，他的地位很難動搖。他這樣搞真的很厲害。」

「因為囚犯總是會撒謊，而且囚犯常常會死掉。」

「一點也沒錯。」

艾爵恩的臉漲紅起來，深色的眼珠苦惱地望著一輛輛車子駛過塵沙遍佈的公路。「或許我應該殺了他。」

「找個地方，」她說。「過你的人生吧。」

他點了個頭，但不是同意的意思。「監獄外沒有人了解典獄長有多麼危險。他們不曉得他在做些什麼，也不曉得他從這些事情裡頭得到多大的樂趣。我不確定一個月後，或一年後，我對這些會有什麼感覺。如果伊萊錯了呢？」

「就算他錯了，也其實不重要了。全州每個警察都在找你，你得想清楚這點。如果你因為普瑞司頓的謀殺案而被捕，最後會被關進同一所監獄，碰到同一個典獄長。」他搖搖頭，但她堅持。「看著我。艾爵恩，我來看看我能做些什麼。如果他犯了錯，我們可能會交上好運。或許有別的囚犯或警衛願意說出真相。耐心一點。等到這種情況發生，反正我最近認識了幾個州警局的人，我可以去找他們。」

他揚起一邊眉毛，扯著一邊嘴角。「這是笑話嗎？」

「或許吧。」

又來了：那微笑，那種突如其來的心動。「好吧，」他說。「我會離開。」

「很好。」

「但是我要等一天，以防萬一你改變心意。」

「我不會的。」

「我就在這裡等，這個旅館。」

「艾爵恩——」

「這筆錢很多，麗茲。你可以分一半。沒有義務，沒有附帶條件。」

她又依依不捨望著他好一會兒，然後踮起腳尖，吻了他的臉頰。

「這感覺像是告別，」他說。

「那是祝你幸運。」她捧住他的臉，給他的嘴唇一個長吻。「這才是告別。」

開車離去讓她很難受。她告訴自己他不會有事的，他會撐過去的。但是，那只是一半而已。她嚐到了那個吻，嚐到了他回吻的滋味。

「你幾乎不認識他啊，麗茲。」

她說了兩次，但如果一個吻能讓你了解一個人，那麼她就很了解他了——他嘴唇的形狀，那柔軟的觸感和小小的壓力。他只是一個男人，她告訴自己，昔日歲月中一段未完成的部分。但她對他的感情從來就不是那麼單純。那些感情總是在夢裡出現，像他那個吻般餘韻不絕。即使現在，那些感情依然令她困惑，而這就是童年感情的特徵：愛或恨，憤怒或渴望——從來不可能長期隱藏不露。

她花了好些時間才離開那個低窪的荒野地帶，穿過沙丘，一路往西行駛。等她來到這個州的中心，已經把種種困惑藏在心底一個狹小的空間裡。那是個老地方，長期以來，她都把自己對艾爵恩的感覺藏在裡面。現在的人生重點，是那兩個孩子和愛哭鬼，以及她殘餘的警察生涯。所以她深吸一口氣，尋找讓她成為一個優秀警察的那種冷靜核心。穩健。邏輯。這就是她的核心。

問題是，她找不到。

她滿腦子想著那個吻和風及手指觸摸他的皮膚。艾爵恩不想被關進牢裡，她也不希望他被關進牢裡。

「你振作一點。」她告訴自己。

但是她辦不到。

旋轉木馬一直繞個不停：艾爵恩和兩個孩子，愛哭鬼和地下室。她還以為人生可以回到原來的樣子，是想騙誰？

她自己？

有誰會上當呢？

進入市界後，他在一條路邊的商店街停下來，去買行動電話。那職員從報紙上看過她的臉，但是什麼都沒說。他的手指抬起來一次，嘴巴張開又閉上。

「我不需要智慧型手機。最便宜的就行，只要能打電話和傳簡訊。」

他幫她挑了一支灰色塑膠殼的掀蓋手機。

「一切都一樣？密碼？語音信箱？」

「是的。完全沒問題了。」

她簽了收據，回到車上，坐在炎熱的藍色天空之下。她按了幾個鍵，打去聽語音信箱。七通是記者的留話。兩通是貝基特，另外六通是戴爾。

最後一通是倩寧。

伊麗莎白聽了兩次。她聽到刮擦聲和呼吸聲，然後三個詞，遙遠而微弱，但是很清楚。

慢著。拜託。不要。

那是倩寧的聲音，毫無疑問。聲音很微弱，聽起來像是嚇壞了。伊麗莎白又聽了一次。

慢著。

拜託……

這回她沒聽到第三個詞，就掛斷電話，發動車子衝出停車場。倩寧現在應該交保了——她父親那麼有錢，要交保應該不會有什麼問題——但接下來，她會去哪裡？

伊麗莎白撥了倩寧的手機，結果沒人接，於是她駛向市區的富有地帶。她父親的房子有高高的圍牆保護隱私。他會想把她留在家裡，嚴加看守，避開媒體。

最後一部分是個笑話。伊麗莎白在兩個街區外就看到了電視台的新聞車。這些記者不是最大牌的——最大牌的應該都去了教堂或警察局——不過以一樁雙屍命案而言，這些記者也還是非常多。都是因為種族和政治的原因，還有凌虐和處決及老爸的寶貝女兒。沒有人認出伊麗莎白，直到她轉入車道，那些記者開始大喊。

「警探！布雷克警探！」

但是在任何人反應過來之前，她已經開進去了。沿著車道往前五十呎，她碰到了私人警衛。兩個，都是警察退休的，她都認得。詹肯斯？詹寧斯？「我要找蕭爾先生。」

其中一名警衛朝車子走來。他六十來歲，穿著體面的西裝，皮帶上插著一把四吋的史密斯威森手槍。「嘿，麗茲。我是詹肯斯，還記得我嗎？」

「記得，當然記得。」

他湊向車窗，檢查座位和地板。「我很高興你來了。蕭爾先生正在發火。」

「為了什麼？」

「你來的時機。」

「這說不通啊。」

「我能說什麼？」詹肯斯按了無線電的鈕，跟屋裡說她要進去。「如果你的小孩不見了，你看什麼都會不順眼。」

「什麼？」

他沒回答，只是往後退開。

小孩不見了？

這可不妙。

「直接開到屋子前。蕭爾先生在等你。」

伊麗莎白鬆開煞車，沿著車道繞經雕像和結構嚴謹的庭園。那段短短的距離感覺上好遠。等到伊麗莎白停好車，阿爾薩斯．蕭爾已經等在台階下方。他穿著牛仔褲和另一件昂貴的高爾夫球衫。隔著二十呎外，她看得到他脖子都發紅了。「你居然敢拖這麼久？」他怒氣沖沖穿過碎石車道走來。「我三個小時前就打電話報警了！」

伊麗莎白下了車。「倩寧人呢？」

「我才要問你呢。」他整個人氣急敗壞。在他後方，他太太縮在打開的門內。

「能不能從頭開始告訴我？」

「我已經解釋過兩次了。」

「那就再解釋一次。」他的嘴巴閉上，因為她的口氣冰冷又強硬，一般人很少在他面前用這種態度說話。伊麗莎白不在乎。「把一切告訴我。」

對他來說很難，但他吞下了驕傲，告訴她有關法院開車回家的那段路程，還有父女之間的尷尬，有關那個粉紅色房間、熱巧克力，以及那扇打開的窗子。「她的想法很奇怪，感覺上就好像完全變了一個人。」

「我想她的確不一樣了。」

「別跟我耍嘴皮。」

「她之前也偷溜出去過，」伊麗莎白說。

「對，但是這回不一樣。」

「解釋一下。」

他掙扎著，另一波情緒爆發出來。「她整個人像躲在一個黑暗的地方，警探。認命，無動於衷。就好像她放棄了之前的一切。」

「她還處於震驚中。你會很驚訝嗎？」

「我想是看守所的關係吧。坐牢的威脅。」

「不光是監獄而已，蕭爾先生。這個狀況我以前警告過你。她被凌虐到崩潰，然後為了捍衛自己的性命而殺了兩個男人。你想過要跟她說你了解嗎？說或許換了你也會這麼做？」

他皺起眉頭，於是她知道他沒想過。「你看過那些照片嗎？」他問。

「我不必看，蕭爾先生。我就在現場，我親身經歷過。」

「當然了，對不起。今天……」

「她離開時，帶了什麼東西嗎？」

「沒有。我想沒有。」

「留了任何訊息嗎？」

「只有那扇打開的窗子。」

伊麗莎白打量著倩寧房間的窗子，想起自己小時候的房間，有回她也沿著房間旁的那棵大樹爬下來。「她不是小孩了，蕭爾先生。她至少要失蹤二十四小時，警方才會處理。他們頂多是擔心她會棄保潛逃而已，這表示他們的任何尋找方式，大概都不會是你想要的。」

「我不在乎。我只希望找到她。」

伊麗莎白看著他的雙眼，知道他在乞求。「你知道他可能去哪裡嗎？朋友家？會去的地方？她瞞著不讓你們知道的？」

「老實說，警探，她唯一在乎的，好像只有你。」

然後伊麗莎白看到了，非常清楚。

「我愛他，警探。我可能沒有表現出來，因為我要照顧這個家，照顧我的事業，還有我太太的問題。我可能沒有表現出來，但我女兒是我的命根子。」他一手放在心臟上，雙眼發紅。「倩寧是我的命根子。」

這種事伊麗莎白看過一千次了：人們把其他人視為理所當然，直到失去了才懂得珍惜。她離開時，蕭爾先生幾乎就要哭出來了，一個這麼大塊頭的男人，瀕臨崩潰邊緣。

但她實在沒有辦法太同情。開車出去時，記者們聚集在車道盡頭，攝影機舉起來，提問更大聲了。其中三個膽子最大的擋住了出口，伊麗莎白加速，免得他們沒搞清楚她的打算。

果然。

她開出去以後，就加快速度，這回她繞過市中心，轉進一條狹窄的單行道，路兩旁有白色籬笆和種著紫藤的住宅。這是進入她家那一帶的小路，幫她省了幾分鐘。她轉第一個彎時，這輛舊車發出好大的響聲。她家就在下一條街上——一條樹木成蔭的道路——她加速衝去，沒有歉意或後悔。一切感覺都錯了，不光是倩寧的留話，還有伊麗莎白自己的選擇。她不該遠離那個女孩，絕對不該出城的。她心中浮現出種種解釋，想著倩寧可能掉了電話或生氣或手機訊號不好。但是，沒有一個理由是完全說得通的。

慢著。

拜託。

不要。

伊麗莎白開到她家門外的車道上，跳下車奔向房子。她在門廊發現了一只破掉的酒瓶，還有一個翻倒的玻璃杯。

「倩寧？」

前門在斷掉的鉸鏈上發出咿呀聲，她在空蕩的屋內尋找，喊著倩寧的名字。她檢查了後院，然後又在房子裡搜索了一遍。沒有字條。沒有跡象。回到屋外，她再仔細檢查一次門廊，發現一個花盆被移動過，還看到一個深色污漬，她知道是血。她摸了那血漬，然後又撥了一次倩寧的手機，發現鈴聲就在門廊旁的一叢灌木裡響起。她瞪著那手機，不敢置信，然後掛斷電話。

倩寧不見了。

29

等到伊麗莎白趕到警察局，已經擔心得胃裡打結。事情出錯了，而且是非常糟糕的大錯。倩寧的留話和門廊上的血，破掉的酒瓶和掉在那邊的手機。倩寧去了伊麗莎白家，但應該會待在那兒才對。她一點都不懷疑，倩寧遇上麻煩了。她什麼都做不了，除非有警方的資源。但是要警方幫忙，可能會有問題。

警察局外頭擠滿了聯邦調查局和州警局的人，還有很多媒體，相較之下，倩寧家外頭的那群記者太少了。她把車停在一百呎外的街道對面。聯邦調查局的人一律開著黑色汽車、身穿印了FBI字樣的防風夾克。州警局的調查人員只是稍微不那麼顯眼一點。伊麗莎白拿出新買的電話，撥給詹姆斯．倫道夫，才響第一聲他就接了。「耶穌啊，麗茲。你人在哪裡？」

「我車子就停在警局前面。發生了什麼事？」

「你還沒聽說？」

「沒有。」

「耶穌啊，聽我說。」他暫停一下。「能不能到後門等我？」

「好的。」

「兩分鐘。」

他掛了電話，伊麗莎白開車右轉，躲開攝影小組和記者們。她繞了一大圈，多走了幾個街區，從另一個方向來到警局的背面。到了停車場的圍牆外，她在入口鍵盤上輸入密碼，等著金屬柵門的沉重輪子滾動。她看到倫道夫站在台階上，薄唇間啣著一根香菸。他頭往左邊點了一下，於是她開向停車場的那個角落，在圍牆外一棵刺槐的樹蔭下跟他碰面。「該死，麗茲。你都跑到哪裡去了？」

「我看到你也很高興。」她下了車。他很著急，這對他來說很少見。詹姆斯當警察夠久，幾乎什麼都見識過了。「可不可以給我一根？」

「什麼？喔，當然了。」

他從菸盒裡搖出一根遞給他，然後劃了一根火柴，她觀察著他的臉，希望他冷靜下來。「謝了。」她湊向火柴時說。「你還好吧？」

「還好，抱歉。整個狀況很瘋狂。」

「因為艾爵恩？」

「什麼？喔，他啊。」倫道夫挺起肩膀。「是啊，我猜那是一部分，他又扯上謀殺案那些的。」

「這裡發生了什麼事，詹姆斯？」伊麗莎白問。但他只是望著她，用力吸了一口菸。「詹姆斯？」伊麗莎白又催。

他扔掉菸蒂，表情很悲慘。「啊，狗屎。」

他們走進局裡，沿著長長的走廊上了樓梯，倫道夫邊走邊講。他告訴她教堂的調查。「又找到了九具屍體。」

「什麼？」

「是啊，這是最後算出來的數字。我們挖出屍體，運出來。現在已經送到法醫那邊了。聽我說，我知道這對你很難受，在那麼特別的地方出現了更多被害人。」

她舉起一手阻止他往下說。每個人都認為那是她父親的教堂，是她童年的家。其實早就不是那麼回事，不過眼前這件事太重大了。

又找到九具屍體？

九具？

「你還好吧？」

「會好起來的。告訴我還有什麼。」

他帶她來到證物室旁的一個角落。一時之間，四周一片安靜。只有他們兩個，還有她的聲音。「聽我說，這件事很嚴重，對吧？羅利的州警局派了人過來，聯邦調查局的人也從華府趕過來。現在有一百萬隻眼睛看著這個小城，要尋找最小的錯誤。據說這可能是全州有史以來最大的連續殺人案，每個人壓力都很大。無論是對是錯，你的名字現在都跟這個案子脫不了關係了，而且我指的不是一點點而已。我指的是牽扯得很深，麗茲，非常非常深。」

「因為那個教堂？」

「因為每個人都認為你跟艾爵恩離開這裡了。因為他們不了解你的動機或你們的關係，而且因為警察一不信任其他警察時，就會特別緊張。」

「我跟艾爵恩離開時，他被指控的罪名是擅闖私人產業，每個人都知道那太荒謬了。」

「是啊，好吧，但是之後，他又打死了普瑞司頓獄警。」

「局裡的人相信我，詹姆斯。他們信任我的。」

倫道夫別開眼睛，臉紅了起來。

伊麗莎白一開始還不明白，然後懂了。是那個地下室。她都忘了現在每個人都知道真相了；知道她瞞著自己被抓住的事情；知道她被人制伏，脫光衣服，像個動物似的在黑暗裡。

「他們認為你是瑕疵品了。我很遺憾。」

伊麗莎白瞪著地板，覺得自己的臉忽然間也紅了。隔著三扇門，那個大辦公室裡充滿了聯邦調查局探員和州警察及幾乎她所認識的每一個警察。「你相信那個說法？」

「不。」他毫不猶豫。「我不相信。」

「那麼，為什麼你那個表情？」

「因為還有別的。」

「別的什麼？」

「不好的事，」他說。「真的非常糟糕。」

他要她去看謀殺案記事板，但那白板在會議室裡，位於開放式大辦公室的另一頭。「對不起，」他說，因為進入會議室就得走一大段路，穿過那個擁擠的大辦公室，至少要一分鐘，她會被裡頭的每個警察盯著看。

「我是來找戴爾的。」

「你得先看看這個。」他帶著她沿著走廊往前。到了大辦公室外頭的門，倫道夫雙眼盯著她的臉，避開她的手腕。「只是一件小事而已。」他說。

但結果不是。他打開門，大家忽然靜下來，同時目光像探照燈一起朝她射來。她穿過辦公桌間，經過那些沉默的男人旁邊。大家的目光跟著她，開始竊竊私語。走到一半，倫道夫扶著她的手肘，但她甩開了。讓他們看，讓他們議論吧。

到了會議室，倫道夫關上門，揚起一邊眉毛。「還好吧？」

「還好。」

他帶著她來到房間另一頭的牆邊，那裡有六張白板一字排開。她看到日期和筆記及照片，太多資訊了，讓她頭昏眼花。「先別看白板。看著我。」倫道夫站在她和白板之間。「謝謝。現在聽好了。戴爾隨時可能出現。他會很生氣，所以你先有心理準備。你不該來這裡的，而且我很確定不該給你看這個。但是你得看一下，因為這跟你有關。」

「好。」

「忘了教堂裡面的屍體吧。這是有關教堂底下的那些屍體。總共九具。全都是女性，全都從泥土裡挖出來，送到法醫那邊了。但到目前為止，我們只查出其中兩個人的身分。第一個是愛麗森·威爾遜——」

「慢著。我認識愛麗森。我們從小一起長大的。」

「我知道。」

「她也是其中之一？」

「沒錯，但這還不是唯一的壞消息。」

伊麗莎白舉起一隻手，因為她一時還無法消化這個資訊。她還記得愛麗森，一個漂亮的女孩，比她高一屆。她成績不錯，抽菸，是一個垃圾搖滾樂團的貝斯手。麗茲當上警察後沒幾年，愛麗森消失了，但是沒有人大驚小怪。家鄉經濟不景氣，大家謠傳她在別州有個男朋友。於是都認為她跟他跑了。現在，她出現了，死掉了，在教堂底下。光是這一點，就已經很難接受了，但還有其他的……

「麗茲？」

伊麗莎白閉上眼睛，看到她記憶中那個女孩的模樣：草莓色的頭髮，漂亮的眼睛……

「麗茲。」倫道夫彈著手指。「你有在聽嗎？」

伊麗莎白眨眨眼。「是的。愛麗森・威爾遜。你們知道她是什麼時候死的嗎？」

「還不曉得。」

「不是艾爵恩殺的。」

「我完全同意。」

伊麗莎白全身僵住，因為他的肯定態度不太對勁。警察們都懷疑艾爵恩，到了痛恨的地步。自從茱麗亞・司傳吉命案以來，大家就都是這樣。她瞇起眼睛，尋找其中的陷阱。「什麼改變了？」

「第二具屍體。」

「第二具屍體怎麼樣？」

倫道夫頓了一下，然後走到左邊，露出白板上一張照片。「這個我很遺憾。如果可以的話，我也會跟艾爵恩說同樣的話。」

「啊，老天。」伊麗莎白走近那張照片，認得那個微笑，那雙眼睛，全都認得。「怎麼可能？」

「我們還不曉得。」

她摸著那張照片，記得這個女人之前的樣子：美麗而安靜，帶著一點憂傷。

凱瑟琳．沃爾。

艾爵恩的太太。

伊麗莎白沒等到法蘭西斯．戴爾進來。她去他的辦公室找到他，正在講電話。貝基特也在裡頭。「你有什麼事要告訴我嗎？」

戴爾看著她的眼睛，還在講電話。「不，她現在人在這裡。我會處理。謝謝你的通知。」他把聽筒放回電話機座。「很顯然，你的進場非常轟動。」他朝貝基特比劃一下，貝基特關上辦公室門。「剛剛打來的是聯邦調查局人員的指揮官。現在我們成立了一個跨司法管轄權的專案小組，這個警局就是行動中心，他想知道一個被停職的警探，跑來這個行動中心探頭探腦做什麼。」

「你打算什麼時候告訴我？」

「我在問你問題。」戴爾說。

「什麼時候？」

「麗茲，聽我說——」

她轉向貝基特，雙手握拳放在臀部。「查理，別跟我說什麼任務小組和既定流程。我才不關心那個。」她又轉回去面向戴爾，聲音很嚴厲。「你打算什麼時候告訴我，艾爵恩．沃爾是清白的？」

「他不是。」

「他太太是被害人之一。她是在他被關進牢裡之後死掉的。」

「艾爵恩．沃爾徒手把一個獄警打死。」戴爾往後靠坐，兩手指尖彼此輕觸。「這就跟殺了一個警察沒兩樣。」

伊麗莎白轉身，對這一切的不公平震驚得天旋地轉。艾爵恩入獄是因為一件他沒做的事情。而現在，他因為殺了一個他根本就不該認識的獄警而被通緝。「他失去了十三年，現在又失去了他的太太。」

「我無法改變他殺了威廉．普瑞司頓的事實。奧利維特已經提出宣示證詞。DNA報告很快就會出來。」戴爾打開一個抽屜，拿出她的佩槍和警徽，放在桌上。「拿去吧。」

「什麼？」

「拿回去，告訴我哪裡可以找到艾爵恩．沃爾。」

伊麗莎白看著那警徽，明白了他的提議。她可以回來當警察了，而且是高層下令的：麗茲是我們的其中之一。但是，復職是有代價的，而這個代價就是艾爵恩．沃爾。「如果我告訴你，倩寧．蕭爾失蹤了呢？」

「我會告訴你，她是個成年人了，已經獲得交保。她可以去她想去的任何地方。警徽拿去吧。」

「如果我告訴你，她出事了呢？」

「你有證據嗎？某些確實的憑據？」伊麗莎白張開嘴，但知道說了也是枉然。一抹血，一支丟下的手機。「警徽拿去。告訴我哪裡可以找到艾爵恩．沃爾。」

戴爾一手按在警徽和那把槍上頭，手指攤開。他不在乎倩寧。他唯一想找的就是艾爵恩。

伊麗莎白指著貝基特。「那你呢？」

「我覺得她是個不快樂的年輕小姐，等她準備好了，自然就會出現。眼前這件事更重要。」

「所以，一切就是為了艾爵恩？」

「普瑞司頓獄警有老婆小孩。我也有老婆小孩。」

伊麗莎白的目光從貝基特轉到戴爾。他們不會讓步，也沒有猶豫。「我會把他的下落告訴你們，條件是我要你們幫忙找倩寧。」

「什麼樣的幫忙？」

「資源。人力。我要警方通報她的名字。我要找到她，而且我希望列為優先事項。本地、州警局，還有聯邦調查局。」

「你知道哪裡能找到艾爵恩？」

「我知道。」

「你會告訴我們他在哪裡？」

「只要你們幫我找到倩寧。」

戴爾把警徽從桌面上推過去。「拿去吧。」

「我要聽你說出來。」

「我會幫你找到她。」

「好吧。」伊麗莎白拿起警徽，扣在腰帶上。再拿起手槍，檢查一下裡面的子彈。

「這是簡單的部分。」戴爾又把紙和筆推過去。

伊麗莎白看了貝基特一眼，然後寫下一個地址和一個房間號碼。

「不要傷害他，」她說。

然後她把紙往前推還給戴爾。

30

倩寧覺得自己好像快要死掉，都是因為太熱了。熱氣充滿筒倉，把她壓在泥土地面裡。過了這麼多個小時，她已經沒有任何淚水或汗水可以流了，只剩黑暗和熱及一個問題。

他什麼時候會回來？

唯一重要的就是這個。而不是為什麼這件事會發生，或是他人在哪裡，而是什麼時候？

他什麼時候會來？

她翻身趴著，臉貼著炎熱的泥土。她嘴唇和口腔裡嚐得到泥土的滋味，鼻子也充滿了泥土的氣味。

「再一次。」

她直起身子，塑膠束線帶又嵌入她的肉，同樣痛楚，同樣滑溜。地面在黑暗中傾斜，但她站了起來，雙手還綁在背後，腳踝還是綁在一起。

「我做得到的。」

她已經摔倒五十次了，或一百次。四周一片漆黑，她在流血。

「好吧。」

她拖行著走了一吋，沒摔倒。

「很好。很好。」

她設法跳了一下，保持平衡。然後又跳了兩下，是她設法不要摔倒的極限了。這是模式。站起來。倒下。吐出泥土。

一定有個出路。

找個鋒利的東西。

她又試了一次，腳踝一扭失去平衡，整個身體摔下去。她沒法撐住，臉重重撞在地上，泥土衝進喉嚨。她翻身咳著。

「伊麗莎白……」

她的名字像祈禱文。伊麗莎白會知道該怎麼辦。伊麗莎白會希望她堅強。但是，倩寧覺得恐懼就像一隻手掌按著她的背部。

之前是地下室。

現在是這個。

那手掌狠狠壓著她，把所有的美好全都搾出來。她殺了兩個人，所以或許現在獨自被關在這個地方，也是活該。

她在地板上滑動，每次一吋，先是側面著地，然後是趴地。她邊滑邊默默啜泣，但是滑到另一頭的牆壁後，她撐起身子，沿著牆壁摸索，找尋每十呎就會有一根的垂直樑柱，每一根都和其他東西一樣鏽爛不堪。她花了一個小時，或許兩個小時，但是第四根樑柱有一道窄窄的邊角金屬，已經鏽爛得算是鋒利。

好鋒利……

倩寧背對著那個邊角，把手腕上綁的束線帶靠上去磨。她的皮膚跟著束線帶一起磨破，但她不在乎。

快點！

一定要快點！

塑膠束線帶隨著啪地一聲斷掉了，她的雙臂像兩根木頭似的盪開，然後她又啜泣起來，等著血液回流的灼痛。等到她雙臂可以移動了，她就躺在地上，用同樣那道鋒利的金屬磨斷腳踝上的束線帶。割掉之後，她循著弧形的牆面摸索過去，找到了門。是結實的鋼製門，外頭用鍊子拴著，頂多只能推開半吋。她一隻眼睛往外窺看，看到泥土和青草及樹。她想現在是下午，有黃色的光線。她喊著救命，但心知他會挑這個筒倉不是沒理由的。這表示不會有人來。附近一個人都沒有。

倩寧最後一次把手指伸出那道縫隙，然後拖著身子站起來，再度搜索筒倉內部。整個筒倉的結構古老又鏽爛。她從門一路摸索牆壁繞了一圈，兩度絆倒，然後再繞一圈。第二次跌倒時，她發現了那道梯子。最低的一級梯槓比她的頭還要高，所以她差點漏掉了。她伸手，手指摸到一下，然後再摸。她抓住梯子往下拉時，發出一個吭噹聲，螺栓刮擦著水泥牆面。她往上奮力抓到第三級梯槓，膝蓋也爬到第一級。等她站起來時，眼前的世界晃動著。那道梯子細瘦如骨，頂多只有一呎寬。她小心翼翼又往上爬了一級，然後是十來級。中間梯子兩度發出吱嘎聲，每次她都整個人僵住，以為梯子要脫離牆面，或者垮下去了。她設法又爬了二十道梯槓，再度僵住不動，感覺四周一片黑暗，彷彿要把她往下拉。她只能靠雙手和雙腳的重量，辨認哪個方向是往上、哪個是往下。倩寧閉上眼睛，數到十。

這道梯子很堅固，這道梯子是真實的。

又往上爬了十呎，她第一次碰到手上抓的梯槓鬆脫。

它突然就斷掉，她整個人在黑暗中旋轉，尖叫著，同時一邊肩膀有個什麼在拉扯。她瘋狂地亂抓亂扒，雙腳才又回到梯子上，手裡也抓到另一級梯槓。

但是傷害已經造成。

她感覺到整個下方的空蕩，一邊臉頰緊貼在梯子上，用力得發痛。

「拜託。」

那是徒勞的懇求，就跟她腳下的空氣一樣虛無。倩寧獨自在這裡，快要死掉了。她覺得自己不是摔死，就是會被他殺掉。

就這麼簡單。

就這麼確定。

但一定會是這樣嗎？如果換了麗茲，也會是這樣嗎？

她吸了口氣，逼自己爬過梯槓斷掉後的那片空蕩。那並不容易，那些金屬鏽蝕得很厲害，但她心裡把每根梯槓都想像得一樣。

會斷掉。

她會摔下去。

她已經爬了五十呎了，或許六十呎。這個筒倉有多高？八十呎？一百呎？她之前數著梯槓，但碰到水泥壁上的梯子轉彎處就亂掉了。她憋住呼吸，數到一百，然後又從頭開始，心想，拜託，拜託，拜託……

她還在想著，一邊伸手往上，忽然碰到了圓拱形屋頂。離她的臉只有幾吋，但她完全看不見。

太黑了。

太靜寂了。

但這裡會有梯子，一定是有原因的：上頭一定有扇小門。

她往上推，發現那扇小門一下就推開了，因為沒有拴住或上鎖。一線黃光出現，她推得更用力，那縫隙加寬，空氣湧進來。倩寧一直用力往上推，最後門往後落下，鏗噹一聲砸在屋頂上。陽光刺痛她的雙眼，新鮮的空氣真是天賜禮物。她暫停一下，直到眼睛能看見，這才爬上屋頂，找到可以抓手和放腳的地方。一陣微風吹來，森林在她下方展開。好幾公里。很多公里。她身子探出去，想著外頭應該還有一道往下的梯子；但結果多年前就壞掉了。她看到斷掉的螺栓，還有筒倉中段一團脫落纏繞的梯子。剩下的只有斜斜的屋頂和垂直的牆壁。為了確定，她爬到圓頂的最高點，於是就再也沒有疑問了。

無論在裡面或外面，她都同樣被困住了。

伊麗莎白確定倩寧的名字和照片都發給郡裡的每個警察，聯邦調查局和州警局也都加入幫忙了。這是政治，法蘭西斯．戴爾跟他們談條件換來的。等到確認後，她回到會議室。大家還是照樣盯著她看，不過未必都是不信任的目光。或許是因為她復職的關係，也或許是新奇感逐漸消褪。無論是什麼，她背對著玻璃牆，專注在眼前有的線索：倩寧的留言，門廊上的血跡，破掉的玻璃瓶，還有那支被丟棄的手機。

倩寧的失蹤，有可能跟那個教堂有關嗎？

伊麗莎白重複回到這個問題上。太多巧合了，她心想。太多變數了。還有其他女人曾經失蹤，其他女人曾瀕臨死亡。

其中有關聯嗎？

伊麗莎白仔細檢查那些檔案和證據。她看過一次，然後又回頭查一遍，從艾爵恩・沃爾被定罪開始，首先查茱麗亞・司傳吉，然後是蕊夢娜・摩根，還有蘿倫・列思特。她們是在教堂的祭壇上被發現的。她們有什麼共同點？為什麼她們被挑上？她們年齡和背景不同，身高和體重及體格也都不同。在教堂底下發現的那些人呢？愛麗森・威爾遜和凱瑟琳・沃爾呢？

五個女人的照片都貼在謀殺案記事板上，伊麗莎白走過去，逐一審視著她們的臉。艾爵恩因為茱麗亞・司傳吉命案被定罪。其他被害人會死，就是因為抓錯了兇手嗎？

她又從頭到尾看了一次。有些被害人埋在泥土裡；有些則放在教堂祭壇上，故意要被發現的。這跟艾爵恩有關嗎？

問題愈來愈多，但伊麗莎白發現自己最常盯著看的照片，就是愛麗森・威爾遜。有事情困擾她，而且不是小事。

「她們跟你長得很像。」

伊麗莎白轉身看到詹姆斯・倫道夫。「你說什麼？」

「我說她們跟你長得很像。」他走過來，站在她旁邊，面對著白板。「茱麗亞・司傳吉。所有人。」他觸摸一張照片，然後另一張。「眼睛很像。」

一百公里外，幾名帶著武器的男子聚集在一個空蕩的停車場，這裡距離一家論小時出租的破舊汽車旅館只有三公里。史丹佛・奧利維特也在其中，雖然他很不情願。

「房間在旅館背面。你知道目標。」說話的是傑克斯。他檢查了一把西格紹爾（SIG Sauer）點四五手槍裡的子彈，然後插進槍套裡。「他身體壯又動作快，看到我們的時候很可能會抓狂。這表示我們要趕快撂倒他，然後弄到車上。」

「我不喜歡這樣。」奧利維特說。

「你什麼時候喜歡過？」

奧利維特的目光從傑克斯轉到伍茲身上。他們不喜歡他。從來就不喜歡。「警察也有了這個地址。你們知道吧？他們隨時會趕到這裡。」

「操那些警察。」

「你在開玩笑吧。」

「趕快上車就是了。」

傑克斯把奧利維特推進後方車廂裡，推著車門關上。所有人都上車後，這輛廂型車就駛出停車場，迅速往前，直到那家汽車旅館出現在前面一處彎路的灌木叢後方。那家旅館很老舊了，周圍的土地乾硬而遍佈塵沙。一時之間，奧利維特凝視著車後的一片朦朧。典獄長就在後頭。隔著十哩，或者二十哩。某個安全的地方吧，奧利維特心想。這種狀況下，他不會冒險的，因為警察就快來了。

「出發了。」伍茲在座位上轉過身子。「迅速俐落，辦完了趕緊離開。」

那廂型車顛簸著駛入停車場，轉彎到旅館的背面去。奧利維特把滑雪面罩套在臉上，然後說：「各位，快點，戴上面罩吧。」

但傑克斯不肯戴。「我才不幹。你們都看到他怎麼修理普瑞司頓的。我們進門時，要讓那個狗娘養的看到我們的臉。我要他害怕，知道是怎麼回事。我要看到他的表情。」

奧利維特想爭辯，但他們已經駛過停車場，快到旅館的側面了。停車場裡一片空蕩，水池內充滿綠色爛泥。他們繞到背面的停車場，倒車正對著房門，然後下了車子。伍茲拿著長柄大錘，傑克斯從槍套裡掏出那把點四五口徑手槍，放低了貼著大腿。沒人說話。他們站在門外，撞破門鎖後，立刻悄悄衝進門。

裡頭是空的，床上一片凌亂。

「浴室。」

傑克斯指著，他們在浴室外散開，每個人現在手槍都舉起來，傑克斯數到三，此時裡頭的水關掉，他輕輕推開門，蒸汽湧出來。他們看到灰色的瓷磚，一面浴簾，還有堆在地上的衣服。一時之間，那個場景凍結，然後浴簾鉤環移動，浴簾往後掀開。淋浴間內是一個三十來歲的男人，還有一個年輕十歲的女人。她一看到他們就尖叫。那男人也大叫起來。他很瘦，那對眼睛在臉上顯得太大。那女人用浴簾遮住自己。

伍茲說：「啊，要命。」

「你。」傑克森的點四五手槍指著那男人的臉。「你在這裡多久了？」

「拜託，不要傷害我們。錢在——」

「你們在這個房間住多久了？」

「兩天。耶穌啊，別開槍。我們昨天就住進來了。兩天。兩天。」

「你確定？」

「當然確定。上帝啊。拜託——」

事發之前一秒鐘，奧利維特就料到了。他張開嘴，但沒辦法阻止。那把點四五手槍開了兩發：鮮血濺在地板上，還有些腦漿和骨頭碎片。

「該死，傑克斯！你為什麼要開槍？」

「他們看到我們的臉了。」

「這是誰的錯？」

傑克斯不理會奧利維特。他撿起彈殼，然後關上浴室門，拉著奧利維特離開那個充滿煙霧的寂靜房間。「進去。」他把奧利維特推進廂型車的拉門內。「進去就是了，閉上嘴巴。」

廂型車加速離開，奧利維特脫掉滑雪面罩，看著那汽車旅館逐漸消失。他聽到警笛聲響起，看著州警局的車子呼嘯經過，朝他們的反方向行駛。總共有四輛，全都開得很快。真的就是差一點，他心想。

只差幾秒鐘。

等到他回過頭來，傑克斯正在講手機。「是我，對。他不在那兒……不，我很確定。不是這間汽車旅館，也不是那個房間。」時速指針超過九十公里，然後逼近一百公里。「跟你的警察好友說，那個女人撒謊。」

某些人有幸擁有忘記壞事的能力。伊麗莎白缺乏這種技巧，所以如果她選擇面對醜陋，她就可以閉上眼睛，清楚看到過往一切：聲音、光線的傾斜度、她移動的模樣。有關之後的回憶。那是有關哈里森．史派維和她父親。有關那座教堂。

日光照著十字架，但透過彩繪玻璃變成粉紅色，讓她想到血：血在她皮膚上，血在她兩腿間的記憶。十字架上的顏色不對勁，但是它就在那兒，得救和罪孽和強暴過她那男孩的臉。他照在金屬上的鏡影扭曲了，但那是真實的，就像他也是真實的，一個皮膚溫熱、帶著青草氣味的男孩，總是跟她玩遊戲，在教堂跟她擠眉弄眼，一直是她的朋友。此刻他跪在她旁邊，她聽著他的謊言和裝模作樣的懊悔。他說那些話，是因為她父親叫他說；而伊麗莎白也一如往常那樣順從，乖乖說父親要她說的話。

「我們天上的父……」

我詛咒你，竟讓這樣的事情發生在我身上。

最後這部分她沒說出來，因為她的人生已經變成了這樣，一張正常的薄紗罩住了一口傷痛的井。她照樣吃飯、上學，讓她父親在她床邊祈禱，跪在黑暗中要求上帝原諒她。

不光是原諒那個男孩。

還有她。

她缺乏信任，他說。信任上帝的目的，信任她父親的智慧。「你懷的那個孩子是個禮物。」但是，那不是禮物，跪在她父親教堂裡的那個男孩也不是賜予者。她眼角看得到他，脖子上冒出汗珠，手指緊捏成白色，不斷重複唸著祈禱文，額頭用力抵著祭壇，用力得她覺得都可能要流血了。

他們跪了五小時，但她心中沒有原諒。

「我要找警察。」

她說了好多次，小聲說著；但她父親相信贖罪勝於一切，所以逼她不要動，靜心下來再祈禱。

「有一條路，」他說。

但對伊麗莎白卻非如此。她沒有上帝可以信任，也沒有父親可以信任了。

「握住他的手，」她父親說；伊麗莎白照做了。「現在，看著他的雙眼，告訴他，你在你心中找到了原諒。」

「真的很對不起，麗茲。」那男孩在哭。

「告訴他，」她父親說。「看著他的眼睛，告訴他。」

但她做不到，當時做不到，永遠做不到。如果熱就是救贖本身，那麼她父親所提出的，就是整個地獄的火焰。

那痛苦的記憶充滿伊麗莎白的腦海，同時帶來同樣痛苦的種種問題。她看不見全貌，但各種可能性列在面前：教堂，祭壇，那些長得像她的女人。

一個十來歲的強暴者，有可能長大後變得更糟糕嗎？

或許。

但是，他真的變成那樣嗎？

教堂的那天之後，哈里森．史派維連續三個暑假都替她父親工作。割草。油漆。開著那台老舊的挖土機挖掘墳墓。對他來說，這是贖罪的善功；但對她來說，只是又多了一個離去的理由。但是他花了很多時間跪在那個祭壇前，熟知教堂和周圍的每一吋土地。她還得確定另外一件事——跟愛麗森・威爾遜有關的。伊麗莎白拿起車鑰匙，沒想到轉身卻撞上詹姆斯・倫道夫。她都忘記他也在這個會議室裡了。

都是那段回憶。

那種灼痛。

「我還不能讓你走。」他一手抓住她的手臂。她低頭看著。「拜託，我還得讓你看最後一樣東西。」她抬起雙眼看著他的臉。他看起來很蒼老，但是警戒、蓄勢待發，而且一臉誠懇。「來吧，」他說。「坐。」

他拿了另一把椅子，看著外頭大辦公室的警察們。他坐得離她很近，她都能聞到他的鬍後水，以及他氣息中的薄荷味。大家在看他們嗎？這是他擔心的。「上頭三令五申，」他說，一手插進外套口袋裡。「說這個東西不能給你看。戴爾認為你會抓狂或什麼的，所以他一再交代。我呢，我覺得你得看看。管他什麼安全之類的鬼話。這是常識。」

伊麗莎白等著。那隻手還停留在口袋裡。

他又看了玻璃牆外一眼，然後手伸出來，拿著一個證物袋。伊麗莎白看不出來裡頭是什麼，只知道扁而小，看起來像是一張照片。「這個玩意兒是貝基特在教堂下頭發現的。就塞在那些屍體上方的一個地板托架後頭。只有少數幾個人知道。」倫道夫把那光滑的塑膠袋按在她腿上，說，「放低，不要拿起來。」

他推過去，伊麗莎白三根手指按住那個塑膠袋。她看到照片背面，相紙發黃了，邊緣破爛。

「在教堂底下？」

「就在那些屍體上方。」

她把照片翻面，看了好幾秒鐘。倫道夫觀察著她的臉。她無法動彈或說話。

他等了一下，然後頭湊過來正對著她的臉。「我不認為這是你，但戴爾說是。他說他從你小時候就在教堂認識你，即使你當時年紀那麼輕、又是長頭髮，但他一看到就知道是你。我猜想你當時十五歲？」

「十七。」

她輕聲說。那照片褪色而龜裂，還有水漬。在裡頭，她穿著一件素色洋裝，頭髮往後梳，綁著黑色絲帶，正走在教堂附近。沒有笑容。沒有憂愁。當時她根本心不在焉。

「你記得這張照片嗎？」

她搖搖頭，不完全是撒謊。她從來沒看過這張照片，但她知道那件洋裝，知道那一天。「找到指紋了嗎？」

「沒有。我們認為有人戴了手套。你還好吧？」她說是，但臉上有淚。「耶穌啊，麗茲。呼吸。」

她試著呼吸，但是好難。她想起自己在教堂邊走路那天。

她被強暴的五個星期後。

她墮胎的前一天。

走出大辦公室時，伊麗莎白依然雙眼含淚。在那幾秒鐘，每個人都看著她，但她幾乎沒注意到。她想著自己長度到背部中段的頭髮上綁的那根黑絲帶。小時候，她綁頭髮的絲帶都是藍色或紅色或黃色——她只綁有顏色的。但那一天她綁了黑色的，此刻她的思緒困在那條絲帶上，彷彿可以摸到它，把它拿回來。

「麗茲！」

她聽到辦公室另一頭有人喊她，感覺上似乎好小聲。

「嘿！」

是貝基特，他的大塊頭正穿過辦公室。她眨眨眼，很驚訝他動作那麼急切。他正硬擠過人群，大家被他搞得很生氣。空氣中忽然出現嗡響，大家又開始交頭接耳起來，不信任的眼神看著她。

狗屎……她也知道這是什麼意思。

「麗茲，等一下——」

但是她沒等。她沒辦法。走廊的門就在二十呎外，她繼續走，十五呎，然後五呎，貝基特還在繼續朝她擠過來。她的手握住門鈕時，他趕上來抓住她的手臂。她想掙脫，但他不肯放手。

「跟我來。」他把她推進走廊，然後來到一個空蕩的樓梯間。門喀噠關上，只剩他們兩個，貝基特抓得很緊，臉上那種不顧一切的表情令她安靜下來。他很害怕，而且不是尋常的害怕。「繼續走就是了，別跟任何人說話。我是說真的。」

他帶著她走下一層樓，進入另一條走廊，來到側門。他肩膀推開一道金屬門，兩人走出去。

「你車停在哪裡？」

她指了，他拖著她往那個方向走。「戴爾知道了嗎？」她問。

「有關那個旅館的謊言？知道了。」

「看來這種事傳得很快。」

她抬頭看到有些人湊在窗子上觀察他們。有幾個在講手機。其中一個彈著手指朝下指。「狀況有多糟糕？」

「你以為？」

「戴爾正準備發出對你的逮捕令。妨礙公務。從犯。你害他看起來像個傻瓜。」

伊麗莎白當然料到了。她對艾爵恩的事情撒謊，這個謊言讓她陷入困境。

「告訴我他人在哪裡。」

「我不知道。」伊麗莎白說。

「你在撒謊。」

「如果是呢？」

「告訴我艾爵恩在哪裡，或許我可以擺平這件事。我會去找州警局的人談，說服戴爾取消逮捕令。不過你一定要給我一點東西。一個真的地址，或是電話號碼。」

「法蘭西斯的氣會消的。」

「不會。」

「我害他看起來很蠢。」他們走到車旁，伊麗莎白手臂掙脫了。「我給了他一個假地址。那又怎樣？」

「有人死了。」

「什麼？」

「州警局的人趕到你告訴我們的那個汽車旅館。發現兩個人在淋浴間被射殺了。房間裡還有開過槍的火藥味。就是差那麼一點。」

「我不明白。」

貝基特拿了她的車鑰匙幫她開門，讓她坐上車。「告訴我該去哪裡找他。」

「沒辦法。」

「沒辦法還是不願意？」

伊麗莎白雙眼只是望著前方，感覺到他灼熱的目光望著自己。

「我得找到他，麗茲。你不明白有多急迫。不過拜託。我要你信任我。」

貝基特的口氣很傷心。是嫉妒，還是憤怒？

「信任？什麼信任？」她發動車子，逼得他後退。「你該告訴我那張照片的事情。」

「詹姆斯‧倫道夫。」貝基特咬牙說。「他拿給你看了？」

「沒錯，他拿給我看了。本來應該是你拿給我看才對。」

「麗茲——」

「你是我的搭檔，查理。是我的朋友。你不認為我有權利知道嗎？」

「法蘭西斯不希望你知道那張照片的事情，好嗎？他說你太脆弱了，給你看不會有任何好處。他講得很有道理，我也完全同意。你現在腦袋不清楚，你對你自己和身邊的每個人都很危險。」

「你還是應該告訴我的。」

「我沒辦法。」

「是啊，那麼，」她說著換檔，「我猜想，這一點我們想法不一樣。」

31

伊麗莎白來到她父母家，發現他們正在牧師宅旁的花壇裡拔雜草。

「甜心，」她母親先看到她，於是站起身。「好個驚喜啊。」

「媽。」她說，看到父親也僵硬地站起來。「爸。」

他脫下工作手套，拍掉褲管上的泥土。「你們兩個談吧。」

「其實，這件事情也要問你。是有關哈里森・史派維的。」

牧師皺起眉頭，但臉上的表情憂慮大過憤怒。他們很少談到哈里森，總是岔開話題。他們會批判，會照料傷口，會假裝。

「我不會在信眾的背後議論他們，除非是為了他好。這點你很清楚的。」

這類話伊麗莎白不曉得聽過多少次了：團結和信任，在上帝保護下度過每一天。

「到底是什麼事情，甜心？」她母親滿臉藏不住的憂慮。

但伊麗莎白沒有時間多解釋了。「小時候的事。我記得有件事跟哈里森・史派維和愛麗森・威爾遜有關。」

「愛麗森・威爾遜？這到底是……」

「他們交往過？」伊麗莎白說。「後來吵架了？」

「他們從來沒交往過，親愛的。而且也根本不算吵架。他約她一起參加返校活動，我記得——」

「然後她嘲笑他，」伊麗莎白也想起來了。「她說他成天上教堂，拘謹又無可救藥。學校裡大家老是取笑他。」

「他對她很著迷，可憐的孩子。」

「那我呢？」

「什麼？」

「迷戀是個很具體、很有力量的字眼。」伊麗莎白想像著教堂底下的那張照片，破舊的影像中是十七歲的她，皮膚蒼白，痛苦又瘦削，像個流浪孩童。「在那一切發生之後——就是爸在門廊發現我，送去醫院，祈禱和指責之後——你會用這個字眼形容他對我的感情嗎？畢竟，他強暴了我。把我按在地上，把松針塞進我嘴裡——」

「伊麗莎白。甜心——」

「別碰我。」伊麗莎白後退，她母親縮回手。「回答問題就是了。」

「你在發抖。」

但伊麗莎白不為所動。那是一套精心的黑暗計畫，她感覺得到。「他在教堂工作，在周圍的土地，在教堂建築裡。你的家對他開放。你跟他一起祈禱。你了解他。他當時談到過我嗎？他現在會談起我嗎？」

「告訴我，你問這些是怎麼回事。」

「我不能說。」

「那我就不確定能幫你了。我們這麼努力，你懂嗎？去原諒年輕人的罪，去寄託於未來。哈里森已經不是你記得的那個男孩了。他做了這麼多好事——」

「我不想聽！」伊麗莎白忍不住爆發了。即使到現在，她對父母親的感情還是很複雜：痛與愛，憤怒與後悔。這樣的感情怎麼可能同時並存這麼久？

她父親好像了解似地開了口。「那不是你想的選擇，伊麗莎白。我沒有選擇哈里森勝過你，而是選擇愛勝過恨，希望勝過絕望——這些事情，我從你出生以來就一直教你：擁抱不同的道路，接受艱難的選擇和艱難的愛，懺悔並活在贖罪的希望中。我希望你這樣，也希望他這樣。難道你不了解嗎？難道你無法明白嗎？」

「當然可以，但是你沒有資格做選擇！要不要原諒得由我決定！你的任務是不一樣的，可是你卻沒去做。你沒保護我。你沒聽我說。」

「我也沒有背棄我的家人、背棄教堂。」

「其實你有。你的確背棄了我。」

「而現在就是上帝的懲罰，」他說。「看到我唯一的女兒變得憤世嫉俗，充滿憎恨和冷酷。」

「我不要跟你談了。」

「你從來不談。你幾乎連看都不看我。」

「媽？我能不能私下跟你談？」

「甜心——」

「過來這裡。離他遠一點。」

伊麗莎白離開她父親，在樹蔭下找了個地方，轉身背對著灼熱的太陽。

她母親碰碰她的肩膀。「別以為這對他來說很輕鬆，伊麗莎白。他是個複雜的人，而且他真的很悲慟。我們兩個都很悲慟。但這是個艱難的世界，充滿艱難的選擇。這點他沒有錯。」

「別替他找藉口。」伊麗莎白舉起一隻手阻止她母親。「只要告訴我，哈里森是不是有個農場或商用不動產。也或許是打獵小屋。總之是不容易找到的。」

「只有康橋的那棟房子，而且一點也不豪華。」

伊麗莎白看著教堂的尖塔，看著漆成白色的教堂外牆，還有看起來廉價得像錫箔的金色十字架。「他以前迷戀過我嗎？」

「他一直為你祈禱，無論在這裡或是在家。他常和你父親一起祈禱。」

伊麗莎白在陰影中覺得手指冰冷。「你還有什麼可以告訴我的嗎？」

「只有一件事。他以前做錯了，甜心，而且他全心全意尋求原諒。所以你的做法是對的，而你父親的做法也是對的。也所以這一切才會這麼糟糕。」

之後，伊麗莎白獨自一人。她推出了一個理論，而這個理論跟她的過去牽扯得太深了，因而她很難面對。哈里森．史派維對那座教堂、對她、對她的家人都很熟悉。他有可能很暴力、很迷戀。

那些被害人長得很像她。

這一點倫道夫是對的嗎？她不曉得。或許其中幾個是如此。她只確定倩寧失蹤了，而且時間緊迫。逮捕。死亡。這些可能性就在那兒，旋轉著。她心底最深處似乎發出警告聲。太多年的累積，導致了今天，太多不成眠的夜晚和埋藏的傷痛。天意這個字眼浮現，但就連這個字眼感覺上都好危險。重點不在自己身上，她告訴自己，而是要找到倩寧。

那為什麼連那個聲音，聽起來也都好遙遠？她一路開車時，那聲音不斷低語，像是在她血液中奔流。她來到史派維家的門廊，但感覺上自己就像是在採礦場，或是教堂裡，或是那天在她父親車子的後座上，那男孩一根手指摸著她皮膚，好像認定她不敢抬頭，也不敢對他所做的事情說一個字。伊麗莎白感覺到這一切，然後把那些感覺裝瓶，封存起來。沒有人必須受傷，沒有人必須死。

但是，該死，她感覺到了。

那感覺促使她沒敲門就進了屋子：穿過廚房，來到客廳，槍拔出來，但是握在手裡一片溫熱。她看到他太太和小孩在後院，這樣很好，因為她只是想逼他說話，其他一概沒有計畫。她往左瞥了一眼，看到一張餐室裡的桌子、一些裱框的照片，角落裡放著一袋高爾夫球桿。那種常態讓她更加憤慨。一個兇手殺了人之後，還有可能去打高爾夫球嗎？

她的皮膚感覺到那個答案；聽到那聲音的回音，於是把它關掉。後走廊傳來聲響，她轉向那個方向，踩在長毛地毯上的腳步寂靜無聲。她發現他坐在一張書桌後頭，一手拿著鉛筆，另一手的手指按著一個舊式計算器，按得滴答作響。這一幕太平淡無趣了，讓她猛然醒覺，看清自己眼前的所作所為有多麼危險。執迷的人其實是她，但當他抬頭看，他還是有當年的眼睛和嘴唇，還是有當年那雙迅速抓松針和解釦子和撕破布料的手。「哈囉，哈里森。」

他看到那把槍，然後第一個反應就是朝窗外自己的小孩看了一眼。「伊麗莎白，你在做什麼？」

她走進房間；看著他的臉和他的雙眼，還有他放在桌上的手。在他身後，兩打照片掛在牆上：哈里森在不同的破土典禮上，手上拿著一把金鏟子；有些是哈里森和一群女人，還有些是跟穿西裝的男人。每個人都輕鬆自在，開心微笑。

「她人在哪裡？」

「誰？」

「別跟我裝蒜，哈里森。」

「我不曉得這是怎麼回事，麗茲。」他攤開手。「我不曉得你為什麼帶槍跑來這裡，也不曉得你在說什麼。拜託。別傷害我的小孩。」

她更逼近，此時情緒像一陣風般襲來，因為她想起自己多年前偷溜出屋子，在一個拖車屋停車場的墮胎間裡張開兩腿，讓那個自稱醫師的變態男子把鋼製器具伸進她的子宮。這就是哈里森．史派維造成的，這就是她對生兒育女的全部經驗。「她人在哪裡？」

「你一直說她。我根本不知道你在講誰。」

「我在人行道上跟你介紹過她。倩寧．蕭爾。我介紹你們認識，現在她失蹤了。」

「什麼？誰啊？」

「他們也找到了愛麗森．威爾遜了。就在教堂下面。被謀殺了。」

「這到底跟我有什麼關係？」他看起來似乎真的很驚駭，但精神病患者有這個本事。掩飾。誤導。他們整個人生有可能完全由謊言組成，只剩一個黑暗的核心是完整的。

伊麗莎白想看他的核心。「接下來我們要這麼做。我們要悄悄離開。你的家人在外頭；他們甚至不會看到我們。我們去找個安靜的地方，你和我，然後我們要好好討論。這個討論會進行得如何，就要看你了。」

「我不會跟你走的。」

「站起來。」

「或許，該來的總是會來的。」他在椅子上往後靠坐，那種力量讓她驚訝。他似乎忽然下定決心，完全沒有以前她偶爾去他辦公室、或在街上堵到他的那種害怕。「你真的一點都不了解我，對吧？你不知道我的人生做了些什麼，也不知道我有多麼努力想彌補過錯。」他指著身後的牆上。「你連眼前的這些都看不到嗎？」

伊麗莎白看著那些照片，看到原先以為相似的畫面，其實不太一樣，逐漸看出了她之前忽略的細節。

「六家診所。在六個不同的城市。努力十年的成果。我所賺的每一塊錢，都拿出五毛錢來，而且這只是開始。」

伊麗莎白看著那些工地和完成的建築物，看著哈里森拿著他的金鏟子和微笑的女人。她的確定之感開始動搖了。「這些是……」

「受虐婦女診所。」他說。「遭受家暴的妻子。妓女。強暴被害人。我不曉得你為什麼認為我擄走了這個女孩，但我向你保證我沒有。我有老婆和兩個女兒。她們是我的命，麗茲。如果可以的話，我會讓你的人生有所不同。我會願意收回以前的一切。」伊麗莎白的信心崩潰了；這一切都不是她預料的。「說到這個……」

「嗨，爹地。」一個小女孩從走廊進來。她三歲或四歲，聲音嬌嫩，一點都不怕拿著槍的陌生人。

「過來，甜心。」那小女孩爬到父親的膝上，此時一波暈眩幾乎就要擊垮伊麗莎白了。哈里森擁住那小女孩，緊抓住她的手，舉起來往前指。「猜猜這是誰？」那小女孩坐好了。「這就是我們每個星期天祈禱的那位女士。我們希望上帝能賜予她原諒。」

「你還告訴你的小孩？」

「只說爹地曾經做了一件壞事，而且很抱歉。」他把小女孩抱得更緊。「告訴布雷克警探你叫什麼名字。」

「伊麗莎白。」

「我們以你的名字幫她取名。」

「可是我每次在街上碰到你，你都躲著我。幾乎都不跟我說話。」

「因為你把我嚇壞了，」他說。「而且因為我很羞愧。」

伊麗莎白瞪著那小女孩，覺得整個房間還在旋轉。「為什麼你要把我的名字給那個美麗的小孩？」

「因為，如果我們希望過得更好，」他撫平了那小女孩的亂髮。「有些事情就永遠不該忘記。」

他盡可能避開街道。即使如此，他還是擔心可能有人認出這輛車，認出他在車上。他從沒見過警察像這樣，到處都是。當地巡邏警察、郡警、州警。他們在街道上，在高架橋上。他們在談論要設路障，搞得他很緊張。要是他們搜索這輛車，就會發現膠帶和束線帶及一把電擊槍。

他沒辦法解釋自己為什麼有這些東西。

怎麼有辦法解釋？

他開進一座加油站，把膠帶和塑膠束線帶扔掉。電擊槍他還留著，因為有些東西就是得留著。亞麻布和絲繩放在某個安全的地方。儘管如此，當一列州警局巡邏車飛馳而過時，他還是在車上坐低身子。情勢逐漸發展到最高潮，他可以感覺得到，同樣的結局和不可避免的必然性。他曾有機會脫身，繼續下去，但他已經厭倦了殺人和保密了。整個狀況他承擔了那麼久。重量逐步累積，一個女人死了，接下來他就要沮喪好幾個月。

他不該成為殺人兇手的。

看著州警離開，他稍微坐直身子，此時一個年輕父親從便利商店出來，在他的車旁逗留。他懷裡抱著一個小男孩，或許六個月大。他看著那父親親吻小孩，心想這就是人生該有的意義。但現在一切都不再那麼純粹了，於是他把車子開上馬路，又看了後照鏡一眼，看到雙方親吻過後，似乎都笑了。

父親。

兒子。

他轉入車站，但是並不急切，只是接受。

那個筒倉，就在十一公里之外。

伊麗莎白也看到了同一批警察，同樣感覺到害怕。不過，她的想法卻截然不同。

他有可能是在演戲嗎？

這個問題她問了自己十遍了，但都得到同樣的答案。

她覺得不是演的。

他有太太，有兩個女兒。

「老天。」

她的手還在抖。她本來計畫要把哈里森．史派維從他小孩身邊悄悄帶走，帶他去樹林裡，逼他說實話。這不是什麼理論或黑暗的奇想。她只差兩分鐘就這麼做了。手銬。汽車。找個樹林。

她看到後視鏡裡自己的雙眼，發現那對眼睛苦惱且眼圈發黑。她覺得失控、危險。倩寧還不知下落，這點也是真實的。除了那條路，她還有什麼辦法呢？

她遇到紅燈停下來，看著前面一個檢查站的警察。

如果那條路消失了呢？

如果倩寧已經死了呢？

紀登中槍了，倩寧不見了。愛哭鬼可能活著也可能死了——她不曉得。

另外，還有艾爵恩。

伊麗莎白避開那個檢查站，轉入其他小型道路，朝她家開去。她必須搞清警察是不是在她家，或者倩寧是否因為某些奇蹟，又回去了。只差兩分鐘路程時，口袋裡的手機震動起來。

「喂。」

「那是真的嗎？」

「艾爵恩？你在哪裡？」

「聽說他們在教堂底下發現我太太，是真的嗎？」

伊麗莎白又看到另一輛警車。警察真是無所不在。「別來這裡。」

「有人殺了她。」

「我知道。我很遺憾。」

「她不該有這樣的下場，麗茲。我們的婚姻可能走不下去，但她是個溫柔的人，而且因為我而落得孤單無依。我不能什麼都不做。」

「警方正在找你。」

「也在找你，」他說。「電視新聞上到處都是你的照片。他們認為你和那個獄警的死有關。他們說你是謀殺的幫兇。」

伊麗莎白沉默了。她之前沒想到戴爾真的會通緝她，還這麼快。「離我遠一點，」她說。「離這個地方遠一點。」

他還沒來得及爭辯，她就掛斷電話，然後轉了最後一個彎，進入她家那一帶。她把車停在一個街區外，穿過一排樹，從後方溜進屋裡。她一進去就知道這個房子是空的，但還是檢查了一遍。每個房間、每道門。電話答錄機裡面有十來通留話，但沒有一通是倩寧留的。

該怎麼辦？

警察可能就在一哩外，正開著車加速駛向這裡。如果他們發現了她，她就會面對羈押、審判，最後要去坐牢。這表示她得離開，而且馬上就得行動。於是她拿了現金和衣服及多的手槍，全都塞進一個袋子裡，動作比平常更快，因為速度可以讓她不去想那個難以面對的事實：她沒有地方可去，也沒辦法找到真正重要的那個人。

倩寧……

這就像射中她的一支箭，感覺好真實，那種突如其來的痛讓她跌坐在一把餐椅上，雙手往上攤開，睜著眼睛卻什麼都沒看進去。倩寧不見了，而伊麗莎白沒辦法找到她。

兩分鐘後，一輛車駛入車道。

不是倩寧。

伊麗莎白的通緝令發佈後，貝基特的妄想破滅了。之前他一直相信這個世界可能還有辦法修正，他們會抓到兇手，麗茲會回家。典獄長總之會消失。不必管汽車旅館死掉的那對男女，也不必管是他害他們被殺的。那件事太嚴重了，他內疚得不知該如何是好了。

他怎麼知道麗茲會撒謊？

他不會知道的。

但是，那對男女還是死了，還是要算在他頭上。

「戴爾人呢？」他抓住看到的第一個警察，是個穿制服的警員，正跟他一樣在擁擠的走廊間往前走。到處都是州警、州調查局人員。那就好像有個人踢爛了一個蟻窩。每個人都憤怒且充滿冷酷。連續殺人兇手。殺了獄警。大家都跟貝基特一樣，感受到了那種愈來愈急迫的情緒。

「戴爾出去了，」那個制服警員說。「或許三十分鐘了。」

「去哪裡？」

「不曉得。」

貝基特放開他，第三度去察看了戴爾的辦公室。他希望他趕緊收回逮捕令，免得麗茲受到傷害。但辦公室裡面是空的。打手機也沒人接。他又試了麗茲的手機，但她也沒接。她很憤怒，不信任他。

狗屎，他也無法怪她。

「要找我就打手機，」他朝一名總機人員說。「如果戴爾出現，叫他打給我。」

貝基特抓了椅背上的外套穿上，一面走出警局，看著一堆記者和警察及那些鮮豔的、移動的顏色。各路聚集起來的警力面對著他。古老的壓力，古老的罪孽。他需要一些東西，而且跟工作無關。

他走下台階，大步跨過人行道，開了車穿過市區，開到購物商場兩個街區外的那家髮廊。他下車進去，裡頭一股化學物品和乳液及吹頭髮的氣味。貝基特朝櫃檯接待員點了個頭，然後走過一個個鏡子前的座位和大家注視的目光，找到他太太正在忙著打理一個籃球那麼大的髮型。「能不能跟你談一下？」

「嘿，寶貝。一切都還好嗎？」

「一下子就好。」

她拍拍椅子上的那名女人。「等我一下，親愛的。」貝基特帶著他太太到後牆邊一個安靜的角落。「怎麼了？」

「我想到你和兩個女兒，就這樣。我想聽聽你的聲音。」

她審視著他的眼睛，感覺到什麼了。「你還好吧？」

「一大堆事情擠在一起。案子。還有其他事情。我不確定什麼時候還有機會跟你講話。」

「你可以打電話啊，傻瓜。」

「或許吧。不過這件事我沒辦法在電話裡做。」

他吻她，她往後傾斜，很尷尬但沒有不高興。「老天。」她看著擁擠的房間，整理一下自己。「你應該更常來的。」

他一手撫過她的臉頰，最深的思緒沒說出來，那個吻是以防萬一他再也不會回來的。他露出微笑，表明自己從認識以來就深愛著她，表明他接受她和她所有的過錯，表明他也同樣並不完美。他用一個微笑表明這一切，然後擁著她又吻了一次。這是永別嗎？他不曉得，但希望她能感受到這個吻，只為了以防萬一。於是他吻她，彷彿已經幾十年沒吻過。他要確保那個吻留在她記憶中，等到他放開時，她喘氣又臉紅，髮廊裡一半的人都在吹口哨了。

那輛車是黑色的福特Expedition越野休旅車，掛著州車牌。車子停下來，一時間寂靜無聲；然後門打開，四個男人下了車。伊麗莎白認識其中兩個，於是確認一下後腰的手槍，這才走到門廊上。「不要再靠近了。」

典獄長停在離階梯底部十五呎外。她右邊那名男子的臉上有傷，一腳有點跛。史丹佛．奧利維特。她認得他。另外兩名男子穿著便衣，但大概是獄警。她猜想就是傑克斯和伍茲，兩個人都拿著槍。

「布雷克警探。」典獄長攤開兩手。「很抱歉在這樣棘手的狀況下來到這裡。」

「什麼狀況？」

「我知道你是那位律師的朋友，也是艾爵恩．沃爾的朋友。」他唇角下撇，聳聳肩。「我知道你被通緝了，另外當然，艾爵恩也被通緝了。」

伊麗莎白感覺到臀部藏的那把槍，一隻手始終擺在就近的位置。現在她知道典獄長是什麼樣的人了。

「我不知道艾爵恩在哪裡。」

「是嗎？」

「我想這就是為什麼你跑來這裡。」

典獄長往前走了兩步，抬眼看著。「你知道威廉・普瑞司頓十八年前是我婚禮上的伴郎嗎？不，你當然不知道。怎麼可能知道呢？你也不可能知道我是他兒子的教父，順便講一下，是一對雙胞胎，當然，現在沒了父親了。我把他們當成自己的小孩疼愛，但畢竟還是不一樣的，對吧？」

伊麗莎白沒吭聲。

「那麼，告訴我，警探，」他又走了一步。「你留下我親愛的朋友挨過打、倒在路邊流血，你離開時，他還活著嗎？」

「我覺得你該離開了。」

「驗屍官說他抽吸出四顆牙齒，還有半品脫普瑞司頓自己的血。我試著想像那會是什麼感覺，溺死在自己的血和路上的砂礫及牙齒中。醫師說，如果當初他和那位律師同時送到醫院的話，他可能還有救。只差這麼幾分鐘就死掉，讓我覺得想不透，所以我就把我的問題盡量簡化吧。是你決定把他丟在那邊、死得這麼慘嗎？」他離門廊只有七呎了，然後五呎。「或者是艾爵恩・沃爾決定的？」

伊麗莎白拔出手槍。

「四對一，警探。」

他的聲音很輕，但伊麗莎白看到傑克斯和伍茲也走近了。他們想找艾爵恩，打算抓住他。是要為普瑞司頓報仇，或是為了完成他們在監獄開始的事情，她不知道，也不在乎。她完全無視於典獄長的傲慢和腐化，還有臉上那個似笑非笑的表情。「艾爵恩告訴我你對他做了些什麼。」

「沃爾囚犯有妄想症。這點我們已經確定了。」

「那菲克婁．瓊斯呢？八十九歲又無害，他也有妄想症嗎？」

「那個律師不相干。」

「什麼？」

「他不重要，」典獄長說。「沒有真正的意義或價值。」

伊麗莎白把手槍握得更緊了，所有困惑一掃而空。她忽然怒火中燒，但是無所謂。他剛剛說四對一，但是他自己沒有武器，奧利維特看起來受傷了。所以立即的威脅只有傑克斯和伍茲，而且她整天都在計算這個機率。她手上有槍，開火就可以直接命中目標，沒有任何障礙物。典獄長還在微笑，因為他以為她是警察，不會隨便對獄警開槍。但是，她已經不是警察了。她是艾爵恩的朋友，也是菲克婁的朋友，而且她累壞了，很想大開殺戒。

「我要找那個殺害我朋友的人。」

典獄長一副威脅的口吻，但伊麗莎白沒理會。她會先幹掉右邊那個，因為他一臉急切，而且對她來說，先右再左比較順手。她會在左邊那個拔槍之前就幹掉他，然後再撂倒奧利維特和典獄長。她唯一需要的，就是一個理由。

「最後一次警告了。艾爵恩．沃爾在哪裡？」

「你凌虐過他。」

「這點我否認。」

「你把你的名字縮寫刻在他的背部。」

「這恐怕很難證明吧。」

他在引誘她，微笑著。她雙眼盯著傑克斯和伍茲。希望他們能動手拔槍。

拜託，上帝啊……

給我一個理由……

「你們那裡沒事吧？」

是她的鄰居，戈德曼先生。他站在樹籬旁，緊張又擔心。他身後還是同樣那輛七二年的Pontiac旅行車，再後頭是他太太，站在門廊上，手裡拿著電話，臉上表情說明她就要打九一一報警了。伊麗莎白雙眼依然緊盯著對方的那幾把槍，因為情況有可能急轉直下，而如果真的要開始，就可能從那些槍開始。

「最後一次機會，警探。」

「我可不認為是這樣。」

典獄長看著那位鄰居，還有拿著電話的太太。「你不可能永遠躲在一個老人後頭。」他雙眼冷漠，露出同樣的白牙。「尤其是在這樣的小城裡。」

32

他很珍惜這個筒倉，因為就像他一樣，這個筒倉是為了特定的目的而建造的。它盡責工作，一天接一天，一年接一年。沒有人感謝它，甚或沒有人注意它。現在，它破敗且被遺忘，周圍的田野長滿了樹，原先的農舍只剩土壤上的一塊黑斑。有多少年沒有人留意過它了？

七十年？

一百年？

他是小時候發現這個筒倉的，多年來從沒見過其他人接近這裡。謠傳這筒倉周圍的一萬英畝土地，都是緬因州的某間造紙廠所擁有。如果他想查，可以查清楚——堆在法院抽屜裡的一張地契之類的。但是，何必費事？這片樹林深幽而寂靜，那片空地安靜而孤立。水泥崩塌，鋼鐵鏽穿。

但整個結構依然屹立。

他也依然屹立。

他不見得把每個女人都送來這個筒倉，但是大部分會：奮戰和意志堅強的，需要時間予以軟化的。少數幾個幾乎在他逮到她們的那一刻，就準備等死了，簡直像是希望他出現，或者彷彿只要想到生命告終，她們身上某個維持生命的部分就關閉了。這些人無可避免會令他失望。但她們不都會令他失望嗎？

是的，基本上來說都是如此。

那麼，為什麼還要費事呢？

這片產業邊緣的路邊，有一棵紅櫟樹橫生出一根大樹枝，懸在馬路上方。他在此轉入狹窄的小徑，朝樹林間推進，來到他幾年前建造的那道柵門前停下。他下了車，打開大鎖，把柵門拖開。他身後的馬路一片空蕩，但他動作很快，開著車更深入樹林中，然後下車回頭，把柵門關上。進去之後，他又再度想著那個問題。為什麼還要費事呢？

因為一次又一次的失敗。

因為所有的道路都通向伊麗莎白。

「唯有在受苦中，我們才能超越時間的局限與事物的表象，發現更深刻的真理。」

這是他最喜歡的引文之一。

「更深刻的真理……」

「時間的推移與事物的表象……」

車子顛簸著駛過灌木叢，他感覺到希望斷續升起。他愛伊麗莎白，而伊麗莎白愛那個女孩。

他本來就覺得這個會有用，但在筒倉的陰影下，他覺得更確信了。

「時間的推移與事物的表象……」

下車之後，他打量著樹林邊緣和這塊空地。沒有東西動過，沒有人來過。他打開車門，把防水雨布、桶子、十加侖清水搬下來。如果可以的話，他會比較希望讓這個在筒倉裡再多待一天，但事情變化得太快，最終將以伊麗莎白收尾。

而且很快就會發生了。

他感覺到了。

他很擔心。

他拿出電擊槍，關上車門，又朝空地周圍看了一眼。這塊林間的空地很小，只是一片生滿雜草的草地，上頭有老舊的機械鏽爛掉。

他看著筒倉，還有鍊子上的鎖。

鑰匙在他的口袋裡。

倩寧以為他永遠不會來了。在梯子上等了好幾個小時之後，她的肌肉灼痛，舌頭又乾又腫。她事先沒料到那麼熱，還有持續的壓力。她在離地八呎高之處，但覺得那扇小門打開時，他應該看不到她。

外頭是一片明亮。

瞳孔會縮小。

大部分人剛走進黑暗中，會什麼都看不見，她就是指望這一點，當外頭響起引擎聲時，她無聲祈禱著。她告訴自己，這裡不是地下室，她沒被綁著，而且她跟當時已經完全不同了。但是，這句話好難記住。

他在這裡。

他要來了。

她聽到車子底盤刮擦過地面，還有引擎運轉的嘎嘎聲，然後是靜止後的喀噠聲。他會預料開門後看到她被綁著不能動，被熱氣和恐懼磨得筋疲力盡。但是，這樣的情形不會發生了。那根斷掉的梯槓生鏽了，沒錯，不過畢竟是鋼鐵，還是很結實。他會探進頭來，眨著眼睛。

她聽到鐵鍊在門把上發出的嘩啦響，於是憋住氣，雙腿不禁顫抖起來。

啊老天，啊老天……

她想騙誰？他會把她拖下梯子，輕而易舉。她會把她拖下來，強暴她，殺害她。她眼前浮現出這一切，彷彿已經發生了，因為就很多方面來說，這樣可怕、難忘的事情的確發生過。

「伊麗莎白……」

鐵鍊拉開了。

他要來了。

門打開時，她看到他的影子，感覺到他的動作。他駝背站在門外，什麼都沒發生，就這樣過了二十秒，接著是一分鐘。然後一支手電筒按亮了，一道光照進筒倉裡。那光掃過對面牆壁，然後照到一些碎片，停在那裡。過了幾秒，那光消失了。「你在梯子上嗎，孩子？」

不……

「我碰到過一位小姐從那梯子上摔下來。不曉得當時她爬得多高。反正高得夠她摔斷脖子了。你一路爬到屋頂了嗎？上頭的視野很不錯。」

倩寧開始哭了起來。

「冬天時，從那裡可以看到谷地對面的老教堂，像山坡上的一個小污漬。」他打開手電筒，再度掃著筒倉內部。「你喜歡教堂嗎？我喜歡教堂。」

手電筒關掉了。

「你就下來吧？」

他的衣服發出窸窣聲。

「我可以鎖上門，讓你在裡頭熱死。我跟你保證，那可不會舒服。你在上頭聽到了嗎？」

倩寧擦掉眼淚。

手裡的梯槓握得更緊了。

他一點都不心煩。有些人設法擺脫了束縛，有些人沒有。那些擺脫的人通常會發現梯子，而這也是計畫的一部分：他們會決心克服黑暗和恐懼，然後發現屋頂也同樣是困境。這個組合對大部分人來說都很難受：黑暗中的梯子，通向新鮮空氣和陽光，充滿希望，然後又失去希望。有些人學得聰明了，這樣也很好。

擊垮他們的，不光是熱而已。

倩寧逼自己停止哭泣。她不能往上爬，也不能留在原地。

所以只能往下了。

「要是你逼我再鎖上這道門，我可能就得把你留在裡頭很久了。」倩寧沒動。「三天。四天。我不曉得什麼時候可以再回來，而且我不希望你死於過熱，毫無意義。」

「好吧，好吧。」她的聲音顫抖而沙啞。「別鎖門。我下來了。」她移動一腳，然後是另一腳；一路來到最低一級梯槓。於是離地面還剩六呎。她感覺到他就在門邊。「我想我下不去。」

「我相信你辦得到。」

她有一個機會，但是必須讓他靠近自己。「我的腳踝扭傷了。」

「更深刻的真理，」他說，她根本不曉得他指的是什麼。他待在門邊不動，駝背觀察著。如果她慢慢放低身子，他就會看到她手裡的梯槓，所以她猛地往下一跳。她把梯槓緊貼腰部，用襯衫遮著。她著地時，那梯槓扯破了她的皮膚。她叫出來，但是不礙事。

必須讓他靠近自己。

「啊，老天……」她蜷縮在泥土地上，祈禱他會以為她是腳踝痛，祈禱他不會看到那些血。但她已經感覺到了，腹部一陣暖熱，而且已經滲透襯衫。她手腳趴地搖晃著。他走進門來。

來了。

「我的腳踝……」

他的影子更靠近了。她頭髮披散在臉上，等到他碰她，她使盡全力揮出那根鐵棒。棒子擊中一個硬物。或許是肩膀，或許是手臂，她不知道，也不在乎。她感覺到棒子一震，在昏暗中看到一道紅色。她又打他，然後踉蹌了一下，倒向門去。他雙手抓住她一邊腳踝，她面朝下倒地，門就在那兒，光線亮得刺眼，她拖著身子爬出門，腳往後踢兩次，踢中了他身上不曉得哪裡，然後她撲到外頭的草地上，聞著那氣息，感覺那些草在她手底下分開。她動作更快地爬起身子，然後又倒下，發現車子就在面前，好像在旋轉。她覺得暈眩，雙腿不太對勁，她歪歪倒倒衝向車子時還一邊心想，*鑰匙，馬路，逃走*。跑到一半，她冒險回頭看了一眼。

他動作好快。

她來不及了，她撲到車上，留下一塊血印，然後跑向另一側的門。她聽到砰地一聲，看到他跳上前引擎蓋，鈑金都變形了，然後跳過來抓她，想把她拖到地上。她順勢脫掉襯衫，感覺到血漬刷過她的臉，然後跑向樹林。她眼前只有這些：樹影和希望及不顧一切。

而他有速度。

她才跑進樹林三步，就被他抓住了，他雙手箝住她的後腦，把她的臉往一棵樹的樹幹砸。有個什麼破掉了，她嚐到血。他又砸一次，然後把她摔在地上。儘管他的臉腫起又染了自己的血，但眼神熾熱，彷彿吸走了白晝的所有熱氣。

那對眼珠黑暗而空蕩。

而且恐怖又無情。

33

艾爵恩坐在一個破舊的房間裡，凝視著眼前那堆黃金構成的小小財富。這個房間裡有五十萬。另外還有五百多萬埋在土裡。他想著伊麗莎白講的最後兩句話。離我遠一點。離這個地方遠一點。

他辦得到嗎？

之前，他僅有的感覺就是恐懼和孤單及狂怒。他只對一個死去的男人有愛，但長期以來，那個男人只是個幻影，因而他不曉得該拿自己此刻的種種感覺怎麼辦。

麗茲是真實的。

她很重要。

他掀開窗簾一角，往外看著一輛十五年的速霸陸，那是他用五枚金幣在一個泥土停車場裡換來的。有關他妻子的新聞報導出現之前，他都準備好要離開了。他打算往西走——去科羅拉多州或墨西哥——但現在情況不同了。他太太死了，而且麗茲的聲音裡有種無言的絕望，那不是每個人都能聽出來的。

「我該怎麼辦，伊萊？」

他摸著麗茲吻過的嘴唇。

伊萊沒回答。

那女孩暈過去了，於是他揹著她來到車旁一處陰影裡。她的顫抖停止了，在他的肩膀上軟綿綿地，很嬌小，他一隻手臂就能抱起來了。但她是個鬥士，而鬥士身上有一點很明確。

她們比較像麗茲。

她們的眼睛比較深邃。

他把那女孩放在草地上，對著車旁的鏡子檢查自己。他頸部靠近鎖骨處被割傷，後腦還腫起一個包，他摸了一下，發現流血了。於是他從車上拿了一塊舊毛巾，按在脖子上。這個傷口很痛，但是他接受，因為他也傷害了那個女孩。都是因為疼痛的震驚和受傷的自尊，逼得他做出不必要的傷害。然而這就是循環。罪孽滋生出罪孽。這個循環愈來愈深、愈來愈低。他審視著那女孩的臉，腫起且流血。這不是他第一次硬起心腸。茱麗亞·司傅吉也不好對付。他是在教堂裡發現她的，獨自一人跪在那裡。當時不該有人在教堂裡的，即使現在，他還是很納悶，如果他早一步離開的話，他的人生會是什麼樣。但她聽到他的聲音，轉過身來。當她那對深不見底的眼睛望著他時，那種悲痛欲絕的模樣令他震驚。她被打得很慘，但她的傷痛比腫起的下巴或流血的嘴唇還要深。那傷痛深入她的眼中，讓她變得……更豐富。那一眼只是一瞬間，但他看到了她的傷痛，以及傷痛之下的純真。她又成為一個小孩了，而且迷失方向。他想拿掉那種痛楚；事情就是這樣開始的。但當時他不知道會在她的眼中發現什麼，也不知道這個發現將會對他產生什麼影響。即使到現在，那個過程還是一片模糊：他的情緒爆發，手指摸著她的皮膚。一切就是從那裡開始的，她是第一個。十三年後，將會以伊麗莎白為終結。非得如此不可，所以他硬起心腸。

但現在，是這個女孩。

他溫柔地脫掉她的衣服，把她清洗乾淨。一如往常，他的念頭始終保持純潔，但是很想趕快完成，因為整件事感覺已經很不對勁了。他新設的祭壇在樹林裡，只是一片三夾板放在鋸木架上。他設法按捺住自己的挫折感，但當他用絲繩把她綁住，蓋上亞麻布時，覺得她看起來就是不對。光線太黃了，不夠像教堂。他想要粉紅色和紅色，想要穹頂的寂靜。他一手撫過頭髮，設法說服自己。

他可以讓那個情況發生。行得通的。

但那個女孩一團糟，她的臉在樹幹上撞得很慘，腹部的傷口滲出亞麻布，染出一塊紅漬。他很困擾，因為純潔很重要，光線、地點也很重要。這樣還能行得通嗎？他忍住疑慮。他人在這裡，她也在這裡。所以他傾身湊近，希望能在她眼底發現自己需要的。那一刻從來不會很快到來，要一再嘗試與犯錯，他雙手放在脖子上可不是一次或兩次，而是很多次。

他等著她醒來，然後掐了一次，好讓她知道這是真實的。「我們會慢慢開始，」他說；然後又掐緊，好讓她不會再有任何懷疑。他掐著她，讓她進入即將昏迷的狀態，然後停留在那兒。他的手微微移動，低語著。「讓我看那個女孩。讓我看那個孩子。」他讓她吸了口氣，看到她掙扎就又掐緊，踮起腳尖湊近了。「噓。我們全都在受苦。我們全都感覺到痛。」他手上力道加重。「我想看到真正的你。」

他深深掐了她好久，然後是又重又急地掐。他用上了自己所學得的各種技巧，又試了十幾次，但知道沒有用。

那對眼睛腫得睜不開。

他看不到她。

倩寧不知道自己為什麼還活著。她知道痛和黑暗，以為自己在筒倉裡，然後才發現周圍還有些晃動。她回到車上了。同樣的氣味。同樣的防水布。她用綁著的手摸摸自己的臉，這才明白大部分的黑暗是來自腫起的眼睛。她幾乎看不見，但知道自己還穿著衣服，還在呼吸，還活著……

一聲嗚咽從她喉嚨冒出來。

多久了？

她想起他的手和那片黑暗，黃色的樹和他飢渴的臉。

他試圖殺她有多久了？

她吞嚥著，覺得就像碎玻璃刮過喉嚨。她摸摸自己的脖子，在防水布裡的暗藍空間中蜷縮得更緊了。

他要帶她去哪裡？

為什麼她還活著？

這些憂慮啃噬著她，直到另一件更煩心的事情鑽進她亂成一團的思緒裡：樹影下他的臉。沒戴帽子，沒有眼鏡。他看起來不知哪裡不太一樣，她說不上來；但現在清醒了，而且在拚命求生的狀態下，她想起自己以前在哪裡看過他。

啊，老天……

她知道他是誰了。

這個發現把她嚇壞了，因為其中的真相太變態了。怎麼可能是他？

但反正就是，而且不光是那張臉。她也認出那個聲音了。他開著車，一面打電話，而在打電話的空檔間，就憤怒地喃喃自語。他在找麗茲，找不到就愈來愈喪氣。沒人曉得麗茲在哪裡，她也不接電話。他打到警察局、打給她母親；中間一度，倩寧隔著防水布的縫隙，看到伊麗莎白的房子一閃而過。她認得那房子的形狀、還有那些樹。

那輛野馬車不在。

之後倩寧啜泣起來，一直停不住。她想要跟伊麗莎白坐在那輛車裡，或者在她的房子裡，或者在她床上的黑暗中。她想要安全、不害怕，只有麗茲可以讓她有這種感覺。所以她心裡默唸著她的名字——伊麗莎白——而這一定洩漏到外頭的真實世界了，因為忽然間車子猛然煞住。倩寧整個人僵住，有好一會兒，什麼事情都沒有發生。然後他小小的聲音傳來。「你愛她，對不對？」倩寧縮成一球。「我很好奇，她是不是也愛你。你想她愛你嗎？我想她大概很愛你。」然後他沉默下來，手指輪流敲著方向盤。「你有手機嗎？我一直想聯絡她，但是她不接。我想如果她看到是你的號碼，可能會接。」

倩寧不敢吸氣。

「手機。」

「沒有。我沒有手機。」

「當然了。要是你有手機，我早就看到了。」

接著他沉默了好一會兒，她縮在悶熱的防水布裡。等到他又開始開上路，倩寧看到一排建築物和樹，然後是一段生了鏽的鐵絲網籬笆。車子開始下坡，她感覺到太陽消失了，偶爾看到一眼外頭的黃色和粉紅色房子，一路下坡到某個陰暗的山谷中。等到車子再度停下，他關掉引擎，接下來一分鐘，四下是一片可怕的寂靜。

「你相信人該有第二次機會嗎？」他問。

倩寧聞到自己的汗水，她的呼吸沉重。

「第二次機會。相信還是不相信？」

「相信。」

「如果我要求的話，你會幫我的忙嗎？」

倩寧咬住下唇，設法不要啜泣。

「幫忙，該死！會或不會。」

「會。上帝啊。拜託。」

「我要帶你下車，讓你進屋去。附近沒有人，但如果你敢發出聲音，我就會傷害你。明白了嗎？」

「明白。」

她感覺車子晃動，聽到門打開了。他抱起她，還裹在防水布裡。他們走過泥土地，上了階梯，進入一道門。倩寧看到的部分很少，直到防水布拿掉，才看到他的臉和一間骯髒浴室的四面牆。他把她放進浴缸，把她一邊腳踝靠在旁邊的暖氣散熱片上。

「你為什麼這麼做？」

「你不會了解的。」

他拿出一捲銀色的膠布，撕下一段。

她看著，嚇壞了。「拜託，我想了解！我想了解！」

他打量她，她看到他的懷疑，融合在他的瘋狂和憂傷及冷酷的決心中。「不要動。」

但是她沒辦法。她掙扎著，同時他用膠帶黏住她的嘴，又在她頭上纏了兩圈。

完事之後，他站在她上方往下看。她在浴缸裡面好小，而且嚇壞了，一個灰白色的小東西。她說她想了解，或許是真的。但是他所試圖做的這件事，沒有人能看出其中的美。她會說出跟警察同樣的字眼：連續殺人兇手。危險。精神錯亂。到頭來，只有麗茲會了解驅動他的真相，知道他做這些都是為了最高貴的理由，就是一個珍貴女孩的愛。

紀登喜歡醫院，因為一切都好乾淨，每個人都好和善。護士們都微笑，醫師喊他「小哥」。他們說的話、做的事他大部分都不明白，但多少聽懂一點。那顆子彈形成一個乾淨俐落的小洞，沒傷到器官或主要的神經。不過子彈弄破了一根重要的動脈，大家都跟他說他好幸運，他能及時送到醫院、外科醫師的手術恰到好處。他們希望讓他感覺舒適，但有時候，如果他的頭轉動得夠快，就會看到有人在竊竊私語，還有往旁邊看的奇怪目光。他原以為是因為他原先企圖做的事，因為電視上到處都是艾爵恩·沃爾，而自己是企圖殺掉他的那個小男孩。或許是因為他死去的母親和教堂下頭的那些屍體。也或許是因為他父親。

他父親第一天還好，冷靜而沉默，甚至可敬。然而到了某個時候，情況就改變了。他開始喜怒無常，悶悶不樂，而且對護士很不客氣。他的雙眼老是紅紅的，紀登不止一次醒來時發現他坐在那邊，戴著那頂舊鴨舌帽，瞪著自己的兒子喃喃自語，低聲說著一些紀登聽不到的話。有一回，一個護士建議他父親回家睡一下，他猛地站起來，椅子在地板上刮出好大的聲音。他眼裡有種表情，連紀登都覺得害怕。

之後，只要他老爸在病房裡，就沒有護士敢多逗留。她們不敢微笑，不敢說笑著小故事。但這樣也還好。紀登的父親大部分時間都不在。等到他決定露面時，就會蜷縮在椅子上或睡覺。有時他身上會蓋著醫院的毯子，只有紀登知道裡頭還藏著酒瓶。他聽得到黑暗中瓶子的碰撞聲，還有他父親掀開毯子喝一口的咕嚕聲。

這是模式。如果他喝得比平常久且多，紀登也不怪他。他們都有理由懷恨，而且紀登也明白失敗的痛楚。他沒扣下扳機，這使得他和他父親一樣軟弱。於是他容忍著他的飲酒和長時間的注視，容忍他父親踉蹌走到浴室裡嘔吐，直到天亮。等到護士問起紀登浴室裡面的一場糊塗，他就說是他自己，說是止痛藥害他吐的。

之後他們就給他藥效比較溫和的泰諾（Tylenol），害他傷口好痛。

但是他不介意。

醫護人員保持房間裡的黑暗，在昏茫中，他看到母親的臉，不像是在照片上那樣扁平而褪色，而是她在世時必然有的模樣，那種顏色、那種生動的微笑。這段記憶不可能是真實存在的，但他還是繼續幻想下去，像是播放一部最喜歡的電影，一次又一次重複，在黑暗中發亮。然後出乎意料地，他父親忽然向他告解。

「她會死是因為我。」

紀登驚跳起來，因為他不曉得他父親在病房裡。他離開好幾個小時了，但現在他就在床邊，手指勾著床欄，臉上的表情絕望又羞愧。

「拜託，不要恨我。拜託，不要死。」

紀登不會死。醫師已經這麼說過了，但他父親腦子已經完全壞掉：發紅的雙眼和腫脹的臉，嘴裡發出一種類似醃菜的氣味。「你都跑到哪裡去了？你是什麼時候來的？」

「你不曉得當時的情況，兒子。你不明白當時狀況一直累積——我們做的事情，當我們愛一個人、信任一個人，讓他走進你的內心，所造成的後果。你當時年紀還小。你怎麼會懂得背叛或傷害，或一個男人被逼急了，能做出什麼事來？」

紀登坐得更直了，覺得胸部的傷口隱隱作痛。「你在說什麼？沒有人因為你而死啊。」

「你母親。」

「她怎麼樣？」

羅柏．司傳吉拉了一下護欄，然後一個酒瓶從大衣口袋掉出來，嘩啦啦滑過地板，他搖晃著跪到地上。「原先只是吵架，就這樣。好吧，慢著。不。那是謊言，而我已經保證再也不要撒謊了。我打了她，沒錯，三下。但就那三下，我就收手了。我打了她，可是我道歉了。我向她的兒子發誓。我跟她說她不必離開我或去教堂。她做了一件壞事。沒錯，好吧。但是，我已經原諒她了，所以她沒有罪孽，不必向上帝或十字架祈求原諒，也不必為我祈禱。她唯一要做的就是跟我們在一起，我會原諒她所做的每件壞事，原諒她的謊言和歪曲事實，原諒她心裡的祕密。告訴我你明白，兒子。這麼多年了，我看著你受苦，因為沒有母親，只能獨自守著我。告訴我你原諒我，那麼以後我睡覺時或許就不會再做惡夢。告訴我我做了任何丈夫會做的事情。」

「我不明白。你打了她？」

「那不是原先計畫好的，而且我也不喜歡。」羅柏把自己的頭髮抓得豎起來。「壞的部分發生得太快，我的拳頭——事情前後只有二十秒，說不定更少。我從來不是有心的。我不希望她離開，沒想到過她會因為這二十秒就死掉。就這樣，一、二、三……」

他手指動著，在數，而紀登眨著眼睛，慢慢地全都懂了。「她會去教堂是因為你？」

「殺她的兇手一定是在那裡碰上她的。」

「她是因為你而死的？」

這個問題難以回答，羅柏全身僵住，腦袋傾斜的角度剛好映照著光。「你還是認為她是什麼聖人，對吧？以為她很完美？我明白，真的。小男孩對母親有這種感覺是理所當然的。但是她把你丟在那個幼兒床裡，兒子。當時我很生氣，沒錯，或許我砸了廚房，摔碎了一些東西，而且或許我跟警察撒謊，沒說出真正發生的事情。但離開的人是她。」

「只因為你傷害她。」

「不光是因為那個。」他垮坐在地板上，把那個酒瓶抱在胸前。「因為她愛艾爵恩．沃爾勝過愛我。」

紀登努力想搞懂這一切：地板上的父親，他揭露的真相。他母親愛艾爵恩．沃爾。這表示什麼？艾爵恩有沒有殺她？

紀登又看了父親一眼。他雙手抱著膝蓋坐在那裡，低垂著頭。結果她母親不是被擄走的，而是在教堂或別的地方碰到殺她的兇手。不是在她的廚房，不是他在遊戲圍欄裡看著的時候。

兇手是艾爵恩嗎？

紀登怎麼可能曉得？她有可能愛他嗎？這個問題太大了，太難以理解了。

結果她根本沒有被擄走……

紀登閉上眼睛，因為更大的問題來得又快又猛。

當時她是打算永遠離開嗎？

永遠離開他嗎？

她不可能這麼糟糕，這麼……大錯特錯。

「他是個好女人，兒子，個性溫暖又可愛，但是就跟我們其他人一樣，她心裡有很多矛盾掙扎。」

「布雷克牧師？」

「我不是故意偷聽的，紀登。這好像是個重大時刻，我真不想打擾你們。」

「你嚇了我一跳。我差點認不出你了。」

「是因為絡腮鬍，或者應該說沒了絡腮鬍。另外還有衣服，我不是永遠都穿黑衣服的，你知道。」牧師站在綠色窗簾一角的昏暗中。他微笑，走進房裡。「你好，羅柏。很遺憾看到你這個樣子。我來幫你吧。」他伸出一隻手，拖著羅柏站起來。「艱難的時期，我相信。我們一定要努力振作起來，克服難關。」

「牧師。」

羅柏點著頭，努力想把酒瓶塞到看不見的地方。布雷克牧師笑了。「軟弱不是罪，羅柏。上帝把我們創造得各有缺點，讓我們去面對挑戰，處理這些缺點。面對傷害我們最深的事物，才是真正的試煉。如果你跟你兒子到教堂來，可能就會了解其中的差異了。」

「我知道。對不起。」

「或許下個星期天吧。」

「謝謝，牧師。」

「你在喝什麼？」

「呃……」羅柏一手抹過臉，清了清嗓子。「只是波本威士忌。對不起……呃。我剛剛說到有關茱麗亞的事情。我指的是打她。我想你也聽到了？」

「我沒有立場批判你，羅柏。」

「可是，你覺得是我害她被殺死嗎？她逃離我，然後她死掉了。你明白那可能是什麼情況嗎？」羅柏雙眼含淚，還是腦袋糊塗。「我瞞著這個祕密好久了。拜託告訴我，她不是因為我而死掉的。」

「我來告訴你怎麼辦。」牧師一手攬著羅柏的肩膀，拿起酒瓶舉高了看，發現幾乎是滿的。「你就去找個安靜的地方吧？」牧師帶著他離開床邊，走向房門。「不要回家，就近找個地方。帶著這個，安安靜靜去喝一場吧。花一點時間好好想一下。」

羅柏接過酒瓶。「我不明白。」

「或許就去外頭的庭院，或是停車場。我不在乎。」

「可是……」

「沒有人比我更了解種種人性弱點的程度了。你自己的弱點。你太太的弱點。如果可以的話，我想幫助你兒子了解。同時，好好享受這瓶酒吧。我允許你。」布雷克牧師把他推到走廊，把門關到剩一條縫。「明天很快就到了，到時候你就可以好好想一下你的罪有多深重。」

然後牧師把門完全關上，沉默站在那兒許久。紀登覺得他看起來不太一樣，不光是衣服和鬍子不見了。他好像更僵硬，也更瘦了。他講話時，聲音比較不那麼寬容了。「你父親是個軟弱的人。」

「我知道。」

「他沒有決心去做必要的事情。」

牧師轉過身來，只看得到他的深色眼睛和稜角。他們常常談到必要的事情。在星期天做完禮拜後，在不同夜裡的漫長禱告後。那些禱告不像星期天的佈道。牧師解釋過不止一次，但紀登不會假裝完全了解：舊約聖經相對於新約聖經，以牙還牙相對於另一邊臉頰也讓人打。紀登了解的是必要的事情這個概念。那是你打從心底覺得沒有其他人會幫你做的事情。是艱難的事情，你會瞞著不讓人知道，直到採取行動的時候。他就是在行動時失敗了。「有關艾爵恩．沃爾。」

「噓。」牧師舉起一隻手，然後把一張椅子拖到床邊。「你沒做錯任何事。」

「我沒扣下扳機。」

「我一直只說，要遵從你的心，不要害怕行動。艾爵恩．沃爾的命運總是掌握在比你更大的手裡。」

紀登皺眉，因為他記得的不是這樣。牧師以前談到必要的事情，很少談到遵從。他向來只談行動。

這是他們釋放囚犯的時間。

這是他們會去的地方。

這是你躲藏的最好地方。

牧師說這種話好像不對，但有時紀登誤解了更大的概念。上帝的確曾讓世界被洪水淹沒。祂曾把羅得的妻子變為一根鹽柱。當牧師解釋時，一切都很合理。清洗。懲罰。創造性破壞。「我以為你會生我的氣。」

「當然不會，紀登。你是個孩子，因為運氣不好而受傷。你應該也了解，必要的事情通常很少是容易的。如果它們很容易，那麼有決心的男人和那些低劣的人就沒有區別了。你向來有熱切的靈魂。你母親看得到的，你知道。」牧師摸摸紀登的手。「現在的問題是，你是不是還願意幫我。」

「當然願意。永遠願意。」

「好孩子。很好。這個可能會有點痛。」牧師站起來，把紀登手臂上的針管拔掉。

「噢。」

「我要你穿上衣服，跟我走。」

「可是醫師——」

「你比較信任誰，醫師還是我？」

牧師揚起眉毛，注視著他，那堅定而嚴厲的目光讓紀登異常害怕。「我的衣服在衣櫃裡。」

牧師走到房間另一頭，從衣櫃裡拿出衣服。回到床邊，他這才露出了紀登首次見到的真心微笑。「來吧，快點。」

「是的，牧師。」

紀登顫抖著下了床。他很虛弱，胸部的傷口很痛。他一腳穿進長褲裡，接著是另一腳。等到他直起身子，看到了牧師的血。「你的脖子流血了。」他指著牧師的頸部，牧師摸了一下，看到手指沾成紅色。然後紀登看到領子也有血，脖子側面還有一大塊紫色瘀傷。整個感覺都太不對勁了：牧師穿了紅色法蘭絨襯衫、流了血，而且他拔掉注射針，還叫紀登的父親去喝醉。

「你是怎麼受傷的？」

「就像我之前告訴過你的，孩子。」牧師把一件襯衫丟給紀登。「必要的事情很少是容易的。」

之後也沒有一件事感覺是完全對勁的。他上下打量著紀登，然後檢查一下走廊，講話好小聲。「你站得穩吧？能走路嗎？」

「可以，先生。」

「那就正常走路，要是有人跟你講話，讓我來回答。」

紀登跟著他走出病房，始終低著頭。他知道他們做的事情不對。醫師之前已經一再表明：至少住院一星期。你胸口的縫線很脆弱，千萬不能用力扯到了。

「我想我流血了。」

他們單獨在電梯裡，布雷克牧師看著樓層指示燈一路往下。「那很正常。」

「流很多嗎？」

「沒事的。」但他連看都沒有看。他們從五樓往下，到了二樓時，電梯停下來，一個護士進來。她看著紀登，然後又看了牧師脖子上的傷口。她張開嘴巴，但布雷克牧師搶先一步。「你看什麼看？」

那護士閉上嘴巴，看著前面。

出了電梯後，還有其他人瞪著他們看，但沒有人出聲阻止。他們穿過急診室，走出玻璃門。到了停車場，牧師加快腳步，穿過停滿的車輛間。紀登很吃力，跟不太上，他覺得虛弱。陽光太亮了。

「這不是你的車。」

「能開就好。」

紀登猶豫了。他以前搭過牧師的車，是一輛七人座休旅車，上頭的烤漆完美無瑕，車牌上有個十字架。但眼前這輛很小又很髒，有些地方還鏽穿了。

「你先上車坐好吧。」布雷克牧師推著紀登上車，幫他繫好安全帶，自己也上了車。

紀登皺著鼻子。「這裡的味道好奇怪。」

「安靜一點，讓我專心開車吧？」

牧師轉動鑰匙，開車穿過市區，來到破敗貧窮的區域。他邊開邊輕聲吹著口哨，紀登一開始以為他們要去那棟白色的老教堂，於是覺得很安心，因為他喜歡讚美詩和燭光，喜歡椅墊和木椅及天鵝絨跪墊。那個教堂很小，但紀登感覺得到其中的溫暖。牧師聲音低沉，他太太就像個完美的祖母。伊麗莎白星期天常常會開車載他去做禮拜。她自己不進去，但等到紀登出來時，她總是在外頭等他，這也是紀登珍惜的。但他們車子開過了轉往教堂的岔路口。他看著教堂在遠處消失，同時牧師開到那條山坡路，往下進入昏暗、涼爽的陰影——紀登家的房子就是長年籠罩在這樣的陰影中。「要去我家嗎？」

「我要你幫我一個忙。你願意嗎，孩子？答應幫我一個忙？」

「是的，牧師。」

「你一向讓我很放心。」

牧師在靠近門廊處停下來，打開屋子的前門。他的動作似乎匆忙又不穩定，在台階上還絆了一下。他臉紅紅的，眼睛四處猛看。進去之後，屋子裡的空氣很悶，所有的窗簾都拉上了。他讓紀登坐在沙發上，自己也坐下。

「這個忙，你得精明一點，把事情做好。」牧師把一支電話塞到紀登手裡。「打給她。跟他說你想見她。」

紀登覺得牧師的不對勁愈來愈嚴重了：那種急切和發乾的嘴唇，那種突然的、強烈的專注。

「我不明白。打給誰？」

「伊麗莎白。」牧師從紀登手裡拿了電話，撥了個號碼。「告訴她你得見她。叫她來這裡。」

「為什麼？」

「告訴她你想念她。」

紀登雙眼盯著牧師，等著伊麗莎白接電話。響了五聲，然後紀登照著牧師的交代說了。他講完後，有一段沉默；然後他猶豫著說：「我只是很想念你。」

他又聽了十秒鐘，然後她掛了電話，感覺上也很不對勁。為什麼他跑回家，為什麼他打電話給他。

「她說了什麼？」

他急切的手指抓住電話，紀登感覺到一種陌生的後悔。「她說我不該離開醫院的。」

「還說了什麼？」

「她說她會趕來。」

「馬上？」

「是的。」

牧師站起來，在房間踱步轉了兩圈。他拉著紀登的手臂，帶他到浴室。「接下來這件事真的很重要。」

「什麼？」

他轉過來面對著紀登，沉重的雙手按著他的肩膀。「別叫。」

紀登不認識浴缸裡那個女孩。銀色的膠帶封住她的嘴，又在她頭上纏繞了兩三圈。她的手腕也纏著膠帶；但紀登最注意的是那腫起的雙眼。她被銬在暖氣散熱片上，身上包著防水布。「牧師……？」

牧師讓他坐在馬桶上。浴缸裡的女孩掙扎著，牧師便跪下來。「你不想這麼做的。」

紀登看著女孩，覺得自己這輩子從沒見過任何人這麼害怕。那女孩忽然睜大眼睛，然後慢慢不動了。他設法想搞懂，但感覺上好像自己一覺醒來，整個世界都變了，好像太陽有天下山，第二天升起時卻不會發亮了。「牧師？」

「待在這裡，保持安靜。」

「我不確定我做得到。」

「你信任我嗎，孩子？你相信我明白是非對錯嗎？」

「是的，牧師。」但其實他並不。門關上了，紀登坐著不動。那女孩看著他，讓他感覺更糟糕。「會痛嗎？」

她的頭上下擺動，很慢。

「我為牧師覺得抱歉，」紀登說。「我不明白發生了什麼事。」

34

伊麗莎白開著車，因為她沒別的辦法。她不能留在家裡，卻又不能離開這個郡。於是她只能開車。

她開著車，這樣典獄長或警方就找不到她。她盡量避開大馬路，開在碎石道和泥土路上，或是通往荒僻地帶的狹窄道路上。她只能開著車移動，同時憂慮著，害怕自己會失去勇氣。伊麗莎白害怕入獄，因為她知道那種全然無助的情況會是什麼樣。監獄代表了無能為力和屈服，而她打從第一次嚐到松針的苦澀滋味後，便努力奮戰不要成為那樣。她否認了好久，但只要看看艾爵恩，她就曉得真相了。於是她開車，就像自己未成年時那樣，在荒野中，風吹著她，不會有人找得到。然而隨著每條岔路，她就要選擇一次，而每次選擇，都帶著她往西。她一路沒注意，直到抵達州界，然後她又轉往東，因為那兩個孩子在東邊，那是她的牢籠——倩寧和紀登，他們就被圈在這個州的無情界限裡。

那通電話打來時，讓她覺得煎熬又幸福。

紀登聽起來很不好。

出了什麼狀況了。

回到城裡花了不少時間，她這輩子第一次後悔開著這輛舊野馬。警察都認得這輛車，太顯眼了。在靠近鐵軌附近那家倒閉的工廠轉彎後，她往東開了一段路，然後開往下坡，經過同樣那些灰黃色的房子，在小溪處右轉。來到這裡，天色黑了一半，她盡可能開到最快，一路下坡，開過了那些廢棄的麵粉工廠。

紀登家外頭有一輛陌生的車，生鏽而破爛。她本來沒多想，直到她看到烤漆上的血跡。

「我撞到了一隻白尾鹿，就在一五〇號公路上。」

她父親走到門廊上。他的臉皺著，雙眼黯淡而難以穿透。伊麗莎白在那輛車旁直起身子，手指摸過車身。「沒有撞凹。」

「我撞到的時候，牠已經中槍了。其實沒真的撞上，只是輕輕碰了一下，就溜掉了。我想牠現在可能死了，跑到田野裡死掉了。」

她摸摸那些血，半乾的，還有點黏。「你來這裡做什麼？這是誰的車？」

「這是一個教友的車。我是為了紀登來的。」

「你的脖子怎麼了？」

「我在牧師宅旁邊修東西，一個水桶從梯子上砸下來。你怎麼問題這麼多？」

「你知道我對這件事的感覺。」

她指的是紀登，而她父親知道的。紀登喜歡教堂的原因很好，但伊麗莎白有她自己的惡魔，她的原則隨著時間愈來愈清楚。她只有星期天會接近教堂，其他時間她就不想接近父親。

「你對他的私人病房覺得怎麼樣？或者我們募款替他支付醫療費用？你不會以為他父親有那些錢吧？這都是教會在幫忙的，你母親和所有你不贊同的人。」

伊麗莎白不理會她父親的指控；這些話了無新意。「是你叫紀登打電話給我的？」

「事情有了轉變。」他聳聳肩。「很複雜。時機。」

「我聽不懂你在講什麼。」

「事情全都歸結到一起，童年和純真及信任。」他打開門，等著她過來。「進去吧。」這片泥土院子跟她記憶中一樣，到處是油膩的抹布和引擎零件。「他在浴室裡。」

「我在這邊等他。」

「不是那樣的。」他示意她應該跟他一起進去。「他不是在洗澡或什麼的。他覺得不舒服，就跑去浴室裡，免得有什麼萬一。他知道你要來。」她父親又指了一下，讓她走在前面。她走到關著的浴室門口，她父親在左後方，一手伸向門鈕上。「孩子的愛是最可貴的，」她說。「我一直這麼告訴自己。所有發生的事情，都是從這裡開始的。」他的手放在門鈕上，「一切都是因為純真。」

「你指的是紀登嗎？」

「紀登。家庭。還有你接下來的人生。」

她父親打開門，伊麗莎白看著眼前，彷彿一片模糊的記憶：紀登和一個受傷的女孩，血跡和皮膚及發亮的銀色膠帶。剎那間她全都看到了，覺得世界崩塌得破碎而冷酷。她不曉得發生了什麼事，不可能明白。但那被打腫的眼睛是倩寧的，這表示世上一切都不是她原來所想的那樣。她出自直覺地矮下身子回頭，想找個空間搞清楚這一切。但他就在她身後且準備好了。他一手把她推進門，另一手拿著一個硬而滑的東西抵住她的脖子。她一腳踩著門框，但此時已經心知太遲了。電流鑽入她的脖子，而且他的電擊槍始終貼著她的皮膚，緊跟著她垮到地板上，她抽搐又抖動，喉嚨裡的一聲尖叫始終沒喊出口。她全身灼熱，像是被火燒。她聞到電流的氣味，看到浴室門內的紀登，張著嘴巴，還有倩寧，她的尖叫跟她一樣喊不出口。

牧師站著，呼吸沉重。他覺得老了，但那個感覺會過去的。他告訴伊麗莎白的那些話是真的。他以前做的，現在正在做的，其實都是為了愛。而世上最強而有力的愛，莫過於一個父親對女兒的愛。

上帝的愛也比不上。

他妻子的愛也比不上。

他珍惜他的女兒，勝過其他一切的總和，勝過呼吸或信仰或生命本身。她就是整個世界，是溫暖、明亮的中心。

當然，眼前這個不是他女兒。

不是他深愛的那個。

他一腳輕推她，聽到心底黑暗深處同樣的那些聲音，不協調又尖細地說著：「馬上停下，轉身，回到上帝面前。」但他多年前就學會，那些聲音只不過是一堆蒼白的道德觀殘骸，只是一堆鬼魂，完全不懂得失去或悲慟或背叛那種刀割般的痛楚。他曾是一個年輕的父親，有一個太太和自己的教堂。他的女兒本來一直深愛、尊敬、信賴他。他們原本就像上帝所期望的樣子。一家人，小孩，父親。

她為什麼要背棄這一切？

她為什麼要殺掉她未出世的孩子？

這些就是一整個大背叛的基礎，他每天睡前都要面對：低垂的眼睛和假裝順從，祕密和謊言及他門廊上的血。她應該在床上睡覺的，但結果他開門發現她在門廊上，只剩半條命，子宮被刮除過，而且不知悔悟。即使到今天，他的手上都還有血漬，那些裂縫中的紅色，只有他看得見。她違抗自己的父親，而上帝讓這樣的事情發生，同一個上帝先是讓她殺掉自己的孩子，接著又把她的心送給艾爵恩·沃爾。這些背叛太重大了，讓整個世界黯然無光。對於第一個擁抱她的父親，對於從小撫養她、教導她，且至今依然心碎的父親，還剩多少空間能容納？

沒有，他心想。

一點空間都沒有。

於是他做了自己必須做的。他拿走槍，然後綁起她的手腳，留意著她的眼睛，以防萬一她醒來。他不想解釋或爭辯。他只希望她終於能躺在她年輕的祭壇上。在那兒，她曾經最信任他，而且就在那兒，如果可以，他要找回她。就在眼睛深處，一路到底。

他看著浴缸裡的兩個小孩，第一次、也是僅有一次感到良心不安。他們最後會死掉嗎？他不曉得。或許伊麗莎白會死。或許死的會是他自己。他只知道心底那些吵嚷會停止。再也沒有渴盼或絕望，再也沒有他腦袋裡的聲音，或是那些他試著去愛、最後卻埋葬在教堂底下的女人所發出的悲傷哭喊。他舉起手槍，想著如果他把手槍塞進嘴裡，那些聲音會平息嗎？這樣一來，上帝的真貌終於會顯現嗎？這樣的思索不是第一次了，但眼前卻更加迫切。他會找到他的女兒，或者找不到。萬一沒找到——萬一在尋找途中她死了——他跟著一起死掉，不也是理所當然的嗎？這樣的事情，到頭來不會有個結局、一個最後的總結嗎？

他放低槍，塞進外套口袋裡。

「起來，孩子。」他朝紀登打手勢，他像個懸絲木偶似的站起來。「過來這裡。」那男孩照做，睜大眼睛，面無血色。「必要的事情。你還記得我們的討論嗎？」男孩點點頭。「意圖。清晰。你相信我具有這些特質，而且看起來可能是殘酷，但其實是溫柔？」

「她痛嗎？」

「只是睡著了。」

「那個女孩呢？」

「必要的事情，紀登。我們討論過很多次了。現在我只要求你信任我的意圖，即使你無法了解。」他看著那男孩眨眨眼吞嚥，像個發條玩具等著彈簧被轉緊。「你明白嗎？」

「不曉得。」

「你能試著了解嗎？」

「是的，牧師。」

「那就跟我來。」他帶著紀登來到前門，小心翼翼打開。街上什麼動靜都沒有。一個打赤腳、身穿家居袍的老婦人站在三戶外的庭院裡，遮著眼睛上方。「打開車子，紀登。後門。掀背門。」

「牧師——」

「不要頂嘴，孩子。掀背門。」紀登打開掀背門，然後站著不動，看著牧師把仍然全身癱軟的伊麗莎白放進去。接著是倩寧，她還在防水布裡面掙扎。在外頭的街道上，那個老婦人還在張望，但牧師不擔心。事情進行得太快了。「上車，紀登。」

男孩上車了，接著牧師也上車。他會到教堂去，因為他女兒當年就是在那邊受洗，也是在那邊愛著她的父親。他們父女的美好時光融入了那個教堂，就像建造教堂的灰泥一般，也因此這個決定很簡單。無論能否找回他的女兒，無論成功或失敗，一切都會結束在起點，父親和女兒，兩人之間要坦誠相對。

以紀登的聰明程度，足以明白現在所發生的一切都錯了。伊麗莎白不該被那樣傷害，那個女孩也不該。他們不該在一輛有尿味的車子裡，牧師不該這麼令人害怕。他以前從來沒有這樣過。他向來態度堅定，有時還太愛指責人。但那些是小事，而紀登從來不會太在意小事。更大的事情比較重要，比方以往牧師總是那麼鎮定又冷靜，而且好像懂得好多，他談到人生和應該如何生活，讓每一天似乎都好莊嚴又好有意義。紀登向來希望自己的人生像那樣，好像每一秒、每一小時都很有份量。那樣的人生不會枯竭或輕易消失，那樣的人生會很有意義。

牧師開車時吹著口哨。那沒有起伏、不成形的曲調，讓紀登手臂的寒毛都豎起來了。整個狀況感覺上就像指甲刮過黑板那樣不對勁。但也可能是因為這輛車、那些血，還有車子直行時他看著紀登的樣子。「你知道沙虎鯊是什麼嗎？」

他的聲音很低，但紀登還是驚跳了一下，因為那是長達十分鐘以來，牧師開口說的第一句話。他們現在仍在市界外，那個女孩停止掙扎了。「不知道。除非你的意思是一般的虎鯊。」

「沙虎鯊的胎兒會在母鯊的子宮裡爭鬥、死亡。一旦幼鯊夠大了，牠們就會在狹小而黑暗的子宮裡面互相攻擊。他們會彼此捕食，直到最後只剩一隻存活；最後真正出生的就是這一隻。其他每隻都被吃掉或爛掉。兄弟。姊妹。就連魚卵也不放過。」他又開了一哩。「你覺得聽起來像上帝嗎？這種殘暴的行為？」

「不像，牧師。」

「那麼，像我嗎？」

紀登沒回答，因為顯然他不該回答。牧師瞇著眼睛開車，下巴的肌肉晃動著。紀登冒險偷看後面一眼，看到那女孩在觀察。她正艱難地用鼻子吸著氣。努力想呼吸。她搖搖頭，紀登感覺到同樣的恐懼。

瘋狂。

完全地、極度地瘋狂。

兩分鐘後，他看到了教堂。牧師開著經過兩次，伸著脖子打量著。他停在車道上，透過車窗和後視鏡看著那條路。「你看到什麼了嗎？」

「比方呢？」

「警察。其他人。」

「沒有，牧師。」

「你確定？」

紀登沒吭聲，片刻沉默後，牧師在彎曲的車道上停下。

「待在車上。」

他打開自己那邊的車門，風吹進來，也帶來了紀登所知道每一個夏天的氣味。一時之間，他想到比較美好的時光；然後掀背的後門打開，麗茲開始掙扎，那扭動好激烈又大聲，實在讓人看不下去，因而等到她砰地落在泥土地上時，紀登也尖叫起來了，然後那同樣的可怕爆裂聲音出現，讓她安靜得像是死了。他想幫她。但是牧師用那對晦暗的雙眼釘住他，也擊碎了他以為會有個解釋的殘餘希望。他幾秒之前才想像過。車子會停下來。牧師會擠擠眼睛大笑，忽然間其他人都會一起大笑。是在跟我開玩笑的。他會恍然大悟。

但是，這不是玩笑。

牧師把女兒扛在一邊肩膀上，走到教堂門口，拆掉警方的封鎖膠帶，推開門，走進去。忽然間，只剩紀登和那個女孩了。「拜託，不要哭。我想他只是病了，或是糊塗了。」

但是當牧師再度出現時，那女孩又開始掙扎。她在膠帶後面尖叫，像麗茲那樣奮戰，她臉色好紅又好拚命，讓紀登忍不住下了車，趁牧師把那女孩拖出去時，拉著牧師的一隻手臂。

「牧師，拜託！她只是個女孩。她很害怕。」

「我剛剛是怎麼交代你的？」

「我們回去城裡吧，好嗎？這件事不必是真的。這一切都不必是真的。」

那就像個惡夢，而他乞求著醒來。但太陽好熱，那教堂太結實又太高，不可能是做夢。他又試著想阻止眼前正在發生的事，但牧師把他推開，用力得讓紀登胸口深處有個什麼撕裂。他重重跌在地上，覺得皮膚發熱，繃帶溼透了。牧師一邊腋下抱著那個女孩。紀登抓住他的皮帶，設法想站起來。

「放手。」

「牧師，拜託……」

「我叫你放手。」

但紀登不肯。「這樣不對，牧師，而且這樣不像你。拜託停下來！」他拉得更用力，雙腳在泥土地上拖著。「拜託！」他試了最後一次，然後電擊槍貼著他的胸部，布雷克牧師沒看第二眼，就扣下扳機，把他擺平。

伊麗莎白醒來，感覺到動作和陰影，教堂像是變魔術般籠罩著她。她被人抱著，經過了翻倒的長椅和彩繪玻璃，剎那間彷彿童年也用魔術變出來了。她認識頭上的每一道屋樑，還有老地板所發出的每個吱嘎聲。

「父親……」

經過了片刻的寧靜之後，心痛的回憶又回來了，那些片段黯淡而四散，像破碎的玻璃般。銀色膠帶。痛。沒有一樣是合理的。

「爸爸？」

「耐心點，」他說。「我們就快到了。」

她眨眨眼，想起更多了，那兩個小孩和車子後車廂，還有第二度讓她暈過去的灼痛。那是真的嗎？她不敢相信，但她的視線模糊，而且她身上痛得好像最重要的神經線全都裸露出來了。

他低頭微笑，但是雙眼中沒有絲毫理智。「我們很快就會在一起了，」他說；然後其他一切轟然垮下：掙扎和寂靜，藍色防水布和動作及倩寧皮膚的溫熱。她開始掙扎，於是他放下她，用電擊槍的金屬叉尖抵著她的皮膚。等到她又醒來，發現自己全身赤裸躺在祭壇上。「不要哭，」他說；但她忍不住。熱淚流了滿臉，她疼痛又害怕又哽咽。這不是她的父親，不是她的人生。她竭力想坐起身，看到倩寧在地上，於是也為她哭，哭她也同時在這個地方。

「你為什麼要這麼做？」

「不必難為情。」他轉身離開，她想掙脫繩子。「在這裡不必，我們父女之間不必。」

他輕聲說，脫掉外套，放在長椅上。外套旁邊是一包東西，他打開來，伊麗莎白看到了白色亞麻布，摺得很整齊。他抖開布，此時他的滔天罪行有如某種可怕的花朵，當場生根且開放。

他的教堂……

這麼可怕的事情……

「那些女人——」

「安靜吧。」

「這不可能啊。」她左右搖著頭。他一手按住她的前額。「你不必這麼做的，」她說。「無論這裡發生了什麼，無論你覺得這是什麼，你都不必做的。」

「其實呢，我必須做。」

他又抖了一下亞麻布，展開來，小心翼翼罩住她的身體，在她下巴的下方摺起，讓白布的上緣剛好罩住她的胸部上方。他又調整了白布的下緣和側面，撫平皺褶，直到一切恰到好處。在此同時，彩色的光照在他臉上，她小時候認為那就是上帝所發出的光。

「爸，拜託……」她傷心極了。她的父親。這個教堂。「那麼多女人啊。」

「她們死的時候是小孩。去除了罪孽。」

「這是什麼意思？」

「安靜吧。」

「紀登的母親？老天。愛麗森・威爾遜？」她又哽住了，但那更像是嗚咽。「她們全是你殺的？」

「是的。」

「為什麼？」

他站在她側面，雙手放在祭壇上。「真的有差別嗎？」

「有。上帝啊。當然有。爸……」她說不下去了。

他點點頭，好像了解她更深的需求。「紀登的母親是第一個，」他說。「我沒有計畫那樣的，根本什麼計畫都沒有。但我在她眼中看到了，就在這裡：那種痛苦和失落和底下那個孩子的痕跡。一開始我只是想安慰她一下。她心煩得快要發狂，坦白說出了她所有的煩惱，失敗的婚姻和家庭暴力及婚外情。很老套的故事，但是當她哭泣時，我看著她的眼睛。好深又沒有防備，眼珠顏色就跟你的一樣。當她靠向我時，我碰觸她的臉頰，她的喉嚨。之後發生的事情，就好像我只是乘坐在一輛停不下來的船上。但即使是在行進中，我還是感覺到更深刻真理的存在，感覺到我們超過了時間的局限和事物的表象。然後，我看到她。真正看到她。那時我就知道了。」

「知道什麼？」

「純真。道路。」

「那其他人呢？」伊麗莎白問。「蕊夢娜・摩根？蘿倫・列思特？」

「全部都是，沒錯。到最後，她們都只是小孩。」

「甚至是艾爵恩的太太？」

「她不一樣。我願意收回那個。」

「老天在上，為什麼？這一切是為了什麼？」伊麗莎白拚命想搞懂。他傾身在她上方，他臉上的鬍子刮得很乾淨，眼睛又深又黑。他撫平她的頭髮，她覺得深切的厭惡，程度更甚於在那個地下室或採礦場的一切。那種作嘔感太親近了。他的眼睛，就跟她的一樣。同樣的眼睛。她父親。

「凱瑟琳・沃爾是個錯誤。我很氣她的丈夫。她把你從我身邊奪走，所以我就奪走他的妻子和他的房子。我承認這是罪過，也覺得很羞愧。她的死毫無目的。那棟房子也不該燒掉的。兩個行動都是源自於軟弱和惡意，而那不是我的目的。」

「你會有什麼目的？」

「我告訴過你了。」他又撫平她的頭髮。「一切都是為了愛。」

「放了倩寧吧。」她哀求。「如果你真的愛我——」

「可是，我不愛。我怎麼可能愛你，同時還向你以往曾經是的那個小孩致敬？」

「我不明白。」

「我讓你看看吧。」

他雙手放在她脖子上，她感覺到那壓力增加。一開始很柔和，在他傾身愈來愈湊近之際，那平穩的力量便愈來愈大，整個世界開始黯淡。在遠方，他聽到倩寧踢著教堂長椅，想要尖叫。世界終止了一段時間，等到伊麗莎白又恢復意識，眼前一切從模糊變得具體：他的手指放在她喉嚨上，祭壇在她身子下方。他等到她眼睛聚焦，然後又掐她，但更慢了，那壓力逐漸增強，伊麗莎白覺得更加可怕，因為知道接下來會發生什麼：最後幾秒鐘的光亮，他的目光彷彿穿透她的雙眼，同時他的嘴唇微微抿著。

「你在哪裡？」他的聲音很輕柔。她張開嘴巴，但無法回答。她看到他臉上的淚水，看到彩色的光，然後什麼都沒了。她咳著醒來時，嘴巴裡有銅味。第三次還更糟糕。他帶著她來到黑暗的邊緣，讓她停留在那兒。

「伊麗莎白。拜託。」

這樣過了十次之後，她就數不清了。她不曉得過了幾分鐘，或是幾小時。整個世界就是他的臉和他的氣息，還有那熱而硬的手指，一次又一次把她往下壓。他始終沒有失去耐心，每回他的目光都探得愈來愈深，彷彿他可以碰觸到她嚴加守護有如祕密般的柔軟之處。她感覺他在那兒，感覺得到他一根手指拂過。

等到她又恢復意識，看到父親雙眼含淚點著頭。「我看到你了。」他摀住冒出嘴巴的一聲嗚咽。「我的寶貝……」

「我不是你的寶貝。」

「你是，你當然是。你是我可愛的女兒。」

他的雙唇湊到她臉上，吻她的臉頰、她的雙眼。他喜極而泣，即使伊麗莎白仍又嗆又咳，嚐到自己苦澀的淚水。

「不是。」

「別傻了。是爹地啊。我在這裡。」

「離我遠一點。」

「不要這麼說。」

「你不是我父親。我根本不認識你。」

她閉上眼睛，別開臉。

這是她唯一的抵抗。

是她唯一能做的了。

「不。」他聲音抬高，眼淚流到臉上，同時掐她掐得更用力、更急，也更兇狠。「回來！」

他傾身湊近。「伊麗莎白！拜託！」他掐著伊麗莎白的喉嚨，直到她的眼睛充血，她整個人也深深陷入黑暗。之後，即使她偶爾醒過來，意識也非常模糊。她感覺到他的痛苦，感覺到教堂裡的光線黯淡下來。其他一切都好模糊。他的手。疼痛。「拜託讓我看看她。」伊麗莎白的腦袋無力往旁垂下，他扶起來捧著。「你為什麼藏著她不讓我看？你真的那麼恨我嗎？」

伊麗莎白擠出一絲氣音。「你病了。讓我幫你吧。」

「我沒病。」

她眨著眼。

「你不認得這個地方嗎？你感覺不到嗎？我們曾在這裡談人生和未來，談上帝的計畫和我們註定屬於彼此？我是你父親，在這裡。你愛過我。」

「沒錯，」她氣若遊絲地說。「我的確愛過你。」

「那現在呢？」

「現在我覺得你病了。」

「不要這麼說。」

但她這輩子只跟他撒過一次謊，於是她瞪著眼睛，讓他看到真相：他是個殺人兇手，她再也不可能像以前那樣愛他了。

「伊麗莎白——」

「放了我，放了倩寧吧。」

他掐得更緊；她的雙眼顫動著。「我要原先我了解的那個女兒，在墮胎和撒謊之前的那個。當時你只要好好聽我的話、照我說的去做就好，但是你偏不肯，硬把她從我手上搶走。我們一家和這個教堂，本來都可以存活下來的。」他鬆手，讓她呼吸。

伊麗莎白嗆咳著吐出沙啞的聲音。「我沒搶走她。是你殺了她。」

「我絕對不會的。」

「這裡，就在這個祭壇。」他不懂，也或許他不可能懂。毀掉當年那個女孩的，不是強暴或墮胎。而是他，就在這裡。他的背叛。這真是諷刺。他殺了自己深愛的孩子，然後為了想找回她，又謀殺了一打女人。

「你在笑嗎？」

是的。她快死了，卻還在笑。或許因為她的腦子缺氧。也或許，到頭來，事實證明她就是這樣，她也沒辦法。無所謂，他的表情太棒了：不敢相信又自尊受傷，面對垂死女兒最後一個不完美的行動，卻無能為力。

「別嘲笑我。」

她笑得更兇了。

「不要，」他說。但她現在已經控制不了。「伊麗莎白，拜託——」

她深吸一口氣，又用力吐出來，一種高音調的喘息，聽起來一點也不喜悅。但她也只能這樣了，她繼續笑，也不管他的手又往下壓，同時再度踮著腳尖。那笑聲隨著她的呼吸停止，但她覺得心底還在繼續，笑了一會兒，然後逐漸黯淡死寂，就像她的人一樣。

35

紀登在風聲及鮮血溼透襯衫的暖意中醒來。他覺得虛弱，但真相環繞著他。

這是真的。

真的發生了。

他試著想坐起身，但是不對勁，所以他又躺回去。下一回起身時，他放慢速度，覺得教堂慢慢停止旋轉了，然後看到被牧師扯掉的黃色封鎖膠帶。警方曾在這裡發現一些屍體。他還記得在電視上看過的一些名字。

蕊夢娜．摩根。

蘿倫什麼的。

然後，還有埋在教堂下的。又有九名冤魂。想到這裡，他覺得很害怕，但他母親也死在這裡，而世上如果真有鬼，那麼她也是其中之一。她生前是個好人，所以或許其他人也是。或許她們會看到他的內心，所以他沒有理由害怕。但是，紀登是個有靈性的男孩。他相信上帝和天使，也相信其他不好的。

包括布雷克牧師嗎？

不應該是這樣，但他覺得一定是了。否則他為什麼要帶著麗茲和另一個女孩來這裡呢？為什麼他們被綁起來、貼著膠帶，還嚇得要死呢？這太過分、太重大了。但他必須做的事情很簡單，就是進去教堂裡面看。所以他拖著身子爬上台階，來到台階頂端後，回頭望著下方綿延伸展的谷地，柔軟又狹長。好漂亮，他心想，然後推開門，進去尋找醜陋的現實。結果並不難找到，祭壇被照亮了，麗茲躺在上頭。她父親正在傷害她，那副景象讓紀登覺得虛弱。走了十步，那種虛弱更惡化了，他想著失血過多和休克，還有醫師說他有根破裂的動脈縫合起來了。

他身上的襯衫好沉重。

他的眼皮也好沉重。

他扶著一排教堂長椅，等著暈眩感過去，但一直沒等到。他只覺得狀況愈來愈糟糕。雙腿麻痹。嘴巴發乾。他踉蹌著，單膝跪地，聞到地毯和腐爛木頭的氣味。那個女孩在尖叫，但他唯一能看到的，就是麗茲在祭壇上，抽搐又扭動，繩子深深嵌入她的腳踝。她脖子的血管暴凸；她的嘴巴張開。紀登拖著身子站起來，心想，*我母親就是這樣死的。就在這裡。就像這樣。*他始終覺得有個問題不對勁，直到他走得夠近，看清楚麗茲雙眼中的鮮血。

她快要死了。牧師不是在傷害她，而是要殺死她。

紀登的身子又搖晃起來，彷彿看到他母親的死亡，一定就是像這樣。

就在這個地方。

就是這個男人。

這怎麼可能？他愛牧師勝過愛自己的父親。他信賴他，崇拜他。一天之前，他會願意為布雷克牧師而死。

「嗚——！嗚——！」

那女孩就在他腳邊，半塞在長椅底下。她聲音變得發狂似的，同時設法用整個身體示意。牧師的外套就在十呎外的長椅上。那女孩點了兩次頭，紀登看到外套旁的電擊槍。在今天以前，他從來沒見過電擊槍，不過看起來很容易操作。金屬尖頭，黃色扳機。他要去拿，然後看到伸出外套口袋的那把真槍，黑色的很堅硬。他碰了一下，但是不想殺任何人。

那畢竟還是牧師啊。

對吧？

他的腦袋糊塗了，而且雙手刺麻。整件事情感覺就是不對，但人生常常就是讓人感覺這樣。錯誤會發生。看起來清晰的東西其實並非如此。現在他不想犯錯，但覺得頭好暈。

這樣的事情真的發生了嗎？

他彎腰要去拿電擊槍，跌在長椅上。新的溫熱又在他胸部擴散，他的手指也不聽使喚。感覺上那些手指好遙遠，笨拙地摸索著電擊槍的握把。他的膝蓋摩擦著地毯，襯衫上的血跡抹在木椅上。他轉頭看旁邊那個女孩，看到發亮的雙眼和黃色的頭髮，看到她的掙扎和懇求及膠帶封住的尖叫，彷彿要提醒她有個女人快死了，而且那個女人就是麗茲，她一直很愛她的。

紀登不能讓這樣的事情發生，所以他用盡全力，流著血爬起身，站在拱頂天花板和一面彩繪玻璃牆之下。他手裡握著電擊槍，望著通往麗茲所躺的階梯。他請求母親若有能力就幫幫他。

「我好怕，」他低聲說，然後彷彿那十二個女人吻了他的臉，把他抬起來。他胸口的痛消失了。他的腦袋清醒了，像個鬼魂般輕飄飄地走過地毯，上了階梯，此處粉紅色的光線照射下，塵埃懸浮在牧師頭頂上方的空氣中。祭壇再過去，是彩繪玻璃上的聖母馬利亞，手臂裡抱著聖嬰。他們頭頂上有光環，面帶微笑，但紀登很生氣又很害怕，離這些溫柔的事物太遙遠了。他又看了一眼麗茲染血的雙眼，然後把那金屬尖頭抵在牧師背部，好好電一下這個混蛋。

倩寧看著事情發生，當牧師倒下時，她心中一陣激動。在他上方，伊麗莎白還是躺著不動。或許她還在呼吸，也或許沒有。那男孩站在她旁邊，染血的襯衫和半透明的皮膚，看起來只剩半條命。他站在那裡搖搖晃晃，看起來好像隨時也可能倒下。她得趁他倒下之前，擺脫身上的這些膠帶。

「嗚——！嗚——！」

她設法尖叫，但那男孩似乎渾然不覺。他瞪著牧師，然後一隻腳碰碰他。在他身後，伊麗莎白睜著眼睛，比那男孩還要蒼白。

她沒動。

她還在呼吸嗎？

倩寧在膠帶後頭尖叫，舌頭設法頂開膠帶。那男孩坐下，看著牧師的臉，看到牧師微微動了起來，就連倩寧都看到他的眼皮顫動。他就要醒來，把那男孩除掉了。一切又會開始。伊麗莎白會死掉，倩寧自己也會。他們又會回到那個筒倉，或者他會在這裡殺掉他們。誰能阻止他？那男孩雙眼呆滯，全身僵硬。麗茲也動不了。倩寧有辦法阻止嗎？她掙扎著想擺脫那些膠帶，但是不可能。牧師真的動了起來，那男孩就看著這一切發生。他等著那眼睛睜開，然後動作好慢地開始挪動。他跪起身子，說了些什麼聽不見，然後把那電擊槍的金屬尖頭抵著牧師的皮膚，按下扳機不放，直到電池的電用光。

結束之後，紀登低頭看著麗茲，然後踉蹌著走到長椅邊，用牙齒撕開那女孩手腕上的膠帶。他很虛弱，花了很長的時間；等到終於完成了，他垮在地板上，看著她做完剩下的工作。

她拆掉了膠帶，雖然也連帶扯下了一些頭髮和皮膚。「她還活著嗎？」這是她的第一個問題，他只是眨了一下眼。倩寧拆掉腳踝的膠帶。「謝謝。太謝謝你了。你還好吧？」

「我真的不知道。」

「來，躺下，盡量不要動。你失血很多。」她用防水布做了一個臨時的枕頭，讓他躺在地板上。他感覺到她的手，但彷彿非常遙遠。「你剛剛跟他說了什麼？你等到他醒來。我看到了。你說了什麼？」

「你不會懂的。」

「還是告訴我吧。」

他又眨了一次眼，凝視著她。她人好像很好，他想討她歡心。「我說：『你殺了我媽。我希望這樣很痛。』」

倩寧又交代他躺著別動，然後去看麗茲，她還活著，但狀況很糟糕。她的脖子腫脹發黑，呼吸很微弱。「麗茲？」倩寧碰碰她的臉。「你聽得到嗎？」

沒有反應。

她的眼睛一片空茫，視而不見。

倩寧動手對付綁住麗茲的那些繩結，但是愈弄愈緊，花了好久，才終於拆掉。拆完之後，麗茲似乎清醒過來，雖然只是很勉強。她的嘴唇在動。

「什麼？」倩寧湊近她。

「把他綁起來。」

倩寧不曉得牧師是死是活，但這個主意聽起來很有道理。她盡可能綁緊他。

「現在我該怎麼辦？」倩寧摸著伊麗莎白的臉。「麗茲，拜託。我不知道該怎麼做。」

伊麗莎白癱在一個深洞的底部。他想著或許這個洞就是墓穴。這個洞有堅硬的邊緣、形狀像墓穴，而且很黑。四周是粗糙的黑色牆面，上方的開口小得幾乎看不到。她父親就在附近某個地方，但她無法思考那麼深的傷痛和那麼大的背叛。陰影和黑風及邊緣銳利的岩石。她不能去那個地方：她父親和童年及他企圖殺害她時的那張臉。她想癱倒在這個洞裡，讓岩石和泥土及所有讓她有感覺的東西丟下來掩埋她。或許她想死。這樣感覺上不像她，但她還剩什麼？視線中的血？全然的絕望？

這個洞愈來愈黑，愈來愈深。

她的父親在上方。更遠些，是一個問題。

伊麗莎白吸了口氣，覺得像火燒般一路灼痛。那個問題有個什麼困擾她。不是那個問題，而是答案。人們有危險時會打電話報警。這是問題。他們會報警。

這樣有什麼不對？

她有答案，但答案又在黑暗中溜掉。她又找到，抓緊了。她要讓倩寧了解危險。她自己看不出來的。

「倩寧……」

她感覺到自己的嘴唇嚅動，但心知倩寧沒聽到。她的臉在上方的世界裡，一抹顏色，像一只風箏。

「不要報警……」那聲音好小。

倩寧湊近她。「你說不要報警嗎？」

伊麗莎白設法轉動頭部，但是做不到。「貝基特……」她在墳墓裡，而且好痛。

「打給貝基特。」

等到伊麗莎白醒來，光線黯淡，但她感覺貝基特在教堂裡。那是他的大塊頭，在上方隱約出現。「查理？」

「還好你醒了，我很擔心。」

「有個墓穴。」

「不，沒有墓穴。」

「我父親……」

「噓，他還活著。他哪裡都去不了了。」

貝基特移動到她可以看到的地方。同樣的臉和同樣的西裝。同樣憂慮的雙眼。

「倩寧告訴你了？」

「我們先來談你吧。」他雙手放在她肩膀上，不讓她起身。「先呼吸一下。你受傷了，還在震驚中。你的心跳快得像是火車在跑。」

她也感覺到了，心臟怦怦跳得好大聲。「我要吐了。」

「你會好起來的，保持呼吸就行了。」

「不，我不好。」她胸口一股恐慌。「耶穌啊，老天。我一點也不好。」她覺得滑溜又冰冷，雙手發抖。

「他不能傷害你了，麗茲。他傷害不了任何人了。」

她壯著膽子看了一眼，看到父親躺在地上。他被綁了起來，上了手銬，依然沒有意識，依然是她父親。然後她就忍不住了，一股膽汁和結實的嘔吐感往上衝。她往左翻身開始吐，吐得好兇，像是要嘔盡自己的信任和溫暖及生命。她蜷縮起來，貝基特還在碰觸她：他的雙手，臉頰靠過來。他在講話，但是像浪花的聲音般聽不清。她想到倩寧和紀登；她想動，但完全動不了。墓穴困住了她；她快窒息了。

「吸氣……」貝基特的聲音像是地平線外的一片海洋。「拜託，麗茲。我要你呼吸。」

然而，她胸口的那個壓力壓垮一切。整個世界擴張，把她推倒。等到她又恢復意識，貝基特還在那裡。

他扶起她坐著。「麗茲，看著我。」

她眨眨眼，模糊的視野邊角清晰起來。她看到他的臉，他的手。

「你還好嗎？」

「我沒事。」

「有辦法站起來嗎？」

「給我一分鐘。」

伊麗莎白摸摸喉嚨，感覺到被她父親掐腫的痕跡。她眯起眼睛看著教堂四周，看到兩個孩子和她父親，沒有其他人。「其他人呢？」她指的是警察、救護人員。「應該要有人來的啊。」

「你還是想控制一切。你忘了嗎？」

她點點頭，但一切都好模糊。她又穿上衣服了，一定是倩寧幫她穿的，或查理。「給我一點空間。好嗎？」

「你確定？」

她舉起一隻手，於是他後退。不管接下來做什麼，她得自己來，她得知道自己辦得到。她雙腿下了祭壇，然後咳得好嚴重，好像又要窒息了。

「麗茲！」

麗茲還是舉起那隻手，讓他不要走近。她摸著自己的胸部，專注於小心地、淺淺地呼吸。他走近些。「不要。反正……不要碰我就是了。」她說。

她下了祭壇，腳步不穩，但畢竟站好了。她父親在地上，她雙臂環抱著自己的身子。

「倩寧都告訴我了。我很遺憾，麗茲。我真的不曉得該說什麼。」

「我也不知道。」

「你應付得過來的。或許需要點時間，或許要做心理諮商。」

「我父親想殺我，查理。我怎麼可能應付得了？」

他沒回答。怎麼可能有答案？

「倩寧？你沒事吧？」

「我還好。」

「紀登呢？」

「他在流血。我不曉得。你的朋友不讓我打電話叫救護車。」

伊麗莎白開始走下台階。紀登躺在倩寧旁邊的地上。他睜著眼睛，但看起來失血很多，伊麗莎白望著整個教堂，終於明白事情很不對勁。過了這麼多時間，這裡太安靜了。倩寧睜大眼睛很害怕，輕輕搖著頭。伊麗莎白懂得那個表情；她也覺得不對勁。「其他人呢，查理？」

他雙掌揮動著。「我告訴過你——」

「你告訴我為什麼沒有警察。但是救護人員呢？紀登受傷了，倩寧受傷了。應該要有救護人員的。你可以做得到，不要驚動警方的。」

她走向那兩個孩子，但貝基特走上前來擋住了。他還是舉著雙掌微笑，但雙眼藏著謊言。「我們得先談談。」麗茲下來台階，停下腳步。「拜託，麗茲。別用那種眼神看我。」他想擠出微笑，但是失敗了。伊麗莎白從來不擅長隱藏自己的感覺，現在她滿臉都是不信任和懷疑及怒氣。「該死，麗茲。我是來幫你的。那個女孩打電話，我就趕來了。還有誰肯這樣？沒有疑問，沒有懷疑。」

「怎麼回事，查理？」

「這一整個星期，誰一直站在你那邊，當你的朋友？我一直就是那個朋友。只有我。現在，我也要你當我的朋友。」

她打量著他的姿勢。下巴垂著，雙腳張開。他雙手伸出來，好像要是她想跑，他就會抓住她。無論這是怎麼回事，他都很認真。「你真的要站在我和這兩個孩子之間？」

「我們只是得談一下。兩分鐘。我們談一下，然後打電話叫救護車來，這一切就會結束了。」

她的目光落到他皮帶上的那把槍。他的槍法很好。而且他的體重超過一百一十公斤。無論這是怎麼回事，她都無法撂倒他。

「我們坐下來吧。」貝基特說。

她往旁邊走，她的父親發出呻吟。

「拜託，麗茲，坐下吧。」

伊麗莎白繼續走。她不打算坐下，貝基特也看出來了。他點點頭嘆氣，身上那種虛假的感覺消失了。「你知道艾爵恩在哪裡嗎？」

她怎麼也想不到他會問這個。

「艾爵恩·沃爾。我得知道他的地點。」

「艾爵恩跟這一切有什麼關係？」

「這是為了每個人好。為了你，為了兩個孩子。我要你信任我。」

「除非你給我一個解釋。」

「你告訴我就是了。」

「不行。」

「該死，麗茲！告訴我他在哪裡！」

「是啊，拜託告訴他吧。」

那聲音從教堂後方傳來，響亮而熟悉。伊麗莎白看到貝基特忽然一臉絕望，然後看到典獄長帶著奧利維特和傑克斯及伍茲。他們站在打開的門前，四個人站成一排，他們後方的天空一片火紅。

「紀登。倩寧。」

她把兩個孩子叫來身邊，他們都乖乖聽從，倩寧走過來，紀登腳步踉蹌。他們走過貝基特身邊，他沒有試圖阻止他們。他垂著頭，肩膀垮下。伊麗莎白把兩個小孩護在身後，覺得整個世界慢下來，一切都清晰無比：呼吸時喉嚨的灼痛，貝基特的汗水和恐懼及突然的絕望。「你早該告訴我的。」他說，她聽到了這些話，但是沒聽進去。典獄長帶著手下進入走廊，麗茲的注意力放在重要的事情上頭。兩把半自動手槍，兩把輪轉手槍。奧利維特看起來很害怕。

「拜託，你就把他要的資訊告訴他吧。」貝基特說。

「閉嘴，查理。」

「拜託，麗茲。你不了解這個人。」

「其實呢，我了解。」

這會兒典獄長走得愈來愈近，十五呎，然後十呎。等他走到最後一排長椅，伊麗莎白開口了。「我想你們兩個比我原先以為的更熟。」

「當然了，」典獄長說。「貝基特警探和我是老交情了。有多少年，查理？十五年？十六年？」

「別假裝我們是朋友。」貝基特咬牙說。

典獄長手裡的槍歪了一下。「朋友，略有交情。」

此時他的傲慢更明顯了，臉上的微笑也更鬆懈、更緩慢。這讓伊麗莎白的胃翻騰起來。典獄長穿著一套夏季西裝，他後方的手下穿著便服。她雙眼始終看著典獄長。「他知道你對艾爵恩做了什麼嗎？」她抬高嗓門，好讓大家都聽到。「你對他的折磨和凌虐？他知道你的手下想殺他嗎？」她往祭壇的方向退，兩個小孩隨著她移動，往上走了兩級台階，然後三級。

典獄長和手下也跟著往前。「我喜歡拉斯維加斯，」典獄長說。「我想是因為那句格言。」

他用槍畫了一個圈，舉起雙手，比出了一個酒店入口上方的看板形狀。「『發生在拉斯維加斯的事情，就留在拉斯維加斯。』我的監獄也是這樣。」

他的監獄。

他可以這麼說，而誰能反駁他呢？警衛？囚犯？只要他夠強硬、夠惡毒，沒人能違抗他。

「你知道嗎？」她問貝基特。「你知道他們折磨過艾爵恩嗎？知道他們殺了他同牢房的室友嗎？」

「我知道什麼都不重要。」

「你怎麼能這麼說？」

「絕望的人，」典獄長插嘴。「我每天都感激上帝，賜給我這類人。」

「根本就沒有錢，」她告訴典獄長。「在你那個可悲的、小小的彩虹盡頭，根本就沒有藏寶箱。」

「我已經解釋過一次，現在不是為錢了。這是為了威廉・普瑞司頓，他是我很重視的朋友。這是為了報仇，還有做個了斷，還有事物的自然法則。囚犯不能碰我的警衛。無論是在監獄內，或是監獄外。這種事我絕對不允許。」他的槍管抬起來。「貝基特警探，麻煩你讓開一點，別擋住他們。」

「你應該在外頭等的。」貝基特走到典獄長旁邊，低著頭。「你在外頭等。我進來。這是我們講好的。」

「我這個人沒什麼耐心。這是我的缺點。」

「我已經跟你保證過了。」

「可是我沒有理由相信你。」

「你有太多理由了！你明明知道的！」貝基特在哀求。伊麗莎白從沒看過他哀求。「我可以弄到你想要的。拜託，別煩他們了。只要給我兩分鐘。我會查出他人在哪裡的。沒有人非得受傷害，沒有人非死不可。」

「你以為我會殺人？」

「我不是那個意思。拜託……」

「那個人還活著嗎？」

典獄長的槍指向布雷克牧師，他被綁著躺在地上。伊麗莎白張嘴要說話，但是還沒來得及說出口，典獄長就一槍射中她父親的心臟。子彈穿進去的洞很小，出來的洞很大。他的身體幾乎沒動。

「那一槍是要讓你們注意一點。」

伊麗莎白瞪著她父親。

倩寧吐了。

「我要艾爵恩．沃爾。」那把槍是點四五口徑，扳起擊錘了。他指向紀登。「他似乎是個好男孩。」

「不！」

伊麗莎白跳到槍口前，手指攤開。她彎著腰，絕望而渺小地哀求。

「該死！」貝基特吼道。「他媽的，我們講好的不是這樣！」

「我們講好的取消了。」典獄長一槍射中貝基特的腹部。一時之間，壯碩的貝基特還站著，然後垮下。

「查理！」伊麗莎白在他旁邊跪下。「啊，耶穌基督啊。查理。」

她一手摸摸他腹部的傷口，然後檢查他背部的子彈出口。那傷口大而破爛，再往下是一把手槍。貝基特雙眼痛苦，但嘴巴吐出一個詞。

不要……

她看著典獄長和他的手下。他們全都舉起槍。「你混蛋。」

「腹部的傷口通常痛得不得了，」他說。「不過呢，人總是會復原的。」

「為什麼……？」

「暴力？這個？」他一手揮過去，示意著死掉的人和快死的人。「這樣你才會把我的話當真，把我想要的告訴我。」

「查理。啊，老天……」

他的血在她膝蓋前累積成一灘。他的手指握緊她的。「事情不該變成這樣的。」她感覺他快失去意識了。「麗茲，對不起……」

他眼睛閉上時，她探著他喉嚨的脈搏。他的狀況很糟，不過還有呼吸。「你到底有他什麼把柄？」她厲聲問，毫不畏懼地站起來。「他會這麼做，一定是有原因的。」

「你指的是叫我來這裡？沒有原因。不過那個小女孩打電話給他的時候，我剛好跟他在一起。」典獄長又用槍管畫了個圓。「他當時還想保護你。他跟我說他可以幫我弄到我想要的。不過顯然呢，他做不到。所以就是這樣。」

「他需要急救人員。」

「就像威廉・普瑞司頓需要急救人員？」典獄長盯著她看，她沒回答。「其實呢，這真的很好笑。」典獄長在一張長椅上坐下來，一副輕鬆的口吻。「我們第一次見面時，我就覺得好像早就認識你。你的價值觀，你真正的為人。」他點了一根菸，用槍指著紀登的胸口。「艾爵恩・沃爾人在哪裡？」

「不要。」

他槍口又指向倩寧。「你知道這個會怎麼玩了。」他的槍在男孩和女孩之間指來指去。「我要你打電話給他，叫他來這裡。給他一個小時。然後我就要開始殺這兩個小鬼了。」

「他離這裡不止一個小時。」

「我這個人沒什麼耐心，不過還算講道理。那就九十分鐘吧。」

伊麗莎白和典獄長互相盯著對方，典獄長微笑著。

在他們腳邊，貝基特快死了。

36

電話響起時，艾爵恩正站在窗邊。只有麗茲知道他在這裡，於是他接了電話。「麗茲？」

「艾爵恩，感謝老天。」她的口氣很唐突，聲音很緊張。「聽我說，仔細聽好。我的時間不多。你記得我父親的教堂吧？舊的那個？」

他當然記得。他在採石場碰到伊麗莎白後一個月，就加入了那個教會。他曾想在那裡跟茱麗亞舉行婚禮，展開新人生。那個教堂曾代表著美好生活的夢想。

「出了什麼事，麗茲？」

「我要你來教堂，而且要快。」

「為什麼？」

「你來就是了，拜託。我有重要的事。」

「你碰到什麼麻煩了嗎？」

「你還記得我上回跟你講的那些？就是上一通電話的最後？」

「記得。當然記得。」

「那些話是認真的，現在更是。」

艾爵恩想再問，他想知道更多。

但電話掛斷了。

典獄長搶走伊麗莎白手裡的電話，放回自己的口袋。在他堅持下，這段對話開了擴音功能。

「你在耍什麼小聰明嗎？」

「沒有。」

他湊得很近，她聞得到他的皮膚、他的髮油。他仔細刮過鬍子，褐色的雙眼看似柔和。伊麗莎白迴避他的目光，但他用一根手指碰碰她的頭髮，又用槍輕敲她的膝蓋。

「你上回跟他講了什麼？」

「你希望他來這裡。我說了我該說的話，好讓他趕來。」

「這個答案我不滿意。」

她看了兩個孩子一眼，然後看了貝基特。他的雙眼睜開，正在觀察。「我上回跟他說我愛他。他會因此而趕來的。」

典獄長思索著她的話，打量她的臉。「你在跟我撒謊嗎？」

「我只希望保住這兩個小孩的命。」

「剩八十九分鐘了。」

離這個地方遠一點。離我遠一點。

這是她上回跟他說的話。她真的希望他離得遠一點嗎？他覺得不太可能。要是這樣，她為什麼還要打給他？一定有什麼狀況改變了，而且不會是好事。

或許是警察？

也同樣不太可能。

典獄長呢？

這是最可能的，但其實也沒差別了。麗茲會打電話給他，就一定是需要他。還好他終於想清楚了，知道該做什麼，還有什麼時候做。他聽到伊萊的聲音，彷彿他就在房間裡。

那些金幣只值這麼多錢，孩子。

六百萬，他心想。

麗茲值更多。

教堂裡熱而平靜。貝基特還活著，但伊麗莎白沒見過有人這麼接近死亡。她第七次問了同一個問題。「拜託，可以讓我幫他一下嗎？」

紀登和倩寧坐在她兩旁，他們三個人聚在祭壇前的階梯上，一名警衛用槍指著他們。奧利維特站在門邊。典獄長站在那裡望著彩繪玻璃。

「他快死了，」她說。

「還剩兩分鐘。」典獄長輕敲自己的手錶。「希望他能及時趕到。」

「我已經照你的要求做了。沒有必要再讓其他人死。」

她說得好像很真心，但她心底其實很明白。一旦典獄長達到目的，就不會放過任何人的。他們是證人，也就意味著風險。他絕對不會接受的，尤其現在有一個人死了，另一個在垂死狀態。只要艾爵恩落到他手裡，他們全都別想活著離開。

「跟我談談吧，」她說。「我們可以商量出辦法的。」

「別說了。」

「我是認真的。一定有個辦法——」

「把她帶過來。」典獄長指了一下，一個警衛拖著伊麗莎白站起來。「把她放到那裡，銬在長椅上。」

「你為什麼要這樣？」

「這樣我才能瞄準那兩個孩子。」

她掙脫一隻手臂，但那警衛推倒她，把她的雙手拉到背後，靠在長椅的椅腳上。「你不會的。」

「其實呢，我寧可不要。」典獄長站在她旁邊彎腰。「不過，你感覺不到嗎？」他摸著她的臉頰。「這種懸而未決。」他指的是艾爵恩，口氣充滿信心。「六十秒。」

「別裝了，你根本不會讓我們活命的。」

「包括那兩個孩子嗎？」

他的微笑似乎很真誠，但他的雙眼卻透露了一切。他已經開槍殺了一個男人，還朝一個警察的腹部開了槍。這樣的狀況不會有其他收場。他心裡明白，她也明白。

「有動靜。」門邊的奧利維特說。在他後方，黃昏已經降臨。深紫色的天空。草裡的蟬鳴唱著。「有車子開過來了。一輛綠色的旅行車。」

典獄長看了一下手錶，站起來之前，朝伊麗莎白擠了下眼睛，那眼神她永遠忘不了。她伸長脖子，看到三個男人站在門邊，另外一個監視著兩個小孩。伊麗莎白對上了倩寧的眼睛，那警衛看到了，槍口抵著倩寧的頭。「全部給我乖一點，」他說。

然而，那是不可能的。

差得遠了。

山丘上的教堂映入眼簾，對艾爵恩來說，那不光是一棟玻璃與石頭及鐵所構成的建築物而已。那是他的往昔，他的青春，他永遠的悔恨。他曾想在那裡結婚，跟他原先就該娶的那個女人展開新人生。那棟建築很古老，而且很結實。他喜歡那座教堂的永恆感，喜歡牧師談論著出生與希望及原諒。他的婚姻失敗後，他常常想起這座教堂。有時他會開車過來，只為了看著它矗立在山丘上，想著，如果我終於能誠實……

結果，他因為茱麗亞的謀殺案被審判，再也不能談悔恨和贖罪。這十三年來，他常常夢到自己失去的人生，而當這座教堂在那些夢裡出現時，他看到茱麗亞懇求著，孤單死去；她嘴巴喊的不是上帝，也不是她丈夫，而是艾爵恩，夜復一夜。她快死了，很害怕，而他始終不在場，除非在夢裡。等到下一個夢魘來臨時，他也會看到他太太嗎？或者麗茲？那想法讓他難以忍受，於是當他從公路轉入石子路時，在心中向自己許下承諾。

不惜任何代價。

再也不能重演。

他開上山丘頂，看到門邊那幾個男人和外頭停著的車子。他停在花崗岩台階的二十呎外。典獄長和奧利維特及傑克斯站在門外。伍茲應該也在，大概跟麗茲在裡頭。艾爵恩關掉引擎，把車鑰匙放在口袋裡。車外的空氣很暖和。

「你該一直跑，不要回頭的。」典獄長走出來，鞋子刮過花崗岩台階。他頭上的樹蔭黑暗而沉重。

「或許我出來的第一天就該殺了你。或第一個晚上。」

「你沒那個膽量。」

「或許你一直低估了我。」

「這話暗示你有祕密，而且你一直守著沒說出來。但是我不太相信。」

艾爵恩從口袋拿出一個金幣丟過去，金幣在台階上發出清脆響聲。典獄長一直留神看著艾爵恩，同時撿起那枚金幣察看。「隨便找個當鋪都能買到這玩意兒。」

艾爵恩又丟了一打金幣過去。

「所以，那個故事是真的了。」典獄長這回沒彎腰。他拇指撫過那枚金幣，然後給傑克斯看。「有多少？」

「五千個。只要放了她，就全都是你的了。」

典獄長用全新的眼光審視著艾爵恩。其中有尊敬，甚至有一點害怕。這麼多年來，他始終不屈服，受了那麼多苦。「還有威廉．普瑞司頓的事情。」

「這是六百萬元，」艾爵恩說。而這是唯一重要的事實，他從典獄長的臉上，還有傑克斯不安的雙腳看出了這一點。友誼很可貴沒錯，但錢還是排在第一個。

「你帶來了嗎？」

「我可不是笨蛋。」

「那你建議要怎麼進行？」

「只要麗茲沒事，我就帶你們去拿金子。她留下來。」

「那如果我不答應呢？」

「你可以再折磨我，雖然這麼做也不會有什麼好處。」

「說不定我會改成折磨她。」

「死就是死，」艾爵恩說。「我們可以雙贏，也可以雙輸。」

典獄長撫摸下巴，思索著。「那如果她把這裡的事情說出去呢？」

「你愛你老婆嗎？」

「不怎麼愛。」

「那是六百萬元。無法追蹤的。你可以放在後行李廂，去任何地方。到了明天早上，你就可以展開全新的人生。」

典獄長微笑，讓艾爵恩很緊張。「我不認為布雷克警探會像你這麼不在乎被折磨。」

「她要不是徹底想過，也不會打電話給我了。」

「或許呢，她以為你會跑來，跟我們開火。」

「我不會逞英雄，這點她知道的。」

典獄長的拇指又撫過那金幣。「傑克斯會幫你搜身。」他指了一下，傑克斯下了台階。他的搜身粗暴且徹底。「他沒問題。」

「那麼，好吧。」典獄長撿起其他金幣，在手裡輕拋得嘩啦作響。「我們進去把這事情講清楚吧。」

艾爵恩跟著典獄長，感覺奧利維特和傑克斯緊跟在後。他沒把握自己的計畫能成功，但他只有這些：黃金和人性的貪婪及他自己準備赴死的覺悟。不過他了解典獄長。他快六十歲了，對工作很厭倦。六百萬是很大一筆錢。艾爵恩覺得這個計畫值得一試。

可是看到那兩個孩子時，他的希望破滅了。

在這一刻之前，狀況是全贏或全輸。計畫成功或不成功。如果伊麗莎白死了，他會跟她一起死。他可以接受這種艱難的平靜。麗茲做出了她的選擇。他也做出了自己的選擇。

但是跟這兩個孩子無關。

他們緊挨在祭壇下方，不光是嚇壞了，還受了傷。他當然認識紀登，他酷似艾爵恩曾全心全意愛過的那個女人。而那個女孩，想必就是報紙上登過的，倩寧。一個男人死在地上，是伊麗莎白的父親，他心想。另一個男人是貝基特，他可能死了，或者快死了。伊麗莎白被銬在前排的一張長椅上。「我要你們放了她。馬上。」

「艾爵恩——」

「先慢著。」典獄長打斷她。「這裡還是我作主，所以我們從頭來。」他抽出手槍，槍管抵著伊麗莎白的一邊膝蓋。「你把東西藏在哪裡？」

「我會帶你去。」

「是喔。」

「我們五個開一輛車，」艾爵恩說。「往東，走小路。沒有警察。沒有目擊證人。兩個小時後，你就發財了。」

「我的籌碼在這裡。」

「你得放聰明一點。六百萬。」

「把那個男孩帶過來。」

「不！」伊麗莎白想掙脫手銬。「你狗娘養的！你混蛋！」她踢了典獄長一腳。

他打了她腦袋一記，打出血來。「那個男孩。快點。」

紀登想掙扎，但那警衛太壯了。他拖著男孩下了台階，走過腐爛的地毯，把他丟在典獄長腳邊，典獄長一腳踩在他喉嚨上，槍管抵著他之前中槍的地方。紀登尖叫起來。「看到這個遊戲怎麼玩了吧？」典獄長朝槍管使勁壓，還轉了一下。「附近沒有其他人，我們還有很多時間。」

「住手。」艾爵恩說。

「伊萊的金子在哪裡？說吧，艾爵恩。」那槍管又轉了一下。典獄長臉上似笑非笑。「你還記得我們是怎麼玩的。」

艾爵恩目光離開那男孩。三個警衛。三把槍。

「下一個是那個女孩，」典獄長說。「然後就是麗茲了。」

他壓得更用力，紀登又尖叫了，聲音又高又亮，就像任何曾在這個古老教堂裡唱歌的唱詩班男孩。

貝基特受傷很重，但還有足夠的警覺，曉得自己傷得有多重。典獄長。麗茲。牧師……

他看到那死掉的男人，那睜著的眼睛。

他找到麗茲，然後眨著眼，想到凱若。

我美麗的妻子……

她們是他的命，兩個都是，他的夥伴和他的妻子。兩個人他都愛，但要優先選哪個，從來不是疑問。

他的妻子。

永遠都是他的妻子。

但眼前這個……

死亡和兩個小孩及麗茲看著他的眼神。他本來就沒有選擇，但該死，眼前這樣的狀況也太糟了。兩個小孩。他腹部的那個洞。他快死了，肯定是這樣。有人在講著他無法了解的話，有一股霉味，還有像是色彩撒落的動作。他覺得愈來愈模糊，就要失去意識了。

另外還有疼痛。

上帝啊……

他眨眼，那疼痛啃噬他，拖著他在意識邊緣進出，把他擊碎，像一個瓶子在岩石上砸破般。眼前他還勉強意識清楚。那男孩在尖叫，幾個警衛注意力集中在艾爵恩身上。

於是剩下倩寧。

貝基特試著講話，但是沒辦法；他試著移動，但雙腿不聽使喚。他一隻手壓在身子底下，另一隻手沒有受阻，但是幾乎無法移動。他努力挪動手指，抓住外套，往上拉，先是一吋，然後五吋。等到他後腰的槍露出來，他試著說出她的名字，但發不出聲音。好痛。他全身每個地方都痛得要命。但這是他的錯，所以他懇求上帝憐憫一個愚蠢、一塌糊塗、垂死的男人。他祈禱上帝給他力量，然後吸了口氣，又說了她的名字。結果出來的聲音低沉而沙啞，只是微弱的氣音。但她聽到了，也看到了那把槍。

於是她彎腰拿了槍。

倩寧，她的槍法好得像個夢。

奧利維特先看到了，那嬌弱的女孩拿著一把槍，對她的兩隻小手來說太巨大了。他不擔心。

她連站都站不穩了，離他們又有三十呎遠。他當下的直覺是伸出一隻空著的手說，小心點，小女孩。但結果，他說的是：「典獄長。」

典獄長的目光從那雙眼發亮、身上流血的小男孩身上抬起來。那女孩踉蹌向右歪倒，好像被槍的重量拖過去。她的雙眼勉強睜開，基本上已經要倒下去。

「來個人，給那小婊子開一槍吧。」典獄長說，而奧利維特的第一個想法是該死。他自己的女兒年紀只比她小一點，而且這個女孩想拿出勇敢的樣子，其實還滿可愛的。他比較希望去沒收她的槍，讓她重新坐下。

但沒有人能違逆典獄長。

他對著艾爵恩的槍口轉開，但傑克斯動作更快地放低槍，轉向又舉起來。此時奧利維特看到那女孩全身不動，幾分之一秒間，她看似就要垮下，但那不是垮下。她跪地形成一個完美的姿勢，連開三槍，輕快俐落的程度是奧利維特這輩子所僅見。傑克斯的腦袋噴出血來，伍茲和典獄長的腦袋也是。兩秒鐘。三槍。奧利維特的槍對著她，但他猶豫了。她又快又準，好像他自己的女兒。他的最後一個想法是很佩服她父親教她射擊教得這麼好，然後她槍管末端冒出亮光，整個世界變暗了。

開完槍後，艾爵恩不敢置信地站在那兒。典獄長的腦袋原先就在紀登上方才一呎之處，還有一個警衛之前就站在艾爵恩正後方，近得艾爵恩都感覺到子彈劃破空氣，經過他耳旁。而現在他們死了，全都死了，教堂像墓地般一片靜止，只有那女孩無聲地哭著。艾爵恩的第一個直覺是去檢查屍體，然後去察看麗茲和那個男孩。然而，他什麼都沒做，而是小心繞過那些屍體，來到那嬌小的女孩面前，彎腰從她手裡拿走槍，放在祭壇上。

「我殺了他們，」她說。

「我知道。」

「我到底有什麼毛病？」

除了最明顯的那句話，艾爵恩想不出別的了，於是他說出來：「你救了我們的命，」他說，然後張開手臂，在她倒下之前擁住她。

之後，他們花了點時間才曉得要怎麼做。艾爵恩打開麗茲的手銬時，她還在昏迷中。等到她醒來後，兩人爭執了一番。「查理得立刻送去醫院，」她說。「紀登也是。」

「這個我同意。」

「在他們安全之前，我不會離開。」

即使在這場大屠殺後，她還是保護意識很強，而且堅持要做正確的事情。倩寧想跟他們一起走，艾爵恩覺得這樣也好。但是麗茲不肯離開教堂，非得等到救護車來。

「我不能在這裡等警察來，」艾爵恩說。「你也不行。否則我們兩個都得去坐牢。謀殺，謀殺從犯。我們的通緝令不會撤銷的。」

「貝基特的脊椎被射穿了，」伊麗莎白說。「我們不能移動他。」

「我知道，沒錯。另外那個男孩可能有內出血。可是，你和我可以走。那個女孩也可以。」

伊麗莎白轉向倩寧，她好小又蜷曲著身子，看起來不到十歲。麗茲握住她的手跪下來。「不會有人因為你所做的事情怪你的，甜心。你是被害人。你可以留下。」

她搖著頭。「不要。」

「這裡是你的家——」

「為什麼我要留下？」那女孩的聲音空蕩蕩的。「好讓我一輩子被人指指點點？當那個被強暴了一天半的怪胎，當那個危險的、腦袋有毛病的小女孩，先殺了兩個男人，接著又再殺了四個？」她崩潰了，那一幕軟化了艾爵恩心裡的每一個硬角。「我想跟你在一起。你是我的朋友。你能了解。」

「那你父母呢？」

「我十八歲了，不是小孩了。」

艾爵恩看到麗茲接受了，她頭湊過去，自己的前額抵著她的。「我們要怎麼處理？」他問。

麗茲把自己想要的告訴他們。大家都同意並了解後，她站起來，最後一次來到她父親的屍體前。艾爵恩不曉得她在想什麼，但她沒有流連不去，也沒有碰她父親或說任何一個字。而是打了九一一，說了可以讓一切動起來的話：「有警察倒下，」她說，然後跪在貝基特身邊，摸著他的額頭。「我不明白，也不確定自己以後能明白。但是我希望你活著，等他們趕來，也希望有一天你可以解釋。」

或許貝基特聽到了，也或許沒有。他的眼睛閉著，呼吸很淺。

「麗茲。」

「我知道，」她說。「時間不多了。」

但紀登更難處理。他也想一起走。他哀求著。「拜託，麗茲。拜託不要離開我。」

「你需要醫生。」

「可是我想跟你走！拜託不要留下我！拜託！」

「只要老實說出發生什麼事就好。你沒做錯什麼。」她用力吻了他的臉頰。「我會回來接你的，我保證。」

他們離開時，他還一直喊著她的名字；此時艾爵恩明白，他從此可能再也硬不起心腸了。這麼多愛。

這麼令人心碎。

出了教堂，在暮色中，警笛的聲音愈來愈近。「他們不會有事的，」麗茲說，但是沒人答腔。她是在自言自語。

「我們得趕快離開了。」

她朝艾爵恩點頭表示同意。「你可以開車嗎？」

「那當然。」

她把倩寧扶上後座，自己上了前座。「我們不會有事的，」她說，這回還是沒人答腔。艾爵恩沒開車燈，一路緩緩往下坡開。「在這裡等，」麗茲說；於是他們等著，直到看到遠處的車燈爬上一座山丘，然後他們確定了。有救護車，還有警車。紀登應該沒事，甚至貝基特可能也撐得過去。「好吧，」她說。「我們可以走了。」

艾爵恩開車，朝那些警笛和車燈的反方向走。等到離得夠遠，他才打開車燈。「我們要去哪裡？」

「西邊，」伊麗莎白說。「往西邊走很遠很遠。」

艾爵恩點頭，那女孩也點頭。

「我們中間還得停一下，」他說，然後等到有機會，他就把車掉頭，朝東邊開去。

尾聲

七個月之後

這個沙漠丘頂的視野太棒了。四周山脈綿延，褐色的碎裂岩脈有如老舊的枯骨。這棟房子也是同樣的顏色，九十年的泥磚屋融入了大地景色，像一隻陸龜融入了薩瓜羅仙人掌和尤加利樹和扁軸木之中。泥磚屋的牆壁厚達兩呎，地板是西班牙瓷磚鋪成。圍牆圍起的後院裡有一個游泳池，屋前是有遮頂的門廊和遼闊的視野及早晨的咖啡。伊麗莎白正在喝第二杯時，艾爵恩走出門來加入她。他打著赤腳，牛仔褲幾乎褪成了白色。一身古銅色皮膚襯得那些疤痕特別白，他的牙齒也特別白。「倩寧人呢？」

他在另一張搖椅坐下，看著伊麗莎白往前指。倩寧在谷地底部只是一個小點，騎著一匹帶著深色斑點的灰馬，正沿著一條乾溪而行——每逢北邊山脈下雨，這條乾溪就會暴漲成河。麗茲看不到她的臉，但猜想她正在笑。那隻灰馬總能讓她笑。

「她狀況怎麼樣？」艾爵恩問。

「她很堅強。」

「這不算是真正的回答。」

「心理諮商有幫助。」

艾爵恩看了車道上那輛滿是灰塵的小卡車一眼。每星期兩次，伊麗莎白和倩寧會開著那輛車進城。她們從來沒跟艾爵恩討論什麼具體的內容，但她們都覺得城裡的那個心理諮商師很不錯。每次回來，她們都會比較放鬆，也比較容易露出笑容了。

「你下回也該去一下，」伊麗莎白說。「找個人談一下會很有幫助。」

「我已經有人談了。」

「伊萊不算。」

他微笑，啜著咖啡。她對伊萊的想法錯了，但他不指望她能了解。「那麼，你呢？」他問。

「答案是一樣的。」她說，但他知道不只是這樣。她有時會尖叫著醒來，而且他常常發現她清晨三點跑到屋外。他從來不去打擾她，只是遠遠旁觀，好確定她很安全，遠離郊狼或山獅或那些可怕又逼真的夢境。她會走到乾溪邊的同一個地方，一片平坦、狹窄的岩石上，白天吸收的餘熱未消。她會穿著一件薄睡袍或裹著毯子，直直站在那裡，總是看著群星，或者一邊想著她父親或紀登或她父親引發的恐怖事件。艾爵恩其實並不知道她在想什麼，也從沒問過。他的責任是守在門廊上，等她回到屋子，一根手指拂過他肩頭，似是表達感謝之時，他會靜靜點個頭。

「你還是決定今天？」他問。

「我想時候到了，你不覺得嗎？」

「只要你準備好了。」

「我是準備好了。」

接下來，他們輕鬆地靜坐在那兒，因為相處日久而愈發自在。他們就這樣輕鬆地在一起，感覺很好。沒人著急，沒人強求。然而，過去兩、三個星期來，有些事情改變了，而且他們兩個都有所感覺。一種前所未有的能量出現了，只要彼此皮膚輕觸，就會冒出火花。他們還沒談過這件事——現在太小也太脆弱了——但很快就會談了，他們心裡都明白。

她在痊癒中。

他們全都是。

「你確定你不會改變心意？」他等到伊麗莎白望向他時問。她跟他一樣曬得一身古銅色，臉比較清瘦，眼周的線條也稍微深了些。「我可以跟你去。」

「太危險了，我覺得。」她摸一下他的手，極輕極輕的碰觸。「我會很小心，我們會平平安安回來的。」

她的手指移開了，但那電力停留不去。「你什麼時候離開？」艾爵恩問。

她雙眼看著倩寧。「等我喝完這杯咖啡。」

她緩緩啜著，艾爵恩觀察她在那把連同房子買下的舊椅子裡搖晃。她全身籠罩在平靜的氣息裡，彷彿那是一條毯子，把她整個人包住。即使到現在，也還是很不容易，畢竟她父親做出那麼罪大惡極的事情，而且整個新聞已經人盡皆知了。在教堂的那些事情發生後，他們都持續關注後續的新聞。警方在那輛破車的儀表板上找到了兩枚血指紋，戴爾於是把布雷克牧師和那些被謀殺的女性連接起來。那是蕊夢娜．摩根的指紋，記者推測她是先被關在某個黑暗而孤立的地方，為了想逃出去而磨破了手指，後來才會在車上留下血指紋。警方還沒查到能把牧師和其他被害人連在一起的證據，但無論官方或非官方，大家都沒有什麼疑慮。麗茲不時會失眠，考慮自己該回去，交代其中的空白之處。但是那樣的夜晚已經愈來愈少發生了。她還能提供什麼進一步的洞見呢？那些被害人不可能死而復生。她們的家人還是會怪罪同一個人。

何況，她父親已經死了。

有關典獄長和他手下警衛貪腐的報導，則是持續了好一段時間。一開始，大家對於他們死在教堂都極端憤怒，但很快地，這股憤怒的情緒就被一些更大的問題蓋過了。他們跑去那裡做什麼？為什麼他們會死？幾天後，一名坐過牢的老人站出來，說出了一個幾乎難以置信的故事，談到他曾在獄中如何被折磨，還有其他人在典獄長的治下如何痛苦死去。雖然大家對前科犯的說法頗為懷疑，整個故事幾乎就到此為止。但是，接著又有兩個前科犯站出來，然後一名警衛也說出了他看見的事情——其實他早該說出來了。於是，真相被揭開了。

折磨。謀殺。

州檢察長下令進行完整調查。

指控艾爵恩的罪名沒有撤銷，要是當局發現他，他就得入獄。麗茲也是同樣的情況，但是沒有人在找她，她也不打算離開沙漠。她喜歡這裡的熱，她說，還有空曠和永遠不變的自然景色。此外，倩寧和艾爵恩也都在沙漠。這些話沒人說出來，但是就懸在那裡，彷彿谷地上的一抹微光。

家人。

未來。

艾爵恩站起來，靠在欄杆上。她希望她看到自己的臉，這樣她開車離去時，就可以一路想著。「如果他拒絕的話，你能接受嗎？」他問。

「你是指紀登？」她眼中的神色很溫柔，然後緩緩露出輕鬆的微笑。「我不認為那會是問題。」

伊麗莎白開著小卡車往東，每天開十個小時。太陽眼鏡遮著她的眼睛，一頂白色寬邊帽戴在頭上。她沿路住在平價汽車旅館裡，但不是因為省錢。到了第三天的第八個小時，她越過郡界，回到家鄉。一切都沒有變，但一股冷酷的風吹著她，彷彿她不知怎地已經不一樣了，而郡裡的每個生物都能感受到。

她沿著小街行駛，來到她母親的房子，先在前頭那個木板封起的新教會暫停一下。那些魚鱗板骯髒而油漆剝落。窗戶破損，有人還用黑漆在牆上寫了諸如兇手和罪人及魔鬼等字眼。然後她繞到後頭，發現牧師宅跟教會的狀況差不多。玻璃破碎。還有同樣的噴漆字眼。門鎖上了，但她從車上拿了拆輪胎的鐵棒撬開鎖。進去之後，她發現空蕩的地板和灰塵及難堪的回憶。她站在廚房窗前一會兒，想著上回她在這裡跟母親喝酒。當時母親就知道父親的罪孽有多深重嗎？她曾經感覺到嗎？伊麗莎白想找個答案，然後在空蕩客廳那個小壁爐上方的壁爐架上找到了。有個黃色的信封上寫著伊麗莎白，是她母親的字跡。

麗茲，我親愛的女兒。我無法想像，身為一個女兒，知道父親的內心有這麼黑暗的一面，或者知道他多年來造成那麼多人的死亡和受苦，會是多麼心痛的事情。請務必了解，我跟你一樣不知所措。你的信很有幫助，讓我有了活下去的勇氣。但想到你住在一個我無法回信、也找不到你的祕密地方，讓我覺得心痛。你保證我們會有重聚的一天，我從來沒有懷疑過，但我再也無法住在這個地方了。你父親激起的敵意壓垮了我，我發現自己失去了希望。我留下這封信，希望有一天你終於覺得安全而回來時，能夠看到。我去北邊投靠我的老朋友。你見過她，大學時代的那個。為了顯而易見的原因，我就不留下她的名字和地址了，但我相信，你總會找到我的。我好想念你，我親愛的孩子。請不要讓這些事情導致你自我懷疑或陷入自己的黑暗中。請保持堅強和善良。我會耐心且滿懷著愛等待你。你的朋友和忠實的盟友，你永遠的母親。

伊麗莎白讀了兩次，然後小心翼翼摺起來。她為她母親難過，但一方面又覺得鬆了口氣。儘管他們彼此深愛，但她父親造成的那麼多恐怖，怎麼可能完全沒在他們的家庭生活中透露出來？太多共同的過往和回憶，童年和假日，還有幾千個夜晚。她和母親都得先找到自己的路，也找出一些方法，免得看到對方時，她們會陷入自己長期忽略而造成的罪惡感之中。那一天會到的，伊麗莎白知道，但不會太快，也不會容易。同時，她會繼續寫信，讓母親知道她看到這封信了，也讓母親知道，至少，時間可以逐漸治癒她們。

接下來是貝基特，這場會面將會很難受。他為什麼做出之前那些事，她花過很多個夜晚推測，想出了一兩個理論。但理論不是答案，有太多事情她一定得明白真相。

她把車停在他家附近，看到他坐在門廊的輪椅上。他再也沒法走路，也沒法當警察了。他現在在社區大學教犯罪學，而且從她之前在網路上找到的照片，他似乎還算好，只是有點悲慘。她觀察了他好久，這才明白，儘管發生了那麼多事，她還是想念他。他們當了四年搭檔，他不止一次救過她的命。無論他犯了什麼錯，坐輪椅的這個代價夠了嗎？她還不知道，不過她決定要搞清楚。

他看到她時沒有動，也沒有微笑。「每一天。」他點著頭說。「每一天我都等著你來。」他的眼睛黑暗而苦惱，萎縮的雙腿蓋著一條薄被。

伊麗莎白走上門廊。「我一直很努力不要去恨你。」

「反正，你一定會恨我的。」

「你為什麼要做那些事，查理？」

「我從來沒想到會有人死。」他說話時，雙眼含著淚水。「請相信我。」

「我相信。那麼，拜託幫我搞清狀況吧。他有你什麼把柄？」

「伊麗莎白。」

「我想知道他的把柄有多大，才能逼得你讓那兩個孩子和我陷於危險。不要撒謊，查理。至少，你欠我一個交代。」

他嘆了口氣，望著街道。「如果我說了，以後我絕對不會再說第二次。無論是對你或其他任何人。」

「你知道，我不能保證不說出去的。」伊麗莎白無法隱藏自己的感覺。她太生氣，又太懊惱了。

貝基特似乎接受了。「我太太受過很不錯的教育。大學畢業。有碩士學位。她以前不是美髮師的。」

「好吧。」

「她年輕時，是在郡政府服務。」貝基特撫平了膝上的薄被。「更精確地說，她是主計長的手下。」

「她是簿記員？」

「是會計師，」貝基特說。「紀登的父親也在郡政府服務。信不信由你，他是助理行政官。

在他太太過世之前，他是個完全不一樣的人。年輕，有野心。他以前不喝酒。連菸都不抽。」

「我記得他以前跟艾爵恩和法蘭西斯合作過。」

「當時郡政府的金庫裡遺失了二十五萬元。他在幫艾爵恩和法蘭西斯查。他們當時快要查出來了。再過一個星期，就會查到她身上了。」

然後伊麗莎白明白了。「你太太。」

「我不能讓她去坐牢。她當時有賭癮，現在沒有了。她會偷偷賭博。那些蠢事情害她一時沒辦法。她不是壞人，你知道她的。你一定要相信這一點。」

「她偷了郡政府的錢，艾爵恩就快查出來了。」

「我只是想讓他分心而已。我以為那個啤酒罐會讓他看起來很馬虎，讓大家懷疑他這個人。那只是想讓他分心而已。麗茲，拜託……」

但是她不得不暫時離開，走下門廊，然後又回去。「你在一個謀殺案裡頭栽贓證據。你把一個警察扯進去。」

「當時我根本不曉得他身上有抓傷，也不知道DNA的鑑定會符合。我根本沒想到艾爵恩會去坐牢。當時鑑定出來之後，我還以為他真的有罪，以為我還幫上了忙。」

「其實根本沒有。」

「我現在知道了。」

「我們本來可以抓到真正的兇手——」

「我當時以為他就是真正的兇手！你難道不明白這個事實有多可怕？我以為我做這件自私的事情，結果走了運。我還以為那是天意。」

伊麗莎白往外瞪著街道，感覺這件事情的重量。那個啤酒罐連接到艾爵恩，然後連接到血液採樣和DNA鑑定符合。接著導致他被定罪、在獄中被凌虐，以及典獄長為伊麗莎白所帶來的種種不幸。「要是沒有那個啤酒罐，我們可能十三年前就能逮到我爸了。蘿倫·列思特、蕊夢娜·摩根、艾爵恩的太太，她們可能就全都不會死。十一個女人的命啊，查理。我們本來可以阻止這一切的。」

「或許吧。」

「你都這樣告訴自己，好讓自己晚上睡得著嗎？」

「要是有用，我願意道歉一千次。」

但伊麗莎白不想聽他的道歉或解釋。這一切都太清楚了。一件愚蠢的犯罪和一個簡單的誤導，導致有人入獄和無謂的死亡，連累太多無辜了。「告訴我典獄長的事情。」

「我們以前是朋友，那時我還不曉得他的真面目。有回我喝醉了，把真相告訴他。我太太，啤酒罐。從此他就拿這些事情要脅我。」

「他想要什麼？」

「艾爵恩的下落。他想要知道艾爵恩在哪裡，而且他希望你不要接近。就這樣而已。」

「結果他後來折磨紀登，又殺了我爸。」

「麗茲——」

「還有那家汽車旅館裡兩個無辜的人。」

貝基特低下頭，無言以對。

「你太太知道嗎？」

「完全不知道。不能讓她知道。那會害死她。」

伊麗莎白靠著門廊的欄杆，雙臂在胸前交抱。

「接下來你打算怎麼做？」貝基特問。

「有關你？那要由艾爵恩決定。」

「麗茲，聽我說……」

她不打算聽。她的怒氣好強烈。這一切都太愚蠢、太沒必要，又太具毀滅性了。她感覺自己對查理的愛很深，但就像心裡的一個陰影。她父親多年前就應該被阻止的。那些女人應該還活著，艾爵恩應該從來沒坐過牢。這一切能有什麼藉口？能有什麼原諒的辦法？

她正打算一聲不吭離開，轉身再也不回頭，結果看到查理的太太凱若站在打開的門前，她是這一切的始作俑者。

「哈囉，麗茲。」她進入門廊，一個柔軟、渾圓的女人，有著溫暖的雙眼和熱情的大大笑容。「好高興看到你。」

「是嗎？」

伊麗莎白感覺到自己的僵硬和冰冷，但凱若似乎渾然未覺。她走過來，張開手臂抱住伊麗莎白，把她擁入自己的柔軟中。「可憐，你受了那麼多苦，老天。你這甜美、不幸的小可憐。」伊麗莎白還是保持提防，但凱若的深情簡直一發不可收拾。「查理跟我說你救了他的命，說要不是你，他早就死了。謝謝你，謝謝你救了我丈夫的命。」

她後退，伊麗莎白很好奇查理跟她說了什麼謊。他和凱若之間的愛這麼深，或許這就是他撒謊的原因，好讓伊麗莎白也是其中的一部分。她不曉得，但看著凱若臉上洋溢的笑容，她其實也不在乎了。過去的事情就過去吧，她已經往前走了。

「有件事你該知道，」伊麗莎白說，「查理會為你做任何事。」她看著凱若的雙眼。「什麼事都肯。他就是這麼愛你。」

凱若笑得更開心了，而這就是伊麗莎白的最後贈禮，不是原諒，而是沉默。她離開時，留下一個機會，讓好事繼續維持下去。

「再見，查理。」她走下門廊。「很遺憾你坐輪椅。」

「麗茲——」

「你們彼此好好照顧啊。」

「麗茲，等一下。」

但麗茲沒等。她往前走，上車後，又看了最後一眼。貝基特坐在輪椅上沒動，雙手放在薄被上，同時他太太湊近他，微笑吻了他臉頰一記。等到她把貝基特的背叛和凱若原來的罪行告訴艾爵恩後，他會怎麼做？她不確定，但最近幾個星期，一種沉靜降臨在艾爵恩身上，他會敏銳地感受一切，讓生活有如水流般圍繞著他衝擊，不去干擾。就像她一樣，他更關心未來，而不是過去；更專注於希望，而不是憤怒。

她覺得查理不會有事的。

她發動小卡車，繞過廢棄的工廠，來到城裡治安較差的地帶，開下長長的山丘。她沿著小溪往前行駛，發現紀登的家就像她之前離開過的那座魚鱗板教堂般荒涼而破爛。一張銀行沒收房產通知釘在門框上，但看起來銀行其實對這棟房子不怎麼有興趣。門開著，風吹得落葉在門檻上翻動。伊麗莎白坐在那兒看了好久，一面為紀登擔心。沒了她，他就只剩這棟房子了：這棟悲慘的、小小的房子，還有那個悲慘的、小小的父親。她把車子掉頭，開過破爛的道路，來到清單上的第四個地方，發現菲克婁在他那棟古老大宅的前廊上。他身上披著毯子，一個臉圓圓、性情開朗的護士在照顧他。「你是來看瓊斯先生的？真是太好了。」她匆忙走過來，在階梯頂端迎接伊麗莎白。「他的訪客好少。」

伊麗莎白跟著她來到菲克婁身邊。他的嘴巴和左眼下垂。右手邊是一張小几，上頭放著筆和紙，一杯「古老時光」調酒裡插了根彎曲的紅色吸管，就跟杯底的那顆櫻桃一樣紅。「他沒法講話，」護士說，「不過他腦袋還是很清楚。」

伊麗莎白坐下來，審視著老人。他更瘦也更老了，但雙眼依然明亮。他顫抖著手寫字。「好高興。」

「我也很高興，菲克婁。很高興看到你。」

「但危險。」他寫道。

她抓起他捲曲的左手，握在兩手裡。「我很小心。我保證。我們共同的朋友也很好。他在很遠的地方，很安全。倩寧跟我們在一起。」

菲克婁的身子開始微微搖晃。淚水流進皺紋裡。「致上愛，」他寫道。

「這就是為什麼我來這裡。我們有地方讓你住。我們有空間和時間，也有錢請護士。跟我回去吧。」他的頭動了一下，似乎在搖。「不會有什麼不方便的。這件事我們已經談了好幾個月了。」

他看著寫字本，手開始寫了。「住在這裡。死在這裡。」

「你不必一個人過日子。」

他又寫。「漂亮護士。溫柔的手。」伊麗莎白的目光從寫字本抬起來，看到他眼中的笑。「雪樹？」他又寫。

「菲克婁……」

「我去弄。」那護士站起來。「每天到這個時候，他就會要我去調酒。但是我對酒或冒失的男人沒興趣。」

菲克婁寫，「好玩。」那護士吻了他前額，然後進屋去幫伊麗莎白倒酒。她離開之後，他寫道：「紀登？」

「這是我回來的一部分原因。」

他寫了個地址，然後是：「寄養。」

「寄養家庭。」

「不好。」他眼中的光亮消失了。

伊麗莎白又捏捏他的手。「我會找到他的。我會處理好的。」

護士回來了，把酒遞給伊麗莎白。「我要開始準備晚餐了。你可以在這裡陪他一下嗎？」

「再樂意不過了。」她等著護士離開。然後端起那杯雞尾酒讓菲克婁吸一口。

「你和艾爵恩？」他寫道。

「他很堅強，而且正在痊癒。我想我們過得還好。」

「多好？」

這回他看到老人眼中的閃光，於是明白菲克婁的真正意思。「下回我吻的男人，將會跟我廝守終身。艾爵恩知道這一點。」

「那就吻他。」

「快了吧，我想。」她拿起自己的杯子，坐在老人旁邊。

「快樂。」他寫道。「會死得快樂。」

伊麗莎白開車來到紀登所住的寄養家庭，在旁邊隔了三棟房子外的社區公園裡找到了紀登。他正獨自坐在鞦韆上，她從帽簷底下觀察著他。其他小孩沒喊他也沒看他。他靜靜坐在那塑膠椅上，球鞋刮著地面的泥土。她觀察了好久，好像自己的心也在那個空蕩的公園裡面跳動。

他始終沒抬頭看。

他幾乎都不動。

即使當她拉長的影子掠過他的腳，他也還是興趣缺缺。不過當他抬頭看，伊麗莎白摘下帽子後，情況就改變了。

「哈囉，紀登。」

他一言不發，但是踉蹌著下了鞦韆。他撲過去擁抱她時，緊貼著她的那張臉熱熱的。她感覺到眼淚滲透她的襯衫。「你過得好嗎？」

他抱得更緊，伊麗莎白打量著公園，提防著會有其他父母或警察。但沒有人看他們第二眼。

「我們走一下吧。」她牽著他的手，他跟著她一起走。「你長大了。」他一手前臂抹過臉，她知道他很不好意思。「他們有餵飽你嗎？」

「應該吧？」

這是個開始。她捏捏他的手。「你父親怎麼樣？」

「無家可歸。還是成天喝酒。」

「我很遺憾，紀登。如果可以的話，我真希望能改變他。」

「都已經過了七個月了。」他抽回手。「你說你會回來找我的。」

「我知道。對不起。我希望你有機會。」

「有機會幹嘛？」

「決定。」她在一張長椅坐下來。她想再握他的手，但他插在口袋裡。「現在我來了。」

他的雙眼發紅而含著淚光，同時也不太一樣了。比較成熟，也比較有戒心了。在他身後，太陽正在往下落。「決定什麼？」他問。

「決定你想待在這裡，還是要跟我走。這是個很大的決定。我希望你有時間想清楚。」

他沿著街道往前看。「我在醫院住了三星期。」

「我知道。」

「關心我的人不是死了，就是離開了。我爸只來看過我一次。」他很生氣，眼睛溼亮。

「之前很多人在找我們。警方。聯邦調查局。可能到現在都還在找。」

他思索著她的話，她真不喜歡兩人之間的那種疏遠。

「你喜歡你的寄養父母嗎？」

「你父親是兇手。」他又刻意擦擦鼻子。「在教堂裡，他殺了我媽。」

「我知道，甜心。」

「要是我殺了沃爾先生呢？」

「你沒有啊。」

紀登往下看著街道，伊麗莎白明白他在看他寄養家庭的房子。「他現在跟你住在一起，對不對？」

「是的，沒錯。」

「他恨我嗎？」

「當然不恨了。」

「他人很好嗎？」

「對，他人很好。他也很聰明、很有耐心，而且很懂馬和牛及沙漠。他非常愛你的母親。我想他也會愛你的。」

「如果我去的話？」

「沒錯，如果你去的話。」伊麗莎白說。他瞪著腳下的泥土地。伊麗莎白又開口了。「那是我的卡車。」她指著。「要開三天的車。只有你和我。」

他看著那輛車，上頭滿是泥土和灰塵。「那我的東西呢？你知道……？」

「我會讓你的寄養父母知道你很安全。如果你希望的話，我也會通知你父親。大家可能會找你，但是如果有需要的話，我們可以處理。至於你的東西，我們會幫你買新的。衣服。玩具。如果你想要的話，還可以有個新名字。倩寧也跟我們在一起。她希望你去。」

他又看著那棟房子，然後看著幾乎全空的公園。「你們住的地方好嗎？」

「非常好。」

他想裝出強硬的大人樣子。但是他的臉就在她的注視之下皺了起來。「我真的好想你。」他靠向她。

她抱住他，直到最後好像該放手了。「你準備好了嗎？」

他點點頭。

「你能告訴我哪裡是西邊嗎？」

他指著黃色的天空。

「你餓了嗎？」

「對，」他說。「非常餓。」

開回去的旅程比較慢、比較輕鬆；他們沿途談了很多，有關仙人掌和狼蛛，以及一隻深色斑點的灰色母馬有個弟弟，在往南兩個谷地外要出售。此時是三月，但這幾天特別溫暖，而且白天很長；紀登常常望著車窗外。伊麗莎白很好奇他在想什麼，猜想他是在想著他從沒見過的父親，還有一個可能成為他姊姊的女孩。當地表上的綠色逐漸褪去，河流變得細小而消失，紀登也變得愈來愈安靜。但是沉默並沒有什麼不對，而且年幼而聰明的他也了解這一點。所以，她就讓他完全沉浸在自己的思緒裡，帶著他進入沙漠。這是另一天，另一個人生，就在這座山後頭，家人正在等著他們。

Storytella 72

贖罪之路

Redemption Road

贖罪之路 / 約翰哈特作 ; 尤傳莉譯. -- 初版. -- 臺北市 : 春天出版國際, 2017.12
面 ; 公分. -- (Storytella ; 72)
譯自 : Redemption Road
ISBN 978-957-9609-08-1(平裝)

874.57　　106022786

版權所有 · 翻印必究
本書如有缺頁破損，敬請寄回更換，謝謝。
ISBN 978-957-9609-08-1
Printed in Taiwan

Copyright © 2016 by John Hart
This edition arranged with St. Martin's Press
through Andrew Nurnberg Associates International Limited

作　者　約翰・哈特
譯　者　尤傳莉
總編輯　莊宜勳
主　編　鍾靈

出版者　春天出版國際文化有限公司
地　址　台北市信義路四段458號3樓
電　話　02-7718-0898
傳　眞　02-7718-2388
E－mail　frank.spring@msa.hinet.net
網　址　http://www.bookspring.com.tw
部落格　http://blog.pixnet.net/bookspring
郵政帳號　19705538
戶　名　春天出版國際文化有限公司
法律顧問　蕭顯忠律師事務所
出版日期　二〇一七年十二月初版

定　價　620元

總經銷　楨德圖書事業有限公司
地　址　新北市新店區寶興路45巷6弄6號5樓
電　話　02-8919-3186
傳　眞　02-8914-5524
香港總代理　一代匯集
地　址　九龍旺角塘尾道64號 龍駒企業大廈10 B&D室
電　話　852-2783-8102
傳　眞　852-2396-0050